长篇小说

愚 公 ◎ 著

陕西新华出版
太白文艺出版社·西安

图书在版编目（CIP）数据

重楼 / 愚公著. — 西安：太白文艺出版社，2024.10. — ISBN 978-7-5513-2727-5

Ⅰ．I247.5

中国国家版本馆CIP数据核字第2024B5W386号

重楼
CHONGLOU

作　　者	愚　公
插图绘制	张同勇
责任编辑	蒋成龙
封面设计	刘柏宸
版式设计	建明文化
出版发行	太白文艺出版社
经　　销	新华书店
印　　刷	陕西金德佳印务有限公司
开　　本	787mm×1092mm　1/16
字　　数	280千字
印　　张	24.25
版　　次	2024年10月第1版
印　　次	2024年10月第1次印刷
书　　号	ISBN 978-7-5513-2727-5
定　　价	58.00元

版权所有　翻印必究
如有印装质量问题，可寄出版社印制部调换
联系电话：029-81206800
出版社地址：西安市曲江新区登高路1388号（邮编：710061）
营销中心电话：029-87277748　029-87217872

（代序）

胡君和他的中医三部曲

莫伸

短短几年，胡君以出人意料的速度，连续推出了三部反映传统中医药的长篇小说，这确实令我惊讶。

三部长篇，卷帙浩繁，加起来有近百万字了。面对如此浩瀚丰富的长篇巨著，很难用一篇简短的文章去介绍和评价它。想来想去，我还是从胡君本人讲起。这可能有助于读者在了解作者的基础上，进一步了解他的作品。

和胡君交往三十多年了，印象最深的是：他有君子之风。做人规矩，行事周正；不狂不躁，不欺不媚；待人有礼，言而有信。说实在的，在今天这样一个喧嚣而浮躁的氛围中，能保有这样一种克己守纯、内心宁静的人很少。

生活中，胡君的爱好似乎不多。他不唱歌，不跳舞。他立场鲜明，却不是那种情绪过激的人。他性格内敛，对身边人和事很包容，从来不会非黑即白，也不会有疾言厉色和慷慨激昂的时刻。和胡君在一起久了，我常常想起诸葛亮的"非淡泊无以明志，非宁静无以致远"，这句话用在他身上，非常合适。

相处久了，我又发现，胡君其实是个爱好很多的人。而且一旦对某种事物或者专业产生兴趣，他就会全力以赴，将其当作生活的一件乐事做到极致。

比如做饭。

生活中几乎人人都会做饭。但胡君做饭远远超出了日常做饭的范畴。起初我对这一点并无察觉，是渐渐发现、渐渐感受到的。朋友们偶尔相聚吃个饭，总要有人点菜。我点菜总是搞得一塌糊涂。而胡君点菜不仅有板有眼、有理有据，而且荤素、营养，包括色调和品相都搭配得非常合适。尤其令大家赞叹的是，无论三五人还是八九人就餐，他总是能够在权衡菜品的同时，把握好菜肴的分量，丰俭适度，时常达到"光盘"的效果，吃饱吃好，从不浪费。这样一来，聚餐时大家便公推他来点菜。也由此让我懂得：做大事的人，在小事上也能做得很好。

当然，点菜内行只是外表，烹饪内行才是内质。胡君的烹饪不是一般的做菜，而是把做菜当成了一种乐趣，甚至提升为一种艺术。无论购买食材，还是清洗、切削、烹炒、蒸煮，他都有自己严格的要求和标准。我先后在他家里吃过几回饭，以他的手艺，家常菜自是不在话下，连不多见的海鲜也做得有滋有味。他做的干煎三文鱼和浇汁鲍鱼，品相之好、味道之美不逊于高档餐厅。尤其难忘的是有一年春季，胡君在家里为我和几位朋友做了一桌全野菜家宴。有荠菜、香椿、柳芽、松针等，配以松仁、芝麻、松茸菌。煎、炒、蒸、调，样样味美。一边吃一边听他介绍菜品，我深深地感觉到：生活中的乐趣无处不在，但是需要有心人去寻找。生活可以很枯燥很干瘪，也可以很丰富很盎然，全看你以怎样一种态度去对待它。如果你怀揣了兴趣，饱含着热爱，生活就不仅充满了生机和乐趣，还充满了创造的空间。

胡君还有一个更加突出的优点，这优点我甚至找不出准确的语言来概括它。是真诚善良？但不恰当；是做事专一？也不准确。我是个专业搞文字工作的人，穷尽文字而不能准确地概括一个人的秉性，这于我而言是一种并不多见的情形。但事实如此，所以我还是继续讲与胡君有关的事情，让事情来折射语言所无法完成的概括。

多年来，胡君一直从事文学编辑工作，先是编辑铁路局文艺刊物，后来又在铁道报社编辑副刊，在为人作嫁衣的岗位上工作了二十多年，培养了许多写作方面的人才，但也长久地耽误了他自己的创作。一批批经他培养的作者在成长、在进步，并走上领导岗位，他却始终原地踏步不前。

问题在于，他安之若素，极有定力。

没有人想到，胡君刚一退休，生活突然变得多彩和丰富起来。他本是个不善交际的人，但退休后却有多方人士伸出橄榄枝，邀请他参与各个领域的采访和写作。这些合作者有民间中医，有企业家，有艺术收藏家，等等。这种多元的接触和写作，不仅丰富了他的生活，开阔了他的视野，而且使他拥有了源源不绝的写作素材。

本来，这一切都很正常，很多写作者都有过类似的经历。但胡君的不同之处在于，每接触一个新的领域，他都要在相关专业知识上下一番苦功。他的投入和认真，常常使他和采访、书写的对象在不知不觉中成为好友，甚至成为莫逆之交。

比如和奇石收藏家董永宁的交往。

董永宁是陕西奇石收藏领域的知名人士，性格豪爽，为人热情，热心于教育和公益事业。性格豪爽是优点，但派生出来的就是口无遮拦。一旦口无遮拦，与人相处中就容易产生一些微妙的龃龉。但据我观察，胡君和他的交往却如鱼水交融。按理说，一个沉静内敛，一个语无忌惮，很难和谐，偏偏他们俩就非常和谐。胡君写了很多奇石鉴赏文章，使董永宁和他的藏石走出潼关，引起中国赏石界专家的关注和好评,中国观赏石协会组成专家组来董永宁的石馆考察,并授予石馆"中国赏石艺术非物质文化遗产示范基地"的称号。其实,我和一些文学界朋友也曾数次去董永宁的石馆参观,也留下了美好的记忆,但总体而言,我们看过也就看过了,唯独胡君看过后,全副身心地为石馆做了很多事情。后来董永宁突发脑出血早逝,消息传来,我们都非常震惊,也十分难过。但是无论震惊还是难过,都仅此而止。只有胡君,完整地帮助家属处理好董永宁的后事,这包括董永宁一生收藏的奇石——那是一个无论规模还是数量都堪称宏大的事业。

胡君是怎样处理这些事情的?付出了多少精力?又经过了怎样的思考和梳理?当我听说董永宁去世一年后胡君仍不时去石馆帮忙时,我就明白了为什么他能够得到董永宁家人如此的信任。所有这一切,打眼看去,是流水般的生活。但是稍微细想,这中间饱含着多少友谊的真挚和做人的真诚!我猜想,小说《重楼》里的奇石收藏家司马宁的原型应该就是已故的董永宁。

再说说胡君自学中医药和创作中医小说的起因。

从他打工说起。

得知胡君刚退休就在一家民间中医诊所打工,我很好奇,特意去这家诊所体验了一次。这是那种常见的隐身于街尾小巷的诊所,老中医用承继了家传四代的内病外治技法,为患者辅助调理治疗慢性病。一般而言,民间中医的生存状况是极其艰难的,这家诊所同样如此。从拥挤的空间和简陋的设施去判断,效益显然不好。既然如此,胡君在这儿打工图什么?这样的打工又能够持续多久?看到胡君在诊所堆满药品的阳台上支了张电脑桌写作,我心里很是疑惑。

没想到胡君在这个小诊所一干就是三年。这三年里,他为老中医编写了三本书,让这份宝贵的传统中医技法流传于世。当三部中医科普著作由中医古籍出版社出版时，胡君主动提出不署自己的名字。他认为，自己只是这些文献的文字整理者，他说三年打工他收获了远比名利更为重要的东西——对华夏医学和民间中医的现状有了更深入的了解，为自学中医和写好中医题材的文学作品奠定了坚实的基础。

打工结束后，胡君很快就开始了中医小说创作。

中医是一门博大精深的学问。这门学问源自悠久的历史，也源自世世代代中医的实践，蕴藏着传统文化的许多幽微深奥的道理，至今没有人能够说得清，但是中医确实治好了许多病人，也确实在现实中发挥出功效来。当现代西医依靠强大的科技手段成为医疗主流后，底蕴深厚却隐而不显的中医就渐渐遭到冷遇。这既是一种不该出现的现象，又是一种难以抗拒的现实。在这种情况下，胡君通过自己的广泛接触和了解，下决心为弘扬传统中医而写作，他沉浸于此，并数年如一日地日夜耕耘。为此，他为自己起了"愚公"的笔名。其志其意，灼然可知。

当今的作家基本可以分为两类，一类是已经功成名就的，由于公众关注、社会认可，他们大体上进入了写作的自由状态，写什么基本上可以由自己来决定。而另一类初出茅庐的年轻作家就难做得多了。他们必须揣摩形势，精心选题，为的是自己写的书能够顺利出版。在这个意义上，胡君的写作明显地体现出一种纯粹。他执着地依照自己的兴趣和感觉，认定了挖掘中医药这个题材对社会有益。他为兴趣而写，为对社会有益而写。正是这样一种动力，使他像一只蜗牛——虽然动作笨拙，却锲而不舍，以一种不畏艰辛的坚忍顽强地爬行。苍天不负有心人！恐怕他自己也没有预想到，这三部长篇小说完成后，太白文艺出版社慧眼识珠，将其作为重点图书精心打造，并全方位地将它们推向读者。

胡君写出的三部长篇小说依次叫《青囊》《当归》《重楼》——只要对中医药稍稍有些常识，就能从这三部小说的名字看出寓意——"青囊"自古以来就是中医代名词，"当归""重楼"则是常用中草药，将这三个与中药有关的名词，特别是中草药名巧妙地用于书名，且含义步步递进，确实体现了作者缜密的构思和连贯的蕴意。

我注意到，当下社会掀起了一股思潮，不少人为中医鸣不平，呼吁振兴中医。这样一种用心可以理解，但是真正要振兴中医，却不是情绪激烈地喊喊口号就能够奏效的。我曾经亲眼见证中医治病救人的神奇实例，也同时看到，中医既有其长，也有其短。其实西医亦然。真正科学的态度，既不是把西医捧上天，把中医贬入地；也不是把中医过度神化，把西医视作奇技淫巧。在这个问题上，胡君远比一般的呐喊者更热爱中医，却从来没有恶语相向地去贬低西医。他热爱中医，就认真地研究中医，然后用手中的笔来书写中医。为了这个目标，他付出了巨大的努力。他先后采访了多位中医，翻阅了多部中医药经典书籍，写出了多篇反映民间中医的随笔、散文，创作了长篇报告文学《岐黄使者》，却从来不矜已能，不伐已功，而只是默默地做。他常常独居静室，聚精会神，就这样一年又一年地问着、学着、写着，于是有了《青囊》，有了《当归》，有了《重楼》，它们构成了胡君的"中医三部曲"。

《青囊》初稿完成后，我是前几名读者之一，印象深刻的是，那时的《青囊》还略显冗赘，于是我坦率地提出了建议。让我没有想到的是，当再一稿《青囊》出现在我眼前时，虽不能说完美，但整本书令人耳目一新。

而读《重楼》又是什么感觉呢？

仍然有优点有缺点。

其实，任何一本书都是如此。我已经搞了半个世纪的文学写作，所以对任何一本书的优点和缺点都会习惯性地产生反应。我为一本书的优点而欣喜，也为一本书的缺点而抱憾。这已经成为一种本能。如果细说，会有很多琐碎。

我想说说读《重楼》给我的一种新感觉。

在《重楼》这部小说中，胡君在原有的发掘中医药人物和故事的基础上，把笔触更多地伸向了秦岭，伸向了南山隐修世界，伸向了大千世界中独特的一隅。他以大量的笔墨，描写了天然朴素的山居生活和清净无为的精神世界。他多次走进南山，与隐居者交谈；多次走进寺庙道观，去了解一个意念纯净的世界，也由此反衬出一个不那么纯净的尘世。

我多少有些困惑，他为什么会去写这些？

继续往下看，终于明白了，所有这一切或宁静或喧嚣的生活，都与我们的健康密切相关。从前我们常常憧憬着共产主义，认为点灯不用油、耕地不用牛就是最美好最幸福的生活。但是当真的点灯不用油、耕地不用牛了，才发现生活远未达到无忧无虑的境界。实践告诉我们：不管时代怎样变化和发展，一个时代都有一个时代的美好和快乐，也注定有一个时代的烦恼和焦虑。胡君属于生活的捕捉者和发现者，他在继续讲述中医药治病救人的同时，笔触已经悄然不觉地转向了对当代人精神和内心的观照，转向了对人们健康生活理念和方式的探索和叩问。在《重楼》这部小说中，胡君多次写道：现代人，尤其是城市中的人，常常患有"慢病"。这种"慢病"没有什么突出和明显的症状，却普遍存在。究其原因，它并不是什么真正的传染病或器官疾病，而是一种情绪病和心理病。由于生活节奏加快，各种欲望膨胀，内心时常躁动，压力不断加剧，许多人感到内心失速、生活迷茫、免疫衰退、功能失调。胡君认为，当代相当一些人的致病原因已不是生物学因素，而是生活方式不当和情志不遂引发的心神不宁和体质失调，而解开这个迷局的答案应当在传统中医里。

胡君在后记中写了这样两段话，我摘录于此：

怎样才能抵御"慢病"的侵袭？怎样才能拥有健康的体魄？如何让焦虑躁动的心安宁下来？同很多人一样，我也经过长时间痛苦的思考和寻找。

在追随传统中医叩问健康之道的途中，我常常自问：我们的生命里需要那么多东西吗？我们的人生之路需要走得这么快吗？我们还能够像古人那样"法于阴阳，和于术数，春秋皆度百岁，而动作不衰"吗？

胡君的这两段话，记录了他从传统中医那里寻找答案的心路历程。其实也是对我们大家的提醒，对当代人生活方式和心灵状态的提醒和叩问。

我们非常需要这样的提醒。

我们非常需要这样的叩问。

2023 年 4 月 16 日初稿
2023 年 4 月 27 日二稿

目录

- 第一章　矢车菊　001
- 第二章　石头记　039
- 第三章　张三公　081
- 第四章　七叶一枝花　123
- 第五章　古墓坪　157
- 第六章　天益洞　187
- 第七章　菩提树下　227
- 第八章　梦未央　265
- 第九章　我在南山等你　317
- 后记　367

第一章
矢 车 菊

1

总是这样，进入秦岭北麓任何一条峪沟，都立刻会有一种轻松惬意的感觉，每一次都是。

进入峪口后，大家都降低了车速。前面吴唯的车两边窗户都打开了，能看到吴夫人和女儿时而探出脑袋张望，时而伸出手指指点点，不时传来兴奋的叫声和笑声；拐弯时能看到最前面方逸群的车上方夫人也兴奋地探出脑袋，向后面吴唯夫人比画着什么；司马宁一手夹着烟，一手自如地转着方向盘，咧着蛤蟆嘴笑。车上只有司马宁和高亦健二人。司马宁是个钻石王老五，高亦健的老婆去北京带孙女好几年了，一年中也就寒暑假回来个十天半月。两个自由老男人进山的时间就更多一些，只要报社不是太忙，司马宁每月都要载高亦健进山两三次，不进山的周末两人也常常是在司马宁的校园里看石头，这也是方逸群和吴唯喜欢的。平时进山，司马宁是不让方逸群和吴唯开车的，通常是让大家到学校上他的车，或是去接他们，他说要是各人都闷着头开车有什么意思呢，四个人同坐一辆车，一路上看着窗外的风景，说说笑笑斗斗嘴多好啊。

过二道梁时，打前阵的方逸群把车拐进路旁的草坪，吴唯和司马宁也相继把车子停下来。司马宁下车时笑着说："赏一会儿山菊花吧，看把娃高兴的。"

高亦健和司马宁下车时，两位夫人和吴唯的女儿已经跑进了

草坪。这个位置是两山之间的鞍部,坡度平缓,形成一片开阔的草坪,一直延伸到山腰。草丛中伸出一枝枝花朵,红蓝紫相间,以蓝色居多。花朵不大,花瓣却很密实,在枝干顶端高高举起,显得高傲且妩媚。眼前几朵宝石蓝的花尤其艳丽,往山谷深处绵延,形成菊花的海洋——矢车菊花海。矢车菊喜阳光,在季春暖阳的照耀和云雾的滋润下,显得特别蓬勃亢奋。矢车菊喜欢扎堆,只要有巴掌大一片稍平坦的地方就会成片成堆生长,集中在这好几亩大的草坪上,更是蔚为壮观。花朵多为紫色、白色,紫是那种发蓝的紫,白是奶油白,花朵不大,结构却很繁复,身姿优雅而挺拔。

有点惊艳,有点意外,这山谷里怎么会有这么一大片矢车菊?司马宁是园艺专家,看出大家的疑惑,主动解答:"这里原本是要建一个小型高尔夫球场,没等建好就被叫停,后来种上矢车菊和波斯菊,便有了这片花的海洋。"

"高伯伯,矢车菊的花语是什么?"吴唯的女儿跑来问高亦健。这个话题可能只有十三岁的初中生才关心吧。高亦健指着一朵半开的宝石蓝花朵让她看:"矢车菊的花语像这宝石蓝一样美丽,肯定是你们这个年纪最喜欢的,它的花语是四个字——遇见、幸福。"

"遇见和幸福,遇见和幸福——太棒了!"吴唯的女儿大声喊了两遍,兴奋地蹦跳着向她妈妈和方教授的夫人跑去。两位夫人正忙着拍照,听见她的喊声后也感叹道:"太棒了,矢车菊的花语真是太美了!"

是啊,这个年纪是人生最美的年华,还有很多遇见和幸福在等着她,而今天就有一个令人惊喜的"遇见"在等着大家呢。

不同于以往的进山游玩,今天是一次特别的出行——要去察看一个有果林、有菜地的院子，一个可能要买下来供他们几家人山居的院子，这么大的事自然要让家人都看看——于是，吴唯载着夫人和女儿，方逸群平时很少带夫人出来，常带他的女研究生在身边，今天十分聪明地带着夫人来了。

从子光大道驶上环山路，一直向西，右侧是种着麦子、豆类的田野，左侧就是绵延的南山峰峦，近在咫尺。一条条通向山谷的道路在向人们招手，路标上写着各条峪谷的名称——勤峪、上峪、后峪、俭峪等等。想去哪条峪，随兴、随意，任何一条峪沟都不会让你失望，不会让你觉得无趣，因为任何一条峪沟里都有一座座秀丽葱茏的小山丘，有一条条淙淙欢唱的小溪流。

初夏时节，是植物们的青春年华，所有的树木、花草都蓬勃地生长，像中学生一样散发出青春的气息。靠山坡的一边是绿油油的灌木丛，显得那么鲜泽惹眼；而临山谷的一边呢，清亮亮的河水时隐时现，叮咚响声在耳旁萦绕。沿着山道攀行时，会有一些山花不停地招惹你，一朵朵摇曳着，闪耀着芳华。红白蓝紫黄各种颜色的野花，花朵都不大，在微风中特别鲜艳。最常见的是打碗碗花，这种小花在花的谱系中似乎很卑微，但生命力十分强大，无处不长。荆棘丛中、岩石缝里，总会伸出来一簇簇打碗碗花，给一点阳光就灿烂，把一朵朵花别在灌木丛的绿叶上。稍留心看一下，你会发现打碗碗花其实比别的花更娇嫩更艳丽，红是粉红，白是粉白，蓝是粉蓝，花瓣像丝绢一样薄，红、白、蓝、紫、黄地娇艳着，看着让人心疼。

当你被花儿诱惑的时候，常常会被酸枣棵子下扑棱棱飞起的肥笨笨的野鸡吓一跳。笑着往前走，翻过垭口之后，视野收成一束，往峪沟深处延伸，只见有淡淡的雾岚从谷底飘上来。循着"咕

咕""啾啾""嘎嘎"各种鸟鸣声望去,隐约看到山谷中几间茅屋,有炊烟升起,随着雾岚飘散在几团云絮间……此时顿觉神清气爽,所有的疲惫、焦躁、烦恼都被阵阵山风带走了。

就是这样,进入南山之后到任何一条峪沟里,空气就完全不一样了。仅仅一个多小时的车程,仅相隔几十公里,雾霾不见了,难闻的气味没有了,嘈杂声消失了,山的胸怀有这么博大吗?难怪把南山叫作地肺山,难怪人们都这么喜欢进山,难怪有的人要去山居,常年住在山里呢!几年了,追随着司马宁这位以奇石收藏闻名的兄长,这样持续不断的进山游玩一直保持着。高亦健喜欢峡谷里雾岚和微风的味道,喜欢河流旁青草和苔藓的味道,太阳把溪水晒热后会散发出一种特别的带着水草腥气的清新之气,人闻上几鼻子之后,似乎心和肺都得到了洗涤,难怪人们说这里是天然氧吧、负氧离子吧。

每次进山,清早出发,傍晚返城,在山里的时间不过大半天,总觉得不过瘾。他们也曾在山谷里的宾馆留宿几次,终是有种种不便。便有了一个念头——要是几个至交好友合起来,在山里买一处能住宿、能种菜的小院子,时不时来小住几天,该是何等美事。

咱们给自己寻一处小院子吧!

最初说这话的是司马宁,这个提议立刻得到大家一致赞同,方逸群一迭声地喊:"要!要!赶紧趸摸,拾掇下院子,咱几家就有了山中小院,那是个啥味气!"原以为吴唯最年轻,离退休还早,恐怕不会热心,没想到吴唯也强力支持。这之后,每次进山便有了新的内容和目标——每到一条峪、每进一条沟,都要打量那些看来位置、环境比较好的宅院,问问价钱,看能不能租、能不能买。在山谷里拥有一个房前屋后能种菜的院子，体验一番山居生活，成为大家心中的念想。直到上个月，一个不是周末的日子，司马宁突然约高亦健进山，说发现了一个好院子，先去看看。二人便一起先去看了那个院子，并与房东进行了初步交谈。

那次进山路上，司马宁给高亦健讲了他发现那个院子的过程。

司马宁那天本是去树峪后山看石头的，车到峪口时突然心血来潮，拐进一条远离大路的侧沟，远远看到半山坡上有个围墙围着的院子，便去探个究竟。叫开门，一进院里，心中不由得暗喜——好地方，一处好地方！说起这个院子，司马宁满脸兴奋得意之色：那是树峪入口旁的一条侧沟，一个叫梁上村的小村子，村子尽头半坡上有这么个不小的院子，一打听原来是一所养老院，便开车到院门口打量——嚯，好大一个农家院子！院子东头盖了一幢三层小楼，还有两排平房，正中是一片桃、李、杏混杂果林，再往西有一片竹林，然后是几垄菜地，四周随意栽了一些小红李、核桃树、花椒树。关键是位置绝好，院子建在一座对着峪口的小山坡上，是在坡顶上垦出的一块平地，四周峰峦环绕。正是阳光暴晒之时，院子里却是树荫满满，凉爽宜人。司马宁和看院子老人聊了一会儿就摸清了底细，原来这是几个人合伙创办的一所养老院，由于定位不准，经营不善，十来年生意从没好过，有意转让，只望收回本钱……

这么好的院子怎能不让人心动？司马宁看过之后没几天就带高亦健一早赶来了，把院子打量一番后，高亦健有点担心："好是好，只可惜太大了，咱们几个人吃不消这么大的地方吧？"司马宁说："是大点儿。我看了，三层楼房有二十四间房，平房有十多间，能住个十来家人。但是你想过没有，要是我们买下来，一家住几间，剩余部分往外租，或者约上几个好友合起来买，十来家子人分享这个大院子，那是个啥味气？"

这一说倒是打消了高亦健的顾虑，接着他们越看越喜欢，越来越心动。这个院子确实很特别，首先在地势上就得天独厚，地处峪口，原本是一小片坡地，形成渐次而上的地势，背后是向高处延伸的山峦，两面是"U"形的土梁伸出一段几丈高的土丘，一栋米黄色小楼依山而建，被"U"形土梁伸出双臂环抱着；院子四周绿植繁茂，形成一个小小的绿洲，形同一个遮风避雨的港湾，给人一种十分美好的感觉；土梁两侧种的蔷薇垂下两三米长的藤蔓，繁盛的花朵缀满枝条，那个热烈啊！看到高亦健陶醉的表情，不用再问什么，司马宁当即喊守门人老宋过来，见老宋腿跛走不快，自己快步迎过去："快打电话叫老板来，就说买主来哩！"

老宋腿不好使，嘴可是挺利的，一听是大买主，话匣子就打开了："看你二位就不是普通人么！你看上这院子就对了，说明你眼光嫽！咱这搭菜园、果园样样齐全，风水也嫽得很！"

司马宁跟着撂起了长安话："先嫑谝，先赶紧打老板电话！"

老宋对对对好好好打了电话，然后兴奋地接着谝："咱在这搭六年了，对这个院子太了解了，这一草一木、这菜都是咱种的，这里水清土肥，种啥长啥，风水嫽得很！"

司马宁打趣道："乡党你说风水好，这养老院咋办不下去咧？"

老宋赶紧分辩道："那不怪这儿的风水，干啥都要务哩，那几个老板就不是做生意的人么！整天扛着长枪短炮四处跑照相耍，不做广告不拉客，看看人越来越少，后来干脆关张算尿了。这两年是几个老板自己耍，常有一伙一伙和他们一样的人进山来照相哩。清明前听说老大去山里照相跌到崖下，两条腿都日塌了。老大一倒，都没心玩了，这才说起要卖院子。"

电话铃声打断了老宋的唠叨,他接完电话后起身说道:"来咧来咧,再有一袋烟工夫就到。来的是这儿的二老板,现在管事的。两位老板,咱先说个事,你们要是买成了,可要把我老汉留下哦,我给你们种地看门啥都能干。"

司马宁指着老宋笑道:"乡党说一整主要是这句话。好!要是我们买成了,你留下把菜种好,我们还要给你涨工资哩!"

老宋听完满脸堆笑,连连喊道:"先谢了,你这人一看就是做大事的,长了一副菩萨相,跟你做活不怕没饭吃,将来你叫咱干啥咱就干啥。"

司马宁给老宋甩了一根大中华:"好,这会儿你先带咱把房子里外都看一看,我先瞅瞅接手过来得多少银子拾掇。"

老宋屁颠屁颠领着司马宁上楼去看,高亦健没有随行,而是迫不及待地钻进果园里,寻找刚才一进来就闻到的满园果香。

随着摩托车声窜进院子里,一个五十来岁的汉子快步跨进大厅,人未见声先到:"老宋烧茶了没?"

司马宁笑吟吟地迎上去:"不是从城里来的吧?才半个钟头,没有这么快的。"

"从镇上来,今儿在镇上办点儿事。你老兄可是贵客呀,慢待了!"

司马宁指着自己的脸:"你认得我?"

汉子说:"哪能不认得你老兄啊!玩石大师司马宁,咱这一带七沟八峪的人哪个不认得你石头王司马大师?"

司马宁笑声震得满屋回音:"哈哈哈!好,就信了你的好听话。那这位高作家你也认识一下吧,这才是大师,真才子。"

握了手,报了名,高亦健带着笑点点头便退到茶桌旁,他一

向不善于寒暄拉扯。谈判的事就靠司马宁啦。汉子说他叫周信,便忙着温洗茶具,老宋上前帮忙,周信挥挥手说:"没你事了,耍泼烦咧。"

片刻,茶香飘起。司马宁端起茶杯,打量一番,又放到鼻子下嗅一阵,赞道:"好茶!在这荒天野地的小院里,还能喝到上好的金骏眉,谢了。"

周信说:"司马大师啥好茶没喝过,茶不值一提。你品一下这水,这是山上深井打上来的,真正的地下矿泉水。这才是难得的。"

听他这么一说,高亦健也细细品咂着茶香里透出的水的甘甜。其实,刚才高亦健独自在水井旁已经观察过了,浇菜地的水龙头正哗哗地流着,他掬了一捧入口,立刻感受到了一种清冽、甘甜,要是人每天能饮用这样的水该是多大的福分啊!周信重点强调这个水是很聪明的做法,说明这人很有心计。他看上去有一种久历江湖的练达,又不失文化人的质朴,常年野外摄影,脸庞被风霜浸染,显得粗糙但不失精致,眼神却灵动而深邃。不等司马宁问,周信滔滔不绝地介绍起这个院子的来历。

"当初我们三个人合租下这块地,用了三年建起这个院子,主要投资人不是我,是我们老大,他拿大头。他是摄影界有分量的玩家,我们一起拍摄秦岭多年。看过那个专题片《中华大秦岭》吧?那里面主要的照片都是我们提供的。当时建这个院子,为的是进山方便,那阵子三天两头进山,出城回城太督乱,司马大师,你也是爱山人,知道这一点。原来想着简单搞一个基地,后来一建起来就收不住了,砸的钱多了,就想搞点经营养这个院子,听了朋友的建议,捎带着搞了一所养老院。养老院建起来才知道,我们几个哪有搞经营的本事,头几年请了一个职业经理打理,搞得入不敷出,干脆关张，只务着院子自己耍，家人、朋友偶尔来聚一聚做顿饭，种点菜几家人吃不完，也挺好。可是天不遂人愿啊！二月时我们去太白山拍片子，老大踩积雪上滑倒摔沟里，腿断了，腰也折了，这会儿还在医院躺着呢。医院这个无底洞，把老大的家底儿榨干还不罢休，这不，只好卖院子啦。其实说卖不准确，只能说是腾地方给能耍的人接着耍。"

周信一口气讲清了院子的来历和经营过程，端起茶杯喝茶。司马宁道："你这个兄弟是痛快人！通透！你是知道我的，爱山爱石，三天不进山就皮痒，我进山哪里都能住。但我这几个朋友又是作家又是教授又是公务员的，身子娇贵，有意趸摸个小院子。有首歌咋唱的来着？'看过来，看过来'，这就看过来了。"

周信说："真人面前不说假话，这个院子不敢说是卖，只能叫换租，合同签了三十年，还有二十多年的玩期，我们只把建楼的一百五十万收回来，整个院子就归你们了。你的朋友都可以来看看，过一段时间就能摘杏摘桃，还可以在这儿种菜做饭体验体验，有没有这个缘分咱们再说话。"

周信真是个爽快利落的人，放下茶杯起身把老宋喊进来说道："招呼好老板们喝茶。"掏出一张名片双手捧到司马宁面前："司马大师留个电话，今后常来这个院子耍，我先走一步。"转过脸又对老宋说："这二位都是贵客，今后他们不管几时来，都要好好招呼，采摘、做饭随意玩。"说完，握手，告别，跨上摩托车，一转眼便不见了踪影……

就是这样，今天约方逸群和吴唯带家人来，大家都满意的话就要商量买院子的事，接下来就要进行实质性的谈判。当然，更重要

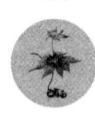

的是让大家体验体验这种有自家院子的快乐。

司马宁在路上就打过电话，老宋已烧好茶、打开院门在外等候。在大门外依次停好车，一行七人缓步走进院子里。不一会儿，方逸群的夫人，还有吴唯的妻子和女儿就被果园里满树的桃李所吸引而欢呼雀跃。尽管还只是毛茸茸的青涩小果子，但那满树繁盛、果实累累的景象已惹得她们围着果树赞不绝口。

方逸群一进院子就东瞅西看目不暇接，他瞪圆了眼睛惊叹道："我的天呀！这咋还有这大一个世外桃源呢？嫽扎咧！嫽扎咧！"

吴唯显得沉稳一些，他在政府工作多年，常接触土地方面的事，比较有经验。所以，他进院子后一边听司马宁讲院子的来历和基建情况，一边打量整个院子的结构、占地面积。

高亦健顾不上他们，独自走进果园深处。自从三周之前来过之后他就一直念想着这个院子，只是为等吴唯隔了这许久才来。上次来果园里是嫩绿粉红，眼下已是满眼浓郁的苍翠，俨然另一番景象了。他记得上次一进院子便立刻被满园春色吸引，循着袭人的花香跑进了桃杏园，真是满园芳菲啊！千朵万朵粉白粉红的花朵争相斗艳，春风拂过，花瓣如片片雪花凌空飞舞，那份壮丽，那份绝美，当即震撼了他。如今，那风中舞蹈的仙子呢？那寂然无声的满地落英呢？那惊心动魄的绝代芳华去了哪里？春天就这样去了吗？美好的事物，美丽的风景，为什么总是稍纵即逝……

"午饭咥啥？老板交代了，你们来要招待好，你看要啥菜我去买。"老宋殷勤的问话打断了高亦健的遐思。

高亦健扭头看着一同过来的司马宁说："我看菜地里有小青菜，有小葱，还有香菜，这就够了，不用买。"

老宋说："我是说需要鸡蛋、肉啥的我去买，蔬菜咱有，粮食也有。"

司马宁对老宋说:"你不要管了,我们有啥吃啥。"

高亦健问:"咱们今天就来一碗油泼面咋样?"

司马宁道:"你是美食家,你弄啥咱吃啥。"

在吃货面前,饭不是个事儿。高亦健把菜地瞅了一遍,种的品种倒不少,只是有几样蔬菜都还没长起来,只有一畦绿油油的小青菜、几垄小香葱长了个七八成,香葱根茎处裹着一层红皮,正是香味足的时候;还有桌面大一片半尺高的香菜,迎着正午的阳光散发着浓香。

厨房的案头上有辣子面,还有几头蒜,高亦健觉得足以烹制几碗上等的油泼面了。真正的吃货,不仅要能做一手好菜,还要善于用简单的食材烹制出美味的家常饭,高亦健打算露一手。

他先动手和面,然后提着刀去割了些青菜、香菜,拔了一把小葱,两位夫人接过去择选清洗。

当一碗碗油泼扯面摆在大家的面前时,一个个都迫不及待地端起碗品尝——几片水嫩的青菜叶子,一撮小香葱,一小把香菜,少许蒜蓉,沸油嗞啦一声泼上去,香气立刻满院飘散。方逸群吸溜一口,大叫过瘾;司马宁咧着蛤蟆嘴一阵虎咽,腾不出嘴说话只是满脸堆笑;吴唯吃一口瞅一下,似乎要搞清面条里的奥秘;两位女士和小公主也不矜持了,方夫人闭起眼睛赞道:"哎呀!没吃过这么香的面!"

小公主疑惑重重地问她妈妈:"面条也可以做得这么香吗?"

吴夫人开心地说:"是啊,你说这普通一碗面怎么会这么香呢?并没有用什么特别的东西啊!"

高亦健最后一个端上碗,对着大家的赞赏,说了一句颇有哲理

的话:"最简单、最淳朴的东西,永远是最好的。"

正午的阳光很暖和,两位夫人在侍弄菜园子,方逸群在清扫桃树杏树下的落果,吴唯在用眼光和步子丈量院子的土地,司马宁指着他们笑道:"这些人,这还不是咱们的院子好不好?这个院子能不能租下来还没谱呢!"

司马宁悄悄对高亦健说:"要是大家都喜欢的话,下次来我就和老周开始谈价钱,争取把价钱压到一百万,最多一百一十万,已经有五六个朋友想要加盟,每家出个十来万应该不成问题。再说,楼房平房合起来有三十多间,住十家人都很宽绰。"

高亦健点头不语,这些事情要靠司马宁。他盘腿坐在杏树下的草地上,静静地享受阳光的抚慰。目光顺着树冠向上攀缘,蓝天深邃而遥远,那么安宁,那么纯净。眼前的一棵棵桃树、李树、杏树,一丛丛花草,还有菜地里新插的秧苗,都是那样亲切,好似一个个老朋友在等着他们。不时看到有小虫匆匆爬过,听到被挤下树的青果落地的啪啪声响。

安宁的净土哟,梦中的家园,真希望能常常生活在她的怀抱里……

"梦见周公啦?"方逸群把高亦健从遐想中唤醒。

高亦健目光灼灼:"是,周公说算他一份。"

走出院子,直到大家都上车后,老宋还不舍地攥着对司马宁说:"下周还要来啊,事情要抓个紧!"

司马宁笑眯眯点头:"抓紧抓紧,你把菜务好啊!"

车往山下开,大家还回头望院子,都是依依不舍的样子。高亦健说:"老宋种菜不是好把式,你看菜地里的青菜种得太密,黄瓜秧子要选苗,番茄苗要打尖。还有,桃、李、杏树都需要修剪,竹林要重新布局，院子里缺几棵桂树……下周咱们要来啊，节气不能错过。"

司马宁笑着点头："来，来，要来的。"

2

周一上午，高亦健一走进办公室就感觉气氛不对，同事们一个个眼神怪怪的，有人望望他欲言又止，有人慌不迭地躲闪着他的目光，有人做出埋头工作的样子。高亦健猜想，一定是马总编又出了什么幺蛾子，这种小氛围已经持续一阵子了。可今天又是为哪般？老子清晨赶着早高峰去交通厅采访，虽说是约好的半小时对话，可路上一折腾大半个上午就搭进去了，我可是一路急赶回来的。若总编为此不高兴，这还有天理吗？难道是因为还有别的更麻烦的事情？

不管是不是总编找碴儿，先喘口气沏上茶以逸待劳吧。高亦健端着茶杯去接水，坐在东头的记者小苏也端着茶杯往饮水机这儿走来，走到高亦健身边等候的那一刻，小苏蛾眉轻抬扫了他一眼，耳语般说了一句："高老师，马总编在找你。"

八〇后小苏是社里的"诗仙"，也是至今不可替代的社花，是个正直、善良、重情义的女子。她特意过来提醒高亦健，显然是察觉到了什么。高亦健可以想见，一定是十几分钟前，马总编红涨着猪肝脸，怒气冲冲地进来问："高亦健呢？高亦健怎么还没来！"见没人吱声，看了看高亦健那空着的座位，心知再问也没用，便回了自己办公室。马总编离开后大概也没人敢议论，一段时间以来的

小气候已经让编辑、记者们感觉到了一种苗头——高亦健，这个"报社第一笔"，这个斩获无数殊荣的"名记"要倒霉了。小苏那秀美的眼神中流露着担忧和同情，高亦健知道，她是让他有个思想准备，劝他不要那么任性，不要和领导对着干。高亦健微微点头，嘴角上勾一下，表示会意，轻声道了声谢，便回到小隔间端起茶杯轻轻吹着。

大概是看高亦健年纪一大把，再则也为报社写了许多重头稿件，多次创造加印增量的缘故，报社给他这个年过五十的老记者安排了一个十多平方米的独立隔间，和记者部主任同等待遇，而年轻记者们都拥挤在"大排档"里。

还没等茶喝到嘴里，就传来一声高喊："高亦健！"马总编站在里间门口使劲挥手，一副气急败坏的样子。

大步走向总编办公室时，高亦健感觉到了两侧和身后射来的目光。今天是周一，记者部十来个人大都还没外出采访，各人脸上显现出不同的表情：坐在顶头隔间、和高亦健年纪相仿的记者部主任瞥了高亦健一眼，撇撇嘴，一副幸灾乐祸的样子；几个小伙子脸定得平平的，平时一口一个高老师，求着高亦健帮忙改稿子，以和高亦健一同外出采访为荣，这会儿唯恐与高亦健扯上什么干系；倒是那几个年轻女记者，有九〇后有八〇后的，毫不掩饰地把同情和关心挂在脸上。

果然，马总编脸色很不好看，高亦健刚一进屋，他就劈头盖脸地发飙："以后采写民间的东西要注意实事求是，尤其是民间中医，这个领域鱼龙混杂，你不要再给报社惹麻烦了好吗？"

高亦健频频点头，等待马总编的下文，知道重点在后头。

"你写的那个专治疑难杂症、癌症的张三公被查了，非法行医！"

"什么？我看过他的行医证啊！再说我采访了好几个经他治疗痊愈的病人，疗效都是经过医院检验的，怎么可能是非法行医？"

"治好病人有什么用？非法行医就要被查处！他是有行医证，但那是一张过期作废的行医证。这件事搞得报社很被动，社长把我臭骂一顿，让马上停办《大美中医》专栏……"

张三公被查处了？高亦健心里一震，扭头就走。马总编喊道："干什么呢你？我话还没说完呢！"高亦健挥了挥手："我有事！"

马总编追到门口，看着高亦健一阵风似的卷出记者部大门，和记者们一起呆愣在原地。

张三公诊所离报社也就七八站地，在城南二环外的一条巷子里，开车也就一顿饭工夫。巷子头临街那间旧房模样没变，墙上脏兮兮的，一些凌乱的广告纸像一只只蝙蝠倒挂在墙上，不时随风飘动，仔细一看，门前那块斗方大的诊所招牌已经没了踪影，只留下墙上一块方形的灰色印痕。高亦健低头钻进半开的卷闸门里，一个胖大妈正在埋头缝纫，好像这里从来没有开过诊所、从来没有出现过张三公一样。高亦健退回到大街上，谁也没问，心知问了也没用。但高亦健有预感，和张三公肯定还会见面的。张三公是个郎中，总要给人看病，看病医术好就会在民间口口相传。再说，高亦健吃了他炮制的养胃丸刚刚见效，还要找他的。高亦健想，如果再见面，一定要向他说一声对不起，真的没想到自己的一篇报道会害了他。不过，要想找到他怕是要费些功夫，又要过好一阵子甚至一年半载了。

车驶出巷子，高亦健突然不想回报社了。干吗？还没看够马总编那张油腻的猪肝脸？他眼前浮现出司马宁那张弥勒佛一样的笑脸——对了，去学校吧！他平时一有什么不痛快就去学校看看石头，和司马校长聊一会儿。遂停车打了个电话，然后掉头往城南方向驶去。

这是一个有趣的怪象。城南大街是本市繁华的商业大街，寸土寸金，大街两旁挤满了商铺、酒店，在一排高大浓密的法国梧桐后面的高楼下却藏了一所学校——一所民办小学。民办小学倒也没什么稀奇，稀奇的是这所学校校园的绿茵场上耸立着很多千奇百怪的巨石，形成一片奇异而壮观的石林。教学楼一层还有一座数百平方米大的奇石馆，各种奇石琳琅满目。高亦健每次一走进校园，都感到心情舒畅。奇石相伴，目极蓝天，足浴绿茵，吸草木清新之气，闻学童琅琅书声，他脚步轻移，唯恐惊吓到广玉兰和女贞树上缭绕翻飞的长尾鸠、金翅雀们。

做了几年赏石美文撰稿人，那些奇石早已亲近如友。高亦健每次一进校园，这种感觉就特别强烈，总是一边打量着树荫下、花丛中的奇石，一边疾步走到石馆门前的叠山边。在这所步步有美石的校园里，这座小小叠山是园中之园、石景之最，是司马宁的得意之作。司马宁以黄龙玉、紫蜡石、蓝田玉、鸡血石等秦岭玉石叠堆为山，玉白、翠绿、血红、橙黄诸色皆有，石缝里一丛丛兰草点缀出无限生机，更绚烂夺目的是叠山的"崖顶"和"沟壑"间随风摇曳的几株猩猩红枫树和铁榆树。叠山有致，寸石生情，好一个微缩的自然山水，如同把秦岭搬进了校园。司马宁在奇石的形状、纹路和多彩的颜色里能发现它们的奇、特、怪、妙之处，能发现每一块奇石的神韵。那若有若无、似与不似之间，有着无限的变幻。每当静心面对这些奇石时，高亦健的内心都会有一种愉快的冲动，都会感受到一种心灵的慰藉。

第一次去校园，站在那座叠山面前时，高亦健就知道，这位司马校长是园林专家、赏石高手，胸中定有乾坤。司马宁比高亦健年长些，一双凤眼时常笑眯眯的，一张蛤蟆嘴总是向上勾着，给人一种喜乐的感觉；六十好几的人了，整天笑呵呵的，捉弄人时咧着嘴坏笑，有人夸奖他的石头时呵呵畅笑，遇到知音谈石论道时会开怀大笑。那张蛤蟆嘴说出话来很有特点，声调高亢而不失庄重，却又带着一种野性和戏谑的成分，喜欢雅俗混搭，自创的俏皮话常常脱口而出，听者却常有一语中的之感。但每当谈起他的奇石时，司马校长就换了一副腔调，才思汹涌，一本正经，还带着浓浓的哲学味。

世上很多事情的背后都藏着神秘的机缘，有些美好的东西也许多年来就在你身边，能否"遇见"却要看有没有缘分了。高亦健能走进这所校园，进而结识司马宁和他的石头，是上苍赐予高亦健的又一次重要的"遇见"。

那是2015年元旦后的一天，报社派高亦健去采访一个赏石文化研讨会，起因是中国观赏石协会突然组织一个专家团来到秦西市，来到司马宁的学校给他的奇石博物馆授予了一块金光闪闪的"中国赏石艺术非物质文化遗产示范基地"牌匾。虽说赏石文化是一种民间化的边缘艺术，但国家级观赏石协会是国家部委一级协会机构，又是前来命名"非遗"基地的，市里应该显得足够重视，便请来了省社会科学院的几位研究员和文化界的一些专家学者，以及几家媒体的记者。市府办公厅秘书吴唯也是在这次走进校园、走近秦岭石的。

而方逸群和司马宁相识更早一些，一个雕塑狂人与一个石痴一见如故。这之后，高亦健便有了一次次与司马宁、方逸群、吴唯一同赏石，隔三岔五一起在校园喝茶聊天，时不时一同进山的美好经历，还有了一篇篇赏石美文……

高亦健二十分钟后驶进校园，停好车，走进校长办公室，司马宁和方逸群已经泡好茶水等候着他。刚才和司马宁通话时就知道方逸群也来学校了——这个方逸群也是个石头迷，只要没课，就往学校跑。

"今天怎么了，是报社闲着没事，还是让你出来采访？"司马宁递上茶杯问道。高亦健经过叠山时没有停步，只是扫了一眼便进了办公室，细心的司马宁想必是发现了高亦健情绪有些低落，才有这一问。

高亦健接过茶杯咕嘟咕嘟牛饮一气后说道："我从南关巷来。"

"哦，去看张三公了？"

司马宁看高亦健兴致不高，便拿出手机找出高亦健写的那篇关于民间中医张三公的长篇通讯，对方逸群说："高作家写那个民间中医的文章可是火了，你看看，好多人转发，好多人索要联系方式，打赏的人也不少啊！怎么样啊，高作家，稿费不少吧？啥时候请客？"

高亦健低头喝茶，无语。方逸群说："这篇文章我拜读了，写得真好！这个张三公貌似愚拙，却是内有乾坤，既有妙手回春之术，又有一副菩萨心肠，是个深藏民间的好中医。有机会请老中医给咱也瞧瞧，这段时间我老觉得身体不太对劲，失眠、没力气。"

面对二人追问的目光，高亦健苦笑着摇摇头："别提了，老中医的诊所已经被摘牌，人也不知去了哪里。"

方逸群惊诧地问："怎么会这样？你写的文章上个月才在报上

发表，人们争相传阅，一时间洛阳纸贵，怎么会被摘牌呢？"

高亦健说："就是这篇文章惹的祸！文章发表后引起了有关部门注意，他们对这个老中医进行调查，发现他的行医证过期了，就做了罚款和停业处理。老中医也不知去了哪里。"

司马宁听明白了原委，惋惜道："把他家的！就是说你这一宣传倒把老中医害了？可不是嘛，老中医有了名气和影响，引起上头关注，一查手续不全，无证行医是非法的，不但要罚款还要处理，那老中医还不赶紧跑路？"

高亦健哭笑不得地说道："老中医有行医证，我看过，但上头说这个行医证是过期的。民间中医多数都有这样那样的不足，要找他们的问题太容易了。去年我采写那个刘一贴，人家就靠那一贴祖传药膏治好了多少人，可是我一报道，害得刘一贴的祖传绝技也不能临床使用了。"

方逸群问："刘一贴也是非法行医？"

"他的行医证倒是有效，但说他这个疗法未经相关部门临床验证，不能作为中医诊疗技术。"

方逸群突然大笑："厉害了，我的哥！高作家一支笔真是无敌利剑！民间中医让你写一个没一个，高亦健，'一剑没'，哈哈哈哈！"

司马宁冲着方逸群挤眼让他住口，高亦健这会儿哪有心思逗笑，这个没心没肺的家伙！

接下来的茶叙，高亦健一自闷闷不乐，坐了一阵就起身告辞了。司马宁看高亦健情绪不高，也不再留，把他送到大门口问："你要找张三公？"

"是，一定要找到张三公！"

高亦健的车子驶出大门时，司马宁喊道："周末咱进山啊！"

有一次,记者小苏向高亦健转述了年轻记者们背地里对高亦健的评价:高亦健这个人虽然不当主任不当总编,任何职务都没有,年纪一大把,却深得大家敬重。他不仅学问、文章一流,还形体和气质酷似高仓健,特立独行,不随庸流,一副傲骨。不管他们的话是否言过其实,说到特立独行,倒可以说是名副其实。全报社五十岁以上这个年龄段的人当中,高亦健是唯一一个没有主任、总编一类职务的人。这类事情在高亦健眼里,简直就是可笑的儿童游戏:一个人的能力、才智、业绩,社里看不到吗?却由一些奇怪的潜规则来决定,要找领导,要托人,要送礼!要确定你是谁的人,你要主动"要求进步",也就是说,这个官位要去"要",去"求",否则你就被排挤在外。高亦健素来厌恶那种拉扯攀附的恶习,也不喜寒暄,对上级总是那么一副有话长无话短懒得啰唆的样子。多年来他能在报社立足,在众人心中还有那么丁点儿分量,也就是靠写文章这么一点儿长项——记忆力超强,采访从不做记录,短稿不过夜,长稿不出周,一次成稿。常常是人还没回来,当期报纸重要版面专门空下等他的稿件。当然,完成报社的采访写作,可以说只是高亦健写作的冰山一角。高亦健频频在报刊发表的散文、随笔,吸引了更多人的目光。近年来微信普及后,文章传阅的便利更增强了这种影响,高亦健写的奇石鉴赏文章和传播中医文化的随笔形成一个小热潮,促成了一个读者圈。但高亦健知道,所谓"报社第一笔"其实不算什么,他要是不写了,很快就会有另一个"第一笔",这不稀罕。报社年轻人看重的是高亦健的另一个名号——"骨灰级吃货"。高亦健曾在家里为同事们做过几次小规模家宴,年轻记者们一个个瞪大眼珠子惊呼连连,小苏端详着菜肴叹道:

"原来在家里也可以把菜做成这样！原来吃货的日子是这样的！'鲂鱼肥美知第一，既饱欢娱亦萧瑟'，高老师给我们诠释了什么是品位、什么是生活！"后来，报社组织了几次野外拓展训练，高亦健做了几回野外行军餐，让更多的人知道了他们身边有一个深谙美食之道的吃货、一个手艺不凡的业余大厨。之后社里无论大小聚餐，都让高亦健来配菜下单，而他，也总能让大家满意，总能获得年轻人的喝彩。因此，社里让高亦健主办《美食》专栏，火了一阵。再后来，2016年春，当高亦健把宣传中医的策划案提交社里后，立刻赢得上下一致的肯定与支持。当时正是国家大力号召推广传承传统中医药文化的时节，屠呦呦因发明抗疟疾新药青蒿素和双氢青蒿素被授予诺贝尔生理学或医学奖，引发了全世界对华夏中医的关注，国家也连连出台了弘扬传承中医的利好政策，《中华人民共和国中医药法》正式颁布，一度受冷落的传统中医渐渐成为全社会关注的热门话题。

按高亦健的策划，报社增加了《大美中医》这个栏目，每周一期专版，采访民间杏林高手，讲中医故事。这个栏目一经推出即受市民欢迎，报纸印数也增加了不少。那一时期，高亦健采访了不少中医，古城民间一些老字号诊所、默默无闻的老中医陆续见诸报端，为人们打开了一扇了解杏林医事的窗口。随着一步步走近中医，高亦健自己也彻底被中医"俘虏"了。近两年来，除了中医，其他采访和写作任务他都不往心上放，只记住个中医、中医。有时为寻访一位深藏民间的中医到处跑，一连几天不见人。渐渐地，马总编、周社长也都看他不顺眼了。这回张三公被查，他们都一副气急败坏的样子。马总编和周社长的火，压了很长时间了，高亦健没有怪他们的意思。报社又不是中医管理局，哪里管得着中医兴不兴亡不亡？但高亦健却深陷其中不能自拔。这一切是从什么时候开始的？好像没几年，怎么就收不住了？直到后来高亦健离开报社的时候，社里同事们还是搞不明白：好好一个记者怎么就迷上了中医？就像马总编说的，好好一个大报"名记"，怎么就被中医迷得神神道道的？

只有高亦健自己心里清楚，与中医的结缘，始于老同学杨大林的一次车祸，那是三年前的事。

3

2013年，父母亲都还健在，高亦健基本上每隔一两个月就要回到秦岭大散关山脚下那个小县城，看望年迈的双亲。每次回去都会约上老同学杨大林，与他聊会儿家常，感谢他平日里对父母亲的照顾。杨大林家和高亦健家是近邻，两人在小学、中学一直是关系很铁的好友。大林这个人忠厚老实，学习不行，勉强上完高中，自知考大学无望，就干脆放弃了高考。高亦健到外地读大学，然后留在省城工作、成家。二人再见面时都已是人到中年。后来听说大林开起了出租车，再后来又听说他被秦安区政府聘用为专职司机。这工作不错，累不到哪儿去，就是开车接送一下领导，有时还跟着领导享受一下基层接待的福利，时不时还有礼品分享。从那以后，高亦健再见到老同学时，就觉得他总是一副志得意满的样子，聊起天来神采飞扬，心中暗暗为他高兴。

可是没有想到，杨大林的好日子才持续了不到一年就出事了。2013年秋天，高亦健回到老家后听邻居讲，大林头天出车祸了，他载市府一个副秘书长去深山里的村子扶贫,是在翻越秦岭时出的车祸。大林平时开车稳,技术又好,是后边车辆刹车不及追尾,把他们的车顶下了沟坎。副秘书长双腿受重伤,伤情挺严重,大林踩刹车的那条腿骨折,胸腔受到猛烈的撞击,断了几根肋骨,可能还伤到了脏器,伤情更重一些。一闻此讯,高亦健急忙打听所在医院赶去看望。小县城就那么两三家医院,他很快找到了大林的病房。面无血色的大林看到高亦健来,露出憨憨的笑容。在他心目中,高亦健属于事业有成的一类人,并没有忘记他这个没出息的同学,还来探望他,大林特别高兴,同学中只有高亦健从来不小看他。

大林说:"你那么忙怎么还跑到医院来看我?"

"老同学都成这样了,我能不来吗?"高亦健急忙查看大林的伤情,只见胸腔和右腿被纱布包得严严实实。高亦健问起救治的情况,大林说出事后就被送到这个医院进行了初步急救,然后很快有车来把副秘书长接走了,想必是送到省城大医院接受更好的治疗去了,大林一个临时工就只能留在这里了。高亦健心中不平,大林伤情更重,为什么不送大医院?难道领导的命就比司机的命贵重吗?便对杨大林说:"我帮你联系省城大医院,大医院设备好,治疗保险一些。"

大林抓住高亦健的手说:"千万不要!到那儿动不动就十几万,看不起。"

"你这是工伤,应该走公费医疗的。"

大林摇头道:"我连合同工都还没有办下来,哪有什么公费医疗?"

恰好,社里来电话,知道高亦健在凤林县,就让他顺便采访在扶贫一线工作的副秘书长出车祸受伤事件。听大林讲了出事的过程后，高亦健连夜回到省城，翌日晨便赶到唐新医院。这是省上最先进的医院。那个副秘书长即将接受手术，高亦健只是隔着玻璃窗看了一眼，一群医护人员围着病床上的副秘书长在说什么。副秘书长还很年轻，看起来跟吴唯差不多。医生们好像正在讨论确定手术方案，各种仪器灯闪闪烁烁，强大的医疗阵容和高科技仪器给人一种可信赖感和安全感。看来采访是不可能了，况且，这件事本身就没有采访的意义和必要。护士长给高亦健讲了副秘书长的医治情况——市领导很重视，调来了几位专家会诊，由省上著名的外科主任医师亲自执刀，不用担心。

高亦健担心的是大林的伤，托人安排接大林来省上治疗，大林坚决不答应。一周后高亦健再次回到老家，买了一些营养品和水果，专程去看望大林，却听他家人说，大林被送到离县城很远的一个小镇上的中医诊所治疗了。高亦健一听就急了，本来就担心县医院条件太差治不好，现在被送到更偏远的乡镇诊所，大林能被治好吗？大林的家人看出高亦健的担心，解释说是亲戚介绍的一个老中医，医术好、心肠好，在当地很有名气，肯定能治好，让他放心。高亦健放心不下，但路途遥远，不方便去看望，只好作罢。大林没钱，只能找穷山沟里的土中医治疗，这也是没办法的办法。高亦健心里暗暗为大林惋惜担心，若是年纪轻轻的落下个残疾，这一辈子可算是完了！

隔了大半年，高亦健再次回风林县看望父母亲，一到家先打问大林的情况，母亲说："大林好了，还干老本行。"

"好了？还干老本行？就是说他竟然又能开出租车了？！"高亦健不敢相信母亲的话，但母亲肯定地说："是啊，下午你就能见到他了。他从家门前过，总要来看一眼、问一声。"

晚饭时，见大林开着的士进了院子，高亦健急忙迎了上去。大林下车有些腼腆地站在高亦健面前，傻乎乎地笑着。高亦健扳着大林的身子前后左右瞧了一番，又细细打量他的腿和胸腔，甚至还擂了他两拳，没事，完全康复了！

"全好了？"

"全好了。早都好了，家人非让我多歇一阵子，这个月初才干起来。"

"给家里打个招呼，咱俩喝两杯！我妈做了板栗炖鸡，我一直饿着等你呢。"

"嗯，好！"大林掏出电话给家人说了一声，把车停在路边，进屋喊了声"高妈"，便和高亦健相对而坐。

"快说说那个中医是怎么给你治疗的。我后来又回来一次，你家人说把你送到很远的一个小镇子上找中医治疗了，路太远，我没法去。"

"我知道。你买的东西我都收到了。"大林说，"我当时觉得怕是没指望了，想着这辈子就这么完了。没想到那么个穷小镇上的老中医，竟然真的给我治好了！"

"大林，你知道那个副秘书长后来怎么样了吗？"

"知道，县上有人谝这事，说是因为引发骨髓炎把腿锯了。"

是的，高亦健在几个月前就听说了那个副秘书长的结局，在各级领导的关心下，在省上最先进的医院里被截去双腿，副秘书长的仕途就此终结。高亦健当时想大林的下场肯定更悲惨，甚至都不敢问。他怎么也没想到，大林会这么生龙活虎地出现在自己面前。

"快告诉我老中医是怎么给你治疗的？"

"也没见啥神奇的法子，老中医给我接上骨后，只用了一种他家祖传的药膏，有时他也采几样草药来熬煮给我喝。在老中医那里住了两个多月，一共就花了几千块钱。"

　　这件事颠覆了高亦健对于中医的认识。也就是从这时起他开始了对中医的了解和关注。那是个什么样的老中医？只是用点家传的药膏，熬煮几种草药，大林的胸部损伤和腿伤就全都好了！而那个副秘书长被接到省上最有名的大医院，专家会诊，主任医师执刀，用最先进的设备，吃最好的药，医疗费花了好几十万，最终还是锯腿了事。这样的结局是不是很奇怪？更奇怪的是，如果再发生同样的事，人们也许还是会重蹈覆辙，而没人会相信一个小镇上的老中医。

　　这是怎样一个老中医呢？他用那么简单的办法怎么就医好了大林的伤？怀着强烈的好奇心，高亦健让大林带他去看望老中医。

　　在坑坑洼洼的县镇公路上颠簸了两个多小时，他们来到了一个叫洪坎镇的小镇子。穿过小镇街道，车子停在拐角处，又走了一段石板街，大林把高亦健领进了一家简陋的小诊所，见到了这个名叫张三公的老中医。其实算不上老，那时张三公也就六十出头，并不是想象中的那种仙风道骨、高深莫测的杏林高手的样子。他衣着普通、相貌平凡，眼角上有一团眵目糊，说话带着浓重的陕南一带方言土音，看上去就一个乡下老头，只不过是那种健康有力、行动敏捷的老头。大林向老中医介绍了高亦健的记者身份，把高亦健买的礼物放在屋角。老中医抬头看了看高亦健，平平淡淡地打了个招呼就去忙着给人瞧病。

　　诊所空间很小，高亦健站也不是、坐也不是，看了一会儿张三公行诊，也不便说话打扰，便站在屋角打量这个小诊所。诊所有个十来平方米的样子，一侧有两道挂着半截门帘的小门，可以看出，一间是卧室，一间是灶房。三公正在为一个五十来岁的妇女看病，一边切脉一边有一搭没一搭地问着。诊台好像是一张旧课桌，上面有淘气学生用铅笔刀刻下的很多印痕。身后挂了几面脏兮兮的、分不出黑红的锦旗，上面的字是几乎所有中医馆常见的"当代华佗""杏林春暖""妙手回春"什么的。

病人离开了，高亦健问了几个问题，但张三公对采访没有多大兴致，只是说给大林用了自制的接骨膏和汤剂而已。这一辈子治好了多少骨伤患者记不住，治病救人，医者本分，没啥好讲的。还没说上正道，又来个病人，三公又忙上了。高亦健对大林使了个眼色，向三公打了招呼便离开了。

第一次见张三公就是这样，虽然平平淡淡的，话没说几句，但记住了张三公这个名字，高亦健感到了一种力量，并由此一步步走近中医。

说一步步不准确，更像是之后不久的一天里，在訇然一响中，一扇大门开启，高亦健在惊讶和喜悦中闯进了中医王国。

那是见过张三公之后，2015年春一个周末的上午，高亦健同以往一样，去省图书馆度过半天的读书时光。通常他都是在一楼文学馆，这天却信步上到了三楼医学馆，对中医、对张三公的挂念，牵引着高亦健走近一排排中医书架，看到了海量的中医经典书籍，如《黄帝内经》《伤寒论》《金匮要略》《医宗金鉴》等，还有许多中医大师的医案医话之类的。高亦健觉得自己不可能看懂这些，只是像欣赏珍宝一般向它们行注目礼。突然，一本装帧古朴却显厚重的书——《思考中医》跳入眼帘。作者是一名中医学博士。奇怪的书名，中医怎么思考？翻看了几页，心跳加速，怦怦的心跳声让高亦健感到了异样，他站到明亮的窗下，迎着阳光，急切、认真地读了起来。

"中医里最重要的东西是什么？中医里最核心的东西是什么？方方面面都要围绕它，离开它就不行的这个东西是什么？这就是阴阳！《素问·阴阳应象大论》的开首即说：'阴阳者，天地之道也，万物之纲纪，变化之父母，生杀之本始，神明之府也，治病必求于本……'

"上工守神，下工守形。神是什么？神是无形的东西，属于道的范畴，属于形而上的范畴，上工守的就是这个。换句话说，就是能守持这样一个范畴的东西，能够从这样一个层面去理解疾病、治疗疾病，那就有可能成为一个上工……

"在传统文化里，存在很细微、很精深的内证实验，这是不可否认的事实。正是因为这个内证实验和理性思考的结合，才产生了传统文化，才构建了中医理论……"

天哪，这就是中医，中医的前世今生是这样的！明媚的春光从窗口洒进来，拂照着高亦健的身心。那一刻高亦健感觉到，自己的生命中有些事情要发生了。

这之后，高亦健连续几个月沉浸在《思考中医》里，由此开始了自己的"思考中医"。《思考中医》像一把密钥，引领高亦健步入岐黄王国。高亦健像着了魔一样扔下一切，在一年多时间里细细研读了《黄帝内经》《伤寒论》等中医理论典籍，按照书中的秘诀探寻，仿佛进入了一座巨大的宝库。这是一个前所未有的令人瞠目令人惊喜的宝库！高亦健感觉自己闯进了一个浩瀚的宇宙、一座神奇的迷宫，流连其中、徜徉其中，深深为之陶醉。真像马总编和周社长说的那样，好好一个记者让中医迷得神神道道的……

如果说，阅读经典为高亦健提供了一叶在华夏中医的海洋中遨游的小舟，那么，现实中的张三公就是为高亦健摆渡的艄公。

自从2015年冬季父母亲相继离世之后，高亦健就很少再回到那个大散关下的小县城了。年关的一天，大林给高亦健打电话说，他去山上祭奠了老人，然后又说张三公到省城来了，但在哪个区哪条街巷不知道。听到张三公在省城的消息，高亦健振奋不已！自从到小镇看过张三公后他一直忘不了，这一年多来他自学了一些中医理论知识之后，更是急切地想要见到张三公，想向他请教好多问题。高亦健立刻开始四处打听寻找。然而，要在一个千万人口的大都市里，找一个人实非易事。高亦健一个区一个区、一条街巷一条街巷地打听，后来又托一些熟悉的作者、读者帮忙，才在三个月之后打听到张三公的地址，当即找上门。

张三公来省城已经有一阵子了，在城南一条巷子里租了间厦房落脚。刚开始他并没有挂招牌，只是一些与他有联系的病人找到这里来治病。后来是几个患者托街道办给他办理了行医许可手续，并帮他挂了诊所牌子。高亦健一路打听，终于摸到张三公的诊所，当他站在门口时不由得心中一阵悲凉，暗暗叹息民间中医的艰辛。小厦房吸热，5月的秦西城尽管才是初夏时光，但屋里已经热得透不过气了。诊室很小，屋里只有两三个病人，却已经显得拥挤不堪。高亦健进屋喊了声张大夫，显然张三公已经不认识高亦健了，只当他是求医的病人，说了声排队便自顾去忙了。

第二天，高亦健再去看望张三公时，张三公终于记起来这是那个到小镇上去见过他的记者，但还是没时间搭理。高亦健没有在意，而是静静地在一旁看着张三公给人诊病。第三天再去的时候，张三公正在给一个老年妇女治膝关节病，旁边有一个候诊的病人，之后断断续续有求医者来，张三公一直忙着给人看病，没有时间和高亦健说话，高亦健就那么静静地看着、等着。

不知是第五次还是第六次，高亦健再去的时候，张三公脸上终于有了笑容。那会儿没有病人来，张三公在独自饮茶，见高亦健进屋，脸上露出了从来没有过的笑容。高亦健心想：好，看来今天病人少，心情也不错，可能肯接受采访了。

但张三公却摇头道："你呀你呀，怎么还来？你说你来搞啥嘛！"话虽还是凉冰冰的，却难掩饰住发自内心的一缕笑容。他一边让座一边拿起纸杯给高亦健斟茶，说道："你这个记者做事倒是蛮有定力的，去年找到小镇来，眼下我隐于这城市人海中，你又一次次地找来，你到底要做啥？"

"张大夫，我要采访您，我要写民间中医，写出中医的医术医德和治病养生之道，写出民间中医的生存状态，让人们了解中医、信任中医。"高亦健从公文包里掏出几期报纸说，"张大夫，您看看，我们报社专门设置了《大美中医》专栏，刊发介绍中医文化的文章和有关民间中医的新闻报道，我已经采访过好些中医了。"

张三公把报纸推到一旁："医病救人这号事不好讲，有些事做得说不得。"

高亦健说："张大夫，一年多以前，我到镇上找您时，只是出于对中医的好奇，眼下我是一名中医文化传播者。我不是要简单写一个民间中医的医术医德和治病救人的好人好事，我是想写出传统中医的根在哪里，传统中医的魂在哪里。这一年多我阅读了《黄帝内经》《伤寒论》《难经》等中医典籍，也采访了一些民间中医，对传统中医有了一些了解，我对中医真的是从心底里喜欢。"

张三公盯着高亦健，眼睛睁得大大的，好像眼角上的眵目糊都快掉下来了，好一阵才说："还真是难得！一个秀才当真迷上了中医，你想改行当郎中吗？"

"张大夫笑话我，我都五十多岁了，再怎么学也入不了门，更别说当医生了。我是想当一个中医的马前卒，用我的笔写中医，让更多的人认识中医、了解中医，让中医这个国粹传承下去，弘扬光大！"

"好！"张三公满脸的菊花纹都绽开了，"你有这份心我支持你！白天常有病人来，晚上就我自己，你想问什么让我说什么都随你。"

"好！"高亦健知道要想来一场推心置腹的交谈，是需要一个没有搅扰的环境和不被中断的时段，夜间能和三公促膝而谈当然再好不过了。

次日傍晚，高亦健走进诊所，三公刚吃完晚饭，屋里混杂着葱花味和中药味。三公把拥挤凌乱的屋子收拾了一番，正在洗茶杯。高亦健把买的酒和烟放在桌上，三公转过脸说："这是搞啥嘛，你是为工作采访，还让你破费，咋要得？"

高亦健像回到自己家一样，接过茶杯动手找茶叶，回答道："这可不仅是为了工作，是我自己喜欢中医，就当是不成样的拜师礼吧。"

"拜师哪里担当得起！不过，你一个大记者、大秀才，能对中医有这份心真是难得啊！现在没有几个人待见中医，你正是做事业的年纪，怎么就往凉处赶呢？"

高亦健说："中医是我们民族的瑰宝，不应该被冷落、被遗忘，不应该是目前这个样子。"

"好！说正事吧。你要怎么采访？说说我看过的病人？"

"这个咱们慢慢说。我想先听您讲讲您是怎样走上中医这条路的，从什么时候开始做民间中医的。"

三公说："要说走上中医这条路，那得从我1982年中医学院毕业后分配到县医院算起。不过那时虽然有医生的头衔,却并没有干多少医生的事……"

"什么?您是中医学院毕业的?!"高亦健吃了一惊——张三公竟然是科班出身!这个土里土气的老头竟然是恢复高考后第一批考上中医学院的大学生!高亦健在采访中医这两年中对那一拨中医大学生有所了解,他们弥补了十年中医人才断代的局面,成为担起时代重任的第一批中医药骨干人才。他们毕业后,或继续深造,成为理论方面的研究专家和硕导、博导;或经多年历练,成为各家医院的主任医师和科室主任等。真是万万想不到还有三公这样的,在乡镇小诊所打发掉半辈子时光,只有一个民间中医的称呼,没有任何职称和头衔,现在年过花甲满头华发,还在巷尾他人屋檐下行医……

"怎么,看我不像上过大学的人?"三公笑吟吟地问。

"不是,我是说您是恢复高考后第一批中医大学生,那都是社会的宝贝疙瘩呀,怎么会脱离体制成为一个个体医者?怎么会……"

"怎么会混成这个样子是吧?自己选的路自己走,这不怪谁。当年大学毕业后分配回老家县医院,县上那时没有中医院,只在县医院里设了中医科。中医科人多岗位少,有的人分来等了几年还轮不上给人看病,大家都是混日子的状态。我就那么混了七八年。时光一天天过去,也没啥不好,医院里很多人也都是这么过来的嘛——熬到时候了,自然就是主治医师、副主任医师、主任医师,工资慢慢涨着,房子也会有的,媳妇也会有的。混到20世纪90年代初,改革的浪潮席卷而来,医院动员职工离岗下海自己找饭碗,我好像一下子灵醒了。我自幼学医是想干啥?我死记硬背啃了好多年的《黄帝内经》《伤寒论》什么的用过几回?这会儿已经差不多忘光了。我在医院按程序给人看病,还记不记得中医是干啥的?还有没有自己的辨证论治观？因此，刚一开始动员，我第一拨就撇下公职回乡了，像过去混社会的民间郎中一样，干过游医，走街串巷给人瞧病，也摆过地摊卖膏药，后来才搞起诊所。今天能在大城市里有一间屋子给人看病，有那些病人等着我、还需要着我，这已经是一个民间中医顶好的命运了……"

这个夜晚，他们谈到了很晚。

之后的十来天，高亦健几乎每天晚上都到三公那儿去。在那间小诊所，在那个因通风不好而满是中药味、消毒水味、饭菜味的空间里，他们聊得越来越投机。

和三公深入交流之后，高亦健才逐渐认识到，这个看起来很普通的土郎中，在医术上竟有许多独特的本事。以前以为他主要是会接骨，原来他的绝活却是治疗肿瘤疾病。所谓肿瘤疾病，就是人们恐惧的、人人怕提及的癌症。他到秦西来，主要就是为治疗几个癌症晚期患者。这几个病人都是在死亡线上挣扎许久了，家里一贫如洗，医院已经对他们关闭了大门。他们中有人听说深山里的张三公成功治疗过癌症晚期病人，而且费用低廉，便到洪坎小镇求张三公医治。经过一两个月的调理治疗，他们感到病痛缓解。但小镇上条件差，无法长期接受治疗，便一再恳请三公到市里来。要请张三公"出山"可不是件容易的事。张三公开始不肯来，他在乡村过了大半辈子，不适应都市生活，在城里没有根系，怎么待得下去？后来经好多患者一再央求，三公下了好大决心才辗转来到秦西市。进城多半年后，通过一个个病案，渐渐有了影响，有了口碑，诊所每天都有病人来，张三公在秦西算是能站住脚，诊所能够开下去了。高亦健采访那几个病人时，他们个个情绪激动，流着泪讲三公的医者仁心，对三公深怀感激。

高亦健原计划写一篇特写，没想到一口气写成了万余字的长篇通讯，省报整版刊发，一些自媒体也相继在微信上转发，引起读者追捧。有的寻问张三公诊所的地址，有的请求报社帮助联络找张三公求医，当期报纸一再加印，一时间在省城形成一股中医热潮。高亦健心中甚是欣慰，终于为张三公做了点儿事，为中医做了点儿事。

　　谁料想，仅过了一个多月就突发逆转：市里有关部门对张三公进行检查，查出个非法行医！高亦健觉得是自己害了张三公，把张三公的饭碗给砸了。张三公今后还能给人看病吗？他今后怎么生活？

　　一定要找到张三公！

◆我在南山

第二章

石头记

1

与中医、与石头的邂逅,可以说是高亦健生命中最重要的"遇见"。仿佛冥冥之中有着神奇的安排,它们几乎同时在高亦健过了知天命的年份里来到了他的生命之中——遇见张三公之后又遇见司马宁和他的秦岭石,给高亦健单调而平淡的生命打开了又一扇亮窗。

司马宁说:"高作家啊,中医和奇石都是你命里该有的,你先识木后遇石。中医为木,山中草木皆为药材;石为土,石与土皆为山之本、物之本。五行之中一下子补足了木土二行,这说明你高亦健生命中本来就有这么一个'木石前盟'。"

这一番高论让高亦健大为惊讶:好一个司马校长,平时总是说自己略输文采,这番话何其深刻!后来得知,机智的司马校长是想用"木石前盟"论鼓惑高亦健为他的秦岭石写鉴赏文章。其实,哪里用得着他鼓惑呢,高亦健与石头一见如故,与司马宁相识半年之后,对秦岭石独特的美与趣懂得几分之后,便开始撰写鉴石文章和石趣随笔,而且深迷其中,一发而不可收。

司马宁是一所民办学校的校长,更响亮的身份是——中国赏石大家、中国观赏石协会终身评审委员,赏石圈里人称"石痴大师"。司马宁创办这所校园已经有二十年历史了,亲手种植的女贞、广玉兰、山楂、蜡梅等已蔚然成林。围绕着教学楼、操场、石林的一排排冬青、黄杨葱郁可人。

高亦健在赏石研讨会上第一眼看到司马宁，心里就暗自吃惊——这个绰号"石痴"的校长是怎样一个人？年纪已过花甲，面色深如古铜，身材魁梧，健壮有力，额头宽广，咧着一张蛤蟆嘴，未语先笑，声如洪钟。大概是常年泡在石头堆里的缘故吧，看他本人似乎也是一块石头，身体像石头一样结实，性格也有点像石头，浑厚刚毅，笃定执着。当高亦健得知这满校园的奇石竟然是他在几十年的光阴里一块一块从秦岭山里搜寻而来的时候，得知他作为一个省内知名奇石收藏家却从不参与石头交易的时候，高亦健深深迷上了司马宁和他的被称为"秦岭石"的奇石。

研讨会当天，本该写一篇消息或通讯，一两天内见报，这件事就算了结。但这个晚上高亦健失眠了，仿佛那些沉重的奇石压在他心头，又好像那些奇石精灵般在他脑海里跳跃，高亦健被那些奇异的石头震撼住了。翌日，他又一次来到学校。司马宁喜出望外地咧着嘴笑："欢迎高作家，看这意思大作已经完成啦？"

高亦健摇头："我觉得写一篇普通的消息对不住这些秦岭石。"

司马宁瞪着眼睛看了高亦健一会儿，忽然朗声大笑："好！这就对了！我就知道秦岭石总会遇上知音的，这回遇上一个大作家，嫽，嫽扎咧！"

高亦健摇头道："我还不懂秦岭石，哪里谈得上知音！我以前也看过一些石展，也喜欢石头，但你的秦岭石不一样，让我跟你学着做个石痴吧！"

这天，司马宁陪着高亦健再次把馆里馆外的奇石细细地鉴赏了一遍，讲了这些奇石发现、命名的过程，高亦健真的被这些奇石征服了。直到司马宁叫的盒饭送到办公室时，高亦健还沉浸在石头的世界里。

所谓赏石，大概很多人都曾经历过。无非是看一些奇特的天然奇石，有的精美可人，有的巧夺天工，有的玲珑剔透，有的富含玛瑙玉石，人们在赏石的那一刻，惊叹天工的造化，惊叹大自然的神奇，从而获得审美的愉悦。精美的石头会唱歌，那只是个传说。但司马宁的秦岭石不一样，这些来自秦岭的奇石充满艺术灵性，真的会说话，那是高亦健真切的感受。那一刻，分明身处静寂无声的世界里，耳边却回响着奇石们的话语声，如同美妙和谐的天籁！

站在名为"鲲鹏展翅"的奇石面前，高亦健觉得脑海里轰然一响，心跳加速，有似曾相识之感，思索良久却无迹可寻。令人百思不得其解的是，这块石头就形状和质地而言，与"鲲鹏"毫无瓜葛。但第一眼就觉得这个名字可谓神来天成，再恰当不过。石形不规则，石身被天工雕刻出多个层次，间隔处布满蜂巢般的孔洞。形无规则，厚不一致，但总体以起飞的角度向着同一个方向，奋力地向前，向前！高亦健脑海中电光石火般闪过一念，这块奇石在眼前倏然飞翔起来，分明是《逍遥游》中的鲲鹏在太空中遨游，庄子御风而行，博带飘飘，仙风徐徐。

"秦玉生华"是一块线条完美的圆形火山岩，身上布满了凸起的浅褐色条纹，仿佛江海河流的版图。它诞生于两亿五千万年前，那是形成秦岭的中生代三叠纪时期，大秦岭刚刚从汪洋大海中挺起脊梁，一点点地隆起。这漫长的时光里，它全身从里到外都玉化了，晶莹剔透地俯瞰着这个世界，默默地记录着宇宙间大自然的更迭。

"老子释道"，看见这个名字不由得肃然起敬！这是一块秦岭水墨石，经亿万年水冲沙磨，形成一尊青铜雕塑风格的老子胸像。

它质若黑金，丝丝缕缕的金线遍裹石体，纹理之间闪烁着凝重而深邃的光芒；造型简约夸张，如艺术巨匠大刀阔斧率性而为，颇有秦汉神韵；质、色、纹、形完美融合，形态逼真，神韵毕现，以惊人的完美再现了人类最高智者的风采。

凝视"黛玉葬花"这尊奇石时，高亦健心中不由得暗暗称奇。一块罕见的秦岭青玉，朦胧温润的雅灰色调，起伏的石纹天成黛玉葬花的画面。落英缤纷，黛玉纤巧的身影婀娜前行。石高三尺，斗方大小，国画风格，画面呈浮雕效果，层次清晰，构图饱满。想想看，在漫长的地质运动中，要经过多少次碰撞、打磨、水冲、侵蚀，一环环的天工巧制，数亿年的工期，才能形成如此精美无瑕的画作？

"青山不墨千秋画"呈一座山峰状，巍峨而秀丽，高亦健在内心又一次发出惊呼——王维笔下的终南山！"白云回望合，青霭入看无"。此石形状规则，石质苍润，色彩斑斓，画面主体由罕见的"青花蓝"构成，温润而典雅。天工巧绘，着墨近深远淡，层层烘染。三尺高的石头，却蕴含着千山万水的张力，山外有山，画外有画，气势磅礴，深邃远阔。

石馆里珍藏的近千件奇石，个个都是秦岭的精灵、秦岭的魂魄。"蓝田猿人""华夏始祖""终南祥云""高冠瀑布""灞柳风雪""米芾拜石""华严祖师""峥嵘岁月"……仅这些题名，就让人浮想联翩。风格各异的观赏石组成一个巨大的石阵，有秦岭玉、黄蜡石、叠层石、梅花石、白蜡石、金钱石以及珍贵的蓝田玉、鸡血石等。它们中有的因流水冲刷磨砺而显圆润，有的因沧桑巨变而挺拔险峻，有的因四海风月氤氲而显现千古风流，有的因岁月剥蚀、石眼嵌空，呈千枚岩状，一层层整齐地排列，犹如一部厚重的史书……

赏石，竟能使人感受到这般撼人心魄的力量！一种从未有过的高峰体验，使高亦健陶醉、痴迷。他只觉得胸中浩气回荡——石头怎么会有如此神奇的魅力？司马宁是怎么在山里找到它们，又是怎样唤醒这些艺术精灵的？

吃完盒饭，司马宁带着高亦健走出办公室来到窗下的叠山旁，司马宁看高亦健心事重重的样子，体贴地斟好茶，春风满面地说："要不我先给你介绍一下秦岭石的获奖情况？有好几十件在国家石展和国际石展获金奖、银奖。"

高亦健摇头："这个不重要，我想听听你是从什么时候开始，又是为什么喜欢上石头的？你收藏的有大型景观石、庭院石、案头石、画面石、象形石，这些石头应该都是在许多年以前收集的吧？因为近年来对秦岭的保护越来越重视，那些大型石头根本就出不了山。所以说，你在几十年前收集的这么多奇石，要付出多么大的精力和财力啊，简直不可思议！你只收藏秦岭石，而且从不卖一块石头。别的大收藏家个个都是千万富翁，而你弄石头只花钱不挣钱，你这样的'石痴'世上怕是没有第二个。"

司马宁咧着蛤蟆嘴开心地笑了："我喜欢石头很多年了，规模化收藏秦岭石是在二十五六年前开始的，但和石头的缘分却是在更早的年代，可以说从我参加工作那一天就开始了。"

高亦健点点头："我想应该是这样的。"

那个晚上高亦健和司马宁在校园聊了一个通宵。

1976年春，那是一个大地刚从疯狂中平静下来，从万里冰冻中开始苏醒的日子，但阴寒尚未消散，积雪尚未融化。这一年，插队五年的司马宁终于招工到铁路单位，在华山脚下当了一名铁道养路工。然而，成为铁路职工，司马宁却没有感到快乐，他的心中只有悲伤和迷惘——就在走上工作岗位的前夕，迟迟没有等到平反通知的父亲撒手尘寰，父亲临终时那不甘的眼神深深地刻印在司马宁脑海里。司马宁把悲伤与苦闷藏在心底，与工友们不交往、不说话，像个机器人一样上工下工，工余时间翻过铁路走进华山脚下的山谷，打量那些千奇百怪的石头，有时对着石头喃喃自语，有时在无人的空谷里放声大叫……直到后来，在山谷里遇见了一位道长……

在攀登华山的小路上，在淙淙流淌的小溪旁，司马宁常常与一位道人相遇。这道人身着青色大褂，系庄子巾，着青布十方鞋。行走轻快，神色淡定从容，擦肩而过时与司马宁相互点点头，有时远远相望挥手致意。

有一次，司马宁攀到回心石，看到道人正从石崖顶上的小径走下来，司马宁侧过身子，闪在小路一边，向道人行礼。道人下到石头下边的宽敞处后，向司马宁招手道："年轻人，下来歇会儿。"

坐在回心石上，道人问司马宁："年轻人，我看你常常捡石头、挖树根，你喜欢这些东西吗？"

司马宁说："是的，我喜欢它们。"

道人笑微微地看着司马宁："你年纪轻轻，却常常一个人徘徊于山水间，喜欢大自然的灵物，说明你有慧根、有灵气。但是你眼含悲怨，神色茫然，想必是家里亲人或你本人经历了什么大的波折吧？给我讲讲吧，石头和树根可听不懂你的话哟！"

望着这位令人钦敬的道人，司马宁眼泪簌簌地流了下来。他第一次向外人倾诉了自己的苦闷；讲述了父亲蒙受的不白之冤；讲述了眼下母亲带着几个年幼的弟妹怎样艰难度日；讲述了为什么只有开工资的那个礼拜天他连夜赶回秦西，把钱送回家，而其他时间都是在山谷里踽踽独行……

和道人渐渐熟了，知道了道人法号玉子，是玉关院的道长，在华山修行已经好多年了。玉子道长的道观里，也有很多石头和树根，门前、窗下、几案上、屋子一角，举目皆是，司马宁惊喜地一件件打量，连连赞叹。这些奇石、根艺作品大都似曾相识，在沟壑里自己见过很多，但是经玉子道长过手之后就有了特别的生命力。有的经大刀阔斧地取舍，有的是信手拈来，有的只是摆放的角度不同，就有了震撼人心的力量。

和玉子道长相识，让司马宁大开眼界。司马宁喜欢和道长一起在峡谷里漫游，喜欢在道观里听道长讲华山的风霜雨雪，玉子道长也喜欢上了这个相貌堂堂、声如洪钟的年轻人——他酷爱大自然，醉心奇石根艺，对大自然有种与生俱来的亲近感和领悟力。玉子道长常常带他攀登华山峰峦，回来晚了就在玉关院通宵聊天，有时把炕让给司马宁睡，自己打坐到天亮。一碗斋面分着吃，并给司马宁看他自己珍藏的国内书画大家来华山写生的画作……

那几年的日子里，与玉子道长交往留下了许多美好的记忆。峡谷深处，回心石旁，莲花洞里，处处留下了他们的足迹。每每行走在小路、石径上，清爽幽静，风穿林间，松涛涌动。玉子道长矫健如猿，步履轻捷，司马宁紧随其后，领略大自然的神奇魅力，只觉心旷神怡，超然物外，对人生有了新的感悟和追求，受伤的心灵渐渐平复。

1985年夏末的一天，司马宁听说玉子道长要离开华山了，连忙从秦西赶回华山看望玉子道长。此时的司马宁已经成为铁路局机关干部，人虽离开华山了，但对奇石和根艺的热爱越发炽烈。与玉子道长分别后的几年里，司马宁如饥似渴地学习传统文化和文学美学知识，逐渐对艺术创作有了独特的见解，创作的奇石、根艺作品多次在秦西乃至全国参展获奖。

玉子道长对司马宁的成长非常高兴，二人在道观里聊到夜幕降临犹未尽兴，便索性趁着月色一路攀行到千尺幢，盘坐于悬空的花岗岩上，静静观赏华山夜景。

清风徐来，皓月当空。玉子道长往身后一指："看看那是什么？"司马宁回过头一看，峭壁上，巴掌大一片夹在石缝里的土壤中竟生长着一丛苍翠葳蕤的兰草！月色中，近在咫尺的兰草显得神韵十足。

"兰为王者香，芬馥清风里。"玉子道长兀自吟道，"看到了吗？生在如此绝境，它不抱怨、不自弃，依然蓬勃地生长，依然把最美丽的花朵奉献给山谷。"

司马宁凝神注视着生机盎然的兰草，深深地吸着兰草清新脱俗的清香，久久无言。

翌日，玉子道长拿出几幅新画的《兰草图》赠予司马宁，说道："我要离开华山了。你已长成，能读懂兰草了，这几幅《兰草图》是专门为你画的。我看你在艺术追求上志向不凡且颇有天分，所以在我离开时想给你说几句话——我绘兰草，你寻奇石，其艺术内涵是相通的，都讲一个道法自然。这些美物都是上天所赐，就像这兰花一样，你要好好待它们。"

几年后，司马宁才知玉子道长离开华山是赴任中国道教学院院长，他绘的《兰草图》已是千金难求的墨宝……

听罢司马宁与玉子道长、与石头结缘的故事，高亦健心潮起伏，不由得慨叹："那个沉重而苦闷的时代为你积累了人生的财富，这是你的幸运，你在人生刚起步时就遇到了一位智者，在你心中埋下了亲近大自然的种子。"

"是啊，玉子道长开启了我新的人生。"

"那你在铁路干得好好的，怎么会辞职呢？"

"辞职是90年代的事，80年代我因创作收藏根雕、奇石成为一名所谓的艺术家，出了些风头，在单位也被提拔任用。但随着我进山的次数越来越多，对秦岭对石头的情感日渐深厚，一个更大的世界吸引了我。随着收藏的石头不断增加，我在城郊租了个大棚存放。我觉得自己在单位干不下去了，开始琢磨辞职下海自谋生路。"

"那时下海成为风潮，下海的人多。可你怎么会走上办教育这条路，建起这么一所环境优美的学校，也让你的奇石有了家园？你要是做其他任何一行都不可能有这么好的环境。"

"是啊，当时我收藏的石头存放在远郊农村，几乎每个周末我都要往那儿跑，和村民都混熟了。听他们讲起村民外出打工，土地流转，大量村民在城郊安居，孩子上学就成问题了；还有很多外地打工者住在郊区，去城里学校太远太贵。我就想，办个学校，把我的奇石摆在校园，孩子们在这样的环境里读书，他们还能保持与山水、泥土的亲密接触。我租下一块以前信箱厂的基地，厂房稍加修整就是教室，学校很快就办起来了。"

"教育是个特殊的行业，再说租赁场地、聘请老师哪个还不得一大笔费用？你哪有这么多钱？"

司马宁笑道："是的，我平时有点积蓄都花在石头上了，当时全部家当也没几个钱。但是，正好那时国家统战部门在张罗给我父亲落实政策，我父亲在解放战争时期给党中央资助和筹借了一大笔资金，上级相关部门说要给我父亲偿还一部分钱。但市里经办人员一再解释市里经费不足，眼下只能拿出很少一部分，问我能不能以其他形式做一些补偿。我说可以，我想办一所学校，省市若能给予支持就好。很快，省上发文以'宋庆龄教育基金会'的名义审批了办校和用地手续，当年秋季，在久安县城边的学校就开张了！后来，随着村民们渐渐集中到城中村，我又把学校迁到市里，在这儿也已二十年啦。学校不算大，二百多个住校生，多以打工族、外来者、郊县乡村村民这些群体的子女为主，收费低廉，不挣钱。但是，在这样一个花园般的学校里，和孩子们在一起，和石头在一起，一边赏石一边听着读书声，你说还有比这更美的享受吗？"

"是啊，从这个角度讲，你可以说是赏石界最富有的人啦！"

有点意外，有点突然。本是一次简单的应付性采访，翌日二版发个消息了事，高亦健却没想到昼夜不停地写了一个礼拜，创作了一篇中篇报告文学，这篇报告文学在《时代报告》杂志发表后，让中国赏石界知道了他们不曾留意过的秦岭石。高亦健与司马宁亦成为莫逆之交，还因石头结识了方逸群和吴唯。这二人也喜欢石头，喜欢校园的树木花草，喜欢南山里的山岭沟壑。

方逸群是美院雕塑系主任、教授，中等个儿，国字形脸庞，像是被米开朗基罗大师用刀斧劈过似的，棱角、线条特别分明。抬头纹两端上翘，带有喜庆的乐天派味道；有点外鼓的金鱼眼特别有神，秦人的显著特征全有了，就是一张嘴满口四环素牙。也是，一天两包烟熏着，能不黄吗？在省美术界，方逸群是名列前十的雕塑艺术家，市里有好几处地标性雕塑作品都出自他手。一个系主任、教授,整天嘴上叼着烟,快人快语,啥词儿都敢用秦味普通话往外蹦,流露出真性情,也散发着一股匪气。司马校长夸他"三不倒":一天两包中华烟不倒,白酒一斤不倒,外面常有彩旗飘而家里红旗不倒。方逸群大笑:"司马校长胡说哩,烟酒不倒是真,哪来那么多彩旗飘,偶尔为之,偶尔为之。"说到最后秦西话变成普通话,越发搞笑。司马宁说:"你怕啥?高作家是咱们兄弟,又不会给你登报上去。"

与方逸群个性相反,市办秘书吴唯是个温文尔雅的秀美男子,四十出头,正是男儿好时光,一身的文艺范儿,几次在晚报副刊上与高亦健同版发表散文,二人可以说早已神交。迎接专家组召开秦岭石研讨会,吴唯是代表市政府"大秦岭文化研究中心"来参加的,是官方代表。这个吴唯呀,清华毕业,言谈举止皆中规中矩,四季都是名牌西装,每天新换的白衬衫板板正正,彰显出不俗的生活品位,也让人能判断出一定是家有贤妻。第一次在学校见面时高亦健心中暗笑——这不活脱脱一个琼瑶笔下的费云帆、何书桓之类的情场公子嘛,文笔又那么秀气,怎么会是个驰骋官场正得意的后备领导型人物呢?

会场相逢时,吴唯特意走到高亦健身边,作为文友重新认识了一回,说他十分钦慕高亦健老辣洒脱的文风,早有结交之意,没想到这一回因石头让他们遇见了。更没想到的是,后来又成为一起在司马宁学校赏石一起上南山游玩无话不谈的知己。

相识之后,这三人几乎每周都要去学校,或是泡一杯茶畅聊一番,或是赏石写石,或是进山休闲,度过了许多愉快的时光。司马宁的生活轨迹常常是一箪食、一瓢饮,在山中、在校园,觅石赏石,笑声不断,这种人生状态强烈地吸引着高亦健、方逸群和吴唯,这也是他们向往已久的境界。

高亦健写的赏石文章在观赏石协会公众号发表,在微信上传播,引起了人们对秦岭石的关注。以前知道秦岭石的人很少,因为一说到奇石,圈里人津津乐道的往往是太湖石、灵璧石、昆石、英石、寿山石这些从古到今大众认同的名石,从没有人说起过秦岭石。作为一个特立独行的奇石收藏家,司马宁不像其他名家以收藏量、交易量以及财力闻名石界,而是以专注收藏、研究历史文化底蕴深厚的秦岭石独树一帜。他收藏的石头都是自己早年从秦岭山谷里寻觅来的,几十年来,积累了一千多件观赏石,一直默默藏于校园里,直到近几年参加了几次大规模石展才惊艳了石界。

人们注意到,司马宁不仅仅是一位奇石收藏家,更是一位古老赏石文化的发掘者、研究者。司马宁把他的藏石命名为"秦岭石",一生专注收藏、研究"秦岭石",把这个被遗忘得几乎断代的石种唤醒,把大秦岭赏石文化传承下去。司马宁在论文里说:"'秦岭石'在远古时期就是被人们作为纪念物、吉祥物佩戴的观赏石,在周秦汉唐盛世,'秦岭石'更是赏石文化的主流核心。大量实物和研究结果证明,'秦岭石'是中华民族赏石文化的鼻祖,中华民族最早的观赏石就是'秦岭石'。早在六千五百年前的新石器时代,西安半坡先民就以'秦岭石'作为玩赏及佩戴的饰物,从而开创了观赏石文化的先河。而西周、春秋战国时期出土的大量石器、玉器,现存于故宫的国宝——石鼓,还有秦代的中华第一印以及汉建章宫的巨型天然石鲸,霍去病陵前的天然石虎、石蟾等,无一不是'秦岭石'珍品,'秦岭石'是中华赏石文化的根源……"

"知道为什么秦岭有这么多精美绝伦的观赏石吗?"说起秦岭观赏石,司马宁如数家珍:"秦岭造山带是国内少有的构造复杂、岩类齐全、变形变质作用叠加、热液活动和蚀变作用期次多、强度大，岩石结构、形态、色彩变化多端的地区。经历了六期大地构造演化阶段，经变形变质和热液作用所形成的各类火山岩，被改造成质地坚硬细腻的变质岩而定格。尤其是秦岭北麓，由山岭、沟峪、洞窟、溪流、潭瀑构成，地质地貌多样，生态环境优越。分布在秦岭的七十二峪和秦岭腹地，既是秦岭观赏石的加工流水线，又是传输带，一块块精美绝伦的秦岭奇石在这一条条流水线上经一道道工序，然后传输向山冈、峡谷。"

司马宁说："赏石家只有在了解了一块奇石数亿年的形成史，了解了奇石的地质活动背景后才能够领会观赏石的艺术生命。每当我寻觅到一块秦岭彩玉或蓝田玉、黄蜡石等精美的观赏石时，总是要久久地凝视着这些奇石，想象着这些大自然精灵诞生的过程，深深为之陶醉。和秦岭石日日相伴，对它的理解越来越深。它们是历经沧海桑田的锻造、漫长岁月的淘洗才形成的纯天然珍品，是大自然鬼斧神工的杰作，其中蕴含的天地灵气、日月精华，凝聚的奥妙神奇，只可意会，不可言传。和它们相对时，似乎能听到天籁般的风声、泉声、鸟语声，能听到远古的呼唤，一种会心的相知、一种共鸣的快感油然而生。这种共鸣是如此美妙和谐，满腹感慨，无以名状。"

高亦健在报告文学中是这样描述"秦岭石"的："它们或在火山爆发中横空出世，或在沉积岩的沉降、分裂中剥离，抑或从变质岩石上脱落而下，这是前奏。接下来，它可能落入谷底，也许被埋在泥沙深处，等数万年之后沧桑巨变时再次被抛出地面，此时，一块奇石的生命过程才正式开始。

"在峭壁之上，在河流之中，在泥沙之下，天工或以滴水穿石的匠心，或以蚕食蚁啃的耐力，用数百万年时间一点一点改造它的形体，溶蚀出斑、纹、线、点。此间还要恰好有外部的各种元素侵入，给奇石的躯体里注入异样的成分，让它发生裂变，才能一步步向奇石接近。

"接下来还要取决于它所处的环境，酸或碱的浓度将确定它的质地，低温溶蚀、水冲，打造出'沟、裂、洞、窍'，大的深不可测，小的如蜂房鸽舍，奇异的画面或形体渐渐形成。然后呢，大自然对它进行无休止的打磨、碰撞、水冲、蚀变，风霜雨雪及飞舞的沙砾，把奇石的体表摩擦得光润圆滑，再一步步玉化或硅化，直到全身光洁细润或晶莹剔透，并神奇地产生蜡状釉彩；而各种矿物元素渗蚀得恰如其分，巧妙地营造出斑斓的色彩。

"历经亿万年的工期，'质、色、形、纹、韵'终于齐全，一块秦岭观赏石就是这样诞生的。它卓尔不群，雄浑厚朴，色彩绚烂，质地苍润，纹理精彩幻变，筋脉铿锵有力，以饱满的精神张力在崖畔上或峡谷里默默地等待，等待一个赏石艺术家，等待一个懂它的人出现。你来与不来，它都在那儿等着，千年万年地等着，直到一个石痴来到它面前……"

司马宁捧着油墨飘香的《时代报告》杂志时，感慨地说："高作家啊高作家，如果说三十年前秦岭石在秦岭峡谷里等来了一个叫司马宁的石痴，今天，走出秦岭的奇石在校园里等来了你这个知音！"

高亦健笑道："不，是等来了又一个石痴。"

同样在翻阅杂志的方逸群对吴唯说："看看人家两个知音一唱一和的，剩下咱们俩就是一对白痴。"

吴唯摇头道："方教授的雕塑是'秦岭石'的再生，更是'秦岭石'的知音了，我看啊，校园里只有我一个白痴。"

司马宁呵呵笑道:"在大秦岭面前,咱们都是白痴!"

2

记得刚认识司马宁不久的一天,已是傍晚时分了,高亦健突然接到司马宁的电话:"快来,快到学校来,我等你!"声音激动、兴奋,不容商量,高亦健遵嘱而行。到学校已是夜幕降临,石馆里灯火通明,司马宁指着一块不曾见过的石头:"快给咱上眼!这石头名堂大!"

眼前是一块没见过的新石头,是一块中型庭院石,约有一千多斤,已经清洗水润摆好角度。此石上小下大,石色隐隐发红,石纹密布,看上去像是一件大写意的雕塑,一时说不出具体像啥,但能感觉到一种神秘而强大的气场。高亦健一边打量一边问来历。

司马宁说:"这块石头二十年多前就跟我结缘了,当时把一些大中型石头都寄存在南山村,后来村子土地流转,一些石头散失了,我一直在找,上周才把这块找回来了。"

二人围着石头打量,当石头的形状和每一条石纹、每一道沟裂都烂熟于胸之后,高亦健越看越激动,喊道:"像一个人!"司马宁竖起大拇指,高亦健接着说:"你看这从顶部直贯到底的细密而均匀的纵向石纹像不像古人的长发?顶部这一块光滑的突出部分像不像一位智者的额头?再往下看,中下部石皮起伏的曲线如同古人披着的大氅,而那向后绵延的细密的石纹就像是飘逸的长发——像一个人!一个人的半身雕像,雕的是一位时代久远的古人。让我想起一沐三握发的周公,想起楼观台讲经的老子……"

司马宁也兴奋地喊了起来:"对,老子!天哪,是老子!当初我就是在南山北麓楼观台那一带发现的。太好了,高亦健,你太有才了!就按这个定名,'老子在楼观'或'老子讲经',你赶紧写文章,我抓紧做基座,我们要赶快请'老子'登基,下周约方教授和吴唯一同来赏石!"

高亦健夜晚回到家写定赏石文章已是凌晨。没办法,根本放不下,老子从远古来到你面前论道,你还能淡定吗?那种气场的冲击早把瞌睡赶到九霄云外了,更何况,灵感袭来时的感觉是那么美妙,睡觉算什么事!

翌日,司马宁收到文章后没有像平时那样激动得大呼小叫地感慨一番、赞美一番,这一回只在微信上说:"好,眼下保密,周末人齐了一并发布。"

就这样,周末高亦健到学校时,方教授和吴唯已经到了,司马宁穿上了那套来自海外的定制西装,咧着蛤蟆嘴,面色喜洋洋。石馆每有新石到来,他都是这般模样,像个土财主忍不住要向人显摆自己的财富似的。此刻他正领着吴唯和方教授在石馆门前看那尊新作品,石头已经登基——司马宁请匠人制作了一个风格古朴的红木基座,基座下方是一座一米高的鸡翅木台子,石头与真人同高,神韵得到更加完美的体现。司马宁对方、吴二人说:"看看这尊石作,像什么?"

方逸群背着手转了一圈仔细瞅过,脸上微漾笑意,对身后的吴唯说:"你先说,像啥?"

吴唯随着雕塑家一起也上下左右打量过了,没看出什么端倪,从司马宁手中接过鉴石小手电照了几处,心中想道:这也不通透啊,也不是什么巨型玉石,难道有什么奥秘?这么神神道道的。想想又不敢开口，望望司马宁，再把目光转向高亦健。

司马宁和高亦健都笑而不语。吴唯终于忍不住说："别卖关子啦！我这人俗，这方面比不上你们，行了吧？看你们这神情，还有这基座和台架都价值不菲，更别说这块石头啦。可是它珍贵在哪儿？一点儿也不通透，更不含翠呀玉什么的，稀罕在哪儿？"

"是的，这只是一块沉积岩，与玉石、翡翠、玛瑙都没有关系，但它比玉石、翡翠、玛瑙更有价值。你们往后退五步，再看。"司马宁有些得意地说道。

吴唯和方逸群都后退到五步远的地方，站定仔细打量。

"像一个人的上半身塑像！"吴唯先喊了起来。方逸群亦点头说："像是一个古人的上半身塑像，石色发红，纵向石纹遍布全身，头颅、肩、胸部比例适当，可以说是一尊完美的人像雕塑啊！"

司马宁微微笑着往石身上喷了点水，用油浸的抹布擦了擦，说："再看！"

方、吴二人再次细细观赏，见顶部细如发丝的石纹恰似长发散披，肩胸部以下石纹渐粗，并有几条折叠线条，形成一件宽大的披风，使人像愈发栩栩如生、气象森严。方逸群用手指搭框，从局部观察线条和布局形象，越看越激动，放声感叹："黄金比例，鬼斧神工！"

司马宁道："高作家，该把你的大作让大家欣赏一下了。"

这一尊石作虽然今天是第一次正式亮相，但在上周运回来时高亦健看了第一眼就被它征服了，这两天写了鉴赏文章，拍了石头美照，准备在观赏石协会公众号上发布。方逸群和吴唯一听都写好了配文，心知这尊奇石不寻常。

高亦健说："上周司马校长把这尊奇石请回来时，我们就先行观赏了,题名为'楼观始祖',我写了一篇鉴赏短文,大家听听,是否合乎你们眼下的心境。"说完,高亦健近前一步,向奇石行了注目礼,然后像吟诗一样吟诵起来:

"石色紫红,纯净浓郁,形巍峨,质如铁,天工巧成老子塑像,紫气东来,先圣如归,令人高山仰止!宽袍大袖,飘飘欲仙。纹理蚀痕间,若现老子洞察天地的慧目,沟壑般的面纹昭示着精深睿智的思维,止水般宁静的神态,散发着大哲先知的神韵。观石像如谒先圣,黄钟大吕般的声音在耳际回响:'人法地,地法天,天法道,道法自然。'"

稍作停顿,高亦健降低音调念出了结语:"秦岭观赏石素以雄浑苍劲、意蕴高古见长,而这尊石作的石质、色谱、形象,乃至于神韵内涵都达到了完美的结合,确为观赏石中极品。"

司马宁满面春风地问道:"如何?奇石配雄文,是不是相得益彰?"

方逸群连连感叹:"绝配!绝配!高作家真是才高八斗!"

吴唯还沉浸在赏石的意境中,五官似僵住了,点头叹曰:"神奇,神奇!高作家这么一写,真让人感受到了一种浩然大气、一种摄人魂魄的气场,好比穿越到了那个时代,好比来到老子面前聆听他的教诲。神奇呀!一块石头居然有这么大的魔力!"

感叹了一番后,四人在茶几旁坐下喝茶。

有一次从南山返回时,看大家都还意犹未尽的样子,司马宁说:"回学校喝茶。"

高亦健猜想司马宁是想让大家到校园赏石,前几天刚请回来一尊新石作,自己才写完赏石文章,准备在观赏石协会公众号发布,司马宁这就等不及了，便笑问："不是说好了下周才亮宝吗？"

司马宁道："好酒不过夜，好石大家赏。"

进入石馆内已近黄昏，司马宁却不开大灯，只开了墙角上一盏暖色壁灯，灯下方是一张老旧红木陈列案。案上摆的是两件象形石组合作品，像是两只鸟，都有生动的脖颈、逼真的鸟头，尤其是喙、眼睛部位极其神似。一件高大一些，一件略低，显得肥胖。两件石作都呈红色，高大的那一件红色艳丽，灯光下晶润夺目，闪耀着火一样的光辉。尤其有趣的是，大的这只羽毛凌乱残缺，好像正在火中挣扎，小的这只扭曲着长长的脖颈像是吃惊地观望着。

吴唯细细打量一番后又伸手摸了摸："这个容易看懂，从形状看应该是鸟类，你看身上一片片石皮的裂纹形成羽毛，像是一对孔雀——不对，它们虽然脖子很长但没有长尾，应该不是孔雀。"

方逸群道："我看像两只鸡！"

司马宁止住方逸群的笑声："方教授你这叫焚琴煮鹤，这么高雅的艺术品你竟然给关到鸡笼去了！站好了，听高作家的解读吧。"说罢，侧过身子抬手指向高亦健。

高亦健站在两米外的黑暗中，暖色的灯光投射着陈列案，把两块红色奇石映照得像燃烧的火焰。他们三人都侧过身子凝望着黑暗中的高亦健，聆听他低沉的吟诵声——

"'凤凰涅槃'。凤，在熊熊大火中舞着，歌着，烈焰瞬间吞噬了美丽的羽毛。凰，似不忍目睹即将被火海吞没的凤，曲着颈，侧着头，急切地呼喊着。即刻，凰也将跳进火海，与凤一同在烈火中迎接新生。这是件难得的秦岭石组合作品。凤为火成岩碳酸盐石质，石面呈红色，内里晶白，下部红色浓烈，如火焰升腾，石身布满洞窍窟裂，恰形成凤之美羽被烈火吞噬的形象。凰体形略小，是来自秦岭南麓的五亿三千万年前的古生物化石，石体内外布满了孔虫、珊瑚虫、介形虫、三叶虫、竹节石等远古海洋生物残骸，石质珍稀，形态生动，二者组合，完美演绎了凤凰涅槃的瞬间。

"浴火重生。凤在烈火中歌鸣，凰为之舞蹈、为之和弦，这是它们来世的长歌。明天，涅槃的凤凰将再度飞翔，重生的凤凰羽更丰，音更清，神韵更卓越。

"凤凰涅槃，是残酷、壮烈的美，更是希望的美。"

随着吟诵声止，司马校长适时摁亮了大灯。吴唯和方逸群倏然惊醒，看看高亦健，再回头看看涅槃的凤凰。司马校长做事情注重仪式感，此时正得意地享受着赏石的效果。吴唯如梦方醒，摇着头说："我的天呀，好一个凤凰涅槃！我也要涅槃了。"

方逸群模仿着高亦健朗诵的声调："又一次高端赏石体验，奇石、灯光、低沉浑厚的吟诵声激情饱满，洋溢着一种古典的华丽……"说了几句，方逸群被自己的秦西普通话惹笑了："唉，还不如咱秦西话，就三个字——'嫽扎咧'！"

又是一个周末，又是四友相聚的好时光。

"又添新宝贝啦？"

一进石馆门，吴唯和方逸群争相发问。司马宁笑而不语。高亦健招手让二人急忙凑到近前打量。馆前厅正墙上摆放了一个暗红色石架，古色古香，雕刻的莲花纹很讲究，看得出这个架子价格不菲。那么这是一块什么石头呢，值得司马宁下这么大功夫？而奇石下方的基座更是夺人眼球，一尊半尺多高的紫檀雕刻的莲花座暗光闪闪。

方逸群道："先不说石头，光是为这块石头配的行头都价值不菲，这石头想必是不得了啦！不过这块石头看着像河里捡来的大河卵石，不知华贵在哪里？"

吴唯道："开玩笑！光是这基座支架都好几千，这石头能是普通的河卵石？"

司马宁道："说河卵石也没错，观赏石不就是河里捡的或是山里挖的吗？这就要看你的河卵石长什么样子了。"

方逸群和吴唯急忙上下左右地打量："这块石头究竟长了个啥模样呢？"

吴唯急切地望着高亦健："快讲吧，别卖关子啦！"

高亦健望望司马宁，司马宁对方、吴二人挥手："往后退，退三大步。"

退到三步开外，二人凝神细看，方逸群率先喊了起来："石头上有人像！"

吴唯紧接着说道："对，是一个半身像。"

这块石头是秦岭峪谷里黑河、沣河独有的秦岭彩玉，是一种裹英挂彩的石灰石，石皮呈蓝色，沁出来的石英像一条条玉带，白色中跳出一片橘红，这片橘红由四周向中心蔓延，玉带的延伸和色彩的浸润，构成一个侧面人像。细打量，那人像端庄秀丽。

方逸群喊道："按身形看像是一个女性形体，上半身侧面像。有浮雕的感觉。"

司马宁点头道："有长进！吴唯你呢？"

吴唯道："方教授说得对，是个女性侧面半身像，你看身后这几条石纹像是飘起来的衣带。"

司马校长得意地向他们竖起大拇指，两个不知题意的赏石者都看出了同样的主题，说明这块石作的创意和审美是成功的。高亦健微笑着把打印好的鉴赏短文递给方逸群和吴唯，二人一看到题名为"观音下凡"，当即发出一阵惊叹，然后一边对比着奇石，一边念着鉴赏文章。

"'观音下凡'，这是一块稀有的秦岭彩玉，一幅绝妙天成的观音下凡图。石色间于深灰、幽蓝之间，画面由白色、橘红色玉化筋脉构成，视觉重心正置黄金分割点上。观音像完整而生动，头部、发髻、服饰，甚至连手持的净瓶都十分逼真。观音微微颔首，佛相庄严，比例适当，栩栩如生，构图巧妙。飘舞的衣袂似让人感受到太空的疾风；身后，由浅渐深的橘红色祥云一直蔓延至九天之上，幽蓝色的背景愈发彰显出太空仙境的深幽浩瀚。其图像、意境皆成于自然，若天旨神谕，度人迷津。"

方逸群叹道："天哪，这真的是一尊完美的观音雕像，一块石头上天然生成观音雕像，还这么完整、这么生动！"

吴唯沉浸在赏石的意境中，时而凝视端详奇石，时而念一两句鉴赏文字，满脸虔诚，俨然已是观音菩萨的信徒。方逸群则入神地打量，大概又在琢磨雕塑世界的圆雕、浮雕、明暗、线条、透视什么的。

自古以来文人雅士以赏琼瑶美石为乐，创造了丰富的赏石文化。想想看，三五挚友临石赋诗，唱和之间多少雅趣？至于琴赏、酒赏、雪赏等，更是兴会无前。即使默然静赏，领会石之神韵，亦觉心澄神明，胸中浩气回荡，一种仰慕已久、神交颇深的默契感油然而生，体会到一种灵魂深度交流的酣畅。

陆游说："花如解语还多事，石不能言最可人。"王维道："明月松间照，清泉石上流。"李白道："永愿坐此石，长垂严陵钓。"石痴米芾更是爱石奇葩，遇奇石竟然更衣焚香跪拜，《拜石图》所绘之对石之痴可谓绝无仅有。不过，还是白居易对着奇石一步三回头的憨态可爱："回头问双石，能伴老夫否？"

高亦健也这样问过司马宁，司马宁说："能，心中有石，相伴终身。"

从春到夏一直到秋，高亦健和方、吴几乎每周都要来学校赏石玩乐，每个月都要一同进山两三次，高亦健和司马宁进山的次数更多一些。

一进到山里心就踏实，身体上的种种不适也消失了。这是为什么？方逸群让高亦健讲一下个中奥秘。高亦健说："很简单，你们也感受到了，每次汽车一驶上环山道，就感觉到神清气爽，种种杂念都消失了，种种不快都没有了。这一方面是空气的不同，另一方面，逃出城里那逼仄的水泥森林，各种烦心事暂搁一旁，五脏六腑顺畅，精神为之一振。古老的中医说，气顺则百病消，确实是这么一种状态。你们想想，要是一个人时常处于这样一种状态，生活在这样一种环境，拥有这样一种心情，该多好啊！所以呢，这些年住山者越来越多，南山里的隐修者越来越多，喜欢上山游玩的人也越来越多。"

高兴时便说起住山的话头，说起找院子山居的事。可是，他们几个除了司马校长是自由人，学校的事他管不管都行；下来算高亦健年长，离退休也还要五六年；方逸群才刚进五十，吴唯还是年轻干部梯队精英，离退休沅了去啦！

司马宁说："像你们这个年龄段，每隔一两周能进一次山就是很奢侈的事啦，就别提什么住山了，都有一份体面的工作，幸福着呢，怎么可能出家当和尚呢？"

3

临近中秋的一天，司马宁打来电话："高作家，找到张三公没有？"

"没有。"

"慢慢找，老中医个个都皮实，咋不了的，说不定藏在哪条巷子里看病挣钱哩，早晚能寻着。"

知道司马宁的安慰是过门儿，正事在后边，高亦健嗯嗯两声后问道："司马兄有啥好安排？"

"明天下午早点来学校，咱们有一场好耍的。"

"明天不是周末吗，方教授和吴唯也来吗？"

"来，都来，还有重要客人来。"

司马宁说完赶紧挂了电话，好像怕高亦健再问啥，口气有点神秘。

第二天下午，高亦健简单对付了晚餐就赶往学校，一进校园就察觉到一种神秘的气氛。草坪里散放的或立或仰的奇石，操场后长长的石林都已经浇透了水，微风在草地、花园、石林中拂过，宁静的校园弥漫着绿植、石头和水离子综合而成的清香。校长办公室和奇石博物馆已经打扫得干干净净，司马校长在细致地擦洗茶杯。

"校长大人，这是要接待什么贵客，这么细致这么用心？"高亦健问。

司马宁笑而不答，满面春风地说："帮我把茶器端到外面叠山旁。"

随后赶到的吴唯也惊讶地四下打量："这也不像是有新奇石进馆，若有新奇石高作家怎么会不知道？这是有什么重要客人来赏石吧？司马校长，是什么人要来？"

司马宁朗声大笑："吴大秘书就是聪明！"说着看了一眼校门监控屏，按动遥控器打开大门，说道："沏茶，准备迎接方教授和客人。方教授带他的两个女研究生来赏石，有一个是古筝高手，咱们今天可以来一次真正的琴赏啦！"

说话间，校园里就响起银铃般的笑声和啧啧的赞叹声：

"哇！好美的校园，好美的奇石！"

"呀！这么多奇石！鲜花绿叶里藏着奇石，真是别有一种美。"

"难怪方教授经常说去学校，我还以为是哪一所大学呢，原来是一所藏有奇石的小学啊！"

"方教授早就该带我们来！"

司马校长挥挥手让高亦健和吴唯到叠山前准备茶器，自己向着来客迎过去。之前听方逸群说过要带两个女学生来赏石，今天总算成行了。风流不羁的方逸群能把自己欣赏的女学生带到好友面前炫耀，女学生必定风姿绰约。走在前面的这一个妖娆现代，齐耳内扣短发，穿一件乳白色黑点真丝衬衫、一条杏黄亚麻阔腿裤，挎一个精致的摄像机，背着三脚架什么的，一双荔枝眼左顾右盼，潇洒干练中透露出十足的灵逸范儿，一派灵动洒脱的时尚美。方逸群身后的那一个着一袭青花瓷丝绸旗袍，搭一条精致的绸披肩，勾勒出窈窕的腰身和丰满的胸脯，长发飘逸，一双桃花眼波光闪闪，声音温婉可人，显得清雅灵秀，斜挎一件长长的包装精良的物件，显然是古筝古琴一类的乐器。司马宁迎上去与美女握手，然后领着她们观看矗立在绿植和花丛中的奇石，不时介绍一两句。两个美女惊喜连连，不时发出赞叹，好一阵子才走到石馆门前。

听见轻柔婉转的话语声越来越近，吴唯打趣高亦健道："你这个赏石专家可要好好露一手，今天可是非同以往。"

高亦健看人已到近前，压低声音道："今天咱们要给方教授和司马校长撑足面子。"

方逸群把两个美女介绍给高亦健和吴唯，妖娆现代的叫杨小西，穿旗袍的叫罗曼。两个美女顾不上多言，礼节性地握个手就急忙迈进石馆，在一尊尊奇石中穿梭，连连发出惊呼声。杨小西抱着机器又是照相又是录视频，罗曼被奇石的天工之美陶醉，一副叹为观止的样子。雕塑才女关注的是石头的造型和石纹的走向，比画角度，揣摩残缺部分。她们时不时向方逸群问一些雕塑专业方面的问题，就连司马宁也没有多少说话的机会，更无须高亦健来说石了。

从石馆里出来已经快晚上8点了，大家在叠山前围着茶几坐下来，细心的司马校长不光备了好茶，还准备了葡萄、石榴等水果。方逸群把水果推到美女面前，给男士都点上香烟，然后对两个美女说："现在我郑重地给你们介绍这几位高人——这位司马校长是国家级赏石大师，赏石界终身评委。今天你们能看到大师的藏品是你们的荣幸，司马大师财富过亿但都是石头，年过花甲但宝刀不老，你们要是想傍大款、傍艺术、傍文化，可是找对人啦！"

杨小西和罗曼站起身同司马校长握手。司马宁一只手和美女握手，另一只手指着方逸群笑道："为师不尊啊！你一个大教授给弟子讲这话！"

方逸群朗声一笑，指着高亦健说道："这位是大作家高亦健，你们一定看过他的小说、散文，但高作家还写了很多赏石美文，是高作家让这些奇石有了灵魂，回头你们好好读一读高作家写石头的文章。另外告诉你们一个秘密，高作家还是个中医学者，今后你们谁有个感冒发烧或月经不调什么的，都可以找高作家求医。"

司马宁和吴唯大笑不止，司马宁捂着肚子说方逸群："瞎爬，瞎尿！"

两个美女倒是不在乎，起身笑呵呵地与高亦健握手。

方逸群被司马宁捶了一拳之后接着介绍吴唯："吴唯，市办第一秘，也是市府第一美男，很快就要升副秘书长了。秘书带上长字那可不得了啊！前途远大，今后你们自己看着办吧，不用请示我。"

又是一阵笑声，吴唯红着脸喃喃说道："没有没有，方教授瞎说。"罗曼握吴唯手的时间好像长点儿，还有点儿脸红，好在有夜色遮掩不太明显。

茶过三巡，美女和大家也都加了微信，她们开始安装琴架和摄像器材。俩人比画了一番之后，选中叠山前两米处落琴，吴唯帮忙安放琴架，高亦健去找来一个木凳当琴凳。这工夫，罗曼已打开带来的家司，是一架深栗色古筝，月光下闪耀着优雅的光泽。杨小西则麻利地支好三脚架，架起摄像机调角度。趁两个美女专心忙事的工夫，吴唯拉着方逸群转过身："嗨，方教授今天这是要玩大的吗？"方逸群得意地说："司马老兄不是总说赏石要讲境界吗？咱们'酒赏''茶赏''雪赏'都体验过了，就差个'琴赏'，今天咱们就'琴赏'一回！"

司马宁插进来小声说道："这叫琴赏还是美人赏呀？"方逸群得意一笑："一切美的东西都要好好赏，都要共赏！"说着轻轻捶了吴唯一拳，吴唯竖起大拇指后又莫名地红了脸。接下来大家围着琴架坐定，司马校长和方逸群在左侧，高亦健和吴唯坐右侧，形成一个"U"字形格局，静下来之后大家都入神地向叠山行注目礼。

整个叠山由几十块形状各异、大如桌椅小如斗方的彩色玉石自由随意堆积而成，黄昏时司马宁已经给叠山浇透了水，此时石红树绿分外妖娆，愈发秀美多姿。泛着水泽的黄龙玉通体晶莹剔透，从石体深处隐隐闪耀着美玉的光芒。石缝里长着一丛丛兰草和几株手指粗细的红杉、铁榆、红枫等，铁枝细叶，妙不可言。紫云石的缝隙里有一株拇指粗细的银杏，这是最近新栽的，不知司马宁从哪里找来的稀有品种，树不大却有沧桑感，金黄的心形叶子黄得醉人，加上与之相呼应的红枫和铁榆，与紫云石、黄龙玉、鸡血玉交相辉映，营造出一种重峦叠嶂辽阔深远的意境。那几块体小的红蜡石被灯光透射，渲染出夺目的艳红，仿佛炉膛的炭火，呼呼地燃烧着。

罗曼坐定试过弦音，杨小西调好镜头，向方逸群做了一个"OK"的手势。

"弹什么曲子好？司马校长你老人家说了算。"方逸群道。

司马宁笑道："由学生们自己做主，乐由心生，面对奇石心里想什么就弹什么。"

罗曼对方逸群说："老师，我还是弹《高山流水》吧，别的曲子我不是很熟。"方逸群道："司马校长已经说了，你随意发挥，只要能让我们听出秦岭的山、秦岭的水就行。"

罗曼手腕轻滑，弹奏出一串序音，随着月光轻轻挥洒，乐声蔓延开来。草丛中俯卧的奇石似乎被唤醒，随月光和乐声把影子拉长。司马宁抿一口茶水，笑眯眯地望着高亦健："高作家，大才子，此刻你该说两句助兴吧？"

高亦健看方逸群和吴唯都望着自己，杨小西也举起摄像机对着他，便随口吟了一首李白的《听蜀僧濬弹琴》："蜀僧抱绿绮，西下峨眉峰。为我一挥手，如听万壑松。客心洗流水，馀响入霜钟。不觉碧山暮，秋云暗几重。"

方逸群击掌叫好，又言："好是好，但李白说的是蜀地峨眉，高作家要来一首有关秦岭的诗，琴师才能进入角色。"

高亦健点点头，遵命吟了一首王维的《终南山》："太乙近天都，连山接海隅。白云回望合，青霭入看无。"

方逸群又一次击掌而叹："好！王维的《终南山》最有气魄，可惜无琴，我们今天着重是琴赏啊。"

高亦健一笑，随口吟了白居易《船夜援琴》的后四句："七弦为益友，两耳是知音。心静即声淡，其间无古今。"

"完美！"方逸群夸张地一挥手。罗曼微微一点头，双手缓缓抬起然后徐徐落下，玉指轻抚，琴声便在校园中弥漫开来。清风徐徐，明月当空，满校园的夜色都凝固了，花园四周的奇石仿佛有了魂灵，造型石和画面石都显出了秀美的容颜。草坪上的大型观赏石似乎也影影绰绰地循声而来。优美的琴乐声让高亦健想起了南山的一条条峪沟，想起了一次次进山的开心释怀，想起了与司马宁、方逸群、吴唯，还有张三公等人的一次次"遇见"……

高亦健在女儿童年学古筝时常去接送，也在家里陪女儿练习，对古筝还是有一点儿了解的。《高山流水》是一首难度较大的曲子，需要长时间的精心练习和思考，才能表现出那种"巍巍乎若高山，汤汤乎若江海"的意境。"高山"和"流水"两个部分演奏风格大不相同，"高山"部分要用浑厚而优美的音色描绘出高山之雄伟苍劲，"流水"部分则要以上下行刮奏手法表现细流涓涓汇成江河的壮丽景象，不但指法难度大，弹奏时还要恰当地把控气息，才能营造出空灵悠远的感觉。罗曼能把这首曲子演绎到这个程度，还真是功底不浅呢。

之后又演奏了几首古筝曲才兴尽而散，司马宁带着高亦健和吴唯一同把方教授和两个美女送上车。高亦健注意到，罗曼上车与吴唯握别时有几分不舍的样子，高亦健和吴唯看着车子开出校门后才上车。车上,坐副驾的高亦健看吴唯精神亢奋、面若桃花,便打趣道:"好一个琴赏啊!那个罗曼同学古筝弹得不错,我看对你好像有点儿那个意思。"

吴唯急忙分辩:"哪有的事!都是萍水相逢嘛。"

立冬这天,司马宁领着高亦健和方、吴三人又一次进山,方逸群和吴唯都带着夫人,为的是去看望一个年轻的修行者,一个住山洞的不到二十岁的小青年。

这个小小修行者是司马宁在寻觅石头的时候发现的。

一周前,司马宁在南台山青石岗上打量石头的时候,看到前边有一个小青年,臂弯里抱着一捆柴草沿山道往一个山洞爬,看背影顶多也就十八九岁。司马宁觉得奇怪,这方圆几里都没有人烟,怎么会出现一个捡柴草的小青年?便随其后一路攀到一个石洞前。小伙子一回身看到司马宁有点发愣。司马宁看到一张苍白的脸,眼睛湿漉漉的,一副茫然的样子,小伙子很久没理发了,乱蓬蓬的长发缠成一团,偏向一边,像公鸡头上硕大的冠子。

看小伙子心怀戒备的样子,司马宁笑眯眯问道:"娃呀,叫啥?多大了?"

"我叫小奇,十九。"

"你住在这个山洞里?"

小伙子点点头。大概是司马宁多年当校长的经历,眼睛里满是慈祥关爱,小伙子对他的信任感快速增加,放下柴草,望着司马宁。

司马宁说:"带我看看你的山洞好吗?"

小伙子转身先弓腰进洞,司马宁随后低头弯腰走进洞里,一股发霉潮湿的气息扑面而来。山洞入口低,里面倒还有一人多高,纵深三四米，洞内空间有七八平方米。洞壁上不时有水珠滴下，往里走越来越黑，几乎没有一点光亮。中部较宽敞处是睡觉的地方，支了两块加起来不到一米宽的木板，一床踏花被，一半当褥子一半作盖被。洞口处是做饭的地方，三块石头支了一口锅，唯一的灶具只有一个炒瓢，看来煮饭、炒菜都是用它，还有两个碗和一双筷子。

"娃呀，你为啥要住山？没考上大学？"

"不是，我都上大二了，不想念了，来住山修行。"

"修行？你这么小修啥行？"

"我，我就喜欢住山里。"

"这不行啊，山洞这么潮湿，会把你身体弄坏的。"

"我还在找更合适的地方，找到我就搬走了。"

"好吧，你倒挺有决心的。吃啥呢？"司马宁打量着洞子四周。

"我有粮食。有时下山买点，有时别人会给我点。只是这两天没下山，只剩下这个了。"

小伙子说完指了指石灶旁一个发黑的布袋子。司马宁打开，是半袋玉米，有十来斤的样子。司马宁抓了一把笑问："苞谷豆儿怎么吃啊？"小伙子也笑了，指指灶旁边一块石头。司马宁明白了，那块石头上有浅浅的窝子，旁边有一把斧子，斧子头上还有砸过苞谷豆的痕迹。显然，小伙子实在饿的时候，就用斧子砸一把苞谷豆，煮一碗粥。

"你爸妈呢？"

小伙子摇头，不吭声。司马宁说："你这孩子，正是长身体的时候，这样子修行会把你身体搞垮的。眼看就要进入冬季了，大雪一封山，想回家都下不了山啦！你赶紧回家去，不要再搞什么修行了啊！"说着，掏出两张百元钞票放在木板床上。

钻出山洞，小伙子望一眼司马宁，低下头不作声。

"听话啊！这山洞里冬天会冻死人的。下周我还来看你，要是没离开我就接你下山。"司马宁离开时又叮咛了一句。但他看到，小伙子还是低着头不作声。

在校园里相聚时，司马宁讲了在山上遇见"小公鸡"的过程。笑过之后都放心不下，一个十八九岁刚成年的小青年竟然去住山修行，这孩子有什么样的经历？方逸群、吴唯和高亦健一样，对"小公鸡"都很关注。他们回家说了这事后，激发了夫人们的爱心和好奇心，她们强烈要求一同去山上看望"小公鸡"，给孩子送点儿吃的用的，最好能劝这孩子下山回家。通常进山玩儿都是几个男人说走就走，说去哪儿就去哪儿，携夫人、孩子一起上山的次数很少，而这次是爱心使然，自然是要答应的。司马宁开车接上高亦健，吴唯和方逸群各自开车带着夫人，两位夫人都是爱心满满，带了不少东西，周六清晨早早就向山上进发。

进山后天气渐渐阴下来，有小雪糁子随风飘下，立冬这个节气还真是灵啊。到山梁下之后，大家分头拿着东西随司马宁往山上爬。一看各人手中的物品——米面油、被褥、衣物、挂面、面包，吴唯夫人竟然还拿了些煮鸡蛋。高亦健担忧地说："天啊，那个山洞里能塞下这么多东西吗？真不知我们的好心对孩子是好事还是坏事，人家是要修行，我们这是干啥呢？"

"送温暖"队伍缓缓向上爬，到山梁中途，歇了一会儿才又继续攀爬。到了山洞前，司马宁快步走到洞口喊道："小奇！小奇！快出来，叔叔阿姨来看你啦！"

又喊了一遍之后，司马宁猫着腰钻进洞里，其他人都在洞口等候。洞口前只有一块一米见方的平台，勉强可以立足，旁边是峭拔的岩壁、荆棘和山枣树。几人各自找好能站住脚的地方，两位夫人抚着胸口喘气。等了一会儿，只见司马宁从洞里出来，脸色不太对。

方逸群问："怎么，人不在？"

司马宁拍打着身上的泥土不吱声。高亦健说："人出去了也不怕，咱们先到别处转转，过会儿再来。东西可以先放山洞里。"

司马宁脸上满是不解和忧虑，把手里一张字条递给方逸群。方逸群看过后递给高亦健，高亦健扫了一眼递给吴唯，自己朗声笑了起来："好一个'小公鸡'！有出息！"

两位夫人感到有些莫名其妙，便从吴唯手里要过字条。字条在每个人手里传了一遍，上面只有一行歪歪扭扭的铅笔字："外出云游，短期不归。"

司马宁望望山梁高处："这孩子！我说了要来看他，这是故意躲咱们呢。毛还没长全，云什么游！"

高亦健钻进洞里看了看，心里有几分吃惊，说道："这'小公鸡'还真有股子韧劲！"

两位夫人可是沮丧得很，满脸失望和担忧，不停地喃喃自语着："这孩子去了哪儿？雪一下大就下不了山了，不饿死也得冻死！"一个问司马宁："等一会儿会不会回来？"一个说："咱们在附近找一找。"

司马宁说："人家写得清清楚楚，短期不归。我看他把自己的东西也拿走了，一定是去山谷深处找一个暖和点的地方过冬了。"

方逸群问："会不会是下山回家了？"司马宁说："不像，通常修行者下山时不会再带自己那些破东西，可他都带走了。"

高亦健又进到洞里细细打量。这是一个狭长的天然山洞，洞口是一条不到二尺宽的石缝，胖一点的人进不去，常人要侧着身子才能挤进去。里面却渐渐宽敞，纵深三米之后出现一个一丈见方的空间。洞口支了一根木棍，木棍上别了一把柴草，表示他还没有放弃这个山洞，以后可能还要回到这个山洞。看起来就如司马宁说的那样，到山谷深处找栖身之地了，祝他好运吧！

"咱们把这些东西送给其他山居者吧。"高亦健知道，想再找到这孩子几乎是不可能的了。

司马宁点点头："离这儿不远的东沟住有好几个居士，沟口上还有座小寺庙，咱们给能见到的都分一点儿吧。还要抓紧，这雪要是下起来，到下午就不好下山了。"

冬日来临，下雪封山后基本上就不能再进山了。"小公鸡"是回家了还是在山上？会冻死吗？张三公呢，他也上山了吗？高亦健知道老中医和道人来往密切，注重修行，也许在山上。寻找张三公的事看来也要到明年开春以后了。

新年前的一个周末，一场大雪把古城盖得严严实实。高亦健正站在窗边看雪，司马宁打来电话："赶紧来学校！我给他们两个打过电话了。"

高亦健纳闷："雪下这么大，你有啥安排？"

"雪大咱不往外去，今天专门看校园里的石头，雪中的石头美得没法说！清早我一出屋子就让雪中的石头给惊到了。你不是刚刚写好那一篇《喜上眉梢》吗？咱们今天来个雪赏！"

雪赏？好啊！雪中赏石，大雅大乐之事啊！司马宁和他的石头蕴藏着无限的惊喜。高亦健马上驱车前往学校，早饭留着到学校再说吧。

"又添新石头了？"

方逸群接电话就赶来了，进校园看见高亦健和司马校长给石头培土，知道有新石作鉴赏，满脸喜色快步来到面前，给高亦健和司马校长点上烟，说了句吴唯一会儿到，就蹲地上看石头。

这块石头是前几天才运回来的，运回学校当天就把高亦健叫来学校，一五一十地讲了石头的来历——司马宁独自进山途中，在峪口外一户农家地头看见这块石头，杵在菜园子旁边，好像是标地界的意思。司马宁一边和农家人闲聊一边打量石头，泥巴糊满了石头表层。擦去泥土，看到了青灰色的石皮，石形规整，呈正三角形状，竖条石纹，中部、上部有沁出石表的白色石英构成几只鸟的图形。司马宁心中一喜——这块石头有名堂，而且又在峪口之外，可以运回石馆，若是在峪口内那是万万不能动的。司马宁不再看石，和老农闲聊起来。寒暄一会儿，状似不经意地说："把这块石头让给我吧。"

老农说："你要它做啥？这石头少说也有一千多斤，你也弄不回去呀！"

司马宁递上烟赔着笑说道："我明天开个面包车来，你找几个人帮忙装上车不就齐了？"当即递给老农五百元钱说："这主要是下力的钱。"

老农一看出手这么大方，便做出为难的样子："人不好找，都出去打工了，找个人难场得很。"不等说完，司马宁又掏出两百元，老农喜笑颜开地拍胸脯："放心，明天咋都要给你装车上！"

就这样，又一尊奇石来到校园，半吨多重的巨石坐落在校园操场一角，等待着赏石者品鉴。经司马宁几天捯饬、刷洗、找面、硫酸水去滓，模样渐渐出来了，图案越看越丰富。司马宁每创作完成一件奇石作品后，先要叫高亦健来一同鉴定、命名。司马宁往往有奇妙的联想，高亦健赏石经验丰富，能够把这些美妙的联想用文字表达、彰显出来。当时看过这块石头，高亦健很快定下题名，亦拟好了鉴赏文章，司马宁这才约方逸群和吴唯来。

实际上雪中赏石已不是第一次了，几年前第一次走进司马宁的学校参加赏石研讨会就赶上一场罕见的大雪。那是元旦后的一天，中国石协专家组来秦西考察司马宁的秦岭石，赶上秦地普降瑞雪，气温骤降，道路封冻，飞机、火车大面积晚点，一时间出行甚为困难。然而，在这样一个罕见的极端天气里，七位在国内享有盛名的鉴石专家仍想方设法克服出行困难，从北京、安徽、山东等地赶到秦西鉴石。年长的顾问沈老是京城赫赫有名的赏石大家，高亦健看过名家档案后知道沈老出身国学名门，是古玩、赏石界的泰斗人物，以"学问渊博顽童心"闻名学界。只见老人一出会议室就急忙踩着积雪观赏园中庭院石，健步行于冰雪小径，高亦健追上前去搀扶。老人笑着推开，说道："放心，雪和石都跟我亲，摔不着。没想到啊，多少年没有这样看石头了，来到秦西遇上了。知道吗？这才叫赏石，这就是雪赏啊！"

那时雪落纷纷，静寂无声，石苑里的奇石顶部覆雪，石身浸润，更显其清雅多姿。沈老情怀大开，在半尺深的雪窝子里深一脚浅一脚地看石头，一会儿在奇石前探头探脑细细打量，一会儿乐得忍俊不禁开怀畅笑。高亦健紧随其后，被老人的情怀深深感染，赏石的乐趣真是妙不可言啊！

今天新展示的这块奇石图像清晰，容易读懂，画面中心几条较粗的白色线条如同梅枝，枝上有星星点点白色小块石英，恰如雪舞梅开，而几只尾巴长长的鸟儿在梅枝间飞来飞去。吴唯来后一边比画着石上的纹路，一边抢先说道："高作家，我看是一幅林中鸟戏图，对不对？"

高亦健微笑着点头。方逸群琢磨一番后也给予肯定："吴秘赏石有长进，我看大致就是这个内容，不过要加一条，是冬日的林中。这块奇石画面呈三角形，树枝和鸟的比例十分恰当，主图在中部和上部，而下部微小的石英斑也很有讲究，像是鸟儿蹦跳摇落的雪花。"

司马宁鼓掌："好！二位赏石确有长进，这几年没有白来我这校园。咱们再听听高作家的正解。"

高亦健又扮上了解说员："此石命名为'喜上眉梢'。"

吴唯点头道："好！喜鹊，满枝头的喜鹊。"

方逸群叹道："好一个喜上眉梢！越看越喜庆！"

"遥知不是雪，为有暗香来。如百鸟朝凤般，四面八方飞来的喜鹊们争相落脚于素雪未化的梅枝上，叽叽喳喳叫个不休，报喜声声声入耳，唤醒了冬眠的梅枝和香雪，翩翩起舞……鹊儿欢叫，叫醒春来早。赏之心扉大开，怎不令人喜上眉梢？

"此赏石呈炭灰色，画面由白色石英构成，线条清晰，一条条纵向纹路贯穿上下，秦岭石所特有的苍润质感、铿锵筋脉，营造出一种天地寥廓的深远意境。凸出的石英纹勾勒出梅树铁骨般的老桩、玉带般的新枝，星星点点纯白的石英恰似飘舞的雪花，雪透暗香，引群鹊争芳的国画意境呼之欲出。画面呈黄金分割型构图，从底部直达顶端，上下皆无尽头，似乎能看到画的另一面也落满了喜鹊，也一样地热闹非凡，给人留下美妙的联想。整个画面点、线、面完美组合，多样而统一，构图完美，内容丰沛。无限雅致，万种风情，诗意画境，皆令人醉。"

三人鼓掌叫好，吴唯心悦诚服地叹道："哦，天哪！高作家，让你一写，这石头成了活物、成了国画、成了诗，你的文字太美了！"

鉴石赏石，进山游玩，每到周末相聚校园，仿古人雅趣，时不时来个茶赏、酒赏、春赏、雨赏什么的，度过了许多愉快的时光。在高亦健心中，在司马宁的学校里得到的不仅仅是赏石之乐，也感受到了秦岭的味道。学校所有的地面都被绿植覆盖，一排排女贞和广玉兰、山楂树给整个校园罩上了绿荫，灌木丛里、草坪上、月季园里，站立着或躺卧着大大小小的各种形态的奇石。似乎，这些树木、草丛、奇石能化解空气中的霾，能消散闷热。在多霾的日子里，一进校园大喘一口气，呼吸立刻顺畅起来，鼻腔里不再有异物充塞的感觉；暑天站在树荫下奇石旁，感到烦热顿消，清凉舒爽。总之，一到校园里就感觉轻松了。看着他们几个来到校园里如获新生的样子，司马宁常常说："人，是离不开山川河流泥土草木的。"

◆东篱山家

第三章

张三公

1

2017年的春天悄然来临,街道上还可见身穿羽绒服、羊绒外套的行人,绿化带里草木却已葱茏,报社门前小广场里樱花也竞相开放。

大半年过去了,还没有找到张三公。高亦健把秦西市的每一条街巷都打问寻找了,没有人知道张三公去了哪里。春节期间打电话问过大林,他说三公没有回洪坎镇,也没有回老家固城县,应该还在省城。报社早已停办《大美中医》专栏,不再刊发高亦健写中医的文章,但高亦健一直没有停止寻找张三公,一些朋友和高亦健曾经采访过的病人也帮着打听,把有关张三公的消息传给高亦健。

惊蛰过后的一天,高亦健手机上跳出这样一条消息:"我打听到张三公的下落了,可能在秦岭峪沟里。"急忙查看这个微友,微信名叫"阳光",很陌生,从未有过交流,是一个不知何时加了微信自称是高亦健粉丝的读者。高亦健发出进一步询问后对方很快回复道:"我一个邻居找张三公看过病,他说张三公大夫离开诊所以后去了南山,听人说可能住在凉水峪一个叫臭椿坪的山梁上。"

高亦健心情一振,既然是三公医治过的病人,这条消息应该靠谱,急忙表示感谢并回复道:"您有时间的话见个面,还请详细给我说说好吗?"

"阳光"很高兴地应约,回复了个笑脸表情,然后说道:"我是您的粉丝，喜欢您的赏石文章和中医文章，从关注里加您微信好几年了，还在关注里写过读后感。能和您见面是我的荣幸。"

高亦健略一思索，当即回复："好，中午十二点南大街万达广场优胜客牛排见。"

"阳光"还真是个很阳光的青年，高亦健按约定时间赶到时，看到一个白净斯文的青年向他迎过来："高老师好，我是'阳光'。"高亦健吃惊地问："你认识我？""阳光"说："我听过您讲课，再说关注您的微信，也看过您的照片啊。"

二人就座后，"阳光"要去买单，高亦健指指手机："当时就在美团买了，网购便宜。"二人会心一笑，点了牛排，取了小菜，开始交谈。

"我看过您写张三公的那篇文章，多好的一个老中医！在朋友圈里看到您寻找张三公的信息后，就留心打听，但一直没有消息。直到上个周末去山里游玩，听一个同伴说凉水峪臭椿坪的山梁上住了个老中医，看病有绝招。我一听这个信息就想会不会是张三公，便问了个仔细。回来后让他带我去找那个去臭椿坪求过医的老人询问，那个老人说臭椿坪的老中医在山里住了一阵子了，讲汉中话，六十多岁的样子，这不正和您的文章里写的一样吗？"

听到这儿，高亦健兴奋地站起身："太好了！他描述的这个样子很像张三公大夫。他说没说这个老中医会治啥病？"

"阳光"说："我问了，老人说这个老中医脾气怪怪的，一般不给人瞧病，偶尔有从城里找来的都是得了怪病大病或是癌症的，找上门来好说歹说，有的给治有的不给治，不给治的人那就是太晚了，治也没用。"

这一番描述更让高亦健认定这个人是张三公，当即说道："太好了！谢谢你，我这两天就上山找，尽快去！"

"阳光"说："高老师，让我和您一起去吧？您找到了张三公，我找到了我崇拜的作家，我想跟您好好聊聊，想听您讲讲文学和中医。"

高亦健笑着握手告别："咱们都是爱读书的人，一定会有机会聊的，今后微信上多交流。"

两天后的周六，高亦健一大早便驱车奔往凉水峪打听臭椿坪这个地方。近几年来频繁进山游玩，对各条峪沟都很熟悉。几番打问，在峪口一条岔沟里果真打听到有一个叫臭椿坪的岩窝子，立即驱车前往。

还真是名不虚传，臭椿坪四处长满了臭椿树，坡上坡下小路两边皆可见，有的粗壮高大，冠可蔽日，有的树桩粗壮扭曲，被反复砍过的枝杈处又长出一根根手臂粗的新枝。光滑的枝上，新叶显得特别绿。臭椿坪，高亦健念叨着这个名字，眼前浮现出庄子笔下的"大椿"，不由得会心一笑。岩坪上时不时可见一些废弃的土坯房，看来以往这里住户还不少，近年都渐渐迁下山了。

高亦健把车停在岩坪下面，沿小路攀上去后一眼就看到岩坪正中有一间围墙围着的青砖房，一个挺大的院子，院门口并排立着两棵有些年头的臭椿树，像两个哨兵把守着院门。这个院子看起来有几分生气，应当是有人住的。院门半掩着，从门缝往里瞅，房子虽旧但不算小呢，有三间屋吧。院门到屋门前有一条青砖铺的小径，青砖潮乎乎的，砖缝里长着一些细小的蒲公英、地丁什么的，只有寸多长却也举着黄色、紫色的小花。院头有棵柿子树，刚长出的叶芽还没有舒展开，嫩绿的尖芽还染着一抹胎红，树下有几只芦花鸡在草窝里刨虫子。

高亦健问了声"有人吗",没有回应,便吱呀一声推开木纹斑驳的院门,看见院子角落里有一个人蹲在地上正忙着摆弄什么东西。高亦健一看见那瘦削的背影和花白的头发,心中便倏然一热——是他!就是张三公啊!原来三公真的藏在南山里!三公是蹲着的,正专注地做什么事,从背后望去,脊梁挺拔,头发虽已花白却还浓密,让人觉得这个六十多岁的老人身上充满力量。算来三公离开南关巷都快一年了,看背影没什么变化,根本不像奔七的老人,想想第一次在小镇上见面竟已是好几年前的事了。

"您好,张大夫。"高亦健一步步向张三公靠近。

三公以为是来求医的病人,没有回头:"先坐哈,等我腾出手来。"

高亦健走近张三公背后看清楚了,他正弯着腰在捯饬药材。

"张大夫,我是高记者。您老好吧?我给您惹麻烦了,您怪我没?"

三公一听是高记者,抬头望了一眼,好像料到高记者会来,淡淡一笑:"等一会儿啊,这活儿不能停。"说完低下头专心做自己的事。三公在堆码一种什么药材。面前是用土坯砌的一个三尺见方、一尺来高的池子。说池子不准确,倒像一座小城,四面墙都留了一个小孔,像城门似的。里面铺了厚厚一层稻草,三公正把一种不规则的圆疙瘩形状的药材往里摆,那圆疙瘩黑乎乎的,像小个头的土豆,却都有一截手柄一样的茎。地面上还有一堆切成片的生姜和一堆谷糠。他先在底层稻草上撒一层谷糠,然后齐齐摆一层药材,然后又在药材上摆放一层生姜片,然后再撒谷糠,再摆药材和生姜。就这么一层一层堆码,最后把谷糠全都覆盖上去,这才拍拍手,回转身猛地站起:"高记者哈,你还能找到这里来,是有硬本事哩！"

高亦健再次道歉："三公，是我对不起您，害得您诊所开不成，还要躲到山里来。"

三公朗声一笑："哪个讲的？你这一搞才好哩，我本来就应该猫在山里头，像这种老法子炮制药材，在城里哪有办法搞？"

三公脸上胡子拉碴的，和头发一样白多黑少，原来的寸头也变长了，像是头上趴了一只刺猬。不过，那一双眼睛却还是那么有神，让人不仅能感受到三公体格健朗，还能感受到一种思维清晰、心安志和的精神状态，看来，诊所被查没给他带来多大的伤害。高亦健宽下心来，蹲在三公一侧打量土坯方城，把堆码整齐的谷糠捏了一撮问道："这是啥子药材？像是要用火烤？"

"对喽，火烤附子。"三公划着火柴从四面把稻草点燃。

"附子是什么药材？用得多吗？"

"关键时候能救人命，要不古人咋说它是还阳第一药呢。"

"这是您在南山上采的吗？"

三公摇头："这个药南山不多，是我从老家带来的。附子这个东西作用很广，但毒性大，用不好就是毒药。但祛除了毒性就成了良药，能补火助阳、散寒止痛，被称为'回阳救逆第一品'。你看到了，要祛除它的毒性很不容易，要用稻草和谷糠熏烤。就这样子先在稻草上码一层附子、生姜片，然后撒一层稻草、谷糠，再码一层附子、生姜，如是一般码起五层，然后用谷糠整个盖严实，天黑后点燃稻草和谷糠，文火慢慢煨附子。到明早稻草和谷糠都变成一层灰了，取出附子，这个时候毒性已祛除大半，取出晾晒一天后还要放进木甑里，隔水蒸一夜，晾干后方可入药。"

"我的天哪！制作一种药材要费这么大的功夫？为什么要天黑

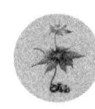

后才能点火烤呢？"

三公说："晚间湿气大，火燃得慢。这是古法炮制，古人就是这么炮制药材的。其实很多种中草药炮制起来都要花很大力气才能保证药效。只是，今天人们都顾不上也不肯下这种功夫了。"

高亦健说："要是每一种药材都要这么炮制，那谁能做到呢？当今一切都是快节奏、高效率，这样的古法炮制确实没有多少人能做到。幸亏只是个别特殊药材才需要用这么复杂的炮制方法吧？"

三公摇摇头，指指石几上晾的几种药材道："中草药都有炮制的讲究，很多都要经过九蒸九晒的制作和严格挑选，比如山茱萸和远志这两味药，传统炮制法是需要去掉山茱萸的籽和远志的芯，按工艺加工后才能成为药材。但是现在有些人认为芯和籽的有效成分与表皮差不了多少，认为去籽去芯又费事又费药，所以眼下常用的山茱萸和远志都是不去籽不去芯的。看起来区别不大，却不知药性、药力已经大打折扣啦！自古以来医者认为，药材炮制是涉及中药的性味功效和升降沉浮特性的，不按路数做会削弱药效，甚至会导致药性反噬，你想想用在病人身上会有什么结果？"

认识三公近四年了，第一次听他对中药材炮制侃侃而谈，也是第一次知道，原来三公还是个制药高手，高亦健便问道："三公大夫，您还干过药工吗？"

"自小跟师父学医时，练过几年'童子功'，就是切药晒药背汤头，熟悉各种药材性能，后来我自己还种了几年药材。"

"难怪您医术这么高，疑难怪病常常药到病除，原来您不光辨病准，还善制药、用药。我在读中医经典书籍时记得这样一句话——中医药，一半在医一半在药。近年来中医衰微，也与药材商一味追求利润，不顾药材质量有关吧？"

"岂止是有关？都说中医将亡于中药，如果按照传统中医标准衡量，眼下市面上的中药材绝大部分都是不合标准的。中药材的筛选、加工、炮制、存储等都存在问题，但你说让谁来把好这一个个环节？"

说了一阵药材的话题，三公给高亦健拿来一个小板凳："你这个记者还真是不简单，我躲山上来你也能找着？"

高亦健说："您离开诊所的事我知道得晚了一步，跑南关巷去您已经走了。这大半年四处打听，到现在才知道您来山上了。三公，他们不让您看病还罚您钱了是吧？他们怎么能这样呢？现在不是说要发展中医药传承中医药吗？为什么会这样？您的医术那么好，治好了那么多人，凭什么说您是非法行医？都怪我写那篇报道。"

三公摆摆手一笑，风轻云淡地说："哪能怪你呢！这是民间中医常有的事，我这一辈子遇到好几回了。"

一阵凉风吹来，高亦健望望四周，空寂无人。他问道："三公大夫，您住这么远这么背的地方，谁会晓得您在这里，谁会来找您看病？"

三公道："该晓得的自然就晓得了。我只怕来找的人太多，我现在每旬逢三、五、七、九看病，其余时间采药制药，有时还能安逸一两天。"

高亦健心里拨了一下算盘，那就是说一个月只有不到一半的时间看病，但有几个人能找到这深山沟里？几天能看一个病人？三公不能正常行医，收费又不高，生活咋个维持？

三公似乎知道高亦健想说啥，不等再问便说道："在这山里头，一个月几百块钱就能活下来，钱多钱少不是个事。"

三公进屋端来茶壶,高亦健忙接过来续水倒茶,脑子里盘旋着近来自学中医的一些疑问,便乘机请教。

"三公大夫,您知道我喜欢中医好几年了,我在读《黄帝内经》《难经》《伤寒论》这些经典著作时,一直在想一个问题——古人,或者说是上古之人,在没有任何经验任何依据的情况下,怎么总结出治病的方法,怎么分辨出中草药的功效,竟然能一步步创立这么庞大的中医药理论体系?"

三公抿一口茶水放下杯子,眉毛上挑,声音洪亮地说:"问得好!这说明你是一个真爱中医的人,你能读懂《黄帝内经》这些医书了,不简单哩!你想想,当年神农尝百草不就是为了分辨中草药的功效吗?上古时候没有任何可参考的资料,没有分析验证的条件,硬是靠着一样一样地尝啊试啊。传说神农为尝百草曾经一日中毒七十回,后来渐渐发现了一些中草药的基本规律,一代代口口相传才有了后来的《神农本草经》。简单说,古时中医是以取类比象的思维方式判断药材的。比如,古人认为世间万物都有相通之处,便以取类比象的思维方式总结出:'中空能利水,有刺能排脓;茎方善发散,骨圆退火红;叶缺能止痛,蔓藤关节通;色红主攻瘀,色白清肺宫;味苦能泻火,味甘可补中。'按照这个思路试用药材,结果,一一验证上了。古人按照这个机理辨证施治用药,在中医学问里叫作——法象。"

"法象?"

"象就是自然界一切现象,法象就是效法自然。法象莫大乎天地,变通莫大乎四时。这个我也说不清,但大致晓得,中医药的奥秘就在这里面。"

高亦健从背包里拿出一本书,是刚出版不久还散发着墨香的写民间中医的长篇小说《橐龠》，双手捧到三公面前："张大夫啊，自从认识您我才开始认识中医，几年了，学了一点点、写了一点点。这本《橐龠》是我写的第一部中医小说，写当下民间中医传承和生存状态，下来还要写几部，请您指正。"

三公接过书十分开心，细细打量一番，闻了闻油墨香又举到远处端详："好哇好哇高记者，你这个秀才不简单！把中医编成故事写进小说里肯定好看，看的人多了，了解中医的人就会越来越多。"

高亦健神色凝重地说："这是第一部，我还会写下去，还会学下去。我越学越为中医鸣不平，越学越为中医感到悲哀。传统中医明明是我们先祖留下的宝贵财富，古人的中药学把世间万物都变成了药材，明明治病有效又廉价，却不为人知，常常被打压，中医到底怎么了？"

看着高亦健义愤填膺的样子，三公笑了，神色是高兴的、淡定的，给二人的茶杯都续上热水后说道："难得你一个文人对中医有这样一番热心肠，我给你讲讲当今社会中医为啥被冷落、被打压吧。首先，中医骨子里的一些东西与当今这个商业社会不合，中医讲治病要廉、效、验，用最简单的方法、最少的药医治好疾病，而市场机制倡导的是任何一个行业都要讲求效益最大化。中医讲做郎中要安神定志好好修行，往往要好几十年才能入门，中医人有句话叫'六十成才'，叮现代社会六十岁的医生都该退休了。还有重要的一点：当今社会的主流医疗体系是为西医而建立的，与中医的医疗理念和理论基础完全不同。中医研究的是整体层次上的肌体反应状态，认为身体出现问题一定是整个系统失衡，要从整体上找原因进行调整。先贤大医们用朴素的辩证法创建了

'理''法''方''药'一整套理论，通过平衡纠偏增强人体自愈力消除疾病。西医着眼局部结构与功能，从实验室走向临床，随着科学的不断发展，越来越细化和精微，这是从两个不同的方向探索医疗和健康的实践过程。简单说吧，中医注重整体关联，西医擅长微观精确；中医着眼找原因，西医注重找证据；中医追求治病求本，从整体恢复人体机能，西医擅长治疗'零件'，认为人体是一个个器官组成的，哪里出了问题修理哪里，要是问题大就割掉它。"

高亦健连连点头，颇有茅塞顿开之感："正是这样，现实正是这个样子！但国家不是一直提倡中西医结合，为什么总是结合不到一起？"

"要是真能实现中西医结合，二者互补，老百姓看病就方便了，也不会看不起病了。但结合起来太难了，在西医体制的主导下，中医就像被穿上小鞋的媳妇，整天被凶婆婆找碴儿，寸步难行啊！我在医院工作那些年体会太深了，为啥宁愿丢掉铁饭碗也要跳出体制？再比如刚才我们说到中药材，中医用药是以四气五味、升降沉浮的特性来调理人体阴阳偏差、气血虚实。四气指的是温热寒凉，五味就是酸甜苦咸辛，用的是阴阳五行的道理，对应人体经络和五脏。可在西医体制里非要用西医的法子在实验室里化验中药材的成分和含量，驴唇不对马嘴，哪一种药材也不能符合他们的标准。你说怎个办？秀才遇见兵，有理讲不清。"

三公不急不恼地讲，高亦健却急了："这样下去中医不是要消亡了？"

"放心吧，中医不受待见，可是百姓离不了，受冷落又不是头一回。中医千年不倒是因为百姓离不了，是因为中医有道，得道的东西是消亡不了的。这不是，你一个笔杆子花几年的工夫找我，为啥哩？"

听三公讲医讲药，不同于听那些专家教授讲座，三公能把深奥的东西用大白话说出来，高亦健感到特别过瘾，便继续问道："张大夫，我记得您在上中医学院之前还跟师父学过中医，所以才积累了这么丰厚的中医药学知识和经验。您当初拜师学了几年？那是一位什么样的师父？"

三公说："我小学毕业那年考上县中，但县中搞运动停课没学上了，我父亲说这个时候可不要把人荒废了，打听到有个远房舅爷是乡下有名的郎中，便托人说情把我送到舅爷的医馆。那年我才十三岁，跟着药师做些打杂的活儿，扫地、劈柴、打猪草，采药、晒药、切药，一年后渐渐识得药材了，就到柜上抓药。舅爷不教什么，就是让我们背汤头，医馆打烊后我们几个药童在后院里相互比背汤头，看谁背得多。"

"那怎么才能学会给人治病呢？望、闻、问、切，这哪一样都复杂得很啊，怎样才能出师，才能成为一个好中医？"

"中医就是靠师带徒一代代传下来的，师父在带徒的过程中不仅要传授医术，还要观察每一个徒弟，看这个人秉性如何，只有正直老实有悲悯之心的人才能成为医者。那时我们一同跟随舅爷的有三个少年，年纪长几岁的杨师哥是最聪明的，能说会道又勤快，我们都觉得舅爷一定会选他做传承人。可是，后来发生了一件事情，舅爷毫不留情地把他赶走了。"

高亦健一听有故事，忙问道："哦，是什么事能让您师父发这么大的火？"

"有一次整理内室的药柜，因为内室放的都是名贵药材，这种

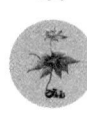

活儿只有杨师哥才有资格干，我在一旁搭把手。杨师哥整理人参药斗时，发现一根百年参掉了一截寸许长的须子，我站在几步之外看见杨师哥握着这一截参须仔细打量。须子比筷子还细些，白色表皮里隐隐泛着肉红色。中医人都知道，百年参是无价之宝，有大补元气回阳救逆之功。面对这截人参须，杨师哥心动了，犹豫了一阵飞快地把参须塞进了嘴里。

"第二天，我和杨师哥一同切药时，杨师哥突然感觉鼻子痒，抬手擦了一把却见满手血，他越擦越多，急忙跑去用水洗。舅爷知道后开了一服止血药让他服了。晚间吃饭时，舅爷当着我们的面，把十元钱放在杨师哥面前，说道："明早自己买票回家去吧，你不适合学医，以后做别的营生吧。"

高亦健问："你舅爷知道他偷吃人参了？不是您告的密吧？"

三公笑着摇头："那还用告密吗？杨师哥身强力壮，吃下那一截人参须不流鼻血才怪。舅爷平时不多说我们，心里跟明镜儿似的。中医这活儿是有些古怪，没有悟性的人做不了，太聪明的人也做不了。"

"但是您为什么没有一直跟师学医，直到出师呢？"

"我只跟师了两年多，后来舅爷被红卫兵定为'反革命医霸'，他的医馆也被砸了，不久就气死了。这一年学校复课闹革命，我又回去上中学，直到参加高考。"

......

眼见得太阳西斜，高亦健没有想到这次重见张三公聊得这么开心，以前采访时三公都没有跟他这样敞开心扉地掏心窝子说过话。聊了好一阵子，高亦健想，三公该弄晚饭吃了，便站起身子张望着院墙外的天色，半个太阳在西山落下身子，院子里立时显得暗淡了。

三公说:"你还不下山？天要黑了。"

"我还会来看您的。"

"这么远，跑一趟多不易！不要耽误了做事情。"

高亦健说:"嗯，我知道。"

下了臭椿坪，高亦健回望三公的院落，落日的余晖仿佛给屋顶和树梢镀上了一层金，天地宁静。一缕炊烟升起来了，一坪、一院、一人，这幅中医人在南山的写意图深深烙在了高亦健心底。下山的路上，高亦健脚步飞快，身上充满了力量。找到张三公，高亦健有如获至宝的感觉——不，是失而复得的感觉。这种失而复得的感觉更加坚定了他几年来一直在心头萦绕的想法，把中医学下去，把中医小说写下去，用文学作品把中医介绍给家人和朋友，介绍给所有人，传递给他们进入传统中医这个宝库的密码，带领他们一同游历这座美丽的王国，一同领悟养生健体的奥秘，不辜负祖先的期望。

要让所有人知道，古老而神秘的中医离我们并不遥远，一直就在我们身边，从来没有离开过我们。先祖们一代代师承一代代往下传，手手相授口口相传，穿越几千年时光，直到今天。中医像水、像阳光、像窝头一样，陪伴着我们，是那么简单而朴素，让每一个需要的人都可以得到。这是中华民族数千年智慧的结晶，是先祖留给我们的宝贵财富，我们要珍惜啊！

西晋大医皇甫谧说得多好:"夫受先人之体，有八尺之躯，而不知医事，此所谓游魂耳。若不精通于医道，虽有忠孝之心，仁慈之性，君父危困，赤子涂地，无以济之。"是啊，我们拥有这样一个伟大的医学体系，却不了解亦不会应用，当自身和亲人被疾患困扰时却"无以济之"，委实不该啊！

2

隔了一周，高亦健又攀上臭椿坪，推开院门看见三公正在切药，看样子这天没有病人来。

"你又来了？"三公的眼神里有几分惊讶，又有几分意料之中的欣喜。

"我会经常来的，您可不要嫌我啊！"

张三公望着高亦健，眨巴眨巴眼睛："你是个文人呀，你有自己的事情做，不能把心思都放在中医上吧？再说你学中医干啥？你也看到了做中医的人有多大的难场，你不要为这个耽误了正经事！"

高亦健笑道："我今后的正经事就是学中医写中医，我被古老中医吸引了，我被博大精深的岐黄文化迷住了，这几年读了几部典籍，学了点儿基础理论知识，迷得更深。有些问题我弄不明白，要靠三公教我。比如您上次讲到的'法象'，这是个哲学命题，在传统中医里应用十分广泛，但要弄懂它、掌握它却不容易。"

张三公说道："我上那几年大学早丢光了，不懂什么哲学，但年少时就记得师父讲，学习中医先要领会这个'象'，取象、比象、法象，是学中医必然要经历的过程。医者在治病过程中很多时候也是比'象'用方，症有象，方有象，药有象，穴有象，一个医者能够'取类比象'，融会贯通，才能成为一个好中医。"

高亦健追问道："可是，'象'在哪里？怎么取'象'？怎么'比象'？要搞明白这些就比较难了。"

张三公的谈兴也被高亦健激发起来，点燃一根烟侃侃而谈："'象'无处不在，世间万物皆有'象'。比如说有一种草药，到现在我也不知道它叫啥，药典中也没有找到它。但是治疗骨伤效果极好，既能活血防感染，还能促进骨骼生长。那还是四十多年前我在紫柏山看到的，我尝试确定无毒后用在骨伤外敷药中，效果奇好。但这种本草只在紫柏山原始森林中陡峭的崖壁上偶有生长，很难采到，这么多年里，我也只是在人迹罕至的山谷里采到过几回。"

"哦，您给这种草药命名了吗？是怎么发现的？"

三公笑说："命名就不必了，这种本草本来就很少，要是命名了一旦传出去很快就绝迹了。我是看到动物使用这种草药，然后尝试着用它治疗骨伤，到现在我也不知道这种本草叫啥名字。"

"动物使用草药？"高亦健越发惊奇。

三公点点头继续说道："那年秋天，我上山采药时碰到个打猎的乡亲打到一只山羊，我恰好路过便一起看热闹。乡亲把羊打量一番说，咦？上次打断腿让它给跑了，今天又撞上我的枪口，怪可怜的！我一听好奇地问打断腿还能跑了？乡亲说你看嘛，犄角是上次打断的，腿上老伤还在。我细一看，犄角断口是时间不长的旧伤，大腿外侧还有黑色血痂。我问上次打着它是啥时候，乡亲说将近一个月吧。我一听受伤一个月没有感染，腿也没烂掉，居然还能奔跑找生活，太神奇啦！我查看山羊伤处，拉了拉腿骨，已经长上了，枪伤周边有一些黑色的植物残渣类的东西，是一些嚼碎的草叶子。"

三公说话的工夫煮好了茶水，给两人斟上后接着讲："你知道吗？动物有一种天生的本领，生病或是受伤后会自己寻找能治病的草药，吞咽或是嚼碎敷在伤处。那么，这只山羊嚼的是什么草药呢，才个把月就使腿骨长上了？怎么会好得这么快？人受点红伤，用各种药，还伤筋动骨一百天呢。我把山羊腿伤周边的残渣刮下来闻了闻，草香气还在，应该是几天前又一次敷上去的，拼出一片比较完整的叶子一看，叶子不大，和榆树叶子差不多，叶边缘带有细刺。这应该是一种治疗骨伤的本草，我记住了叶子的形态和气味。这以后采药时我就注意寻找这种草，却不易见到。有时在峭壁阳面干燥迎风的地方能遇见几丛，极为罕见。我在紫柏山采药多年也只采到少量的，这几年在南山上也偶尔见到，都要下点儿功夫才能采上。

"还有一回……"

张三公打开了话匣子，因兴奋而脸膛微微泛红。高亦健听着三公侃侃而谈，心想：三公一个人在山上大概许久没有人和他说话了吧。三公年少时就跟着舅爷学传统中医，中医学院毕业后不甘于做一个平庸的混日子医生，脱离体制，自谋生路，在乡村经受了多年磨炼，才开办了一家小诊所，成为当地百姓信得过的好郎中。但是，这样一个医德高尚经验丰富民间口口相传的好中医，却被一纸"执业医师证"所困，这究竟是为什么……

三公打住话头："就在我这里搞点面条吃吧？"

"不了，我得赶紧回去，再不走天黑就下不了山了。您等我一会儿啊，看您住山上不方便，我带了点儿粮食来。"

高亦健到停车坪打开后备厢取出带来的米面油等物品，三公跟过来接过东西，说道："有心啊！这几天正说要下山搞点粮食呢，这叫雪中送炭哩！"看见塑料袋里有一条芙蓉王香烟，三公愣了一下："买这么贵的烟搞啥子嘛！高记者啊，不能这么破费了啊，要不得。"

"张大夫，下个礼拜天逢五，我早点上来看看您是咋给患者瞧病的。"

"好，开车小心啊！"三公把高亦健送出院门。

隔了一周，礼拜天上午9点多，高亦健就进了三公的院子。

"张大夫，今天有没有人来求医？"

"有个乡党昨天打电话说要来给娃子看病，可能一会儿就到。"

"我能帮您做点什么？"

"没啥好帮的，你就看着吧。"

过了没一会儿，院门外传来一阵喧哗声，随即走进一行三人，一个五十多岁的妇女，另外两人是三十来岁的小夫妻，看起来是一家人。妇人一进门就亮着嗓子嚷嚷："他三大，快给你侄子看看病吧，咱们可是没出五服的亲戚哩！你侄子年轻轻的，得了癌，这可咋得了啊！"说着把儿子推到三公面前："叫三大，你的命就靠三大救了！"

青年男子喊了一声"三大"，便低下头。妇人和儿媳妇站在一旁。高亦健打量了一下这一家三口，都是农村人装束，这个青年男子像是在城郊打工的这一类人，寡言少语，面色蜡黄。他媳妇胆怯地挽着婆婆的胳膊，低头不语。这个婆婆倒是精明得很，进门一声"他三大"叫得亲热，看完病算钱时就有说道了。

三公打量一下青年男子，又看一眼两个女人，老的小的哪个也不认识，不晓得是哪门子亲戚，便示意青年男子在诊台前坐下。三公边切脉，边问道："说吧，叫啥名字？多大年纪？谁说你得了癌，得了啥子癌？"

青年男子被妇人推了一把，在方凳上坐下低着头说："我叫张平阳，三十三岁。年初就感觉身子不太好，干活没力气，吃不下饭。去城里查了，验了血，验了尿，做了CT，要让我住院，说可能是胃癌，还说要做活检。我晓得那个活检一做就出不来了，我不情愿做。这几天更不好了。"

"是医院说你得了癌症吗？"

妇人赶紧把化验单递给三公说："拍了片子又验血验尿，说有可能是癌，还说接下来做活检最后才能确定。做活检就得住院，要先交几万押金，屋里头哪有那么多钱？听老家人说三公医术高明，一把草药救人性命，我们一路打问才找到这峪沟里。三公，你可要救救我家平阳啊，我们一家子就靠他打工养活哩！"

张三公没听妇人絮叨，给张平阳细细把了脉，脸上平平淡淡看不出啥。把完脉又把张平阳叫到身旁，伸出手掌在张平阳胸前、腹部按抚了一阵，细细观察了气色，看了舌苔，然后长出一口气，坐在椅子上，淡淡地说："你没有得癌，莫听医院瞎说。回去吧，去药房买几盒山楂丸，调调脾胃。"

妇人神色一下子紧张起来，一步冲到三公面前，大声说道："哎呀，张三公，你这是给我们摆架子啊！医院都说了是癌症，化验单上都是加号，你咋能张口就说没有癌？"

三公拉下脸说："那你就去医院治嘛，跑到这老山沟来干啥？"

妇人低下嗓门央求道："医院让过几天去做什么活检死检的，一治不晓得是死是活，还要先交几万押金，我们哪有那么多钱！指望你老人家一把草药救人命，求求你先给我们开点药，救救我家平阳吧！"

张平阳媳妇也凑上前来："张大夫，求你救救我家平阳吧，他要是不能动弹了，我们这个家可咋办呀！"

张平阳媳妇说话时从婆婆身边走到青年男子身边，离张三公近了，张三公看见一张没有血色的脸，心中暗惊，便仔细看了那媳妇一眼，只见那媳妇眼里的光又短又暗，说话时还有一股子腥臭气隐隐飘来。他不由得眉头紧蹙，说道："你男人没有得癌症，放心吧。"说罢转过脸对着妇人说："你们要不信就到医院做活检或者换家医院查一查，看我张三公说得对不对。"想想又对小两口说："你们两个到院子里转转，我有话跟你妈说。"看着两口子出门后，张三公招手把妇人叫到面前说："给你说实话，你儿子没得癌症，只是脾胃上的小毛病，我给他三服药马上见好。可是你儿媳妇倒像是有癌症，你要早些给她看。"

妇人一下子变了脸色，愣愣地瞅了一会儿张三公，又望了望院子里儿媳妇的背影，脸上呈现出一种恍然醒悟的神情，眼里的恐惧渐渐褪去，挤出满眼的凶光，用这满眼的凶光剜了张三公一眼，使劲往地上啐了一口，扭头就往外走，走了三步又回过头恶狠狠地说："张三公，我看你是黄鼠狼给鸡拜年——没安好心啊！"

听着门被摔得"砰"地一响，高亦健不知怎么安慰三公好。这一天就来了这么一家求医的，弄到这么个结局，一分钱没赚还挨一顿骂。看看三公，他却像没事一样摇着头带着笑说："悲哀呀！医者能医其病患却不能医其愚昧呀！"

高亦健忍不住问道："您为什么说要治癌的人没得癌，人家媳妇好好的却说患了癌？"

三公说："生癌的人是能看出来的，中医初步判断疾病就是靠望和闻，第二步才是问和切。这个张平阳脉象平稳适中，只是因饮食不节损伤胃气，几剂补中益气汤或小建中汤很快就能见好。可他媳妇一看就有问题，脸色不正气息微弱，和普通有妇科病的女人还不一样，她的脸上、手上血色都不对，出气有腥味，那是癌的味道。"

"癌的味道？癌还有味道？"

"是的，癌是有味道的。因为癌瘤是人体气血瘀滞形成的，又靠气血滋养，患了癌的人脉象、气血、阴阳都会发生变化，中医往往看一眼就能感觉到。"

这太离奇了吧！刚才三公看那个媳妇的神情就有些怪怪的，高亦健当时就想，三公该不会说病在媳妇身上吧？没想到张口就说人家有癌症！看气色判断有病尚可理解，但一口咬定人家得了癌症实在是太离奇了！城里医院靠高科技手段，又是彩超又是各种化验的，查出可能患癌症你三公说不是，好好一个人却说她患了癌症，叫谁肯信呢？

三公知道高亦健心里有疑惑，说道："过一阵他们还要来的，到时你就晓得了。"

高亦健说："还会来吗？那婆娘那么凶！"

"搞中医就是这样，你说了实话没人信，有的人还要骂你、把你当仇人，等到命悬一线走投无路了又来求你，你还得救，还得医治，那是一条命啊！"

高亦健知道，来找三公看病的人都要提前打电话预约，就说："他们来的时候一定要叫我啊！让我长长见识！"

重逢三公，高亦健感到不仅仅是一种喜悦，更是一个愿望的实现，心里同时还有一个念头在萌动。这个念头萌生已久，与三公重逢后日渐膨胀——住山！嚷嚷好几年，是该好好琢磨一下这件事了。不是出家，也不是要逃离社会，只是想在山里住一阵子，也许一年半载，也许几年。所谓几年也就是每个月能在山里住个十天半月的，听三公好好讲讲中医。写几部中医长篇小说的念头在心里盘旋很久了。住山的念想也越来越强烈，不过以前总是想着几个人热热闹闹找个休闲之地，还要这条件那条件的，现在渐渐明白了，那只是一种找乐子的想法，真正住山要的是那份宁静，那份淡然，那份归属感。

这之后高亦健进山时就多了一件事：寻找一间能出租的小屋。臭椿坪附近、九里庙、喂子坪一带都打问了，一时还没有找到合适的。

7月初的一天，微信上突然跳出这样一条信息："高老师，有空来山中茅棚一坐。"简单的一句话，紧跟着的一条是一个定位图，写有详细的地址，在太仓峪的沟口上。发信人叫"镜像"。这是一个沉默已久几乎被遗忘的名字，这个名字很中性，微信头像是一个长焦镜头特写。高亦健盯着这个镜头，回忆涌上心头，这个中性的名字变成了一张生气勃勃的漂亮的女性面孔倏然跳到眼前——韩梅？有三年没有联系了吧，以为彼此都已经把对方遗忘了，怎么会突然出现呢？

"高老师您好！您多次帮我发表作品，早就应该好好感谢您。看过您的文章，知道您的才情不同一般人，不过，没想到您还这么帅！今天请您喝杯咖啡，请一定赏光。"

三年前，也是"镜像"的一条微信把高亦健约到一家咖啡厅里。这个"镜像"名叫韩梅，那时的韩梅在一家杂志社做美编，是个骨灰级摄影发烧友，拍了很多南山的照片，有跌宕起伏的山峦，有动物世界的小精灵，有生机盎然的小草花木，画面风格独特，配上清新的散文诗式短文，有一种清丽而旷远的味道。高亦健曾数

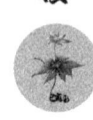

次向报社推荐发表韩梅的配文山水风光摄影作品,从作者介绍里看过韩梅的玉照,时尚、漂亮,应该是三十多岁吧。在此之前韩梅已经约请过几次,高亦健都婉拒了,这次实在不好再驳一位女士的面子,便答应在咖啡厅里见见面。

韩梅性格爽朗,时尚前卫,还挺性感。还没安顿坐下来,那张大嘴就像摁快门一样咔咔地说了一堆。一双美目流转飞扬,一席话不仅讲了她的特长、她的生活主张,连她目前离异单身的信息都透露无遗。

那天聊得挺开心,从文学、摄影、生态,到都市生活的困境,韩梅主动,高亦健应和。韩梅确实是个颇有才情的女子,对摄影对文学都有不俗的见地。初次见面她竟把高亦健视作知音,无话不谈,包括她婚姻的破裂以及摄影艺术的远大抱负等等。韩梅谈兴持续热烈,毫不掩饰地一再发射电波,那灼热的目光烤得人脸发烧。高亦健感受到了韩梅的多情,渐渐冷静下来。当韩梅提出接着共进晚餐时,高亦健坚决地告辞了……

这样一个风风火火的职场女子,怎么会住山呢?看到她已成为住山一员,高亦健挺吃惊,当即就决定要去看看她的茅棚。一个年轻女子怎么说住山就住山了?看看人家这勇气!

上山后下起了小雨,高亦健把车子停在坡下,给韩梅发了个到达通知,一步一滑地爬上山坡。进入山林后路就好走了,高亦健按照定位提示沿着青石阶梯走进一片竹林,远远地看见一把红色的油纸雨伞迎着高亦健飘下来,翠绿的竹林里飘来一朵红云。这朵红云被轻淡的雾岚簇拥着,飘飘欲仙,那场面像一幅画,像一首诗。随之飘来热切的喊声:"高老师!"

眼前的情景有点醉人，高亦健停下脚步端详着。油纸伞下的女子穿了一条红色长裙，上身一件乳白色棉麻中式褂，外套一件湖蓝色丝绸夹坎肩，笑吟吟缓缓地向高亦健迎来。这一幕有点似曾相识——高山下，树林中，蒙蒙细雨，雨中的红伞，伞下的倩影，对了，这不就是网络上风靡一时的李紫染真人版吗？高亦健笑了，没想到几年不见，韩梅又玩出新花样了。

走到面前的韩梅版李紫染和高亦健对视了片刻才伸出手紧握，轻轻说道："谢谢您肯来。"

高亦健以同样的口吻和语速说："谢谢你邀请。"

韩梅回过身在前面带路。往上攀行几十级石阶便到了一个垭口处，眼前豁然开朗，岩坡旁边有一间挺大的石砖混建的屋子，这应该是一间位置相当好也很结实的茅棚。在沟口上，右边不到百米处有几户人家，左边是入沟的大路，虽还未入深山，却也在山谷口上有了山谷里的气象。而且最重要的一点，一个女子住山，安全问题是首要的，这个位置倒是最佳选择。

随韩梅迈进开着的大门，原木色的长几上，放着一盘紫黑的桑葚，还有一盘艳红的野山莓，一颗颗晶莹剔透，屋里弥漫着山野果实的芳香。韩梅麻利地摆好茶具，把山果推到高亦健面前："上午刚刚摘的，后面山梁上就有。"

"谢谢你为我准备了这么高级的美物。"高亦健拈起两颗桑葚放进嘴里，回味无穷地点着头："蜜蜂出户樱桃发，桑葚连村布谷啼。这味道，这意境，只有住山的人才能享受到。"

韩梅忙了一阵，茶具都温过，只等茶水沸起了。

"你在杂志社干得挺好，怎么突然占山为王当上女寨主了？"

看来"女寨主"这个称谓令她很受用，韩梅高兴地说："这是我韩梅活了三十六年做的最重要最正确的一次选择，我好像重生了一次，太值了，太美了！"

韩梅生性豪放坦率，谈起离职山居的过程像讲述一次小小的旅游一样，轻松平淡。她说受不了社里天天开会消耗时间，受不了总编对她所有的作品都要改来改去，掐头削足，受不了色眯眯的油腻社长老要找她谈话，便辞了职，重新规划人生，做了一名独立自由摄影师。头一年，一边旅行一边拍照跑了大半个中国，第二年专门拍摄南山，一次次进入各条峪沟，去得越多越喜欢，去年春选中了这个地方，便租下来住了一年多了。

高亦健不禁心动，自己也曾数次动念想来山居，却还没有动真格的，韩梅一个弱女子倒是敢想敢干，这让高亦健心里多了几分敬重。

韩梅把最大的一间屋子做了工作室，卧室倒是不大，很简单，工作室和厅堂相连，就成了一个不小的创作室、摄影作坊，显影、冲洗、打印，各种设备齐全，尤其显眼的是几个简易书架上堆满了各种摄影杂志，不仅国内的几种专业大刊齐全，还有国外如法国、日本的时尚前卫杂志。看来，大山并不能隔离世界潮流。

山居一年多，韩梅拍摄了很多照片。高亦健看到，韩梅在《中国地理》《中国旅游》，以及香港、台湾的摄影杂志上发表了很多作品，虽然偏居深山之中，她的摄影技术却是大有长进。韩梅说正在写一本书，写的就是在南山山居生活的真实感受。高亦健问起山居的艰辛，韩梅轻描淡写地说也没啥，头半年确实有些害怕，后来就习惯了。自己开荒种地，门前种几样菜，一年四季都有吃的。一两个月进趟城，补充给养，会会朋友、做做头发什么的，啥也不耽搁……

吃了水果喝了咖啡，参观了茅棚内外，聊也聊了，该走了。韩梅要给高亦健做山野饭，高亦健说还要去臭椿坪。走出茅棚抬头一望，雨已停歇，换了太阳司值，女贞树上有几只蓝额红尾鸲叽叽喳喳地议论着什么。韩梅望着高亦健，目光凄凄地说："不走了，今晚就住这儿吧？"

高亦健恍惚了一下，抬头望着山谷的天穹，雨后的太阳有点晃眼。

韩梅呵呵地笑了起来："看把你吓的！"然后挽起高亦健的胳膊，"走，送你出寨。"

出了小坪院，走到小径和山道交会的路口时，高亦健停下脚步回望茅棚，只相隔十来丈远，茅棚被一排女贞和小红李遮掩，只看到房基的石条和房顶的青瓦，云彩把阳光分隔成一块一块的，涂在墙壁上，像一幅印象派油画。

"你，在山上能住多久？"

"不知道，眼下感觉很好，能拍片子卖钱，吃喝不愁。前天收到信息，凤凰卫视要来做一个专访，你看——"韩梅指了指百步开外的山坡，那里有一片比较平坦的草地，影影绰绰有一个人影正在地里干活，"那是小邵，爱上摄影成了剩女，再三缠磨要来和我同住。她正在忙着支摄影架，为卫视摄制组的到来做准备。"

高亦健望着那个女人的背影，心里闪过一丝被捉弄的感觉——看来留自己过夜的话头纯属恶搞。高亦健兀自点点头，为韩梅的成熟豁达、为她事业的精进由衷地高兴。

韩梅停下脚步，表示她只能送到这里了，问道："你说你也会来山居，会选择哪个峪口？要不要我帮你物色茅棚？"

高亦健摇摇头："我还不知会在哪条山沟里找到落脚之处。

这千山万岭像海潮般一浪一浪的，一个人进入山里就像一滴水融入大海。"

"初次相识时就知道你迷上了中医，但没想到你会把后半生许给中医。"

"冥冥之中早有安排，这是上苍对我最大的眷顾。你知道我一向喜静，一个人一生能遇上一件一辈子也学不尽的事情，是极大的幸福。"

"安居好之后来看我好吗？"

高亦健微微一笑，没有做出承诺："随缘吧，我们都在做自己喜欢的事情，让我们彼此祝福吧！"

"抱一下喽？"

高亦健愣了一瞬，韩梅坦然笑道："别怕，只是轻轻一个拥抱。"

高亦健为韩梅的坦率所感动，张开双臂把韩梅拥入怀抱。扑进怀里的女性气息不是脂粉香气，而是山中雨露、草木的清香，头发上脸颊上都是这种气息，像是抱着李紫染。韩梅的手臂越来越用力地抱紧高亦健，但很平静。片刻过后，高亦健轻轻拍了拍韩梅的后背。韩梅粲然一笑撒手后退，凝望着高亦健："你说你很快也要进山来，我们还会见面的吧？"

"也许。"

高亦健走下几十级石阶后，举起手挥了挥，但没有回头。他知道那个身影还站在那里，知道她一直目送着自己。山峦沟壑，风霜雨露，使韩梅变得豁达通透，也更强大了。

3

没想到，那一家三口真的还会来找三公。高亦健心想：那妇人口出恶言就是断绝了三公这条医路，但正如三公所言，他们在走投无路之际还是会跑到三公这里。

立秋这天，高亦健接到三公的电话，早早赶到臭椿坪和三公说话喝茶。几个月来高亦健已多次来到臭椿坪，多次和三公交谈，三公说他从没讲过这么多的话，好像把这一辈子少说的话都补上了。

高亦健已经找到了一孔窑洞，接下来找到房东谈谈租价，抽空收拾一下，来年开春就可以搬进来了。这段时间里，高亦健要办好离职一事。说到离职，无论是司马宁几个，还是张三公，他们都很吃惊——离职？连饭碗都不要啦？这也太疯狂了吧？高亦健并非一时冲动，五十六岁了，给自己留几年自由时光吧，只不过以病退或待岗的形式早退休几年，并不是扔掉公职不管不顾，连养老金都不要了。再说住山以后，只是每周在山里住几天，多数时间还是在城里，写作方面会有更多的时间，更重要的是会有更好的心情。下周就要和马总编谈离职的事情，可以圆了这个住山梦了！

高亦健到三公院里没多久，那一家三口就气喘吁吁地进来了。只见妇人在前加快步子疾风般闯进堂屋，高亦健看那妇人阴着脸步子飞快，担心她做出什么极端的事来，便站起身挡在三公前面。却见妇人几步冲到三公面前，一句话不说扑通一声跪了下去。

"这是干啥？"三公动了动身子，并没有去扶。

"救救我家儿媳妇！神医三公救命啊！我不是人，我不该不识好人心，不该骂三公大夫啊！"妇人一把眼泪一把鼻涕边抹边说。

三公一边呷着茶水一边说："你儿子没事了是吧？你儿媳妇查

出癌症了？"

"是的是的，三公大夫判病如神啊！我儿子去医院复查，排除了癌症，可儿媳妇真的有癌啊！上次回去没过几天，就吃不下饭，像鬼魂附了身，有气无力，眼看着人一天天蔫了。去县医院看病，说要到省城检查，一查说是乳腺癌，住了几天院就把奶子割了。这才过了两个多月，眼下又复发了，天天发烧。这两天看着能动弹了，我领她上山来，还是得请你救命啊！我们虽然在久安县城住，但祖祖辈辈都是固城人，咱们是实实在在的亲戚，是老乡。我家也姓张，是门里的亲戚哩，你可要救我家儿媳妇啊！"

三公挥挥手，打断妇人的絮叨，皱着眉问："等等，你刚才说啥来着？你儿媳妇做手术割奶子了？"

妇人站起身，把儿子和儿媳妇推到三公面前。高亦健抬头一看，心里暗暗吃惊——这个年轻媳妇和上次见面时已是判若两人，面色无华，双目无光，头发稀零枯黄，一边胸脯空荡荡的。高亦健搬了一把木椅到他们小两口面前。张平阳扶着媳妇坐下，媳妇捂着脸呜呜地哭。

三公打量了一阵媳妇，瞪了妇人一眼，气咻咻地说："坏了！你咋就那么快把手术做了呢？我看你家媳妇不像是乳腺癌嘛，有可能是血管癌。"说着让张平阳扶着媳妇往诊台前凑了凑，抓起手臂切了切脉，看了看手背和脸上的皮肤，兀自摇头："坏了，坏了，手术这么一做，估计血管癌也扩散了，恐怕也没多少治头了。"

妇人瞪大眼睛："你说不是乳腺癌？奶子白割了？！天哪！这可咋得了！"妇人放声号哭起来："三公呀你可要救她的命，才三十出头的人，你要救她啊！"

妇人话音一落，儿媳妇也哇的一声哭起来。

三公手指着妇人说:"你这个人啊!让我咋说你!你让我咋救?你说我咋救?你本事大教教我?中医也不是万能的,中医只治有缘人。你又不信中医,说了你也不听,每次都到收不了场了才来找我,你说叫我咋个治?"

"三公呀,今后我们全听你的,你说咋治我们就咋治!"

三公说:"这样吧,你们再去医院复查一下,确定是不是血管癌。愿意住院治疗就在医院治,不行的话来这儿咱们再想办法调理。"

妇人头摇得像拨浪鼓:"不会了,想住人家也不会收了,没钱了,借的钱还不晓得咋个还哩!"

妇人一想儿媳妇奶子白割了,癌症却还在身上,懊恼不已,骂了声:"狗日的医院!"又对三公说了几句复查完了还请三公救命的话,便领着儿子、儿媳妇下山了。

后来听三公说,隔了一个星期,那妇人又打来电话,说儿媳妇去复查了,医院确诊说是乳腺癌扩散转移,现在是血管癌,必须赶紧再做手术!妇人说没钱,医生说你们放弃治疗后果自负,妇人怒斥:不放弃你们就能负责吗?奶子白割了负不负责?

后来,妇人再带着儿媳妇来求医时,高亦健也在场。医院进一步确诊,结果真的是血管癌,而且发展得很快。三公检查时让高亦健看手臂静脉血管,可以看到一粒粒鼓起米的绿豆大小的颗粒,用手触摸也摸得到。

"这就是在血管里滋生蔓延的癌瘤,在血液里随着血液扩散,发展快得很,过不了多久就会遍布全身。"

"三公呀,你救救我家儿媳妇,今后就是当牛做马也要报答你的!"

三公沉吟半晌，挥手写下处方，让高亦健帮着配了六服药，对妇人说："你儿媳妇这个病呢，怕是要吃几个月的药，目前没有其他的办法了。我知道你们看病花光了钱，我不收你们诊费，这六服药只收个草药钱。"

妇人摸索半天掏出一张百元钞："今天只有这一百块钱了，不够的下回补上。"

三公说："够不够就这样了。以后不要带着儿媳妇跑了，让她在家好好养病，让你儿子来。他要是能抽出时间和我一起上山采药，今后也不收你们的药费了。"

妇人又一次跪在三公面前："他三大是恩人活菩萨呀！多谢他三大救命之恩！"

三公摆着手说："你不要这个样子，接下来一定要按我的法子医治，不要自作主张再找别人治、用其他药，这可是人命关天的事！"

看着这一家三口出了院门，高亦健回过头说："张大夫，今天看了半天病，可是连药钱都没挣回来。刚才抓药我看到方子里光是重楼一种药都值好些钱呢。"

三公苦笑着摇头："这都还不打紧，反正是自己采的。气人的是这号榆木脑壳，要找人治病又不听人言，把个年纪轻轻的女子毁了。"

"这女子的癌症能治好吗？"

"只有慢慢调理着看了，医院把癌瘤集中的乳腺部分切掉了，但不能根除还伤了元气，眼下是复发扩散，只能长期服药扶正祛邪，慢慢把她的免疫力恢复起来。"

高亦健第一次完整地观察体验了三公医治病人的过程，虽然只是一个农村妇女误诊后的辅助调理，却也是惊心动魄！

这个周末，司马宁把几个人召集到学校里，大家好久没在学校团聚了。自找到三公以后，高亦健往山里跑得多，方逸群和吴唯这一时期各自都忙，也来得少。方逸群听司马宁说高亦健找到了张三公，并且张罗要住山时，急忙说："咱看那个院子赶紧买啊，高作家先住进去看院子，咱们以后就多往山里跑。"

司马宁道："梁下村那个大院子黄了，我们咽不下去。"

一听到要与峪口上那个幽静的大院子分手，高亦健心里真有几分不舍。那个院子给人留下的印象十分美好，位置在南山脚下，往后数百米就是环山大道，又是入山口，勤峪、后峪、良峪等峪口依次排开，交通很便利，而且要价确实不高。如果说十几个人合力买的话每人也就十来万元，以司马宁办事的风格早就应该促成了，这么长时间没下文，想必是有问题啦，却没想到已经黄了。

方逸群问："为啥？是不太满意还是有担心的地方？"

"这件事还多亏吴唯细心，要不然咱们一冲动就砸手里啦！"

"哦？这么说那个院子的土地资质是有问题了？"

吴唯点点头，耸耸肩。

司马宁讲了后来与周信交谈的过程。几次和周信微信上交流谈得很顺利，价钱压到一百一十万，周信让价很痛快，条件也很刚性——一周内一次付清，可以按这个价，否则分文不让。

高亦健明白了："是啊，这么大的一片土地，又正是秦岭大规划保护的历史时期，合法性上没有保障是大问题。"

"是的，说到关键点上了，我担心的也是这事。我把和周信谈的情况给吴唯讲了后，吴唯托人了解了梁下村专用土地的用途，原来那个养老院在政府规划里面临土地属性变化，一年半载就要拆迁，现有建筑物属于非正规建筑，无偿拆除。"

方逸群惊叹："这么说，要不是咱们政府里有人，这当就上大啦？可惜啊！"没想到，那个让人喜欢的院子只有一面之缘。方逸群痛惜一番后问高亦健："高作家你现在找得咋样了？有没有合适的？"

高亦健苦笑一下："还没有，还在打问，我只是想找个能偶尔住一下的小小山居。"

方逸群顿足叹道："山里找个小院子咋就这么难呢？咱们跑了几年，看了多少家了，这个地方大家都满意，结果还是弄不成。听说这南山里有好几千住山者，人家咋就说来就来，咋没这多麻烦！"

司马宁哈哈大笑："你们是真住山的人吗？你们这是大教授、大秘书、大作家，你们要的是设备齐全、条件舒适的疗养胜地，哪是有个地方就能打发的呢？'小公鸡'人家背一床破被子有个山洞就住下了，你们能行吗？"

吴唯点头道："司马老师说得对，咱们要的是悠闲自在有格调的山居生活，会有的，会有机会的。"

司马宁朗声笑道："好！吴大秘有想法了，大家等着吧。"

高亦健心里也在想司马宁说的话——我们是真住山的人吗？自己也是，真做好住山的准备了吗？似乎也是叶公好龙吧？

临近冬时，高亦健终于找到窑洞房主见了面。房主是个中年乡村汉子，在城郊打工，见了高亦健先笑了："那个破窑洞你这文化人哪住得了？没水没电，方圆几里都没个人家。"

高亦健给汉子点上烟，说道："不怕，我只是偶尔在山上住几天。你要多少租金，咱们签个合约。"

汉子一看这个文化人诚心要租，就说："你们城里人耍得新鲜，签啥约呀，随你给点钱就去住吧。"说着就掏出一串钥匙，是山里面窑洞的钥匙。

高亦健当即写下合约，租期五年，付三千块钱。汉子签了约，喜笑颜开地说："那个窑洞就归你了，别说五年，十年都随你住。"临了还热心地叮咛："梁底下溪水又干净又甜，只不过稍微远点，晚上睡觉山门要顶上杠子，那两棵核桃树一年收几十斤哩……"

来到窑洞，打开门，里外看过之后，先感到了一种空寂和宁静，偌大个山梁空无一人。寂静和冷清是意料之中的，既然是山里的住宅，又怎么会是热热闹闹的呢？窑洞里还算干净，没有什么杂物，打扫一下支一床一桌便好。门前狭长的小院子有几棵树木，阳光很充沛。接下来，离职，住山，就要开始了。

看过窑洞，高亦健从窑背上的山道向臭椿坪走去，今天要看一下，从榆树梁走到三公的住处究竟要多长时间，今后这段路要常走啦。

高亦健12点多走进院子，三公有点儿吃惊："咋这个时间上山？看你又累又饿的样子，先给你搞碗面垫垫？"

高亦健笑着说："我从榆树梁走过来的，山里人说的里人，说是八里路，怕有十来里。"

三公说："你真把那个窑洞租下啦？没水没电能住吗？"

"其实水源也不远，山梁下就是河沟。其他都挺好，先拾掇拾掇，年后啥都办好了才住。"说着从衣兜里掏出一包方便面，"我先对付一下,过会儿跟您吃下午饭。"高亦健知道三公是上午下午两顿饭。

三公急忙接过方便面去烧水,说:"要得要得,先垫下肚子,今天我们两个煮块腊肉吃。"只见他麻利地用电热壶烧上水,然后抄起竹竿到屋檐下挑下一块黑乎乎的东西。高亦健接到手里吃了一惊:看起来完全像一块石头,看形状是个大肘子,不知有几年了,已经完全没有了肉质的弹性。

"这腊肉得有几年了,像出土文物。"

高亦健吃方便面的时候,三公在院子里点燃稻草,把腊肉燎了一遍,又抓一把谷糠搓洗,抡起砍刀剁了几下扔进锅里,等灶火烧起来后说道:"这还是几年前自家养的猪,以后再吃不上这么好的肉啦!俗话说,三年腊肉神仙有,这个味道不是一般人能吃上的。"

高亦健坐在灶火前填柴拉风箱,随着渐渐弥漫起来的腊肉香,思绪也满是腊肉的味道了。

高亦健喜欢吃腊肉,也见过熏制腊肉的过程,因为母亲就是一个熏制腊肉的高手。以往回到家乡那个小县城过年时,常会遇到母亲和大林他妈,还有王妈,联合起来熏腊肉。那是一个漫长而复杂的过程。腊月里已经积攒好了松柏树枝,母亲往往还积攒了香椿树皮和甘蔗渣,这是其他人所不知道的秘方。母亲说这是熏腊肉最好的香料,这些材料会使肉的香味更浓郁,更有层次。熏一次腊肉是个不小的工程,烟熏的原料要一点一点采撷积攒。县城周边并没有森林,母亲和大林妈、王妈相约到城郊的山包上去捡,一点一点收集落下的黄叶和小树枝,像燕子垒窝一样一点一点拿回来,要跑很多次才能攒够。腊月中旬选一个好日子,在家属院后墙靠山的地方搭架子。搭架子不容易，架子上方还要盖成窝棚。窝棚与架子的间隔有讲究，要能很好地捂住烟，还不会被烧着，才能使柴草烟充分地与腌肉"拥抱"。在高亦健看来，真正难做的是熏烟之前的腌制。有时，高亦健过年回去得早，就能看到母亲腌肉的全过程。进腊月后，母亲就常去嘉陵江老桥边的老市场，那个市场不大，却能买到山民的原产物品，大都是山民从家里背来的山货。有几家卖猪肉的，大清早就开着拖拉机来了。要想买到便宜又质优的好肉，时间要掐算好，太早的话肉不好且不能久存，必须是进入腊月以后，腊肉腊肉嘛。晚了呢，到了年跟前肉会贵起来。算好的这一天要赶早，母亲往往会去打问好几家，直到遇上价钱适合肉又好的，才一次性买下一大块，那往往是二三十斤。肉买回来是不能洗的，晾一两天后，母亲在一个早晨开始炒盐，盐炒得滚烫，再把碾碎的花椒、大料、小香、桂皮等加进去炒香，然后撒在切成一条条的肉上开始揉搓。那是个很吃力的过程，反复地揉，使劲地搓，直到肉发红，盐分均匀地从瘦肉的缝隙吃进去，然后码在一个大盆子里，再压上一块石头，腌制一个礼拜。这期间还要翻动数次，确保盐分分布均匀。肉被腌出血水了，再把那血水晾干。母亲会去大林家和王妈家，看看他们的肉是否腌好了，然后在第二天黎明时分开始搭棚。搭棚这活儿常常是大林去帮忙做，然后一家一家按各自的地方一条条把肉挂好，一切都安顿好往往已是早饭的时光。点火后，几个老妇人一边聊着家常一边守候，不断地加燃料，保持浓烟不断。到深夜各自把肉收回家，翌日黎明时分再如此这般地重复一遍，连续熏五六天后收回家挂在通风的地方。这时肉的外层像裹了一层薄薄的外衣，灰蒙蒙的，松柏油脂的香味不时飘来。两三个月之后，就可以享用美味的腊肉了……

三公这块陈年腊肉煮了有两三个小时，高亦健切的黄芪片都摆满一个大笸箩了，三公也把秘制的药丸抟好了，抽了抽鼻子说："腊肉好啦。"然后拍拍手进了灶房。

　　一会儿的工夫，三公端出一盘折耳根和一盘荠荠菜。腊肉切成大片，肉皮在煮之前烧过，煮出来后呈现出软糯起泡弹性十足的"虎皮"，肥肉晶莹透亮，像玛瑙、像古玉，一丝一丝瘦肉如紫檀的木纹，呈现一种古典的深红色。高亦健不由得想起司马宁石馆里的"肉石"，这一盘腊肉仿佛就是把那块"肉石"切开了。

　　三公打开一个黑釉晶亮的陶罐，一股浓郁的酒香立刻弥漫开来。三公倒了一碗要倒第二碗时，高亦健拦住，指指桌上放的车钥匙，三公只好盖好酒罐子："可惜了哇，赛过茅台的好酒你喝不成，看来只有住山上后才能开怀喽！"

　　"快了，明年开春我就要和您做邻居了，那时就可以喝您的自酿茅台喽！"

　　想到高亦健年后就要住山，三公还是有点不踏实："住山的事要想仔细了，你可不要因为迷上中医把好好的日子丢了，也不要被你说的那个什么《空谷幽兰》里讲的世界把魂勾走啊！"不能否认，早些年在读《空谷幽兰》时，高亦健对书中描绘的隐修世界充满向往，在找到三公后，住山的念头愈加强烈。高亦健笑道："张大夫放心，我没想出家，也出不了，只是想在山上有个地方住方便一些，多接近一些住山者，把我构思的几部小说写好。更重要的是做您的邻居，跟您好好学中医。"

　　三公呷一口酒说道："榆树梁好地方！就是隔得远了点儿，你这个邻居可是要有点腿上功夫才行哩。"

　　"不远，一点儿也不远。城里的邻居只隔一道走廊，门对着门，却从不来往甚至不认识；山里的邻居隔十里二十里，却好像近在咫尺。"

三公两碗酒下去，脸微红，既高兴又不放心："你还年轻哪，还有正经事情要做，你是个笔杆子，又是大报记者，工作咋办，不上班啦？"

"就是想做点正经事才住山哩，我正在办离职的事情。三公不用担心我失业，我是靠写文章吃饭的，在哪里都能干。再说我也不小了，离退休也没几年啦，想按自己的想法过几年。我是真的喜欢中医，想跟您学中医，好好写几部中医小说，您不要嫌弃我啊！"

三公郑重地点点头。

后来，高亦健在三公这里遇见张平阳几次，知道了张平阳媳妇治病的情况。张平阳平时在城中村打工，每隔十来天来一次三公这里，按着三公的指点去采药，有时当天回，有时住一晚上，离开时给媳妇带药回去。这样子山上山下跑了有半年，媳妇的病情好转多了，血管癌没有再恶化，只是那割掉的乳房再也长不起来了。

高亦健看得出来，其实三公真的很需要个帮手或学徒，虽说三公定的三、五、七、九看病，但平时病人来了照样得接诊。求医的病人有从城里找来的，有从其他山谷来的住山者，有时赶上几个病人同时来，三公就很忙。高亦健能帮的就是按方配个药，不抓药的时候就坐在一旁，细细观察三公望闻问切的过程，有时在院子里切药或是翻一翻大筐箩里晒的药。

有一次，三公老家来了两个后生打问到臭椿坪来找三公拜师，三公没答应，冷冷地把他们轰走了。高亦健不解："您身边需要个徒弟，这两个人看起来挺灵光的，为啥不收啊？"

三公摆摆手:"看他们那眼神,就知道不是学医的料,想学挣钱我可教不了。"

三公身边一直没个徒弟,他不让高亦健做更多的事情,有时还催着高亦健下山。有的病人需要在这儿住几天,也帮着做些切药、晒药的事情。院子时常摆着十几个大笸箩,高亦健扫一眼就能辨认出那些药材,随着季节不同而变化,有冬花、黄精、重楼、当归等。夏秋时就更多了,院子里摆满了名叫"七儿"的草叶或根茎,药香满院,臭椿坪的药香传得越来越远。

◆采药归来

第四章

七叶一枝花

1

这是一种神奇的本草，名字也十分美丽、十分奇特——七叶一枝花。

肥硕的秆茎呈紫红色，闪着幽光，在不多不少七片轮生叶中，一根细长的嫩茎举起一朵红色小花，这朵花高高地挑起裂柱，绿色花萼被华丽的帐幔般的萼片围着，深红色花蕊绽开一个樱桃小口，隐隐现出红色珍珠般的浆果。尤为神奇的是，七叶一枝花的花瓣，犹如一条条柔韧的丝带，各自弯曲着向外舒展，翩翩起舞，线条优美，婀娜多姿，像是花蕊中小小的花仙子舞动着的彩练。

初见此物，高亦健感到惊讶不已，尽管知道它是用来治疗癌症、治疗蛇毒虫咬的特效药，但他脑海里闪现的不是药用价值，而是这种植物的颜值，是植物花、叶的繁复和组序的智慧。这种神奇、这种惊艳，使高亦健惊叹不已。神奇的七叶一枝花，只有自然之工、上帝之手，才能设计出这么美丽精巧的植物，只有在深山绝岭纤尘不染的幽静环境里，才能生长这样出类拔萃的尤物。这诗意的奔放，这高雅的风姿，这大自然的奇葩，本身就是对生命最好的启示。

《神农本草经》对这种本草做了这样的描述：味苦，性寒，归心、肝、肺经。主惊痫，摇头弄舌，癫痫，痈疮，阴蚀，下三虫，去蛇毒。高亦健想，当年神农尝百草遇见七叶一枝花时，一定也被这种本草的美丽惊到了，所以给它起了这样一个美丽的名字。

今天，人们给它定的花语是——恩德。

在三公的院子里遇到杨小蝉使高亦健很吃惊，没想到——她还活着，更没想到会在这里重逢。高亦健看到她的眸子是有光泽的，目光是沉静的，神态是安详的。

这是初冬的一个下午，高亦健离开三公院子正准备下山的时候，一个尼姑装束的人走进院子来找三公，高亦健感到这个身影很熟悉，那双清澈而明亮的眼睛也似曾相识，像两枚极其精致的杏核，圆润光洁。是她！怎么会是她呢？

高亦健站在臭椿树下吃惊地望着这个纤细匀称的身影，直到尼姑走到面前时才意识到自己有点儿失礼，忙低下头合掌致意。尼姑同时也停下脚步，向高亦健合掌致礼，然后微微低头，迈着碎步快速进屋，走到三公面前，双手合十向三公施礼。三公点点头，接过尼姑带来的竹篮里的草药，然后把一个小小的布袋子放进竹篮还给尼姑。因三公正在为一个山民看病，没有时间说话，只是微微笑了一下，尼姑没有停留，向三公施礼后就退身往外走。高亦健一直站在门口打量着这一幕，三公这里常有僧人、道人来往，这个小尼姑看来是来取药的。高亦健注意到尼姑在经过自己面前时又一次低头合掌，自己也合掌还礼，却没想到尼姑停了下来，轻轻唤了声"高老师"。高亦健惊讶地抬起头，眼前是一张熟悉的带着笑意的面孔——真的是她，杨小蝉！

杨小蝉再度双手合十向高亦健行礼，不等高亦健发问便说道："高老师，我一直在大愿庵，这一年多是恩人张三公为我治疗、为我配药，我的病情没再复发。三公长者和高老师您的恩德我无以为报,唯有时时为你们祈福。"

高亦健惊讶得什么话也说不出,只是呆呆地望着杨小蝉,她的言谈举止端庄得体,已经是个标准的出家人了。杨小蝉和高亦健对望了一下,嘴角微微上挑,露出一丝熟悉的、调皮的、她这个年纪本该常有的笑容。忽然,她伸出左手徐徐展开——掌心里有一团像花一样的红色浆果,是植物花卉凋谢后结出的果实,大小如鸽卵,由十多粒珍珠般的颗粒叠在一起,晶莹剔透,带着寸许长的一节秆柄,断口处还渗着新鲜的汁液,散发着本草的清香。

"七叶一枝花?这是七叶一枝花的种子?"

杨小蝉点点头,把手掌伸到高亦健面前,示意这是给他的,然后说道:"还记得高老师给我摘的那枝蒲公英,您告诉我蒲公英的花语是'勇敢,顽强,永不止息的爱',我记住了,这朵七叶一枝花的花语是'恩德,感恩'。"

高亦健知道出家人不喜多语,从杨小蝉掌心里轻轻拈过那一枚浆果。显然,她给三公送来她采的七叶一枝花,进院后看到高亦健便留下了一枚浆果。

杨小蝉接着说道:"七天后高老师能来大愿庵吗?那天上午住持给我剃度,高老师是我尘世中唯一的亲人了,您若在场,我出家再无缺憾。"

高亦健连连点头:"什么时间?"

"七日后早晨,太阳升起的时候。"

说罢,杨小蝉后退三步,再次合掌行礼,之后便出了院门,告别时脸上再次浮出笑容。看到小蝉那熟悉的一笑,高亦健心里一下子明朗起来。院门外还有一个和她衣着相同的尼姑在等她,她们并行向谷口另一条山路攀去。两个身影在灌木丛中时隐时现,渐渐变小，很快消失在山梁后。

高亦健这时才完全回过神来，对于杨小蝉的记忆也形成一个完整的闭环——小蝉她还活着！不知道她的病是否彻底治好了，但她还活着，看起来精气神尚好。她像一粒蒲公英种子一样，命运的疾风把她吹进大山深处，吹进另一个世界，她就在这个世界里落地生根，坚强地活了下来。

按照杨小蝉说的这一天，高亦健约上司马宁，天刚亮就往大愿庵赶，高亦健懂得小蝉说的"太阳升起的时候"——山里的太阳出来得晚一些，阳光照进寺院的时候通常在9点左右，高亦健计算好时间和司马宁早一点赶到。这个日子不是周末，再则方逸群和吴唯最近都很忙，没有时间和心思进山，所以没有叫他们。高亦健一路上讲杨小蝉的事情，司马宁感慨不已，对杨小蝉的出家甚感欣慰，说这孩子能在这个世界重生是她的福气。

到大愿庵才8点半不到，太阳也才从东峰的垭口探出头，怕进庵早了打扰尼师们，二人在院墙外抽烟打发掉一些时间，直到看见院里尼姑们开始忙活了才迈进大门。走进庵堂，一个尼姑向他们迎面走来。在这样一个尼姑世界的庵里，两个俗人很显眼，高亦健正琢磨怎么向尼姑解释，杨小蝉出来了。她快步走来对尼姑耳语了几句，远远地向高亦健合掌致意，就进入禅房。尼姑走过来向他二人做了一个请的手势，带他们来到庵堂正殿。

一缕阳光从敞开的东门射进来，整个殿堂明亮起来。不时有尼姑进进出出做准备工作，见到他们二人均合掌行礼，他们亦双手合十默默回礼。少顷，只见年长的住持挽着杨小蝉走过来。听说过大愿庵住持是位年近百岁的师祖，有很多神奇的传说，今天终于见到真人了，老住持看上去精气神还很充沛，虽瘦骨嶙峋却双目有神、步履稳健，看见高亦健二人后合掌施礼，并看了杨小蝉一眼，杨小蝉轻轻说："是我的恩人，他来送我。"住持笑微微地向高亦健和司马宁颔首致意。

　　杨小蝉不再说话，随住持走进殿堂，有几个尼姑迎上来接住持到莲花椅上落座。准备工作都已经完成，尼姑们都集中到殿堂在各自位置上站定，杨小蝉看着大家为自己奔忙，低头念佛示谢。住持那只枯瘦却温暖的手十分有力地拉着杨小蝉，杨小蝉紧紧相随。住持落座时轻轻按了杨小蝉一下，杨小蝉便在住持面前跪了下来，几个尼姑迅速往两旁退让，数十个尼姑把住持和杨小蝉围在中间。此时，前院和殿堂里阳光满满，早晨山里的太阳特别鲜亮，暖烘烘地拥着众尼。

　　高亦健和司马宁靠在侧面墙上，看到杨小蝉此刻在流泪。她是心里紧张吗？害怕了还是后悔了？她是在抬头仰望太阳的时候突然泪目的。她今年应该是二十岁，她的剃度仪式就要开始了。虽说已经过了一年多的寺庙生活，但只有经过接下来的剃度仪式，才算是真正迈进佛门。想必此刻的杨小蝉心事重重，真的就要告别凡尘，从此青灯古卷终生礼佛，心里还是充满了慌乱和无助。

　　片刻过后，杨小蝉抬起头，迎向住持那含着笑意的慈爱的目光。

　　这时，一个年轻的尼姑抄起木槌，敲响了大磬。"当"的一声响，渐渐形成一股气流，在殿里在庵堂在山谷间回荡，之后整个庵堂变得静寂无声。住持颔首垂目，轻吟一声："南无阿弥陀佛——"众尼双手合十，礼佛之声汇成一片。这一刻，杨小蝉全身颤抖，失声痛哭，住持手掌轻轻落在她头顶。杨小蝉渐渐感受到那份温暖和力量，身子渐渐不抖了，缓缓抬起头，压低声音，随着众人唱经。自己嗓音太高太亮，她不敢让这嗓音跳出来。住持的目光随着阳光望向墙外、望向远空，杨小蝉的心渐渐安定，感觉自己在茫茫苦海漂泊，终于遇见挪亚方舟，从此不再恐慌、不再孤独。可惜母亲没有遇到这艘方舟，母亲在恐怖的苦海里沉沦了太久，连日来她一直在为母亲念经，呼唤母亲那孤单凄苦的灵魂来这儿……

庵堂里尚未受戒的几个尼姑都排列在四周，几个前来送供奉的居士也围在周边。高亦健与司马宁就和这些居士站在一起。高亦健是第一次观看完整的佛家剃度仪式，以前只在小说中看到过。因了杨小蝉的缘故，感受更是深切。听到僧人们唱出"三界如火宅，劝君速出离"的佛音歌词时，高亦健知道就要开始剃度了。杨小蝉缓缓抬起头，泪流满面地望着住持，高亦健暗自为杨小蝉祝福，她找到了自己真正的归宿。这时，众尼唱起《香赞》——

炉香乍热

法界蒙熏

诸佛海会悉遥闻

随处结祥云

诚意方殷

诸佛现全身

……

除了住持以外，还有两个六七十岁年纪的师太，她们轻轻走到杨小蝉两侧，一个去扶住杨小蝉，另一个端着托盘走到住持身旁，托盘里放着一把剃刀和一个白瓷净瓶。在两个师太的指引下，杨小蝉向北四拜，又向南四拜，这是辞谢天地、君主、父母、师长四恩。而后，杨小蝉再次回到住持面前合掌长跪，在住持的引领下念了忏悔偈。

住持问:"汝能决志出家,后无退悔否?"

杨小蝉答:"决志出家,永不退悔。"

住持再问:"今为汝剃去顶发,可否?"

杨小蝉答:"愿意,感恩住持。"

住持一手按在杨小蝉头顶,一手举起净瓶,将甘露三洒其顶,随后拿起剃刀,边剃边说:"第一刀,剃除一切恶;第二刀,愿修一切善;第三刀,誓度一切生。"杨小蝉病后脱发,头顶发丝本已稀疏,几刀下去头顶便白了一片。

顷刻间青丝落地。住持把剃刀放回托盘,说道:"今已为汝剃去顶发,望恭敬三宝,常随佛学,深入经藏。勤修戒定慧,熄灭贪嗔痴。阿弥陀佛,赐尔法名:善圆。"

尼姑们的歌声再度响起:"金刀剃下娘生发,除却尘劳不净身。圆领方袍僧相现,法王坐下又添孙。"

两个师太左右扶住杨小蝉,带领杨小蝉向住持行礼,齐声吟诵:"剃度功德殊胜行,无边胜福皆回向,普愿沉溺诸众生,速往无量光佛刹,十方三世一切佛,一切菩萨摩诃萨,摩诃般若波罗蜜!"

杨小蝉请高亦健来参加她的剃度仪式,是因为她再无别的亲人。高亦健明白这里面还有一个重要原因,是杨小蝉希望高亦健替她妈妈看到这一幕。当全体比丘尼围在两边唱起剃度歌的时候,杨小蝉已经恢复平静,看着自己长发纷纷坠地,渐渐泛起微笑。倒是两个与她年纪相仿的小尼一直泪流不止,想必是忆起了杨小蝉初来时苦苦哀求庵主收留她的样子,还有在庵堂暂住后几次犯病痛不欲生的样子。她们在为杨小蝉的命运悲伤,又为善圆的新生高兴。

剃礼完毕,那个年长的师太为善圆披上僧衣。善圆又向住持拜了三拜。住持说:"善圆从今开始荷担如来家业,以法为亲。从此要上报四重恩,下济三途苦,不仅仅是要度自身苦劫,更要度众生之苦,刻苦修行,弘扬佛法,立大功德。"

剃度仪式结束,住持和众尼相继离开。高亦健和司马宁走出庵堂,在大门外伫立片刻过后,杨小蝉,不,是善圆,着土黄色僧衣的善圆走到高亦健面前。高亦健惊讶地发现——一个女孩子剃掉头发之后,头颅显得很小,越发显得弱小无助。杨小蝉在离高亦健三步远的地方站定,微微颔首,双手合十,低吟阿弥陀佛。高亦健知道,这是杨小蝉以最高的礼节向他告别。高亦健亦双手合十,几乎同声念诵阿弥陀佛,然后与司马宁一起转身走向下山的小路,记忆也如同蜿蜒的山道缓缓延伸……

三年前,是在秋季的一天,马总编把高亦健叫到他的办公室,又是倒茶又是递烟,脸上的热情像虚假新闻一样让人心生疑惑。他寒暄几句后说道:"这条新闻按说不是你的工作范围,但因其社会影响大,别人写不好,所以要请你这个第一笔出场。"

高亦健笑而不言,等马总编的下文。马总编讨好地给高亦健点上烟,又反身把门关上,这才声情并茂地介绍新闻背景:"城东纺织城有一个名叫杨梦音的女工,天生一副金嗓子,在民间很有名,被推荐参加《中国好声音》节目,海选时是本市第一名。接到节目组通知准备前去参加决赛时,这个杨梦音却突发白血病住进了医院。组织海选的千合网在网上报道后引起轰动,节目组特地派人来古城看望。很多市民发起募捐,人们争相奉献爱心。杨梦音的故事已经轰动秦西,其新闻辐射范围十分广泛,意义重大……"

高亦健打断马总编的煽情讲述:"这不是《人间真情》栏目的

菜吗？再说又是《中国好声音》，又是音乐发烧友，年轻记者们擅长这些、喜欢这些，为什么要舍近求远？"

马总编摆手道："就是担心年轻人只能看到这个层面，看不到深层的东西，才要请你出山。咱们作为省上第一大报，肯定不能像网络和自媒体一样，只会着眼娱乐和人间悲情，这是一个体现人生理想、体现人间大爱的大素材，是具有轰动效应的大文章，非你这个第一笔不可……"

"好了，我去，马总编，我明天就去采访。"高亦健站起身打断马总编的啰唆，马总编就是靠这种唐僧念咒的功夫爬上来的，高亦健哪里招架得住？

第二天中午，一路打听，终于在纺织城西头的角落里找到了杨梦音家。上午做了些采访前的功课，了解到杨梦音和女儿在纺织城家属区的地址，打通了她女儿杨小蝉的电话，约好了去她家的时间。这是个陈旧破败的老家属区，尽管知道纺织城早已被时代抛下，但没想到纺织女工们还住在这种老式筒子楼里。楼道里摆满了旧纸箱破家具什么的，高亦健一路小心，上到五楼时还是几次碰到废弃自行车和破烂杂物，弄得一身灰尘，心里也落满了灰。真没想到，一个身患不治之症的歌手生活在这样的环境里。

没等高亦健敲门，一个中学生模样的女孩就拉开门迎了出来，显然，她就是杨梦音的女儿杨小蝉，杨小蝉在等他。

"怎么样，妈妈好些没？"

杨小蝉以摇头作答，领高亦健进到里屋。杨梦音靠在床头，一顶毛线帽子扣在头上，显得空荡荡的，头发脱光后的脑袋显得愈发小，苍白、浮肿、没有一丝血色的面颊上不协调地挂着一丝笑容，口唇发绀，气竭声嘶。这个可怜的女人已被白血病折磨得奄奄一息了。

"谢谢记者老师,我们这儿偏远,屋里又乱,让你作难了。"杨梦音气息微弱,缓缓地吃力地说。

高亦健打断她的客气话,问:"最近的治疗情况怎么样?"

杨梦音摇摇头没说出话来,一汪泪涌出便闭上了眼睛。杨小蝉为妈妈擦去泪水,说:"我和高记者外面说话,你休息吧。"

杨小蝉推开另一间小屋犹豫了一下,大概是怕屋里太乱吧,又关上门,把厨房门前过道上的一把木椅往中间推推,难为情地说:"不好意思,高老师,我家就一间半屋子,咱们就坐这儿吧。"

屋里充斥着药味和饭菜的酸馊味儿,高亦健瞅了一下过道里,也没有可开的窗户,便定下神问杨小蝉:"你妈妈现在病情是什么情况?为什么在家里躺着?"

"已经放弃治疗了。前一段时间还联系做骨髓移植什么的,近日已经出现便血和大面积皮下出血,又做了几次放疗化疗,很痛苦,没什么意义,下过几次病危了。妈妈给我说她受不了,化疗之后恶心、呕吐、便血,头发都掉光了,求我带她回家,她一刻都不能再忍受,坚决不要再这样四处借钱买痛苦。"

高亦健知道,白血病是一种造血系统的恶性病变,其病理特征表现为白细胞异常增生并破坏全身组织。当一个白血病人出现便血时,说明内出血已十分严重,也说明已到生命终结之时,此时的治疗确实已经没有意义。

杨小蝉继续讲:"回到家以后,妈妈除了止痛药,拒绝服其他药物,她知道自己的时间不多了,因而格外珍惜。这些天我一直守在她身边,持续的高烧和内出血摧毁了她的身体和意志,多数时间都在一种半昏迷状态,只有我唱歌给她听的时候,她眼睛里才有光、喜悦、满足地点点头，嘴唇吃力地嚅动着想要说什么，我说我一定去参赛，她就笑了……"

高亦健看着杨小蝉，她说这些的时候，情绪平稳、语气平静。这个十七岁的高二学生经历了多少磨难和摧残才会变得如此坚强？她的平淡和镇定令高亦健心里一阵阵揪痛。

"告诉我，终止治疗是不是医疗费方面的原因？报社可以发挥力量募捐，社会上关心你妈妈的人很多。"

杨小蝉急忙阻止这个话题："不！千万不要这么做！"

"你是担心欠下别人的情吗？"

杨小蝉摇摇头："也不是，费用已经没用了。医院说了，我妈妈活不过两个月，之前社区和网络上募捐了一些钱，我妈妈都让退回去了。"

大概是看高亦健说话尽量压低声音，看到高亦健在狭小的过道连腿都伸不开，杨小蝉说："高老师，咱们下楼走走说话吧。"高亦健点头，指指里屋。杨小蝉说："没事，妈妈该睡觉了。"然后进屋给妈妈盖好被子就领高亦健下楼了。

这个老家属区虽然陈旧老化，楼栋之间的距离却挺宽敞，道路两旁是颇有年头的法国梧桐。走在楼后宽敞的林荫道上，杨小蝉似乎心情也开朗了些，双手插在深蓝色校服衣兜里，微微低着头，迈着修长的双腿快步往前走着。高亦健默默地跟在后边，看着午后的阳光透过树枝洒在杨小蝉后背上，明暗不定地跳跃着。走过这一排楼房，在一个僻静的拐角处，杨小蝉停下脚步，站在一棵梧桐树下转过身来，低低的树枝抚摸着她的肩膀，杨小蝉揪下一颗毛茸茸的梧桐果，攥在手心里打量着，眼眶里溢出一汪泪水。这孩子长了一双和她妈妈一样的十分好看的杏核眼，小巧的鼻子，嘴唇线条分明，可以说是个十分漂亮的少女，只是脸色有些苍白，眼神被忧郁笼罩着。

"你正在上高二吧？耽误的课程怎么办？"

"年初就办了一年停学，把妈妈送走再说。而且，对我而言，上不上学已经没有意义了。"

"怎么能这样说？你的人生还没开始，你的路还长着呢。"

"不长了。"杨小蝉低下头，"我去年就发作过一次，和我妈妈的症状一样。"

"什么，你是说你也有那个病？"高亦健脑海里轰然一响，心一下子揪紧，吃惊地看着杨小蝉，"怎么会呢？你怎么知道是那个病，做过检查吗？"

"医院检查结果只说是不明原因的低烧和贫血，但我知道是和妈妈一样的病。妈妈以前不舒服的时候，去医院看病时也是贫血、发烧，我出现的症状和妈妈一模一样。"

"你是说你可能患有遗传性白血病？那要及早治疗啊！科技越来越发达了，不断有新的医疗手段出现，骨髓移植、干细胞移植等方法都有成功案例，费用方面的问题可以依靠社会的力量，报社会帮助你的。"

杨小蝉摇头苦笑道："那样只会带来更大的压力和痛苦。我看过一些类似的案例，希望就像泡沫一样，在众人的关注下越来越大，最后却啪的一下破灭，我妈妈已经把这个过程演绎了一遍，我不想再经历这种被放大的痛苦。妈妈真可怜，在我十一岁的时候就因疾病被父亲抛弃了，她把我带大，经历了很多苦难，妈妈每年都要发作几次，后来办了病退，只有很少的低保收入。生活贫困，反复治病，接受过很多人的帮助。你看到了，我们很穷，我们母女都被疾病这个魔鬼缠上了，我们斗不过它，我们不想再背上人情的包袄。渐渐地,别人的关心和帮助成为我们最大的心理负担,妈妈身体好的日子里,除了上班,还到外面唱歌赚钱,我今年也在外面唱歌,能帮妈妈一点是一点。"

"你也是个歌手?你和妈妈一样天生一副好嗓子?"

"我小时就跟着妈妈学唱歌,从小学起我就是少年歌唱团的。"

"可是你还是个中学生,出去唱歌能行吗?"

"我只是就近在我们社区的文化宫里唱过几次。"

高亦健呆望着杨小蝉,心潮翻滚。这个少女的命运竟会这么悲惨!她的花样年华还没有开始,就被如此可怕的病魔绑架劫持了,她从小和妈妈相依为命,眼看着妈妈的生命被死神一步步夺走,更没想到她自己的身体内竟然也藏着这个可怕的病魔。要经历多少痛苦才会把一个十七岁的女孩磨砺得如此坚强?来采访的目的是想通过报纸的力量,引起社会更多的关注,呼吁更多热心人献爱心,来帮助杨小蝉的妈妈治疗。万万没想到,刚进入青春年华的杨小蝉身体里竟然也潜伏着随时会跳出来的病魔!

"杨小蝉,你的坚强超乎我的想象,我说任何安慰劝解的话都没有意义。妈妈时间不多了,你以后有什么打算?"

杨小蝉脸上浮起一团红晕,像是有一团阳光从心底升起来浮现在脸庞。她没有回答高亦健的问题,把一双手插在校服衣兜里,耸了耸肩膀,嘴角上挑,现出一丝笑容:"高老师,听到要来我家采访的是您,我特别高兴。我看过您很多文章,我信任您。"

"你一个学生怎么会看过我的文章?"

"这两年因为给妈妈治病,我注意各方面的医疗信息,看过您写中医的文章后,本来还想找您帮我打听一下中医,看能不能救我妈妈,但看我妈妈病情的发展,我知道神仙也救不了她了。但我听说是您来我家采访,我特别高兴。高老师,我想求您帮我一件事——是两件事——不,还是一件事。第一,请您报道时不要提有关募捐的意思,不要透露我家的地址,如看到其他平台有关募捐的信息还请您帮我回绝。第二,我要在明年春季去参加《中国好声音》节目,妈妈不能去了,我想替她完成这个心愿。我再没有别的亲人,节目组规定未成年人必须有监护人陪同,您可以陪我去吗?"

"可以,当然可以!"高亦健吃惊地望着杨小蝉,"你要去参赛?参加海选了吗?"

杨小蝉点点头:"妈妈去年接到决赛通知准备出发的时候突然发病,而且病倒再也起不来了,今年让我去参加海选。我本来不想去,但妈妈说是替她去的,我只好答应了。这些天每当她身体好些的时候,就听我练歌,教我唱歌的技巧。"

"给我讲讲你妈妈唱歌的事情好吗?"

"我妈妈年轻时特别漂亮,天生一副金嗓子,在工人文化宫唱歌曾经很轰动,整个纺织城都知道她,却从没有登过大舞台。后来被疾病所困,离异后带着我生活更是不易。2013年第二届《中国好声音》在秦西海选时,歌友们都鼓动我妈妈去参赛,我也支持妈妈去圆这个梦。负责海选的林老师也推荐我妈妈去,她听过我妈妈的歌声后就一直支持我妈妈唱歌,知道我家的状况后,她给我妈妈介绍了到酒吧唱歌的工作。第一轮海选妈妈就冲进了前三,林老师特别激动,还邀请总评委专程来听,别的选手都要花钱拉选票,我妈妈什么都不用做,林老师为她安排好了一切。可是,临到去北京参加决赛时妈妈却因疾病发作,高烧不退进了医院。去年办的第三届《中国好声音》规模更大,林老师决心不减,抽出时间对妈妈进行单独培训,付出了很多精力和时间。林老师一直说我妈妈的声音是她听过的最独特最罕有的好声音,所以,让我妈妈登上大舞台亮嗓也是她的梦想。我妈妈唯有感激,心怀深深的感激,为了自己的梦想,也为了林老师那一颗滚烫的心,她下决心要在决赛中唱出好成绩,精神好的时候她一直练习、看演唱视频。可是,病魔不肯放过她,临近决赛她又一次倒下,而且再也起不来了……"

那天下午,在纺织城家属区的梧桐树下,听杨小蝉讲了很多。梧桐树下的砖缝里有一簇蒲公英,在秋风里摇曳着瘦小却坚强的身子,高亦健弯下腰摘了一朵刚刚开伞的小花,递给杨小蝉,说道:"你知道蒲公英的花语是什么吗?"

杨小蝉接过蒲公英问:"蒲公英也有花语?"

"当然有。你知道吗?很多花都是一年里只开一季,过了花期就再也不会开放。但蒲公英不是,从一开春就绽放花朵,在漫长的春、夏、秋的时光里一直有花开,不管遇到酷暑、干旱、风沙,只要见到阳光和雨露,它就不断开出新的花朵。所以,蒲公英的花语是:勇敢,顽强,永不止息的爱。"

杨小蝉脸上浮起笑容,高兴地举起蒲公英迎着夕阳打量,喃喃念叨:"勇敢,顽强,永不止息的爱。"然后轻轻吹了口气,看着一朵朵小伞在空中飞舞,飘向远方,嘴里念叨着:"飞吧,你的希望在远方,在远方……"

之后,高亦健兑现了自己的诺言——陪她去参加了《中国好声音》决赛。再后来,杨小蝉就从他的视线里消失了,直到前几天。

2

自从结识司马宁、方逸群和吴唯这几年来,许多个周末都是在一起度过的,只要没有什么急事大事,四个老友自然会在学校里相聚,或是在学校赏石,或是进山找石头,或是去某个峪沟,甚至开车上路后才确定,一切都是随心随意。

这个周末,司马宁早早地约高亦健来学校,说几个礼拜没见面了,大家一同进个山,去哪里见面再说。高亦健答声遵旨,便在周六清晨早早赶到学校,方逸群和吴唯也前后脚来到校园。这一段时间方逸群和吴唯事情比较多,司马宁说他们俩好像都有点后院不太平,甭说一同进山游玩,连来校赏石都难凑到一块儿。盛况不再啊,从春到夏竟然两个多月没见面了!所以昨晚司马宁说他二位今天都要来学校,高亦健有一种久违的欣喜。

高亦健走进校长办公室,方逸群和吴唯随后撵来,许久不见,显得格外亲热。打量方逸群,看不出啥,还是那么一副样子,贪婪地吸着烟,满不在乎的笑容,和老婆的冲突没有给他带来多大影响。吴唯倒是瘦了一圈,小国字脸轮廓更加明显,越发显得英俊,只是眼神中多了几分忧郁。他们将生活中的波澜都讲给司马宁听,看来都有了结局。由于这些事情一直没和高亦健讲,这会儿猛一见面,方、吴二人都有点小小的尴尬。

司马宁道:"咱们高作家最近收获大,找到了老中医,又租好了山居,很快就要住山了,今后是山中高人,可不能忘了兄弟们是不是?有那么多好事,今天给大家分享点啥,高作家说了算。"

方逸群鼓起金鱼眼问:"真找着张三公了?还找好了山居?厉害呀我的哥,今后还看得起我们这些俗人不?"

吴唯有点儿被惊到了，几分惊讶几分不解地走到高亦健面前："高兄你真的要住山了？今后就是那个世界的人，离我们越来越远，工作也要辞掉了？"

高亦健忙解释道："其实我那算不上什么住山，只是到山里有个地方住。租了个小窑洞，以后准备每周在山上住几天、城里住几天。工作嘛也就是早退几年，今后还是靠码字吃饭，只不过是'只卖艺不卖身'罢了，更自由，咱们一起赏石一起进山都不耽误。"

高亦健近几天一直在琢磨这些事，过一段时间收拾一下窑洞就要山居了，心里一琢磨，每周其实有一半时间还是在城里，一是留出时间处理一些事情，和出版社、报刊编辑等人沟通约稿写作事宜，这是生计问题，不可马虎。二是初次住山也需要间隔性的调整，并没有远离学校、远离朋友们。虽然在山里住几天周末才回城，但与司马宁和方、吴还是有机会凑在一起的。但自找到三公后，大家聚在一起的机会还是少了，几个星期甚至一两个月见一回，还常常只有高亦健和司马宁二人，想想也有点儿伤别离的感觉。

司马宁插话阻止这种伤感蔓延："功夫不负有心人啊！高作家今天带我们去看看张三公吧？"

吴唯说："高作家做事真是有毅力，看来真是要当一个岐黄使者了。三公要去看，高作家的茅棚也要看！"

方逸群把茶杯一放，急火火地说："对，张三公要看，茅棚也要看，喝了茶就走！"

高亦健以笑作答，心里琢磨着张三公今天这个日子是否行诊，带他们先去臭椿坪，然后去榆树梁看看窑洞，下周就要搬山上住了，是应该让大家去看看。不承想正说着话，一杯茶还没喝完，风云突变，西窗传来啪啪的急雨敲窗声。

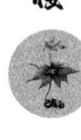

"这雨来得这么快这么猛,看来今天进不了山了。"吴唯隔窗看着大雨遗憾地说道。

司马宁拉开门望了望天空:"这雨倒是下不了半天,只是山里一见雨就泥滑路湿,怕是不适合进山了。咱们干脆来个神游秦岭吧,听高作家讲讲山里的事好不好?"

方逸群道:"好呀!我和吴唯好一阵没来学校,没和你们一同进山,高作家又有这么多喜事,就给我们讲讲这段时间山里的事情吧。"

司马宁说:"让高作家给你们讲讲杨小蝉的故事吧,我见过之后一直忘不掉。上帝给了她一副金嗓子,却把她的身世和命运安排得这么凄惨,真是闻之断肠啊!"

吴唯惊讶地问:"金嗓子?是个歌手?我们怎么从来没听说过?"

高亦健说:"三年前我采访过,是个爱唱歌的女孩,命运凄惨。直到上个月在山里意外遇到,才知她已经出家一年多了。"

方逸群急切地说:"快给我们讲讲,山中的一切都要分享,这是我们的约定。"

司马宁给方逸群和吴唯递上纸巾:"都备上点儿吧,不要到时候哭得收不住破坏气氛。"

吴唯睁大眼睛:"至于嘛,大不了一个悲催故事罢了。"

方逸群也摆手道:"有那么夸张吗?年纪轻轻的,出家必然有伤心事。这类人咱们也见过不少了,还能有多悲催?"

司马宁把茶水放在各人手边之后,做了个噤声的手势:"好了,听咱们高作家开始讲。"

高亦健扫了几人一眼,问道:"你们都看过《中国好声音》这档子节目没有？"

"常看呀，喜欢这个节目，真是高手在民间啊！"方逸群看来很了解这个节目。

"喜欢，常看。"吴唯说。

司马宁说："看过几次吧，人老了怕闹。快讲快讲，别卖关子啦！"

"那好，只要看过几期知道那个形式和场面就行。"

高亦健放下茶杯，开始讲杨小蝉的故事。讲了自己到杨小蝉家里采访的过程，讲了杨小蝉的妈妈杨梦音在参赛前因白血病去世，杨小蝉下决心要替妈妈去参赛的经过。此时的方逸群和吴唯已经红了眼圈。

司马宁递烟给高亦健："来来来，高作家把烟点上，喝口茶慢慢讲。"

方逸群唉地长叹一声："这一对母女太可怜咧！金嗓子遗传是好事，咋这疾病也遗传哩？白血病是不治之症啊！"

吴唯挥手止住方逸群的感慨，急切地问："这个杨小蝉参赛去成了没？"

高亦健接着讲下去。

这年春，高亦健没有等来杨小蝉的电话，他并不知道杨小蝉妈妈在采访之后的一个多月就离开了人世，而杨小蝉在安葬了妈妈之后突然失联了。高亦健再去纺织城杨小蝉家，可是杨小蝉家门户紧闭，问邻居也不知杨小蝉去了哪里。杨小蝉去了哪里？她还活着吗？参赛的梦想怕是不可能实现了，一个碧玉年华的女孩就这样被病魔带走了吗？

就这样过去了半年多，高亦健已经忘掉了杨小蝉和她的妈妈，有一天突然接到杨小蝉的电话:"高老师您好!还记得我吗?我是杨小蝉。"

"杨小蝉?!你在哪里?你还好吗?"高亦健急切地问。杨小蝉没有回答高亦健的问题,平静地说:"我月底要去北京参加《中国好声音》决赛,高老师您还能去吗?现在我可以不要监护人了,可是我还是希望高老师您能在现场,这样我妈妈会高兴的。"

高亦健急忙答应:"好的没问题,我去!告诉我具体时间,我买好咱们两个人的机票。"

杨小蝉说:"高老师,我要早两天到,到时候您自己按时来吧。您的机票钱我会还给您的,具体时间和电子邀请函我发给您。"

"说什么呢!你的费用解决了没有?我转给你点钱你先用着,以后有了再还我。"

杨小蝉说了一句"不用,谢谢",就挂了电话。这次突然恢复联系,高亦健一直觉得杨小蝉的声音怪怪的,那么冷静、那么简略,不像一个刚十八岁女孩的口气。不过,她还真的走进了《中国好声音》决赛的殿堂,这太难得了!这是两代人的梦想,这是两个被病魔套上桎梏的生命的绝唱。

高亦健在决赛当天赶到,节目组告知高亦健,决赛前两小时才可进场;高亦健要去找杨小蝉也被告知,这个时段歌手不能见其他人,上台前会安排他和杨小蝉见面。决赛开始时,高亦健被安排在舞台侧面的亲友席,主持人告诉高亦健,杨小蝉被安排在第五个上场。杨小蝉上场时从后台迎面向高亦健走来,快走到跟前时,微笑着向高亦健深深地鞠了一躬,接着后退一步双手合十再次行礼,神情极其庄重。高亦健心中一凛:杨小蝉这是怎么了?为什么声音、举止、衣着都有些反常？高亦健注意到她的着装也异于他人，选手们都穿着华丽衣裙或者是彰显气质的演出服，杨小蝉却是一身黑色中式便装，戴了一顶不合时宜的帽子，但她的精神和体质状况倒是好多了，眼里有了光，多了一份沉静和从容。怎么会有这么大的变化？这大半年她去了哪儿，经历了什么？她是在哪里治疗？她的病情好转了吗？高亦健有一连串的问题，但都不能问了，她要到前台准备上场了。

选手家人或是陪伴者在舞台的侧面，可以清楚地看到选手和台下的评委、观众。杨小蝉是第五个上场，走向前台时镜头转向后台展示她的亲友团，细心的主持人看到杨小蝉的亲友团只有高亦健一人，显得孤单，走来和高亦健站在一起为杨小蝉加油。杨小蝉步履沉稳地走上台，有些过于平静、沉着，连向观众挥手致意一类的动作都没做，氛围有点冷清。一个青春女孩，衣着太简朴，又不够热情，观众的情绪也随之冷淡，这不是一个良好的开端，不像别的选手刚一上台就赢得人们的目光和热情，然而杨小蝉好像完全不在意这些，就那么冷冷清清地走到台前，甚至没有做自我介绍和告白，只是向导师和观众鞠了一躬，然后平平淡淡地说："我唱一首《征服》。"

伴着音乐声起，杨小蝉唱出第一句，全场陡然静了下来，所有人都惊奇地瞪大了眼睛。

> 终于你找到一个方式分出了胜负，
> 输赢的代价是彼此粉身碎骨。
> 外表健康的你心里伤痕无数，
> 顽强的我是这场战争的俘虏。

杨小蝉的歌声有一种奇特的爆发力，从第一句开始就以穿云裂石的高亢和熊熊燃烧的激情惊呆了观众，这首风格凌厉的歌曲得到了充分演绎。观众的热情瞬间被点燃，场内气氛出现大反转，第四句还没唱完，四位导师同时转身，尤其是那位女导师吃惊地张大嘴巴，似乎瞬间变成了蜡像，一动不动地望着杨小蝉。歌声间隔的时间里，现场似乎静寂无声，听众惊呆了，导师惊呆了！这个女歌手的嗓音太不可思议了，这种高亢无垠的音线，苍劲浑厚的声域，导师和听众们见所未见闻所未闻。

舞台上下像是燃起熊熊烈火，卷起惊涛骇浪。

就这样被你征服，切断了所有退路。
我的心情是坚固，我的决定是糊涂。
就这样被你征服，喝下你藏好的毒。
我的剧情已落幕，我的爱恨已入土，
…………

直到音乐声止，杨小蝉鞠躬谢幕时，寂静的现场才爆发出如雷的掌声，观众的热情随之泄洪般爆发。

杨小蝉成功了！导师们都选了杨小蝉，轮到杨小蝉做选择了。杨小蝉向台前走了一步，鞠躬后说道："亲爱的导师们，谢谢你们！你们都是我最敬重、最崇拜的导师，都是我想选的。但今天我任何导师都不能选，因为，这是我最后一次唱歌。"

几位导师同时站立起身，惊诧地瞪大眼睛，现场观众也惊诧万分。杨小蝉微微低下头，主持人适时走到杨小蝉面前轻轻拍了拍杨小蝉的肩膀，低声说道："我来告诉大家好吗？"杨小蝉轻轻点头。主持人将为大家揭开谜底,看来主持人是知道内情的,因为主持人话未出口已经是满脸泪水。

主持人抬起头面向观众说道:"这是我主持这个节目以来心灵最受震撼的一次,也是我对生命的顽强、理想的宝贵理解得最深刻的一次。前年,在北京举办第二届《中国好声音》决赛的时候,有一位积分很高的歌手没能如期赶到,在临出发前病情加重,去年就离世了,这位歌手就是杨小蝉的妈妈!杨小蝉的妈妈临终时把舞台的梦想托付给了女儿,因为女儿也有一副天生的金嗓子。杨小蝉用了一年时间准备,今天实现了妈妈的愿望,完成了妈妈的遗愿。但是,杨小蝉刚才说了,这是她最后一次在这个舞台上唱歌,因为明天她返回家乡后,就要去寺庙出家了……"

主持人哽咽得说不下去了。几位导师面面相觑,也哽咽着说不出话来。唯一的女导师冲上台,把杨小蝉一把揽在怀里,一边流泪一边问:"你还这么年轻,你妈妈也应该很年轻的,是什么无法治愈的疾病?妈妈不在了你还有我们大家,而且你有这么好的天赋,为什么要出家呢?"

杨小蝉已经历过太多的悲伤,此刻显得很镇定,平静地说道:"我妈妈是一位纺织女工,是我们家乡一带有名的金嗓子,可惜很年轻就被白血病夺去了生命。并且那可怕的病魔也已经在我的身体里作祟了。" 说着,杨小蝉缓缓摘下帽子,露出脱掉一半的凌乱的头发,女导师惊望着杨小蝉,泪如泉涌,现场哗地响起惊讶、痛心的唏嘘声。

杨小蝉接着说道:"我不愿像我妈妈那样躺在医院里放疗、化疗,受尽折磨而悲惨地死去。在一位老师的指引下,我已经在南山里住了快一年了,一位老中医带着我采中草药调理,病情有所缓解。今天替妈妈完成了她的夙愿,我很高兴,过不久我就要出家了。我将在山中的寺庙里礼佛诵经,接受传统中医的方法用中草药治疗,今后我的嗓子只用来唱经文……"

随着杨小蝉的讲述,寂然无声的现场不时响起抑制不住的哽咽声,几位导师兀自抹泪说不出话来。那位女导师替杨小蝉戴上帽子,杨小蝉点头致谢后继续说道:"我很高兴今天能有机会唱这一首歌,我替我妈妈完成了她的愿望,也了结了我的心愿。我的内心很坚定,我的决定不糊涂。再见了,亲爱的导师,亲爱的朋友们!"说完,杨小蝉深深地鞠躬,再鞠躬,缓缓向后台隐退,所有观众起身凝望,默默送别这位命运多舛的女孩……

3

高亦健端起茶杯一边踱步一边喝茶。方逸群眼窝子浅,一边喃喃自语"可惜娃哩可惜娃哩",一边低下头抹眼泪。司马宁尽管已经知道这些,依然红着眼圈望向窗外。吴唯已经哭得一塌糊涂,手里攥着一大团纸巾,呜咽地问:"你说杨小蝉已经出家了?你和司马校长去看望的就是她?"

高亦健点点头继续讲。

杨小蝉继承了妈妈的金嗓子,继承了妈妈那一双漂亮的杏核眼,同时也继承了妈妈致命的生命之魔咒——随着天癸至,那个潜伏的魔鬼也出现了。从第一次来潮就断续出现身体的不适,到十七岁时经常出现贫血症状,这些都在一次又一次提醒她,她的身体里也潜藏着那个魔鬼。妈妈离异时她才十一岁,她与妈妈相依为命,目睹了妈妈疾病暴发后饱受折磨的全过程，感受到了妈妈被白血病这个魔鬼撕咬的痛苦，直到看着骨瘦如柴的妈妈不堪忍受放化疗的摧残，直到头发、眉毛掉光，最后水谷不进元气衰竭而死去。妈妈去世这年，杨小蝉十七岁，潜藏体内的病魔开始作祟。杨小蝉的病是遗传，胎里带，治愈的可能性更小。而且，杨小蝉已经目睹妈妈发病、治疗的全过程，那种治疗只是让人承受加倍的痛苦。因而，杨小蝉退学后没有去医院，而是去了山里。听妈妈的病友讲过，也在微信上看到过相关信息，说南山上有一种仙草，有位老中医用这种仙草治疗疑难杂症，挽救了许多生命垂危的病人。但他居无定所，踪迹难觅。开始，杨小蝉时常山上山下跑，背个双肩包早出晚归，在山间的小路上行走打问，南山的几个峪沟都跑遍了，几个月过去也没有打听到老中医。有时太晚了下不了山，杨小蝉就在山上过夜，农家乐、寺庙、道观都住过。老中医没找到，却感受到了在山里的快乐，南山的清风吹散了她心头的悲伤，灰暗的心情平定下来。奇怪的是，这几个月里一次也没有犯病。

有一天，杨小蝉顺着一条峪沟一直往深处走，直到太阳在西山落下时才意识到自己走得太远了，回望来路，蒙蒙雾岚中山道看不见头也看不见尾。杨小蝉需要寻找过夜的地方，但这一带地段没有农家民宿，偶见一两户山民住户，她一个姑娘也不敢贸然投宿。

一会儿的工夫夜幕就降临了，杨小蝉这时真的慌了。往上看，夜幕下的山道蜿蜒上升，不知何处是头；下山的路淹没在夜色中，离峪口也不知有多远。怎么办？在杨小蝉感到恐慌越来越重的时候，一记钟声飘荡过来，杨小蝉仔细辨听，第二声又来了，在山谷间悠扬回荡。钟声，寺庙，循着钟声就能找到寺庙，到寺庙就可以投宿！杨小蝉当时并不知道，她循着钟声找去的就是大愿庵。

杨小蝉找到大愿庵已是半夜时分了，叩开庵门，两个尼姑把已经昏厥的杨小蝉抬进禅房。这次，杨小蝉犯病了。翌日醒来时全身发烫，尼姑叫来师太、住持。住持给杨小蝉把脉后让煮了一碗汤药，对主事的师太说，这孩子有病，在这儿养几天，你们要尽快找到孩子的家长快接回去。

杨小蝉在庵里住了两个晚上，第三天退了烧，向僧人们谢过之后，她缓缓退出大愿庵。

半月之后，又是一个深夜时分，杨小蝉又一次叩开了大愿庵的门。杨小蝉又一次犯病，和上次一样，在庵里喝了药吃了饭，尼姑们准备送客时，杨小蝉跪在师太面前说："请你们收下我，我要出家，我要留在你们这里！"师太说："你要是还没休息好就到中午再走。"说完不再理会杨小蝉。中午用过斋饭后，师太对一个尼姑说："送这位小施主下山。"

杨小蝉跪在地上请求留下，师太不听她说，一个尼姑拿起杨小蝉的双肩包，另两个尼姑架起杨小蝉送出门外，哐的一声，门关上了。

被攮出门的杨小蝉听着庵门哐地关上，却高兴地笑了——寺门关闭，心里一扇门却倏然打开。杨小蝉已经打定主意，回家带上衣物被褥，住山，求庵主收下自己。即便不能出家也要住在庵里，庵里不让住睡在庵门外也行，自己能干活，能像别的尼姑一样种地、采药、编织。杨小蝉看到了，这个庵由"U"形的三排房子构成，有二十多间房子，只有三十几个尼姑，一个年龄很大的住持，两个六七十岁的师太，其他都是年轻的尼姑，和她们住在一起多好啊！在这里，杨小蝉有一种亲近感，一种归属感。几个月跑山的经历，杨小蝉感受到了大山的好处，虽然还没找到老中医，但山里的清风和泉水似乎已经在为她治疗了，感觉体力精神都在向好。但杨小蝉也明白了，这样三天两头往山上跑是不行的，只有在山上住下来，才有可能找到老中医，才能让这颗破碎无依的心安宁下来。

杨小蝉背着铺盖卷，再次叩开庵门时，尼姑看见她就把门关上了。杨小蝉知道会这样，就靠在庵门外，天黑定时，打开被褥，睡在了庵门前。后半夜，出来两个尼姑叫醒她，安置她进庵里睡下了。翌日照例要让她离开，杨小蝉跪地不起。师太把杨小蝉带到住持面前，杨小蝉抬头看见外婆一样的住持就放声大哭。住持等杨小蝉哭够了问道："还在上高中吧？"

杨小蝉摇头："辍学了。"

"亲人呢？"

"唯一的亲人妈妈死去半年了，只剩下我自己。"

住持问："你妈妈是因为疾病去世的吗？"

"白血病，妈妈才四十一岁就被白血病折磨死了。"

"上次你发烧我就察觉到你有病，是遗传了妈妈一样的病吗？"

杨小蝉点头："我不愿像妈妈一样，受尽摧残痛苦地死去。我想住在山里，反正我的日子不多了，死在山里也无所谓。"

后来，杨小蝉在大愿庵住下了，在后院伙房旁的杂物间里支了一张床。杨小蝉随尼姑们一起种地、采药，住持给杨小蝉配了几种草药，说找到中医之前先服着，草药都是自己采的。尼姑们做功课时，杨小蝉在一旁看着听着，心儿与她们渐渐近了。但杨小蝉要在完成一件事情之后，才能正式进入南山，才会成为一名真正的出家人，这件事已经盘旋在她心头一年多了……

"这件事就是参加一次《中国好声音》节目，唱一次歌是吧？"方逸群插问道。

"对。杨小蝉在十六岁那年就陪着妈妈一起参加《中国好声音》海选。那时她妈妈在当地已经小有名气了。海选时，节目组被她妈妈的歌声惊呆了，一致同意进入决赛。就在临近决赛的前夕，她妈妈白血病发作，节目组劝她妈妈不要放弃，争取下一届再去。次年临参赛时她妈妈彻底倒下。杨小蝉后来也确诊遗传了妈妈的白血病。这件事在民间流传，自媒体传播很广，报社派我去采访她们母女俩，这才结识了杨小蝉这个苦命的孩子。杨小蝉在十七岁这年安葬了妈妈，哭干了眼泪。她妈妈最后的愿望是要让她登上《中国好声音》舞台。

"决赛结束后，杨小蝉和我见了一面，就与一个等在门外的尼姑一起走了。杨小蝉知道我有很多问题要问，分手时说她住在南山里，见面时再告诉我一切，便双手合十向我作别……"

"杨小蝉在参赛之前就已经出家了？"方逸群问。

吴唯抹把泪抬头问："杨小蝉的病怎么样了？这个病中医西医都没法治，通常白血病患者都是在二十岁左右死亡，因为这个时候人体就像开放的鲜花一样最容易受到致命的攻击。"

司马宁对南山里每一座寺庙都了如指掌，兀自点头道："不是每个想出家的人都能出家的，要经过长期的观察和考验。大愿庵是个好地方，虽不是规模很大的名庵，但也有很多年的历史了；住持是一位德高望重的百岁祖师，修行高，心肠好，杨小蝉能在这儿出家是她的福分。"

方逸群急问："杨小蝉一个高中生怎么会想到出家呢？"

司马宁给高亦健点上烟，续上热茶："让咱的高作家缓缓。看看你俩眼睛都哭红了，还不让别人歇会儿？"

高亦健接着讲："比赛回来后杨小蝉就从我视线里消失了，一别一年多，直到前不久在三公院子里碰巧遇见。原来杨小蝉自从妈妈死后便没再去学校，听妈妈的朋友说南山里有个治疗各种怪病的老中医，便去找老中医求治。老中医没找到，却从心底喜欢上南山了，在山上无处落脚，就到附近的寺庙借住，自从走进大愿庵以后，她就喜欢上了庵堂，喜欢上了山里的生活。经多次恳求，庵主终于答应收下杨小蝉，但只是暂住，至于能否皈依佛门要看杨小蝉能否守住寂寞和清贫。后来还允许她上半天修功，下半天去中医那儿一同采药接受治疗。她去参加《中国好声音》决赛后就又回到庵里了。直到这次碰巧遇见，她才告诉我要正式剃度出家的事。她真正出家的那一天，我和司马校长都去见证了。"

方逸群叹道："这孩子这么强大的毅力是从哪儿来的？入佛门前是要经过严格考验的，她十八岁时就开始住山一年多，已经是惊世骇俗了，又皈依佛门，从此要与青灯古卷相伴一生。"

"杨小蝉在大愿庵住下来后，虽然没有找到传说中的那个行踪不定的道医，却遇到一位和善的老中医。老中医说这种遗传性血症是难以治愈的，因为造血功能天生不足，只能帮她以中草药扶正调理一下体质。杨小蝉在治疗了几次后觉得有效果，常常自己采了药去找老中医。大愿庵离老中医那里有十多里路，杨小蝉每隔几天就去一趟，有时师太还让别的尼姑陪她去。住持、师太和尼姑们对杨小蝉都很好，杨小蝉在这儿找回了家的温暖。这一年多经过老中医的调理治疗，杨小蝉感觉有好转的迹象，发烧的频次大为减少，有时持续两三个月没有犯病的迹象，没出现过那种晕眩恶心无力的症状了。"

司马宁插话："你们知道那个老中医是谁吗？"

方逸群问："不会是张三公吧？"

高亦健笑而不答，吴唯喊道："真是张三公？天哪，真是太巧了，你说一个土郎中能救多少人啊！"

方逸群感叹："中医太神奇了！白血病这样的不治之症竟然也能用一把草药调理缓解，杨小蝉住山这一步是走对啦！"

高亦健说："其实，治疗杨小蝉病的不仅仅是张三公和他的草药，还有山里的清风和泉水，泥土和本草。上个月我在三公那儿看到杨小蝉，才确信这孩子还活着，这才知道这一年来为杨小蝉医治的老中医就是张三公。"

那天杨小蝉离开后，高亦健问三公："杨小蝉的病能治好吗？"三公说："治好不敢说，但这孩子住山生活一年多迸发了新的生命力，山里的生活环境和佛门的清修生活从体质和精神上都重新打造了她。她每周只来我这儿一次，采药制药自己都会了，我看哪，如果杨小蝉再熬过一两年，增强体质后造血功能发生重构或补强，她的身体就有可能出现奇迹。"

吴唯感慨道："杨梦音、杨小蝉，这一对母女的名字就暗含玄机啊！尤其是杨小蝉，这个名字几乎就是她命运的写照——一只蝉要在泥土里度过漫长的黑暗时光，能够在阳光下歌唱的时间却只有七天！杨小蝉多像一只落在杨树上的小蝉，历经磨难，哪怕只有短暂的一刻也要放声歌唱。"

方逸群赞同地点头道："杨小蝉的毅力来自她陪伴母亲治病的过程，她亲眼看着母亲被病魔折磨至死，亲眼看着母亲对生命的希望一点点被剥夺直至绝望，那种双重的身心煎熬比她自身患病更为痛苦。痛苦这把利刀，一方面割破了杨小蝉的心，另一方面又掘出了生命新的水源。痛苦磨炼了小蝉坚强的意志，也给了小蝉智慧，使她敢于决定自己的命运。杨小蝉知道自己和妈妈一样,体内也潜藏着白血病这个魔鬼之后,不再去重复母亲的苦难历程,开启了生命的另一扇门。"

司马宁看看吴唯,又看看方逸群,好似发现了什么重大玄机,摇头叹道:"嚯,我看哪,痛苦也激发了你们的文才,高作家和吴唯本是写家,是文曲星下凡,没想到连方教授也是文思如泉,连罗曼·罗兰都跳出来了!要我说呀,杨小蝉的命运会越来越好。我和高作家都看到了,住山一年多,杨小蝉的疾病没有复发,身体反倒好转许多。真是感谢慈悲的佛祖啊!小蝉的每一天都是慈悲的佛给她的,是博大的南山给她的。"

◆重楼花开

第五章

古墓坪

1

　　2015年深秋时节，秦西城流传起了红毛七沟古墓坪有鬼出没的传言，还说是个女鬼。有胆大的好事者拍了一些照片和视频，通过网络和微信传播，一时间，关于古墓坪有女鬼的传言流传甚广。

　　起初人们在手机上传播的照片和视频，多是环境特写，说红毛七沟北崖下一片荒草地里有一座不知名的古墓，墓前立着一块高大的黑色石碑，石碑下有一个乱草掩映的黑洞。古墓一侧有一座破旧的古庙，古墓周边灌木杂草茂密，鬼影时不时出现在石碑前的黑洞口和破庙门前。有一个游客拍摄到了一个穿道服的女人在黑洞前的草丛中出没，一会儿在拾捡柴草，一会儿在旁边的苞谷地里务弄庄稼，一会儿在碑前，一会儿在墓后，影影绰绰。视频背景阴森森的，加上视频作者故意用"古墓里的鬼影"为标题，一时成为网络热议话题。后来愈演愈烈，有一个微信大号转发了一个画面清晰、时间长的视频，是在夜幕即将落下时拍的，画面上一个穿青色长袍的女道人，头发蓬乱，身材奇瘦，道服黑黢黢的，一会儿出现在墓碑前，一会儿又隐而不见。忽然闪出一个抓拍的镜头，把女道人的面部清晰地拍了下来。这女道人左脸上有一块黑色疮疤，着实让人触目惊心，黑疤几乎覆盖了整个左脸颊，右边脸颊却是正常的，形成一张左脸黑、右脸白的阴阳脸。这张脸瞪着眼睛望了镜头一眼，就消失在墓碑后了。

女鬼事件越传越广，去红毛七沟的游客不等太阳西下就下山，甚至有一段时期都不敢再去红毛七沟和周边的风景区，"古墓坪女鬼"一时间被传得沸沸扬扬，不断有读者给报社打电话爆料。

新闻界也不得不面对这个鬼影了，集团会上都提到了这件事，老总大发脾气："都什么年代了，还任由这种资讯流传？白毛女再世吗？让鬼把人吓了！咱们新闻媒体把这点事情都搞不清楚怎么给社会交代？"社长回来把这话在报社大会上重复了一遍，用同样的口气。当马总编再用同样的口气给高亦健安排了任务后，说道："高亦健你牵头成立一个采访小组，有什么条件、要什么设备、配几个人，你只管提。"

高亦健说："什么也不需要，我一个人先去了解一下，只需要时间。"

马总编说："时间，要紧的恰恰是时间！半个月必须见分晓。"

就这样，高亦健开始了对"红毛七沟古墓坪鬼影"的采访。之前看到的视频中这个鬼影多数是午后时分出现，上半天去就没意义了。高亦健计划每天午饭后驱车到红毛七沟古墓坪的古墓旁守候，寻找这个鬼影。

到红毛七沟后把车停在沟口，然后步行约一个小时才能走到古墓坪，高亦健必须找一个存放汽车的地方，才能安心在古墓坪守候、找寻。

到红毛七沟口一看，路边几户房舍都是静悄悄的，走近一看都是废弃的屋子，门窗都拆掉了。高亦健知道近年山上的零散住户都已经安置在山下镇子居住，山上的民居大多都已废弃。后来终于找到一家，虽然房门是闭着的，但门前放有农具，墙上挂有干辣椒什么的，说明有人住。敲了一阵门才出来一个六十多岁的独眼老妇，瞪着一只眼睛问高亦健干啥哩。高亦健心里一惊，镇定下来后说道："打扰了，我想在你家门前存放一下汽车行吗？我要上山找个人。"

鸡皮鹤发，衣衫破旧的老妇，一只独眼盯着你，本身就够吓人的。但高亦健这段时间都要在她家门前存车，必须认识一下。还好，虽然这种独门独户的人一般都不爱搭理人，但当和你认识以后就会变得热情好客。起初老妇警惕地望着高亦健，一副拒人千里的样子。高亦健拿出记者证给她看，又递上一根芙蓉王，老妇脸上很快化冻。香烟这个东西最大的好处就在这里，可以瞬间缩短与陌生人之间的距离。老妇看来是个抽烟老手，识得香烟牌子，接烟时显得很郑重，似乎觉得拿这个烟敬别人是很有诚意的。

老妇拿来一个板凳让高亦健坐，又端来一碗凉开水，话匣子打开就聊了很多。原来，老妇有丈夫，有儿有女，一大家子人呢。女儿嫁到陕北，一年半载见不上一面，儿子外出打工，丈夫在镇上收拾新房子。政府让山民都往山下城郊迁，建有安置房，入冬前就搬下去了。但这段时间还得有人看守啊，所以就只剩下老妇独自住山上了。

"这里啊，住了几十年啦，还真有点儿舍不得。不过还是山下好，山上到底还是不方便。你看，"老妇指指自己坏掉的那只眼睛，"五十岁那年马蜂蜇的，路远，一时去不了医院，硬是瞎了。"

老妇脑子挺清楚，也健谈，高亦健便向老人问起红毛七沟闹鬼的事。老妇摆手笑："说鬼话，哪里有鬼？"高亦健打开手机给老妇看视频："就是这个，有古墓，有影子，城里人都传疯了。"

老妇看一眼就说："哦，那是古墓坪哪，那里有个庙，年年都有道士来住，他们看到的怕是来修行的道士。"

尽管高亦健不信鬼神，但一人独闯古墓坪还是有几分害怕，现在听老妇讲这个鬼影是道士后，心里才踏实了。此后，高亦健连续几天中午赶到沟口，汽车仍寄放在老妇家门前，下山回城往往都是披着夜幕。

第一天走到古墓前，既没有鬼影，也没有人影，拨开红毛七和茂密的臭蒿、狼牙刺，一步步向古墓庙靠近，通向破庙的小路堆放着一堆堆苞谷秸秆，看来是人有意放的，显然是不想让人靠近破庙。秸秆踩上去咕哧咕哧响，走上几步还真有点心惊胆战。破庙只剩半扇门，斜掩着，另一半用一块石棉瓦挡着。高亦健轻轻喊了一声"有人吗"，见没人应，便推动石棉瓦，发出砰的一声响。一只受惊的土黄色田鼠嗖的一下从高亦健脚背上窜过去，瞬间消失在草丛里。高亦健的脚背感觉到了田鼠的分量和灵巧。镇定一下之后，高亦健推开石棉瓦进到庙里。这确实是座破败不堪的老庙，正墙窗下有一张破旧的桌子，上面连供奉的神仙都没有，只有一个石头香炉。窗户破了半扇，用石棉瓦挡住了，窗户下方有个洞，应该是小动物的杰作，被几块石头塞住。门后一侧土灶锅台齐全，还有个用长短不一的木板支起来的厨案。南窗下有一盘土炕，说明这里还时常有人住。既然叫庙，那就是有和尚或道士来住，想必那个神秘的"女鬼"就住在这里。

退出破庙，走到古墓前打量。古墓周边长满了一种叫红毛七的草本植物，抬头一看，周边阴湿的地方都长满了这种草，几乎把地面铺满了。这个地方以古墓闻名，这座古墓究竟是什么朝代的呢？墓碑是黑色花岗岩刻就，看其风化程度应该有些年头了，奇怪的是碑上的字被铲除殆尽，这座古墓的朝代和来历也就成了不解之谜。庙的后面倒显开阔，几丈之外有一小片苞谷地，苞谷已经成熟了，四周并没有别的庄稼，这苞谷想必是住庙人种的。

山谷里天暗得早，才四五点太阳就往山坡下面落，这块洼地立即显得阴暗，今天"女鬼"应该不会来了。

第二天，同样的情景重复一遍，没有人来，也没有出现鬼影。高亦健不急，把古墓和旧庙四周更仔细地观察了一番，心里基本有了判断。这座旧庙间断有人来住，苞谷地应该是住庙人种的，苞谷地旁边一块地还有种过麦子的痕迹。说明这个人按季来这儿种粮收粮，眼下苞谷已经成熟了，这个人肯定要来收，所以这几天肯定会来古墓，高亦健信心十足地每天来等。

果然，等到第四天就有人出现了。高亦健走到破庙前看见那块挡门的石棉瓦被挪开了，喊了一声没人应便进到庙里，庙里依然没有人，但供台上摆了一尊太上老君神像，陶瓷质地，半尺大小，香炉也有燃香的痕迹。来了！神秘道人果然出现了！高亦健走出破庙，向后面那块苞谷地望去，嚯，老远就看到苞谷秆已经被砍倒，一个人正在地里收苞谷，地头上堆了一堆掰下来的苞谷棒子。从背影看，不辨男女，青黑长袍，黑布鞋，盘了个丸子头，应该就是这座古墓庙的主人吧。

"您好，您是住在这儿修行的道人吗？"

高亦健走近几步，先打个招呼，以免吓着人家。听见高亦健的招呼声，那个人回过身看了高亦健一眼，并不惊慌。高亦健看清楚了，是个女人，是个道姑。道姑打量高亦健一眼后，低下头继续干活儿，转过脸的时候，高亦健一下子看到了她的左半张脸，一块巨大的黑色疮疤占据了半个脸颊——阴阳脸！就是她，传说中的"女鬼"！

高亦健站在几步开外继续搭讪："这些苞谷都是你种的呀？"

道姑没有回答，反问道："怎么一个人到古墓坪来，你不害怕吗？"

"我不害怕。"高亦健想了想，没有暴露自己的记者身份，怕引起她反感，便改口道，"我喜欢看看山里的中草药，常常上山来。"

"你懂中医？"道姑立刻有了交谈的兴致。

"算不上懂，只是喜欢，喜欢看山里生长的各种中草药。南山很多峪啊沟啊都是以中草药命名的，什么仙鹤沟、石蒜沟、紫花沟等等，比如这条沟叫红毛七沟就是因为长满了红毛七。人们嫌红毛七挡住了路，绊脚碍事，却不知红毛七是一味治疗妇科疾病的良药。"

"你这个记者对中医懂得不少啊！"

高亦健吃惊地望着她："你怎么知道我是记者？"

道姑抬起头望着高亦健，脸上有一丝狡黠的笑意："我还知道你昨天和前天也来过，但你不像别的游客，来过之后留下垃圾。你推开了石棉瓦又小心地回归原位，说明你是个读书人。你今天一来就到庙后边，对古墓、石碑也不是那么好奇，径直到苞谷地里来，说明你已经熟悉这里了。这几天都不是周末，可你接连往这儿跑，说明是为工作。说吧，你是报社的还是电视台的？"

此时，高亦健已经像道姑一样在地里掰苞谷，一个一个揪下来，堆成一堆。苞谷棒子都不大，通常一株上就结一个不到一尺长的棒子，有的结两个，另一个就很小。高亦健一边帮道姑干活，一边回答她的问题：

"是的，我是省报记者高亦健，我来是想了解你为什么常在这儿出没？有关你的传说可能你也知道，我不信。我相信你常来这儿一定是有什么特别的原因。看不出你还是个心思缜密的人，你离群索居却很有见识，不简单哩！你是出家人，我应该怎么称呼你？"

"我只能算是半个出家人吧。我叫罗素灵，叫我素灵好了。"

"我想和你聊聊，给我讲讲你的事情好吗？"

罗素灵说："今天不行，我得回镇上了，家里还有病人。"

"我帮你把苞谷带下山好吗？我的汽车在沟口。"

"不用，明天我还要上来，有话明天说吧。"

说完，罗素灵把苞谷棒子放进大背篓，上面码得整整齐齐，有六七十斤吧。高亦健帮她把剩下的一半搬进庙，放入屋角的一个瓦缸里。然后她背起背篓就要下山，她说的那个镇高亦健知道，要走一个来小时才能到环山大道，然后在沟口搭乘公交车才能回到镇上。高亦健看罗素灵执意不让送，也不想与他一同下山，便帮她掩好破庙的门，跟在她身后说："我明天在这里等你。"

罗素灵回头看了高亦健一眼，她背着六七十斤重的背篓也不显得吃力。高亦健补充道："你知道我是记者，我要采访你。"

"采访不就是偷偷照个相录个视频啥的吗？你还没有采访吗？"

高亦健说："那不是采访，采访是两个人像熟人、像朋友那样坐下来说家常话。"

罗素灵笑了，她心里跟明镜似的，是故意这么说的。她一笑起来那张阴阳脸也没那么可怕了："明天上午吧，明天是我来做功课的日子，就先让你采访吧。"

高亦健忙两手相抱说道："福生无量天尊！"

罗素灵看了高亦健一眼，半边好脸上浮现出几分笑容。

翌日，高亦健早早赶到红毛七沟，攀到古墓坪才9点钟的光景，没想到罗素灵已经把那一片苞谷地翻挖了一遍。看到高亦健来，挥手让高亦健不要过去，然后收拾起农具向庙里走来。高亦健这次走进破庙就感觉到有一些生气了，屋里多了一条板凳，床上铺上了苞谷秆和被褥，里外卫生都打扫了，土灶里生起了烟火，看来罗素灵要在这儿住几天或是一阵子。

"给你烧口开水喝吧？"

高亦健说不用，从双肩背包里拿出两瓶矿泉水，递给罗素灵一瓶，然后在板凳上坐下。罗素灵说："那我就随便讲了啊。先给你讲讲我脸上的疤子，讲讲我为什么住在这个破庙里。"

"好，好，你随便讲，就当跟我这个老大哥聊聊家常。"

"其实我有家，有孩子，还有老父亲也在，就是山下镇子后面木村人。四年前，在后山采药，被毒蜘蛛在脸上咬了一口，我就变成了这个样子，日子毁了，人生也变了，接着就有好多事情发生……"

南山下的木村，可以说是山清水秀的好地方，男人魁梧，女子秀气。可罗素灵不知咋生的，长了一张长长的瓦刀脸，颧骨突出，没个女人样，自小就被同学嘲笑。命运也不待见她，刚成年就没了娘，父亲肝病缠身也没再续弦。罗素灵力大如男人，勤劳能下苦，日子也还过得下去。为了照顾父亲，招了个入赘男人，生了个儿子，丈夫在城里打工，眼看着家越来越像个家。谁料想，儿子十三岁这年，一只毒蜘蛛一口咬断了罗素灵的幸福生活。

那一年，父亲的肝病发作，开始出现肝腹水，肚子胀得像鼓一样，断断续续去医院治疗，好一阵儿坏一阵儿，折腾一年多，家里再没钱看病了，就在镇上老中医那里抓药喝。老中医开的方子里，有秦岭山上独有的兰茸参和重楼,但罗素灵家哪里买得起?经老中医说合,药客答应采药时带罗素灵和另一个给家人求药的妇女一同上后山,天不亮就要出发,半夜才能回来。这一天要跑七十多里山路,攀崖下涧的事只有现学现来,那一趟还真挖了一把兰茸参和一些重楼回来。

初冬的时候又上了一次山,就是这次出事了。采药人不再带她们,罗素灵和那个女人商量好自己上山,反正路已经记住,药也会认了,那座山崖上的采完了就到周围几座山头上找。到晌午时,她们挖到了十几棵,比头回还多,感觉挺顺利的。临下山时看日头还早,二人商量歇口气再下山,实在太累了。太阳暖暖和和的,她们刚靠着树坐下就睡着了。罗素灵迷迷糊糊中觉得脸上烧乎乎地疼,伸手往脸上一抓,抓了一把毛茸茸的东西,一声惊叫后随手扔了出去。同伴被她的叫声惊醒,扑过来问:咋了咋了?罗素灵说好像脸上被什么虫子咬了,二人急忙下山。直到下到十三坡,二人才松口气——到这儿就不怕了,再有十多里就到家了。这时,同伴突然盯着素灵的脸惊叫:你的脸,你的脸!像见了鬼一样,她一边往后退,一边指着罗素灵说不出话来。罗素灵不明就里,连连问:怎么了?我脸上有啥?同伴还是惊骇地指着罗素灵说不出话来,紧接着慌乱地东睃西望,忽然看见前方有个鱼塘,便比画着示意罗素灵往鱼塘去,看罗素灵还愣神呢,便拉住她一同跑到鱼塘边。水中映出二人的影子,罗素灵看到了一张鬼怪般可怕的脸庞。她摇晃了一下脑袋,没错,那张可怕的脸是自己的,这才明白了同伴惊慌和尖叫的缘由。罗素灵再向水中望去——整个左脸颊肿起一寸多高,形成碗大一个亮晶晶的发乌的肿包,那肿包把眼睛挤成一条细缝,把耳朵扯向一边,形成了一张既恐怖又丑陋的鬼脸。这张脸把素灵自己也吓住了，毁容了，完全彻底地毁容了！一路上只觉得脸上烧乎乎的，却不知道到底怎么样了，看到水中的自己，素灵才知道事情的严重性，那是怎样的一只毒虫呢？当时抓在手里只感到那个虫子挺大，满满的一大把，有许多腿在动，虫子有坚硬的外壳，壳上还有扎手的绒毛。罗素灵啊啊地号叫了几声后，瘫坐在池塘边抱头痛哭起来。

先是被送到县医院，县医院没见过如此严重的伤情，快速转往省上大医院。省医院诊断是被毒蝎或毒蜘蛛所伤，医生一再问，罗素灵也无法说清究竟是个毒蝎还是个巨大的毒蜘蛛。几天后，医院为罗素灵解除了生命危险，但罗素灵面临两条路：第一条路，手术。初期费用需要十余万元，手术之后继续实施美容手术，又将是一笔巨款。第二条路呢，出院。后期左脸颊会溃烂结痂、发黑，她的面容会变成一张阴阳脸，无法再见人。罗素灵知道第一条路是不可能的，家里穷得叮当响，老父亲治病、儿子上学的钱都是靠东拼西凑的，十多万元这样的天文数字比毒蜘蛛还要可怕，吓都能把人吓死。

罗素灵出院后，脸上那个巨大的肿包开始溃烂，然后结痂，痂落后留下一个巨大的炭黑色疮疤，占满了整个左脸。那疮疤隐隐地发痒，像是脸上的一部分，还不时变化生长，半年后竟然长出一些细小的黑颗粒状息肉。疮疤中间长出一根寸许长的肉须，远看像是一只巨大的蜘蛛伏在她脸上，而那根长须则像是蜘蛛的毒须或是长腿。

出事半年后，男人办了离婚去了外地；儿子在县城中学上学，寄读，只有星期天才回家来；父亲肝腹水时不时犯病。但日子还得过下去。

罗素灵用头巾裹着脸，下地种庄稼，上山挖药材，勉力支撑着一家人的日子。后来儿子星期天也不回来了。是啊，这个家他还回来干什么呢？少年的心最怕的就是被嘲笑、被羞辱。不回来也好，免得邻舍交头接耳说三道四。但儿子正长身架子，学校里吃不饱呀！罗素灵就每周蒸一锅馍馍给儿子送去，但她不能走大路，不能进学校，不能吓着儿子的同学，更不能给儿子丢人。她藏在校门外路边的杨树后面，等儿子的同学带话进去。很多学生都是木村人，总能遇上个认识的，然后自己在校门南头的小树林里等。等啊，等啊，有时等一个小时，有时等两个小时，素灵会一直等。这不怪儿子，儿子上课要紧啊。终于，儿子还是来了，那两条灵巧有力的长腿好像迈不动，走走停停，仓皇四顾。罗素灵知道儿子不情愿见到她这个妈，但素灵已经把头包得严严实实的，没人看见，不用怕的。

儿子离她一丈多远就站住了，凶凶地吼了一声："你来这儿干啥！"

"妈怕你吃不饱，给你送点馍馍。"迎着儿子凶凶的目光，罗素灵说。

儿子把头扭向一边再不说话。罗素灵把馍馍递给儿子，儿子迟疑了一下接过馍馍，看了妈一眼。

罗素灵侧过半边好脸，虽只露出一小半，但也能看到一点儿笑。临转身走时，罗素灵说："卜周妈还在这里等你，记住，还是这个时间。妈不能耽搁太久，还要回去给你爷爷熬药。"

第二次送馍馍时，儿子来得快一些；再后来，罗素灵到时儿子已经在树林里等她了。儿子其实是个听话的孩子，后来考上了一所三本学校，不管三本四本的，那也是大学呀！

父亲的肝病总也不见好，一直在治，一直在吃药，药不能停，一停药就发作得更厉害。素灵一直不停地采药，不仅仅是父亲用，家里的日子也指望它呀，那种叫兰茸参和重楼的药材卖的价钱特别好。素灵秋冬时上山采药，春夏时种地，还喂了几头猪，儿子的学费就指望它们了。从春到冬，从早到晚，素灵总在不停地奔忙。她把脸包严实，只露出一双眼睛，就这样还是有人在背后指指点点。只有在深山幽谷没有人迹的地方，素灵才会解开头巾，抬起头，睁开眼看看太阳，看看蓝天，让半张好脸见见阳光。

苦难的人生啊，何时是个头呢？有时在悬崖上采药时，罗素灵望着深不见底的幽谷想，手一松就解脱了，什么痛苦也不会有了。但她没有这个权利，她必须把儿子供到大学毕业，还要尽力把老父亲的病医好。

2

三年前秋季的一天，罗素灵采药返回时，走进了古墓坪的这座破庙。她本来是想寻一口水喝，歇会儿脚。庙门像今天这样开着，灶台旁的水瓮里有清澈的水，神案上还有点过香的痕迹，说明这个破庙里有人住。罗素灵喝过水之后，靠在神案旁边就睡着了，等她醒来时发现，太阳都落下去了，再不下山就晚了。站起身要走时，才看到破庙的主人回来了，正在灶台上做饭，看背影是个女人，穿着道家衣服，原来是个道人。罗素灵冲着她的背影怯生生地说道："对不起，对不起，我冒失打扰了。我不是有意的。"言毕抓起自己的背篓："我走了啊！冒犯了冒犯了。"

道人没有回头，说："你饿成这样了能下山吗？吃一碗再走吧。"说着盛了两碗苞谷糁子摆在灶台上："就搁这儿吃吧。"接着从包袱里取出一卷煎饼，还有一缸子黑乎乎的咸菜。罗素灵鞠个躬放下背篓，顺从地端起碗。地上有两个朽树桩，罗素灵把大点儿的挪到道人脚旁，等道人坐下后，自己则在小点儿的树桩上坐下来。

"你的脸是被什么伤了？你上山给谁采药？"

道人看起来有六十来岁吧，中等个儿，身材敦实有力。满是风霜的脸庞虽无笑容，但说话很亲切。罗素灵自小就没了妈，在这个初次见面的道人面前感受到了母亲般的爱意，便讲了自己的遭遇和父亲的病情。道人说："你采的这些七叶一枝花年成不够，太嫩，根本没有药力，你把好药糟蹋了。"

罗素灵惊呆了，道人说的七叶一枝花就是重楼，自己采药几年了，总想治好老父亲的肝病，却没想到采的是没长够年份的嫩药。道人从褡裢里取出一枝自己挖的重楼，递给罗素灵。虽然天色已暗看不清楚，但罗素灵一接到手里就感觉到和自己所采的重楼不同。根茎顶端纹路较稀疏，末端较密，纵向皱纹很明显，两边缢缩成结节状，凹陷内可见有圆点状残基，下部稀疏的根须很完整，拿到手里分量、气味都不同。道人说："野生重楼生长不易，要五六年以上才有药力，采时要辨别清楚。"

罗素灵点头，表示自己记住了，谢过道人就要下山。道人指指门外："天已黑定，你下山还有几个小时的路程，能行吗？就在这儿住下吧，明早再走。"

罗素灵听话地放下背篓，抢着洗了锅碗，收拾了屋子。这个晚上她和道人说了很多话。道人是山东人，法号静修，每年秋冬时节外出云游，秋季来南山就住在这座古墓庙里，一边修行一边采药。在这儿落脚两个多月，把采撷的草药制成药丸，再南下去紫柏山、光雾山，开春后回到山东。静修师父也是穷苦出身，皮肤、面容都很粗糙，但看起来心安神定，很强大的样子。罗素灵很羡慕静修师父这种云游四方无牵无挂的人生。

静修说："你一心只想着你父亲的病了，你采的七叶一枝花就是清热解毒，治疗毒虫咬伤、疗疮肿痛的良药，有机会用重楼丸调治一下脸上的疮疤。"

罗素灵说："这疤已经好长时间了，想医治怕是没指望了。"

后半夜，道人让罗素灵睡在铺了苞谷秆的床上，自己在窗下打坐至天明。

罗素灵晨起后发现静修师父不在庙里，出门寻觅，只见晨曦中的墓碑很高，墓碑前方泥土下陷形成一个坑洞，黑森森的。向庙后看，看到静修师父在庙后的一片苞谷地里除草。罗素灵走上前要帮忙，静修说："不用了，已经快要做完了，你下山吧。"

罗素灵看到庙后方连到山根的几小块坡地都开垦出来了，种了庄稼，地块都不大，合起来也不到两分地，但庄稼长势蛮好。道人平时又不在这里，怎么能种上庄稼呢？

静修师父说："这是当地一位居士种的，她知道我每年秋季要来这里住，想让我吃点新鲜粮食，就把这几块荒地开垦出来，种了好几年啦。"

罗素灵向静修师父告辞，转身要离开时，忽然心念一动，似乎听到了一种心灵的召唤。她扑通一声跪在静修面前："师父，我想跟你出家，收下我吧！"

一切似乎早在意料之中，静修倚锄打量着罗素灵。

罗素灵说："师父您云游的时候我住在这里，替您看好庙、种好地，我想跟您学采药制药，医治脸上的伤疤。"

静修师父不置可否，转身继续干活，只说："回去吧，先回家吧。我在你的背篓里放了一个荷包，里面有十几颗药丸，这个药丸就是用南山上的重楼等本草炮制的，让你父亲吃一阵试试。我这个药也是为两个患肝癌的居士炮制的，你父亲吃着若有效果，回头我教你制药的法子。"说罢，静修师父便继续埋头除草，罗素灵谢过师父便下山了。

隔了一天，罗素灵再次来到古墓庙，背了点粮食，还有被褥和一个陶盆、两个碗，她想让静修师父在这儿住的时候生活上方便一些。给父亲留了药丸吃，她可以安心在这儿住几天，跟师父学修道学制药。静修没有答应收徒，但也没有撵罗素灵走，只说让罗素灵自己试试看有没有这个缘分。罗素灵连连点头，说平时我住在这儿替师父守着这座古墓庙，师父来南山的秋季，我跟着师父学修道。在这儿有很多事情做，种地种菜、采药制药。罗素灵想，自己要是能学会像师父那样念经打坐修功，像师父那样强大，就再也不怕别人笑话，不怕别人看不起了，那该多好啊！

静修师父在南山待了一个多月，霜降这天往南山以南走了。这些日子罗素灵多数时间都在古墓庙，跟着师父学会了打坐，学会了念经书。次年开春后，罗素灵就来古墓庙常住了，每周回家一两天，给父亲做点干粮、备点儿药。儿子已经到城里上大学，不需要她送馍馍啦。父亲吃了静修师父炮制的药丸，病情有所好转，挣扎着病身子，还能做点轻农活，罗素灵回家这两天也就是安顿一下柴米油盐。儿子上的大学说是什么三本，但听说一出校门就能去一些大单位当保安，那么儿子这里也没有多少心要操啦。庙后几小块地都被罗素灵细细地翻土耕耘，种上苞谷和蔬菜，夜间按师父教的法子打坐，读师父留下的经书和册页，感受到了生命的尊严和快乐。

秋时收玉米的时候，静修又走进了古墓庙。罗素灵远远就看见了那个敦实有力的身影，飞快地跑到师父面前行大礼。师父扶起素灵，看了看庙里庙外的变化，什么也没问没说，拿出给罗素灵带的一套青色大褂和圆口布鞋，还有几本经书。抱着这几样东西，罗素灵哭了，她知道，自己将要正式拜师，正式成为道教的一员。这个晚上，罗素灵穿上道服，在师父的引领下完成了皈依仪式。

网上流传古墓鬼影的时候，罗素灵已经在古墓庙住了一年多了……

省报以一个整版刊登了高亦健写罗素灵的长篇报道，罗素灵所遭受的苦难和记者走近罗素灵的过程，引起了广大市民的热切关注，大家高度关注罗素灵那张"阴阳脸"的来历，以及为了供养儿子读书和给父亲治病上山采药、垦荒，最后出家的经历，很多人为之泪目。一时间，读者在互联网上、微信朋友圈里争相热议，罗素灵超乎常人的毅力感人至深，长篇报道刊发当日，报社便连夜加印报纸，连续几天不断加印，形成轰动效应，热线电话响个不停。真相大白于天下，罗素灵从传说中的女鬼，变身为一个励志的偶像，激发了广大读者和市民的同情心、爱心，很多人自发地去探望罗素灵，送去粮食、衣物，一度冷清的红毛七沟又变成了旅游热点。然而，后来却再也见不到罗素灵了。

社长和总编也因此风光了一阵子，省市新闻业界把这次采访报道作为一个成功的典型案例，社长在集团会议上介绍经验——报社是如何对一个涉及封建迷信的负面新闻进行深入调查，还原真相，挖掘生命的源泉，发出爱的呼唤，激发了全社会奉献爱心的正能量的。这是新闻的成功，彰显了新闻的巨大力量。高亦健还受邀外出演讲了几场，但高亦健真不知道，这次采访报道罗素灵，把她的真实生活曝光给社会，对其来说是好事还是坏事？后来听说妇联组织还与市宗教协会一同寻找、看望过罗素灵，妇联还收到一些市民的募捐，有的留言请求帮助罗素灵建一个比古墓庙好些的修身之处，有的让罗素灵回归社会，还有的留言呼吁大家募捐，帮助治好罗素灵的"阴阳脸"。但是，后来高亦健两次去古墓庙看望罗素灵，都扑了空，她不再住庙了吗？可她是个道人，会在哪里修行呢？

高亦健用了几天时间，连续上山收拾窑洞，里外都要做一些修补，接下来辞呈一交就不再上班，开春后可以安心住山了。周五下午，司马宁早早打来电话："高作家呀，你很快就要成为南山的隐修者了，以后只能我们去山上找你了，抓紧和大家多聚几次吧！明天一起进山怎么样？你带大家去红毛七沟，看看你采访过的那个道姑，然后去看看神医张三公好不好？带大家去一回吧！"

司马宁提出去红毛七沟已经好几次了，高亦健总觉得人家一个修行者不便去打扰，而且自己开车路过古墓坪曾去看过，破庙还是那个样子，却不见罗素灵的影子。想想也是，等住山后，与几个老友相聚的日子就少了，是该抓紧机会一同多进山，多在学校赏石论石，便对司马宁说："好，明天先去红毛七沟，再去看看张三公。"

在去红毛七沟的路上，还是司马宁开车，高亦健坐副驾领路，方、吴二人坐后座。方逸群说起了高亦健很快就要山居的话题，觉得老朋友们要散伙了，情绪很低落，吴唯也伤感兮兮的。高亦健说:"给你们说过了嘛,我又不是出家当和尚不回来了,我那根本就不叫住山,只不过在山上有个落脚地儿,有时住上几个晚上而已。"

司马宁有意岔开话题:"之前高作家采访古墓坪道姑的文章可是轰动一时啊!那时红毛七沟女鬼的故事都传疯了,吓得游客都不敢进山了。高作家孤身进古墓坪探明真相,原来是一个道姑在此修道。"

方逸群立刻接过话头:"高作家还有这奇遇呢,咋没给咱讲过呢?今天咱去古墓庙能见到这个道姑吗?"

高亦健道:"她是个修行者,行踪不定,能不能在古墓庙遇上就看咱们的缘分了。"

吴唯道:"跟着司马校长和高作家真是长见识啊!神秘的张三公,大愿庵里的杨小蝉,现在又有一个在古墓庙里修行的道姑,山里的世界真是太神奇了!"

司马宁咧着蛤蟆嘴,笑眯眯地对高亦健说:"那咱们就先去红毛七沟。拐了啊,拐啦,拐啦!"

远处蓝天白云,近处郁郁葱葱。山道上的杨树黄叶已飘落,槭树、红枫刚开始把红色渲染,有浅珍珠红、土红、猩红、杏红等。三角枫、元宝枫、柿树、漆树、橡树,最招眼的是银杏,鲜亮纯正的金黄色把山沟照亮了一片又一片。还有乌桕、无患子、青冈木,用黄叶不断地扩占地盘,似乎与红色争夺着空间,但有的树叶黄着黄着就变红了。山谷和沟壑连绵蔓延,枝藤萝蔓,林木茂密,溪水淙淙。临近冬季,峪谷里的景色还是这么美。

汽车开到沟口,那个老妇已经搬走了,屋子门窗都拆卸走了,只剩下几面土坯老墙。高亦健让司马宁把车停在门前,就带头向古墓坪攀去。

古墓坪静悄悄的，墓碑前后、庙后的地里，都没有人影。但庙里收拾得整整齐齐，香案上有上过香的痕迹。床上铺的不再是苞谷秆，而是一张厚厚的草席，炕角还有一卷被褥。显然，这儿是时常有人住的。

司马宁在古墓前打量墓碑，吴唯把庙里瞅了一遍，遗憾地说："看来我们是见不到这位道家仙姑啦！"

司马宁走到庙门外，指着方逸群和吴唯笑道："见这些修行人是要讲个缘分的，咱们这些俗人怕是缘分不够啊！"

方逸群说："不怕，我们虽是六根未净，但有半仙高作家引路啊。高作家，咱们访道姑不成，赶紧去拜会'南山华佗'吧，你追了几年的张三公，到现在我们也未见真容啊！"

看司马宁和吴唯眼里也是这意思，高亦健一挥手："走，臭椿坪！"

退出红毛七沟直奔臭椿坪，也就二十多里，一个钟头后几人就走进了三公的院子里。此时，正是三公院子铺满阳光的时候，大大小小晒草药的筐箩都摆出来了，几个大筐箩里是切成片的根茎，小一些的是名叫各种七儿的草叶子。老远就看到一位道姑蹲在筐箩旁边翻草药，道姑听到有人进来，回头看了一眼。高亦健心里乐了，笑着对他们三个说："巧了，道姑素灵也在这里。"

司马宁对方逸群和吴唯咧嘴一笑："什么叫缘分？"

吴唯伸出大拇指，方逸群则四不像地合掌作揖。

看见高亦健几人走进来，素灵站起身向他们抱拳问候。高亦健回礼后问："你也认识三公大夫啊？"

素灵道："早就认识了，三公大夫帮我父亲治病呢。"

高亦健说:"好,我们先进去看看三公大夫。"

素灵点点头,继续翻晒药材,高亦健一行走进三公的诊室。三公在用一个石臼捣什么药,屋里药味很浓。高亦健说:"师父,今天我和几个朋友一块儿来看望您。"

三公抬起头笑着说:"好呀,你常说起这几个朋友,今天都来了?"

看三公手边一堆药材,高亦健说:"我能干点儿什么?"

三公说:"你先替我泡上茶水,招呼他们坐。"

司马宁蹲在三公面前笑说:"三公大夫别客气,我们和您虽说是头回见,可都神交好几年啦,我们高作家为拜您这个师父可是下了大功夫。"

三公笑道:"我可当不起作家的师父,你们几个爱玩山、爱石头,本身就是心有良医。"

高亦健给几人的旅行杯续上热水,喝了一大口便坐在药案前准备切药。吴唯抓起笸箩里晒得半干的中药材打量了一番,药像半干的生姜,但有须,颜色发乌。他问道:"三公大夫,这是什么药材?您把它捣蓉是要做什么药?"

三公笑答:"这是南山上的重楼,捣蓉后再配好臣药做重楼丸。"

高亦健知道,重楼也叫七叶一枝花,是治癌症的良药,想必素灵是带药来找三公给她父亲治病的,便问道:"院里那个道姑是来求医的吧?我认识她,以前住在红毛七沟。"

三公笑着应道:"这个道姑可是有故事的,一会儿让她讲给你听。她还在红毛七沟修行,为了给她父亲治病,前一向又在北崖上盖了一间草棚,接父亲上山住,今天来配几服药。"

素灵端着草药进屋，看到高亦健手里的切刀，说道："怎能让客人干活呢？快给我！"说着从高亦健手中接过刀麻利地切药。

三公把捣好的药蓉倒进一个陶罐，又把切好的另外几种草药按比例配好，放进石臼里，对素灵说："罗素灵啊，这位是高作家，喜欢中医，看重咱们这些山里人，三天两头往我这儿跑。你给他讲讲你给父亲治病的事吧，他是作家，喜欢写中医故事，喜欢听这些。"

素灵抬起头望了望高亦健，脸上浮起一丝笑意说："我们认识，我知道他是作家、记者，会采访、会写文章。"

高亦健不知道那次采访是否给素灵带来了不便，有意岔开话题："我以后是三公大夫的徒弟，也要住在山里了。"

素灵听说高亦健也要住山，抬头看了高亦健一眼，看到司马宁和方、吴都向她点头，她眼里有亮光闪了一下，对三公说："我知道高记者，他跟别的记者不一样。"

高亦健问："这是给你父亲配的药吗？"

素灵点头道："是的，我父亲上山后全靠三公大夫施药救治。我父亲患肝病好些年了，在医院治了几年，好一阵坏一阵，去年病情加重，已经发展成肝癌了，医院说要动手术，要不然挺不过三个月。我父亲不愿意，我们也凑不齐那个钱。但总不能眼看着父亲等死啊！正好我儿子上大学之后家里没啥牵挂了，就把父亲按上山来住，父亲也乐意上山，说反正没几天活头了，到时就地一埋还省事。"

素灵说得轻轻松松，高亦健几人听得却是心惊胆战，心里都在想，山里虽说有三公这样的好中医，可这儿的条件怎么能治疗晚期癌症呢？

司马宁问道:"你父亲眼下治疗得怎么样?"

"上山半年多了,真的没想到他还能活到现在,身体竟然好转了一些,现在时常帮我干些地里的活儿。"

方逸群说:"半年多了?医院说只有三个月,眼下已经赚到了!没想到山里没有医疗条件却缓解了老人的病,真是奇迹啊!"

高亦健说:"给我们讲讲好吧?我知道你是半路出家,为了赡养老人、供儿子读书,日子过得很艰辛。但你一直坚持给父亲治病,还把儿子供到上了大学,真的很坚强、很不简单。给我们讲讲把你父亲接上山的过程好吗?对不起啊,我这么问可能失礼了。"

罗素灵淡淡一笑,阴阳脸生动了许多:"没关系,我也只算是半个出家人,没那么多讲究,平时说话也很随便。要不是遇上静修师父,恐怕早就没有我了,出家之日就是我的重生之时。儿子去年考到外地上学,为了凑学费,我更频繁地上山采药,有时还打点零工。父亲看我太辛苦,一开始不让给他治病,后来说要跟我一起住山里。那一时期他不吃药,总跟我吵架,病情也加重了。有一次我回来看父亲倒在床上昏迷不醒,面色蜡黄,腹胀如鼓,急忙用架子车把他拉到医院急救。可父亲第二天一醒来,拔掉针头就跑出医院,我撵出去拉扯半天,父亲决然推开我,说要是再把他往医院弄他当即撞死给我看。没办法了,他只剩半条命,再这么僵持下去怕是就死在大街上了。我拉着父亲慢慢走回家,父亲这才告诉我他把房子卖了,这就要和我一起上山。回到家,一堆破烂杂物堆在门前,门锁已换,这间老屋已经是别人的了。父亲拿出存折给我,说:'我孙子几年的学费都不愁了,你用一些在山上租个地方住,我活几天算几天,你以后安心修你的道,咱为啥要跑医院找罪受呢!'听了父亲的话,我心里也踏实了,心一横,把要用的破烂家当拣一些堆架子车上，垫出一块平展的地方让父亲躺下，拉着父亲就上了山。在古墓庙住了一段时间又搬到了北崖。古墓庙常有游客来，他们来看稀罕，还乱拍乱照，挡都挡不住。后来是一位道友帮我们找了这个地方，离古墓庙不远，我上半天去那儿侍候父亲、务庄稼，下半天回到庙里做功课都很方便。父亲在这里过得挺舒心，三个月过去了，反倒一天天见好。暑假时，儿子来山上住了一个来月也很高兴。其实以前我只是春季种庄稼和秋季收庄稼，还有我师父来南山时在山上住一段时间，今后就彻底以山为家、以道为家了。"

高亦健问："你师父经常来南山吗？"

罗素灵摇摇头："我师父长年在崂山修行，只在秋冬时节外出云游。几年前我连遭变故，都快活不下去了，是我师父领我入了道门。那时我在荒山沟里垦了几块地种粮食种菜，背下山给父亲和儿子吃，父亲拖着病身子，还要喂猪、务家。春天时我接父亲上山后无药医治，肝腹水一天天加重，脸色土一样黄。眼看着要撑不下去了。这时候，我师父来了，带来了重楼丸，还带我上山采药制药。师父在古墓庙住了一个多月，父亲活过来了。师父每年都要来南山，但以往都是秋冬季来，这次却春时就来了，我问师父，师父说一切自有定数。走时给我留下几种草药，并说药用完了到臭椿坪可找到一位老中医帮我配药制药，我一打听就找到三公大夫这儿来了。"

说到这儿，罗素灵脸色也活泛了。

高亦健说道："过几天我们去看望你父亲，让我看看你用的药好吗？我在学中医呢。"

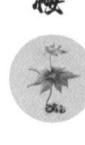

隔了一周，司马宁打来电话："方教授和吴唯都还惦记着素灵他爸呢，怎么样，明天一块儿去古墓庙北崖看看？"

高亦健尽管头天才从山上下来，还是高兴地答应了。从炎暑到秋凉，几个老友一同在学校赏石、一同进山的机会越来越少，有时去了学校，也是高亦健和司马宁二人看看石头聊聊天。方逸群到底是个教授，又忙于建设雕塑基地；吴唯一个市府大秘书，更是忙个不休，最近好不容易凑一起进山，心里还是挺珍惜的。

按照司马宁的指挥，高亦健到学校上车，然后一起去雕塑基地接方逸群和吴唯。吴唯这一大早就去了雕塑基地，高亦健心里纳闷："他们俩在一起忙什么呢？"

司马宁笑道："方教授这半年可是在忙大事，吴唯帮他争取了一笔大单，在基地赶活儿呢，是市政面子工程，吴唯得亲自把质量关。"

说着，司马宁望了望窗外并减慢车速："快看，看见街道景观带里新增加的人物雕塑没？"

高亦健这才注意到街道中心的景观带里增加了很多人物雕塑，每隔几十米就是一组，绿植花卉中，李白、杜甫、王维等人物雕塑向行人举手致意。看了几组，高亦健发现，这不是简单的人物雕塑，而是取材于唐诗的一个个小故事，如李白将进酒、贾岛月下敲门、公孙大娘舞剑等，仿青铜材质，作品既有古典韵味，又有现代艺术性，线条流畅，唐风诗韵，给整条街道增色不少。

"这都是方教授的手笔？"

"对，这叫'唐文化元素主题雕塑特色景观'，方教授带着他的弟子们在他的基地炮制的。市里几条主要街道都要上这样的作品，想想，这一单能挣多少钱？"

"那好啊！方教授一直想把他的雕塑基地做大，这下有机会了。"

"是啊，这都是吴唯的功劳，还是政府的单好赚钱。"

在雕塑基地门口接上方逸群和吴唯，驶向环山路，经过古墓坪，按素灵说的线路往北山，翻一道梁就是北崖。

素灵把一间山民废弃的土坯房加固翻新，拾掇成了一间功能齐全的住宅，屋子前后平整的地方都开垦种了粮食和蔬菜。这是远离村舍的单门独户，高亦健明白，素灵这样选择是费了一番苦心的。这儿离古墓庙四五里路，既便于素灵照顾父亲，也不影响素灵的修道生活。尤其是静修师父来时，素灵很担心影响到师父的修行，尽管师父白天通常都是在后山采药，但父亲在古墓庙终是不便。

车子停在坡下，高亦健领着几人往上攀，老远就看见素灵正在地里忙活，这间房子后边也有几小块薄地种着苞谷，门前窗下零星种了些蔬菜，菠菜白菜辣子葱，在满是碎石头的沙土地居然也长得郁郁葱葱。屋门前坐着一个老人，熟练地编织着柳条筐，看到一行人走近，便喊了声："素灵，有人来了！"

对高亦健四人的到来，素灵没有显出吃惊和意外，甩甩两手泥巴，难为情地说："高记者，你们来了哈。就在门外坐吧，屋里只有巴掌大。"

没想到素灵父亲精神还蛮好，而且挺愿意和人说话，尤其是方逸群问候他的病情时，地道的长安口音引起他说话的兴致，便把十几年来缠绵不休的肝病说了一通。说到上山来的情形，老人颇为得意地说："不发狠能行吗？女子不敢把她爸撂荒山上，咱自己得有个主意是不是？一个农家汉子不能下地干活，常年跑医院看病让人笑话，自己跟做了贼一样天天心焦，那病就越闹得凶活。想着到山上来死了一埋，结果倒还活旺哩！"

这是一处山民迁下山后留下的废宅，门窗都卸走了，只剩断壁残垣，茅草屋顶倒是留下了，大概没有拆卸的价值吧。素灵把正房收拾好安上门窗，父亲就在这儿安身。素灵还是在古墓庙住，三两天来给父亲安顿一下吃喝。高亦健观察着素灵父亲，虽然还是面黄肌瘦，但精神还不错，眼神里没有重症病人通常有的那种惶恐不安、焦躁绝望的神态。看来治疗还真是有效果，这个重楼丸堪称有奇效。

"给我看看静修师父炮制的重楼丸。"

素灵说："我师父留下的药丸已经吃完了，现在服用的是三公大夫按我师父的方子做的，喝的汤药也是三公大夫开的方。"说着进屋端出一个簸箕："喝三公大夫开的汤药，我父亲感觉挺好。"

高亦健接过簸箕一看，里面有四五种晒干的药材，有根茎，有枝秆，有花蕾。抓起一把闻了闻后说道："这几种药我都认识，这是重楼，这是半枝莲，这是百花蛇草，这是猪苓。"

素灵惊讶地问："您对中草药挺在行啊？"

高亦健说："谈不上懂，知道一点点，我喜欢中医。这几种草药都是咱们这南山上长的对吧？"

素灵说："对，不过有的不太好找。"

方逸群用手拨拉拨拉药材，问道："你父亲就是吃这些草药把病治好了吗？"

素灵点点头说："眼下还不能说治好了，只能说缓解了，三公大夫说这叫带癌生存。"

"医院都判了死刑的人，老人家就靠这些根根草草又活过来了，半年多过去了还越活越旺，还能下地干活了，真是奇迹，人间奇迹啊！"吴唯叹道。

方逸群和罗父聊着家常，看着他手脚麻利地编着荆条筐，转过脸又问高亦健:"高作家,你说说,这几种草药怎么就能把一个人的命救了?这都是些什么仙草神药?"

高亦健抓起一把草药讲道:"这些倒也不是什么仙草神药,这种切成片的根茎叫重楼,也叫七叶一枝花,南山上有野生的,也有山下村民种植的,是清热解毒、消肿止痛的良药。这种像蘑菇一样的叫猪苓,是一种长在腐朽的青冈树枝、柞树枝上的真菌,具有凉肝定惊的功效。其他几种也都是山中常见的草药,大都有利尿祛湿、抗肿瘤的功效。素灵父亲病情好转,不仅仅是这些草药起的作用,更为重要的是这大山的怀抱,这洁净的空气,还有他自立自强的生活方式,使他内心放松了下来。人的内心不再恐慌不再焦虑的时候,人体的正气就强大了,就能遏制病邪的蔓延。"

吴唯道:"高作家说得好,恐慌和焦虑,是加重病情的重要因素。医院里动不动就是几万几十万,不一定能治好病,却一定能急死人愁死人。"

方逸群问罗父:"老人家,你说是不是这样的?"

罗父说:"咱乡下人不懂那么多,只知道活人要有活人样,死人也要有死人样,这口气喘尽了就地一埋,这才像个人样!"

◆清泉向晖

第六章

天益洞

1

山居的梦想在心头萦绕好几年了，自找到张三公之后，这个念头更加清晰、更加强烈。南山是什么时候闯入心海的？是什么时候为高亦健开启了那个神秘世界的大门的？

高亦健记得自己是在2012年读到《空谷幽兰》这本书的。一开始只是泛泛地看了几个章节，好奇居然是一个美国修士揭开了南山隐修世界的面纱，惊奇于那个博大而纯净的世界就在自己身边，离拥挤不堪的都市不足百里。那里自古以来就有和尚、道士，就有隐世高人、学者。后来一读再读，常常为比尔·波特的美国式幽默会心一笑，古风犹存的南山与物质膨胀的大都市的碰撞有很多令人深思的地方。而且，那个神秘的世界渐渐从迷雾中呈现出来。初进山门的高亦健已经看到，那个世界是真实存在的，僧人、道人、医者，以及各种各样的修行者，如小蝉、素灵，甚至还有很多普通的住山者，他们向往自由淡泊的生活，在云雾中，在森林里，在红尘之外，靠着清风、明月和简单的野菜、粮食生活。他们是热爱自然、热爱生命的人。因为他们的存在，南山里的一石一木似乎有了品格和灵性，让人产生一种敬畏自然、渴求纯真的精神，这是一种豁达性情与正直坦诚的呈现。他们离我们很近，就在城市的旁边，却很少有人留意过他们。

而我们都市人生存的环境又发生了什么样的变化呢——生活

节奏不断加速，追求和索取越来越多，承受的压力也越来越大，抑郁、狂躁、烦闷、怨恨等不良情绪袭扰心头。很多人感到精神倦怠、四肢无力、饮食无味、夜不成眠，种种莫名其妙的症状随之而来挥之不去。是啊，当天空中常常雾霾重重，当街道上永远挤满黑压压的汽车，当越来越密集的水泥森林密不透风，当人们心中盘算着还清房贷的日子遥遥无期，面对着生活的种种难题无法解决的时候，心，怎能不累呢？情绪又怎能不波动、烦躁呢？节奏加速，欲望膨胀，内心躁动，压力巨大，这便是当今都市人生存的现状。

读过《空谷幽兰》之后，高亦健似乎听到一种遥远的呼唤，心里有一种警醒，意识到自己在都市里迷失太久了。这就是城里人每次进山都感到轻松愉快的原因，因为南山的清风能拂去烦忧和浮躁。

比尔·波特是这样说的："在整个中国历史上，一直就有人愿意在山里度过他们的一生：吃得很少，穿得很破，睡的是茅屋，在高山上垦荒，说话不多，留下来的文字更少——也许只有几首诗、一两个偏方什么的。他们与时代脱节，却并不与季节脱节；他们弃平原之尘埃而取高山之烟霞；他们历史悠久，而又默默无闻——他们孕育了精神生活之根，是这个世界上最古老的社会中最受尊敬的人。"

如果说以前住山的念头还只是一种冲动、一种浪漫而盲目的想法，那么，在找到三公之后，这个念头越来越清晰，因为，南山已经向高亦健敞开了怀抱。

秦岭北麓的峡谷峪沟看起来大致相似，当你沿着溪流走进去，细细观察远山近壑，才会领略到南山的千变万化。远处，群山连绵，苍翠峭拔，有的峰峦八九月就披上了雪衣，到来年5月还未融尽；有的山冈常年云雾笼罩，土壤潮湿，树上生满青苔；有的山谷地热明显，温泉长流，灌木丛生，花草蓬勃。春日桃红柳绿，杏花粉白一片；夏则绿树蓊郁，重峦叠翠；秋日，红叶满山，一片绚烂；冬日，雪拥山川，更是壮美无比。

2018年春季，"春三月，此谓发陈，天地俱生，万物以荣"的时节，高亦健将要开始山居生活，今后，将拥有这美丽的四季，拥有这一切。

离职报告是春节前交给马总编的。担心马总编像之前一样把报告束之高阁没有下文，高亦健当时就表示自己次日起就不再来上班，请马总编抓紧上报。

马总编扫了一眼报告，关切地问："高老师，你是咱报社首席记者，功劳大、影响大，有啥问题你说，有啥要求你提，社里一定会帮助解决的。"

高亦健说："这个话就不要再说了。我没有什么困难，我说了，明天起我就不再来上班，要办什么手续的话你叫我。"

高亦健说罢起身就要走，马总编急忙拦住，说道："高老师放心，我马上找社长。你这是要去北京高就啊，还是要去当专业作家？"

高亦健苦笑道："我跟你说过多少遍了，我这两年胃病犯得更加频繁，要看看病。反正离退休没几年了，只是想早点儿退休而已。"

说到病的话题，马总编特别温和，也特别真诚，脸红红的，眼神左右闪躲，一副宽厚仁义的小老弟模样："好，我知道了。高老师，我一会儿就去找社长。你就好好治病，你不是认识一些中医嘛，这回中西医结合根治好。"

看着马总编的眼里满是真诚，有那么一刻，高亦健都为自己夸大胃病而心生歉意。虽然知道马总编这副表情是因为春节后宣布的任命记者部主任这件事——社里上下传言了许久，记者部主任非高亦健莫属，社长也隐隐透露过这个消息，但最后任命下来的却是另一个人，是那个比高亦健小几岁的李某。李某是马总编的同学，高亦健知道这是马总编背后下功夫谋求的结果。目的达到了，马总编像做了贼一样，见了高亦健总是点头哈腰，目光闪烁不敢直视。高亦健心想，马总编你不必这样，我高亦健历来把那些玩意儿视若粪土，你连这点都看不清，真是白白共事了这些年。

  3月末的一天，马总编打电话让高亦健一定要到报社来一下，说是离职的事情已经办好，社里不会亏待他这个功勋记者，社长周启明要亲自和他谈话，有惊喜要告诉他。

  和周启明相对而坐时，高亦健心里暗暗吃惊——许多年没有认真打量这个同时进报社的老同学了，变化还真不小。人们说一个人扮演什么角色时间长了就会像什么角色，修佛的人年成久了会像菩萨，做官的人年成久了就有了官相。年轻时的周启明相貌平平，有点尖嘴猴腮，目光游移不定，现在变得精干练达目光锐利，脸部表情也极为丰富，既有社里一把手的威严，又有领导者的亲和力，这会儿更是洋溢着对老同学的热情。报社里竞争这么激烈，走一个资历老、脾气倔、挡在年轻人前面的老记者，整盘棋都活了，作为社长应该高兴才是。但周启明心里好像总有点儿不太对劲，看着高亦健那张瘦削的脸庞，感觉有一股真情像烟雾一样在心里飘荡。

  高亦健和周启明同龄，当年都是报社的台柱子，高亦健的重要消息、长篇通讯，周启明的社评、言论都是名闻秦西新闻界的，被誉为省报"双剑客"。三十多年来，周启明一步一个台阶，主任、副总编、总编、副社、正社，猛回头才看见高亦健竟然一直在原地踏步。高亦健的文章越写越好，秉性却没有一点变化，难怪社里党委书记总说这个人"政治上不成熟"。这些年来高亦健给报社撑梁顶柱，功劳苦劳都不少，引起社会反响的重大稿件几乎全出自他的手笔，要不是他孤傲执拗，又痴迷上了中医，早该是记者部主任、副总编辑甚至总编辑了。成也萧何败也萧何，高亦健脾气和才气一样大，骨子里那股傲劲和犟劲让人受不了，给报社惹事也不少，有两回让集团老总都怒拍桌子。收到高亦健的离职报告，周启明还是挺震撼的，一再问马总编，马总编说以高亦健在文学界的影响，是想当一个专业作家吧，还说他再三劝说也留不住。周启明签字后说，你让高亦健办手续时先来找我，咱们不能对不起一个在新闻岗位上工作多年、对报社又有重大贡献的人，你也琢磨一下看高亦健以什么形式离职，要想办法给他保住公职，将来起码退休金有保障。周启明给上下相关人士通报、协调好这件事，才把高亦健叫来当面签了字。这么一位大笔杆子就这样悄然而退，他心里还真是老大不忍的。

"亦健啊，你一个首席笔杆子，这儿就是你的舞台。你离了职干什么呀？"

"无所谓，反正已经五十好几，干不了几年了，早退晚退都是个退。"

"我知道，现在凭你的写作成就和社会影响，你的一支笔足以维生，你以后是做一个自由撰稿人还是另谋高就啊？我听说你学中医很下功夫？"

"社长啊，我这几年胃病越来越厉害，觉得自己干不动了，接近中医和离职只是想好好找中医看看病。"

周启明点点头又摇摇头,一副不落忍的样子:"社里按病退给你办手续,这样可以让你保住公职,还能拿到一部分工资,这样退休后养老金才有保障。"

"这个我明白。谢谢社里,谢谢领导的关心。"高亦健站起身,对着周启明鞠了一躬:"那就再见了,我就不向大家一一告别了。"

望着高亦健快速离去的背影,周启明摇头叹息:"唉!好好一个记者,让中医迷得神神道道的。"

不再牵挂上班的事情,真是身心俱轻。连续几天上山把窑洞拾掇好,居住的物件添置齐备,山居梦想成真。

除去院里荒草,把院子两头用荆棘围起来,入口处原有的柴棍扎的山门已经糟朽,买了些小方木条,重新扎好院门。厦房有几处漏点,换几片石棉瓦即可。院子中央那一盘石碾子清洗出来,居然成了一件艺术品,像司马宁的奇石一样吸引人观赏,给院子装点出几分生机。

这是个半窑半屋的小山居,窑洞一侧是沿山势缓缓下落的山坡,直通到入口,另一侧是渐高的山梁。在窑洞开面的尽头,沿着窑壁搭建了半间厦房,虽说只是半间房,也有二十多平方米,客厅、厨房、贮藏室全都有了。窑洞是长条形,纵深向里,宽处有五米多,窄处有三四米,六米长的进深,分作里外间,可谓功能齐全。美中不足的是无水无电,没有高亦健向往的淙淙流淌的山泉,用水要下一道山梁,到沟底提水回来,比起韩梅的茅棚真是差太远了,但比较适合高亦健这样一个尝试性的山居者。最重要的是,这孔窑洞在凉水峪的榆树梁,离三公的臭椿坪只有七八里路,算是比较近的。高亦健看了三处地方，最终选定这里，就是冲这个位置，租金也少。高亦健知道，这孔窑洞能归属自己是一种幸运，孤单单半间厦房一孔窑洞，对于逍遥游玩的住山者来说条件太苦，对于隐修者而言又不够隐秘，高不成低不就的，这才会落到自己手里。

收拾出来后感觉大不一样，高亦健站在入口处欣赏自己的劳动成果。窑洞上方是几丈高的土崖，门前有一个狭长的院子，入口处有两棵核桃树，嫩兮兮的叶子尚未舒展开。院子正中有一棵山楂树，也才冒出星星点点的绿叶。尽头有两棵花椒树，大的那棵很老了，只长出一些零星的紫色叶子，树干和枝条上密匝匝地布满了粗大尖锐的硬刺；旁边这棵小的却是生机勃勃、枝叶茂盛，浓郁的芳香沁人心脾。树下荒草萋萋，看得出来，以前种过菜，但长久无人侍弄，荒废了。窑背上开着一簇簇牵牛花，红白花朵很是鲜艳。从院门到屋门口，用石块铺了一条小径，石块缝隙里长了一些荠荠菜、婆婆丁。星星点点的白色、蓝色、黄色碎花带着亮晶晶的露珠，摇曳着身子，在晨光里特别艳丽，有的花朵小如蚕卵，竟然也同样身着艳丽色彩。

把厦房收拾干净后，高亦健在窑洞门正上方掏出一个一尺多长、半尺宽、寸许深的长方形凹槽，把一块木质匾额嵌进去，四边钉了几根细小的木楔，试了试十分牢固，又把四周打磨光洁，这才后退几步细细观赏。匾额是桐木原色，上刻三个魏碑体阴字——"天益洞"，涂以浓墨，笔调峻厚，意态奇逸，又有几分古朴苍劲。窑洞上方保留了原本凸出的一方土梁。土梁上青草葱茏，簇拥着一丛乡野灌木黄荆，年久形异，盘根错节，给窑洞增添了一个天然的屋檐，更有一番自然浑成的意味。

"天益洞"三个字仿佛打开了一扇心灵的天窗，使窑洞有了灵魂。

这块匾额是文学前辈楚风先生亲手刻制的,他得知高亦健将要住山,十分赞赏,多次问询。高亦健念先生年迈出行不易,便拍了照片给先生看,说等收拾好住下来后,再接先生上山做客。不承想,先生竟然亲手刻写了这块匾额,并对高亦健说,紫檀之类的刻不动,就用块软木头算啦,跟你那破窑洞也相配。几年来,先生对高亦健追随中医、创作中医小说十分期许,这份勉励之情高亦健心领神会。

谷雨这天,高亦健带了些生活用品悄然进山,山居生活就这样开始了。在大山深处的漫漫长夜会是怎样一种滋味?自己能否住下去还不知道,所以过些天再告诉司马宁和方、吴,过一阵再让他们来暖居吧。谷雨谷雨,正是"雨生百谷"之时,按中医书上所言,清阳之气持续上升,阴阳交合,否极泰来,人体内阳气外透,脏腑濡润和展。大自然欣欣向荣、阳气生发。离上次来才相隔半月,南山里已是姹紫嫣红,窑洞下方的桃李杏已经轰轰烈烈地红白争艳了。

这个山居初夜是怎么过来的?记得前半夜有点怕,两次起来检查门窗是否结实,关严实了没有。打开应急灯和手电筒把窑洞各个角落照了一遍,没有发现有伤害性的虫子或藏有其他动物的洞穴,这才放心地躺下了。第二波恐惧是面对突然到来的寂静,到子夜时分,睡意迟迟不来,眼睛在黑暗中不停地搜寻,突然觉得耳聪目明,耳朵舒展出最佳听力,却捕捉不到任何声音。在一种铺天盖地的寂静的拥抱中,心跳声显得格外有力,节奏格外鲜明。再后来,就在这寂静里酣然入睡了。高亦健隐约记得,自己似乎是想着一件什么快乐的可笑的事情,想着想着就那么带着笑进入睡眠状态,一觉睡到自然醒。

高亦健是被一阵斑鸠的叫声唤醒的。咕咕——咕咕——咕咕，悦耳清朗，没有争执，没有激动和兴奋，像是一对年纪不小的夫妻鸟平平淡淡"说闲话"。高亦健眼珠子转动了一下，感到双目润泽清爽，意识也开始转动了。目之所及是黄中泛黑的土窑顶，从小窗和门缝里挤进来的晨光在报时：清晨了。此刻，高亦健才真正醒过来：哦，昨晚是独自在南山窑洞过的夜，这是自己山居的第一个夜晚！山居生活就这样开始啦！

钻出窑洞，站在院子里望望天，应该是七八点。手机在衣兜里，但不想看，时间这个东西凭感觉最好。一只体形肥硕的斑鸠在开着白花的山楂树上跳跃着，对着树下草丛中的另一只斑鸠咕咕叫着，原来是这二位叫早啊！它们的叫声引来了几只红嘴相思鸟和白睚鸦雀在窑梁上的灌木树枝上时飞时落，啁啾之声不绝于耳。

在厦房的柴火灶上做了第一顿早饭。烧水下面条，在门口揪了一把荠荠菜、一撮花椒芽，再打一个荷包蛋，最后放一勺带来的岐山肉臊子，一大碗异香扑鼻的清汤臊子面就做成了！吃货在任何地方任何时候都不会辜负"美味"二字。

一寸寸打量着自己的领地，高亦健笑自心来。忘了从哪看来的一句话浮上心头：孤独貌似孤独，当你真正孤独时，整个大自然都成了你的伴侣。高亦健发现野蒿丛中长着一丛丛株秆肥硕枝叶茂盛的植物，掐一枝感觉一下，毛茸茸的枝叶嫩嫩的。高小健知道，这是野苋菜，清炒炝拌都非常可口。再往栅栏边卜，一片灰灰菜、荠荠菜也正鲜嫩着。靠近土崖的坎边上有几棵香椿树，树枝尖上长出一朵朵两三寸长胖嘟嘟、浅紫红的香椿芽，高亦健随手揪一芽，香椿特有的清香扑鼻而来！这一段时间的菜肴不成问题了，原本就知道南山里一年四季都有吃的，但不出院子就有这么多美味，还是让高亦健心里感到美滋滋的。今天要做的大事就是把附近了解清楚，看看到哪里取水最为方便，然后把那糊满泥巴的水瓮洗出来，带来的两桶矿泉水支持不了多久。

找到水源之后，从沟底提了两桶水上来，看了看水瓮里的泥土和杂物之后，高亦健放弃了清洗水瓮的想法——提一次水上下坡需要十五分钟，要想洗净这个水瓮至少得提五六次水，代价太大了。以后每次上山时带两桶纯净水，饮用、做饭绰绰有余，再下沟底提两桶水洗漱、洗菜足够了，洗澡、洗衣服这方面的事就集中到回城后再搞吧。

用过午餐，高亦健要去一个重要的地方。当初把山居之处选在这里，除了离三公近以外，还有一个重要的原因——沿峪沟往深处攀缘十里山道就是南坡铁木岭的落云谷，那里有一条水流丰沛的落云溪，长年累月轰然作响流个不停，溪水彼岸有一幢构建宏伟的石木结构的大屋，那是如真法师的修堂。

高亦健听三公讲过，如真法师是南山里颇有名望的高僧，有很多居士追随，各寺庙做法事也要请他。高亦健曾从法师的法堂前经过，但没敢进去。法师不是在做功课，就是和外地云游的僧人谈经说法，贸然打扰是不合时宜的。

找到三公刚好一年了，这一年里到三公的茅棚去过很多次，和三公已经是无话不谈，对传统中医的了解不断深入，也积累了丰富的生活素材，第一部描写民间中医的长篇小说《橐龠》已经出版，第二部在写作中，还会有第三部、第四部。但高亦健心里清楚，之前那种走马观花式的来来去去是不行的。要想真正了解南山，必须把自己融入南山；要想了解三公这个人，跟他学习弄明白中医基本的医理、药理，必须花更多的时间共处。三公为高亦健打开了一扇窗，这扇窗不仅通向中医王国，还通向南山深处，通向《空谷幽兰》里描写的那个神秘世界。在三公这里重逢杨小蝉、罗素灵，高亦健感受到了中医的力量，也感受到了南山的力量。可以预见，如真法师将引领高亦健进入南山的神秘王国，为高亦健开启隐修世界的大门，而这一切都源自中医，是中医给高亦健带来了机缘。

南山是个神秘的世界，当你融进去之后常常会有神奇的"遇见"。

去年冬季小雪前的一天，高亦健赶在大雪封山之前去看望三公，上午10点多赶到臭椿坪，刚走进三公的院子，迎面看见一个和尚从三公屋子走出来，见到高亦健后合掌致意，然后擦肩而过。高亦健回礼后呆望着和尚的背影。这个和尚似有五十多岁，着青灰僧袍，气宇轩昂，面容清癯，步履矫健，和颜悦色，目光亲和睿智，擦身而过时高亦健感觉到一种力量。

这个和尚来臭椿坪是找三公看病吗？高亦健一进屋就急忙问道："师父，那个和尚是哪个寺庙的？是来找您看病的吗？"

三公望着高亦健笑道："怎么，你也想当和尚？"

高亦健说："当和尚我是不够格了，但一直想了解他们那个世界，了解他们的生活，我觉得传统中医的很多东西与那个世界很近。"

三公赞赏地瞅着高亦健："好呀，你开始琢磨'道'的层面了。刚才那个和尚是如真法师，住在落云溪，离这儿不远，也就十多里路吧。他在南山弘法已经快十年了，追随他的居士很多。你想了解的话可以去落云溪，出臭椿坪垭口翻两道山梁就到了。"

"他来找您是看病吗？"

"看病算不上，一块儿聊聊他用的药。"

"我看他挺健壮的样子，怎会也有病？用什么药啊？"

"胃病，挺严重的胃病，他当年出家就是因为这个病。不过这几年好多了，只是偶尔发作，疼起来也没那么凶。"

"师父，给我讲讲如真法师的故事吧，他为什么出家，为什么一个人修行？"

三公讲述了如真法师因病患离开家乡，到南方出家多年后，又回到南山苦修弘法的经历。那时起，高亦健就记住了落云溪这个地方，记住了如真法师。过后不久，高亦健按照三公讲的路线去寻找如真法师的法堂，爬山翻梁走了两个多小时，找到了落云溪，老远就看到两沟交会的山梁上，有一座挺大的砖墙石柱大瓦屋，独独一个宅院坐落在两道山梁的怀抱里。院子头有两棵树很醒目，挺拔茂盛，冠如华盖；院子尾几畦菜地绵延至山坡；院子坎下方溪水流淌，两侧植被茂密，屋后是渐次起伏的山峦。真是一处好地方啊！高亦健心里正琢磨这里是不是如真法师的法堂呢，忽然听见悠扬的伴有佛家音乐的诵经声传来，看来是法堂前后的树上、院栅栏上都安装了喇叭，整道梁都被梵音萦绕着，形成了一座圣洁的岛屿……

那天，高亦健在落云溪旁站立了很久，远远地望着如真法师的法堂，梵音和溪水一同缓缓地流入心田。法师的修行生活是极有规律的，诵经、行香、出坡等都是按时辰进行，尽管是一个人的修行也丝毫不懈怠。有时诵经，有时打坐，有僧人来访则于两个蒲团上相对而坐，谈经论法。如真法师做这些的时候，心志专一虔诚，动作徐缓安详。中午时分，如真法师身着便衣出坡，像个普通山人一样，步履矫健地沿山道走向山谷深处。

两次在法堂前观望了很久，始终没有跨过落云溪去叩开院子的柴门，高亦健觉得自己不能冒失地前去打扰，要在适当的时候去叩开那道柴门……

现在，是时候了。

2

第一周，高亦健在窑洞住了四个夜晚。两天去臭椿坪，另外两天都是往落云溪方向走山。两次走到如真法师的法堂前，都是默默地观望一阵，后又默默地离开，法师有僧人来访，不宜打扰。

初步的住山体验让高亦健感觉很好。以后呢，完全可以这样延续下去，每周在山上住个三四天，去三公那儿待一两天，如真法师方便的时候再去看看法师弘法的过程，其余时间山谷间走一走，夜间做笔记、写小说。两桶纯净水可以保证几天内饮用、做饭和简单的洗漱，回到城里再沐浴、洗衣，没有什么生活上的不便。带的电瓶足以给笔记本电脑、手机充电，充电台灯和应急灯保证照明绰绰有余。回城的几天里，会会朋友，打理卫生，充电加油，准备山上的生活给养。这种山上山下的生活从容有趣，充实而愉悦。

第二周过得也很顺利，把门前一小块菜地翻土耙细，准备种几株西红柿和几行茄子、豆角。种了菜就得浇水，这样就可以把下沟提水当作一门功课坚持下去。周四上午正准备下山回城，司马宁打来电话："高作家现在是山中高人，忘记朋友们了吧？几个礼拜没见面也没有音信。"

高亦健赶紧赔不是："没有没有，哪能呢！刚安顿好住处。"

"现在是在山上还是在城里？"

"正要下山回城，明天去学校看望老兄。"

"不要下山了，逸群和吴唯马上到我这儿，准备一起上山看你。吴唯可是专门请了假，人家一个要当秘书长的，连政府工作也暂且放下了。"

"好，好，我就恭候各位了！"

两个来小时的工夫，司马宁三人的身影就出现在坡下的山道上。远远就听见他们的说话声，高亦健站在路口挥手引路。

走进小院子，看到光秃秃的窑洞和低矮的厦房，几人都有点儿吃惊、有点儿意外，几分钟就把窑里窑外看完了。

司马宁四周一打量："没水？"

吴唯说："还没有电，这咋行？"

高亦健往沟底指指："水也不算太远，其实我带的纯净水就够用了。至于照明嘛，现在科技产品这么发达，各种充电设备都有，完全不影响生活。"

方逸群和吴唯对石碾盘甚是喜欢，左右打量，吴唯还试图推动石碾子。新鲜劲过去后，站在院子边沿往坎下探望，方逸群摇头道："好家伙！几丈深的陡崖，晚上要是梦游直接就跳下去了！"

司马宁背着手沿院子走了一圈，然后抬起头打量窑洞顶上的土梁，指着土梁上那一簇黄荆树："那一棵黄荆树可是好东西哟，你看那疙里疙瘩的老根，可是有年成了，形也好，能雕个好东西哩。"

高亦健笑道："司马兄看到的是根雕，是艺术品；我看到的是中药，它结的果实叫黄荆子，是祛风除湿行气止痛的良药。这种老黄荆芳香气味特别大，驱蚊避虫，有它守着窑洞门好处良多。"

方逸群显然对租这孔窑洞不太满意："高作家，这也太艰苦了吧？咱毕竟不是和尚、道士，别把自己太熬煎了。"

高亦健拍拍方逸群的肩膀："放心，只是每周住几晚，大部分时间还是在城里。不影响啥。"

司马宁这时发现窑洞的门上方镶嵌了一块匾额，匾文苍劲古朴，匾额是原木本色，与黄土融为一体，不是很醒目。司马宁仔细打量窑洞门上方砖砌的门楣时才注意到了它。

"天——益，天益什么？谁的字啊？"

高亦健回答司马宁："天益洞。诗人楚风先生知我住山，特意亲手为我制了这块匾额。"

吴唯一听楚风这个名字，精神大振，踮起脚瞅了一眼落款，"原来'天益洞'这个雅号是楚风先生起的？还亲手题写刻制了匾额，这'天益洞'三字可是意义非凡。"

"为什么叫'天益洞'呢？这是什么典故、什么出处？"方逸群问。

司马宁说："肯定和中医有关。"

高亦健给司马宁竖了个大拇指，讲道："是和中医有关。天益是指罗天益，一位古代名医，他不仅给我们留下了珍贵的医学经典著作，还留下了至今传为美谈的罗天益拜师的故事。楚风先生知道我为追随中医而住山，便说要为我的茅棚起个号，看过照片后说这不是茅棚而是窑洞，便起了'天益洞'这个名字。"

吴唯如视珍宝地把匾额上的三个字看了又看，对方逸群和司马宁说："楚风先生是全国知名的大作家，是秦西德高望重的文学前辈，先生的书法在文化圈里也很有名气，但一字难求。楚风先生不许自己的字流入市场，不参加任何书画展，不轻易给人题字。但凡给人题字，必在落款处写上求字者的名字。有人问之，先生笑言：

这样的话谁要是把字拿去卖，就得先把他自己卖了。有人说：有作家名人卖字多年，一字万金，家财过亿不是也挺好吗？先生一笑，以打油诗作答：'字为知己写，诗向会人吟。涂鸦若卖钱，脸皮值几文？'我多年前就想求楚风先生墨宝，至今也未能如愿，虽仰慕先生高风，但自知我等俗人难以望其项背。没想到先生特意为高作家题字制匾，可见先生对高作家寄予厚望啊！"

高亦健说："先生也喜欢中医，他寄予厚望的是中医，这是爱屋及乌。"

司马宁说："说与中医有关是我蒙的，'天益洞'，听起来很美，高作家一说才知道是一个中医传承拜师的故事，讲给我们听听吧？"

方逸群和吴唯都做出一副期待的样子，高亦健说："好吧，咱们就在天益洞前讲讲罗天益拜师的故事吧。"

此时，正午的阳光把窑洞前的小院子照得亮堂堂的，高亦健给各人的杯子里续满热水，拿出司马宁带来的两个钢架帆布折叠凳，一个自己搬来的折叠凳，院里还有一个老树桩，四个人围着石碾盘坐下来，随着阵阵清风穿越到战乱不休的金元时代。

"讲罗天益拜师的故事要先从中医名家李东垣说起。李东垣是'金元四大家'之一，'脾胃学说'的创始人，留下了经典医学著作《脾胃论》等。公元1243年冬，客居山东的李东垣医师府上来了一拨又一拨客人，都是一个目的——劝说、挽留，不让李医师离开山东。李东垣在山东行医二十年，为当地民众解病除症，深得百姓拥戴，当地政府和同人们为他创造了优厚的条件，便于他行诊问药、研究医学和带徒传道。现在听闻他就要起程返乡，怎能舍得？政府官员、社会名流、百姓代表都前来劝说，挚友元好问直接在李府住着不走，连着几天苦苦相劝。没想到，这一次即使是生死之交的挚友也留不住，元好问只好含泪相送。"

"你说的元好问是那个著名词人元好问吗？"吴唯大为讶异，名中医李东垣竟然和著名词人元好问有交集。

"正是。李东垣和元好问还不是一般的朋友关系，李东垣曾数次为元好问治病。战乱期间，元好问邀李东垣一同去山东躲避战乱，其间又因遣返结伴而行，旅途共患难同生死。史载：'壬辰之兵，明之（李东垣字）与予同出汴梁，于聊城、于东平，与之游者六年。'就是说他们一同在外游历六年，同甘共苦，情同手足。自古以来很多名中医，同时也是文学家，很多文学家又懂中医、爱中医。李东垣学医之前就是知名儒生，家中常常是文人学士高朋满座。而元好问一直热爱中医，不仅为李东垣医著《脾胃论》《伤寒会要》作序，还完成了自己的医学著作——《元氏集验方》。他二人可谓志趣相投、肝胆相照。元好问有一首流传千古的名词：'问世间，情是何物？直教生死相许？天南地北双飞客，老翅几回寒暑。'后人只以为这首词是写风花雪月讲爱情的，其实又何尝不是元好问和李东垣之间生死之交的写照？"

吴唯道："真没想到元好问还是半个中医！"

方逸群感叹连连："好一个'直教生死相许'啊！难怪我们高作家为追随中医跑来住窑洞，这中医到底为何物啊？"

高亦健接着讲："这一次，元好问留不住李东垣了，带徒传承医学、为故乡父老送医施药是一个郎中的使命。连年战乱引起瘟疫肆虐，家乡河北也一样，死伤无数，缺医少药，土地荒芜，人丁稀少。李东垣回到家乡即发出招徒的消息，先后有几个前来拜师的，几经考量，李东垣都不太满意。李东垣期待的徒弟不但要有一定的临证经验，还要有学识，有胸怀，有格局，有抱负。李东垣耐心地观察着、等待着，直到罗天益出现。

"罗天益出身贫寒，性情纯厚，为人厚道，得知有机会拜师大医李东垣之后，连夜写了一封信，表达了对李东垣的景仰。信中写道：'……惟此医药之大，关乎性命之深，若非择善以从之，乌得过人之远矣？兹者伏遇先生聪明凤赋，颖悟生资，言天者必有验于人，论病者则以及于国……'这封拜师帖流传至今。李东垣看信后，对罗天益的才学、志向、心胸有所了解，见面时问了罗天益一个简单的问题：'汝来学觅钱医乎？学传道医乎？'憨厚的罗天益按心中所想回答：'亦传道耳。'"

方逸群插一嘴："这个罗天益回答得可不怎么样啊！'亦传道耳'，就是说也想做一个传承医道的人，但要那个什么来着？"

"对，罗天益只是随口回答了一句大实话，他家有老人、妻儿，首先要赚钱养家，才能安心传道，'亦传道耳'是说只要生活有着落后就安心传道，这个老实诚恳的回答恰恰显露了罗天益的人品，李东垣当即决定收下这个徒弟。李东垣知道罗天益的家境，免收学费，还每月给他一些银两。有一次，罗天益回来后，李东垣看他面容憔悴，料想定是家中生活拮据心中忧虑，便拿出白银二十两相赠。罗天益惭愧相拒：自己未敬师分文，吃住在老师家，怎敢再让老师破费？李东垣说：'吾大者不惜，何吝乎细？汝勿复辞！'

"是啊，你们想想，李东垣把最宝贵的医学经验都传给罗天益了，这点小银两算什么呢？罗天益也不负师心，把毕生年华献给了华夏中医。李东垣去世后，罗天益将老师的医学思想分经论证或以方类之，历三年三易其稿而成《内经类编》。用很多年整理编写李东垣效方、医话书籍，每一部书都要在前言中注明：这是尊师李东垣的医学思想和理论，自己只是整理者。直到很多年后，整理完李东垣所有论著后，他才撰写体现自己医学思想的二十四卷《卫生宝鉴》。罗天益不仅继承了李东垣的理论观点，还发展了金元四大家的针灸学术思想，成为一代名医。"

"古有罗天益书信拜师李东垣，今有高亦健住山拜师张三公。'天益洞'这名字起得真好！"司马宁感叹一番后，又一次把窑洞打量一番，然后在院子里一步步丈量，把核桃树、香椿树、花椒树都看了看，赞道，"不错，除了一棵老花椒树，其他都是几年十来年的新树，就像人的青壮时期，正是好时候。不过，幽谷佳居岂能无桂？'桂花树门前，贵人立门内。'回头给你带两棵桂花树栽到门前。"

吴唯用手机拍了几张照片，突然发现此处没有通信信号，不能用微信："高作家，你这儿没有信号，微信都用不了，这怎么行啊？"

高亦健笑眯眯地说："在这个地方要微信做什么呢？"

方逸群惊讶反问："要微信做什么？高作家竟然提出这样的问题！当今社会做什么能离得了微信？想想看，人们的哪一天不是在微信中醒来，在微信中睡去，又在微信里消费，用微信找乐子，用微信买吃买喝，用微信寻找游玩的地方，哪一件事情能离开微信？"

司马宁道："对，微信除了实际用途，还是人们社交聊天岔心慌的工具，眼下很多人都是天天靠微信过日子。"

高亦健道："是的，微信本是传播信息的平台，却成了人们用来填补碎片时间的工具。'朋友圈'成为很多人唯一的精神生活寄托，为'朋友圈'而活，天天忙着点赞、转发，在'朋友圈'里晒财富晒成就晒学问，无非就是希望获得别人的点赞。响应的人越多，刺激的强度越大，越是离不了，极大地诱发了一些人的虚荣心和自大心。我注意看了，在现实生活中很多没有任何话语权的人，却十分关注重大话题，关心国家大事，他们转发一条信息时能把一个馒头一把葱的话题上升到政治、经济、外交这个层面。有些人可能从来没有认真读完一本书，却可以在微信上频频转发时政、文学、哲理方面的文章，好像天文地理、古今中外无所不知，大显风光。这就是碎片化泡沫化时代的特征，因为微信没有任何门槛，没有技术和知识方面的难度，谁都可以转帖和发布，这种形式极大地满足了人们获取、发布信息的需求，满足了人们自我膨胀的需求，满足了人们的虚荣心，却也在无形中扭曲了正常的精神生活需求和正常的心态，形成一种集体性自大、自恋，使很多人患上了微信病，就是中医所说的妄症。"

方逸群惊讶道："妄症？还有这种病？有什么症状？"

司马宁笑道："你就有这病。让高作家给你讲讲病征，看怎么治。"

高亦健笑道："没有没有，方教授是学有所成的艺术家，偶有小狂也是为艺术而狂，哪里会有妄症？妄症病机是'躁''狂越'，病因是'火'。'躁'与'狂越'均由心神失治所致。躁者自以为是，自觉怀才不遇，社会不公，时时烦躁不安。此神志不昧者其症尚浅，病情再发展就是狂越。狂越者，昏狂无制，或登高而歌，或弃衣奔走，病已危笃，此症皆属神明失治所致。"

吴唯道："高作家说的'妄症'咱们不懂，'低头族'却是普遍得很，尤其是年轻人对手机越来越依赖，长时间沉浸在虚拟世界，看着似乎很忙、有很多的交往，实际上却孤独无措，变得浮躁、没有耐心，有的人甚至已经抑郁缠身尚不自知。"

高亦健又说道："是啊，手机原本是为人们生活提供方便的，却没料到自己的生活反被手机支配。这不能不说是个悲剧，而且会愈演愈烈。"

吴唯把话题转回来："高作家，我发现你平时就不太看微信，住山以后就彻底和微信拜拜了？"

高亦健说："以前用得也不少，也在微信上发布文章，常光顾书友的朋友圈。这一两年才渐渐地减少了。怎么说呢，对这种形式厌倦了，乱哄哄你方唱罢我登场，回头一想真无趣。至于那些海量的信息，你们可能也注意到了，大部分都是垃圾和泡沫。眼下我的微信里只有家人和为数不多的朋友，偶尔看看或转发一些关于读书的或是健康养生方面的信息。"

方逸群赞道："高作家清高超凡、远离尘俗，微信把全中国人都俘虏了，你竟然能超然微信之外？我可不行，我的朋友、学生，还有客户一大堆，离了它一天都玩不转。你呢，吴秘？怕更是一刻也离不得吧？"

吴唯说："别提了，有统计说一个人若每天看手机超过三十次就是重度用户，就是有病，我自己怕是一天三十次都不止。你想啊，单位的事、朋友之间的事，同事之间、同学之间，谁见了面不是先加个微信呢！有很多工作上的事情也越来越多地使用微信，还真是一天不看都不行，看晚了看漏了都不行，更别说用微信看社会新闻和那些千奇百怪的搞笑的或是耸人听闻的消息。"

司马宁笑道："微信上搞笑的事情多，用微信的人也整出很多搞笑的事情。记得有一回，我在菜场买韭菜，摊主是一个中年妇女，拿手机正忙，对我一笑说：'稍等，我发完这条微信。'发完微信，麻利地抓起韭菜一称：'三块二，收你三块。'看她春风满面，我笑问：'发什么微信呢，这么开心？'她喜色更甚：'朋友圈里的微友看了我转发的'富豪女人的一天'，都给我点赞。'说完，又忙着给别的顾客称韭菜了。"

吴唯捂着肚子弯腰大笑，方逸群边笑边说："哎！人家也有朋友圈儿，卖着韭菜谈富豪女人，太搞笑啦！"

高亦健亦笑道："这就是微信荒唐和搞笑的一面，这个妇女的微信名和头像说不定还是什么'艾琳娜''若米兰''宋诗诗'什么的，若是只看微信号你会以为是一个豪门贵妇或是当红明星之类的，现实却是这么搞笑。去年8月间我和司马校长去钱石镇见的一个'微信师太'更有意思！"

方逸群笑着插嘴道："微信师太？看来又是个什么奇葩高手？"

司马宁笑着点头："奇葩，奇葩，绝对奇葩！这几天更厉害了，天天发布重大新闻。"

高亦健接着讲："去年8月，我和司马校长去钱石镇，那里盛产金钱石，我们去那儿一为乘凉，二为找石头，当地的奇石收藏者闻讯都来陪司马校长看石头。有个七旬老妪和司马校长熟络，热情地领我们在小镇上吃特色小吃，饭后拿出手机让加微信。我问：'这小镇上也能用微信？'她说：'能！我的微信好友都二百多人了。'我当时惊得差点儿眼珠子掉出来，遇上高人了！果然，分手后不久就收到这个微信师太一连串的消息，从国际形势到国家大事，从励志典型到养生论坛再到八卦秘闻，无所不知、无所不有。我再辨识了一下，就是那个老妪的微信号，要不是之前见过，我一定认为是哪位当红教授呢。下午，从河沟里游玩回来，再次到这个微信师太家门前，师太开了一家杂货铺兼营奇石纪念品什么的，一天也开不了几次张，这会儿坐在门前把玩着手机发微信，旁边放着一碗剩饭。司马校长喊道：'先别关心国家大事啦，一会儿剩饭凉了！'那师太还真有幽默感，用浓郁的陕南土话不疾不徐地说：'饭凉了不怕噻，国家大事不管哪要得？你们看看，这美国反动派不打能行吗？今晚就开战，真的，刚收到军委绝密内部消息，我转发给你们。'"

方逸群和吴唯笑岔了气，说不出话只是摆手。

高亦健接着讲："司马校长一再给她讲，我们这位高作家不关心国家大事，打不打还是让国家去定吧，她才暂时不提打仗了，几口把剩饭扒拉完，拉着司马校长非让买几块她的石头，说她十几天没开张了，就卖出去几箱方便面和酱醋盐什么的。禁不住她纠缠，司马校长买了两块石头才脱身。"

大家笑罢，喝了茶水之后便起身准备下山。

吴唯说："高兄，环境固然是雅，还是有点儿太艰苦，老兄毕竟快到花甲之年了。"

高亦健道："没事，我只是每周在山上住几天，时常回城里，身体亏不了。"

司马宁说："高作家没听懂啊，吴大秘书是想给你找个好地方，让你舒舒服服地修身养性，学中医写小说，不要负了小老弟的一片好心啊！"

方逸群道："吴秘费尽心机，在山上给咱们找地方，说到底主要还是为了高作家。司马校长家业大离不开，我和吴唯一时还退不了，能在山上住的也就是你高作家了。"

司马宁道："好了，'天益洞'看了，该去下一站了。高作家，咱们到莲花湾农庄吃个饭，然后去参观吴大秘书亲自设计的聚贤小院。"

高亦健被蒙在鼓里："聚贤小院？吴秘为大家设计的小院子？"

吴唯岔开话题："咱们去看一个好景点，到那儿就知道了。"

高亦健听出吴唯话音里的得意味道和几分卖关子的意思，心想可能与吴唯说过的他要给大家一个惊喜，要给大家建一处院子有关，也许，真的建好了？不过这有点太离谱了吧？几个人一分钱不花，天上掉下几间屋子住，这就不是惊喜是惊吓了。

上车后几人都闭口不谈这回事，坐后排的方逸群和司马宁都不言语，一个咧着个蛤蟆嘴狡黠地笑着，一个把头伸出窗外看风景。吴唯像模范司机一样专注开车，闭口不提去哪里看风景。坐副驾驶的高亦健回过头问方逸群到底是去哪里，方逸群一笑二摆手三打哈哈，一直是三缄其口。

在莲花湾农庄吃完饭后继续前行，从一条侧道出峪进了五峰峪，这下高亦健明白了。五峰峪是北麓峪口比较有名的大峪沟，风景名胜多，寺庙道观也多，南山几家有名的酒店都在这条峪里。能在这里建园造屋的非富即贵，所谓"聚贤院"莫非是吴唯借官场便利建在此处？

吴唯熟练地驱车越过峪沟繁华区，向峪谷深处挺进。渐渐地车辆稀少游人渐无，道路、河流两旁的设施建设却显得更好了。到一片小三角洲地带的入口时，吴唯把车泊在停车场，对大家说："眼下里面施工，不许车辆进入，咱们得往里步行一段。"

高亦健知道这个地方，司马宁带他和方逸群来过，不过也只是到谷口上，往里就游人止步了。这个地方叫蝴蝶湾，两条溪流在这里交汇、回旋，冲击出开阔的河道，裸露出巨大的花岗岩河床，环抱的中央地带形成一个小小的三角洲，空气润泽，草木茂盛，长满松果菊、薰衣草、丁香等蝴蝶喜欢的花草，一到春夏季节，蝴蝶成群，蔚为壮观，因此叫蝴蝶湾。那次和司马宁来这儿，刚进湾里没几步就被人阻拦住，说里面是市建工程重地，不许进入，方逸群和人家吵了几句也不管用。他们只好远远地瞅了一眼蝴蝶湾，照了几张相就悻悻地离开了。

此刻站在湾口上，大家观赏了一会儿风景，看到湾里已经建起了一片漂亮的建筑群。有身着保安服的人前来盘问，吴唯掏出证件亮了一下，保安恭敬地退去。吴唯解释道："往侧沟里步行一里路就能看到咱们的小院子了，整个这一片都叫'大秦岭文化研究中心'。"

方逸群说："高！这个名字起得真好！领导来这儿是为了考察秦岭文化，高作家学中医，司马校长研究秦岭石，都是为了振兴大秦岭文化嘛，这叫名副其实、名正言顺！"

吴唯笑而不语，沿着溪流又领路前行了有半里多路，山谷里面竟是越来越宽敞，远远看见溪水旁边的岩畔上有一个小院子，三排房子形成一个U形。虽是平房，却也挺讲究，白墙黑瓦的徽式建筑，高墙相围，圆形门洞檐下嵌了一块制作精良的铜匾，上书"大秦岭文化研究中心"。走进去才发现，三排房子间形成一个一百多平方米的天井，天井也下足了功夫，花圃、鱼池、凉台、茶座样样齐全。

四人一路观看着走进院里，不由得赞赏连连。走到顶头横向的那一排，吴唯掏出钥匙，把几间屋子逐一打开，一边让大家观赏，一边介绍道："这四间房咱们每人一间，除了平时咱们自己进山游玩有个落脚地，夏季避暑时也可带家人小住一阵子。你们几位都是秦岭文化研究专家，有间野外工作室更为方便。怎么样，这个小院可以吗？"

高亦健心中暗惊，好家伙！吴唯说要为大家建个小院子原来是这样啊？这也太奢侈了吧！外表看起来只是一间屋子，但屋里都有套间，大卧、小卧、客厅、卫生间样样齐全，小厨房里连炊具都配齐了。天上掉下来这么安逸的小院子，太让人吃惊了！

方逸群拍手笑道："好呀，还是吴秘，不对，是吴秘书长本事大！苟富贵，勿相忘，给大家建这么好一处院子，功德无量，以后进山有这么好的下榻处，夫复何求？"说完屋里屋外转着，一边看着，一边一惊一乍地赞赏不绝。

看高亦健一直没吭气，方逸群说："高作家，你就不要那个破窑洞了，搬这儿来住吧，平时你给咱们看守院子，周末做好美食等我们来。"

高亦健笑而不语，望望司马宁又望望吴唯。司马宁道："高作家要和老中医在一起，这儿有点儿远。不过我们来的时候你可一定要来，在这个小院里做做美食、喝喝美酒，你们说嫽不嫽？回头再栽上几棵桂树兰草，弄几块石头放院子里，你们说这聚贤小院是个啥味气？"

方逸群闭眼摇头，神往无比："那就是神仙的味气呀！"

吴唯说："工程验收都已经完成，家具设施配套近日到位，过一段时间办好手续就随时可以来住了。到时我给你们每人一把钥匙和特约研究人员出入卡，我不能进山的时候你们随时都可以来。"

司马宁说："走吧，今天把门认下就好了，以后咱们在山里就有两处院子喽！"

3

山居的日子轻松愉悦地持续着，高亦健通常是周一伴着朝阳上山，在山上住三四个晚上，周四或者周五午时下山，从容而充盈。

高亦健觉得自己现在才明白，梭罗为什么到瓦尔登湖边伐木架屋而居，原来，大自然的怀抱是这般简单而馥郁，孤独而芬芳。当一个人远离都市，真正地安静下来后，会体会到一种精美绝伦的愉悦。然而，今天的人们因在水泥笼中太久了，已经遗忘了天空、荒野和自然界，已经感觉不到山川森林的勃勃生机，这不是生活该有的状态。

比尔·波特说："中国人一直很崇敬隐士，没有人曾经对此做出过解释，也没有人要求解释。隐士就那么存在着：在城墙外，在大山里，雪后飘着几缕孤独的炊烟。从有文字记载的时候起，中国就已经有了隐士。"

在高亦健心中，即使普通的住山者也令人敬佩，无论是那些受疾病困厄或者生活中遇到排解不开的灾祸的人，还是那些仅仅是厌倦了都市里的水泥森林，厌倦了整日奔波不休的人，哪怕只是想到山里住一段时间，清静一下，这种心境和毅力都是令人赞赏的。

这天午后，高亦健又一次走近如真法师的法堂。法师上半天比较忙，高亦健特意在午饭后往那里赶，走两个多小时山路，到落云溪已近申时。

走到法堂门前，聆听着挂在屋檐和树上的喇叭播放的诵经声，高亦健不由得停下脚步向院子里张望，看到如真法师在院子尽头的菜地里浇水。如真法师一抬头正好和高亦健的目光撞上了。如真法师抬起一只手向高亦健致意，高亦健也急忙合掌回礼。这时高亦健看到，菜地里还有一个身穿黄色僧衣的单薄身影，是个比丘尼，正在采撷青菜。这个身影高亦健曾见过。法师这里常有僧人来访，与法师谈经论道，这个比丘尼今天又来了，看来此时还是不便打扰。正寻思着要离开时，如真法师使劲向高亦健挥手，然后快步过来打开柴门。想必是看到高亦健几次造访却又止步，便主动迎高亦健进到院子里。

"是高老师吧？请到茅棚一坐。"

法师用平常人的语言和方式打招呼，并把高亦健迎进院子里。高亦健有点儿受宠若惊，急忙合掌回礼说："阿弥陀佛，谢谢，谢谢！"

法师抬手示意高亦健在石几旁坐下，面带笑容地说："高老师不要客气，我这会儿没啥事，咱们可以好好聊聊。"

高亦健惊异地问："法师认识我？"

"虽然是第一次面对面坐下，但知道你的时间可不短了。三公特意跟我讲过你，说你是个注重修行的作家，正在写有关南山、有关中医的小说。你有志于弘扬中医文化，甚至为此离职住山，很不简单。你已经租好茅棚住下了是吧？我看你近些天在落云溪边出现过。"

高亦健起身向如真法师再度行礼："谢谢法师！我在离此不远处租了个窑洞，刚住进来，还算不上住山，只是经常来山里有个住处方便一些，想跟着三公学中医，也想接近南山的隐修世界，聆听法师开示。"

说话间，那位比丘尼已经回到屋里，净了手端来茶水，向高亦健行礼后离开茅棚走向山谷深处。高亦健站起身目送比丘尼的身影远去。

法师说："她住在大愿庵，走回去需要两个小时，不误晚课。咱们可以坐下来安心说话了。"

夕阳渐渐拉向后山，两侧山丘似乎罩上了一层纱幕，坎下溪水淙淙地低吟，清风缓缓拂过。夜归的鸟在房后梁上树丛中咕咕地叫。哦，黄昏时分来临了，高亦健心中感觉这将是一个神秘的黄昏，自己将与一位修行甚高的法师共度这个黄昏，在他的引领下走近那个神秘世界。

如真法师给高亦健的茶杯里续了茶水，微风轻拂着他宽大的衣袖，温和的笑容像茶水一样暖人。偌大个院子只有他们两人，头顶苍穹，万籁俱寂，心海泛波。高亦健凝视着面前这个和自己同龄，却在不同世界里的人，盘算着怎样开启这场企盼已久的谈话。

"你不必拘谨，不必拘泥于礼节上的羁绊，我们可以像朋友那样无所顾忌地谈话，你可以提任何问题。我听三公讲过你的情况，你立下宏愿弘扬传统中医文化，不惜为此离职住山，这本身就是一种修行、一种善缘，善缘必有善果。"

善解人意的如真法师打消了高亦健的顾虑，高亦健点点头问道："我听三公讲过您出家的经过，当时您的女儿还小，父母亲又有病，您怎么能狠心抛下他们，自己皈依佛门？"

"因为我当时知道自己已经无力赡养二老，无力把女儿抚养大，我将会被送到医院反复治疗，我不但不能担负起作为儿子赡养父母亲的责任，不能担负起作为父亲养育女儿的责任，还会因给自己治病欠债拖垮这个家。"

"即便是胃癌，经过治疗也总能好些吧？"

如真法师摇头："我患的是一种很凶险的家族遗传性胃病。早就听我们镇上七爷讲过，这个病是医不好的。我的病情跟我祖父很像。当年七爷为给我祖父治病，想尽一切办法，用尽天下奇药，我祖父还是在三十六岁那年，抛下十二岁的儿子，也就是我父亲，不情不愿地、糊里糊涂地离开了这个世界。我成年后开始发病，每年都会发作几次，七爷为我治疗了几年也不能根治。七爷喟叹自己医道不够，说一病必有一法，他就是找不到这一法。七爷是我们家族的恩人，对我更是有再造之恩，虽没治好我的病，他却以他的学问和他珍藏的经书拯救了我。我不能再像祖父那样，等待死亡的来临，我不能因为医病而拖垮这个家。我在三十二岁那年，尽自己的力量安排好了家里的事，带着七爷留给我的经书，奔向了远方。"

如真离家的情景和在南方住山几年后出家的经过，高亦健之前已听三公说了个大概，但对如真法师在大寺庙里待得好好的，为什么又离开那里独身来到南山有些不解。如真来到南山后，不进寺，不入庙，独自住山，这种独立修行更为艰难苛刻，是一种更高的境界，即使是出家多年的僧人也只有极少数人能够做到。初次听说如真法师在南山独修九年的经历，高亦健就感到很惊奇。修行人有句常常说起的口诀："不破本参不住山，不破牢关不闭关。"大致是说，尚未明心见性、了脱生死的人，是不能随便住茅棚的，否则一人独处，心魔起时很容易沉沦或迷失。由此可见，如真法师在南山这些年里是多么不易，那要有怎样一种意志和力量啊！

如真自小就聪颖异常，小学、中学，始终是出类拔萃的尖子生，当县中老师、镇上乡亲都认定如真将成为唐凌镇第一个大学生时，如真却放弃了高考回家务农。即使务农，如真也能做到最好，像个能工巧匠一样，种庄稼务果园样样做得好。像所有农家子弟一样，如真在二十三岁那年早早娶媳妇成家，二十五岁有了女儿。爹娘勤劳媳妇贤惠，在外人看来这一家人小日子好着呢。但女儿的出世没有给他带来一点快乐，只是增添了更多的自责和内疚。究竟是什么事情使如真的心不安地躁动？是什么事情改变了如真的命运？

胃病，像一道魔咒紧紧困住了如真和家人，从祖父到父亲，从父亲到他，从他到女儿。童年时就记得父亲时不时承受病痛的折磨，有时在地里正干农活的时候，父亲突然就痛得抱着肚子在地里翻滚。有时半夜痛醒，从炕上翻到地下，杀猪般号叫。县上医院市里医院都去过，村里七爷也看过，无治。如真在十七岁这年暑假开始发作，像是突然按下了疼痛键，腹腔里翻江倒海，用拳头死命抵着也不管用，痛急时冲到院子里，像驴打滚一样在地上翻滚。母亲围着如真哭号：天哪！唐家三代都被这个病魔缠上了，这是造了啥孽哟！

疼痛的出现不是很频繁，基本是每到换季时发作一次，但每次发作都是痛不欲生，每次发作都有可能不再醒来。如真知道自己不能够像正常人那样生活下去，便放弃了大学梦，放弃了外出工作的机会，只想在本乡故土苟且偷生下去。几次被送进医院后，如真感到自己还是错了，实际上从娶媳妇进门时就意识到自己错了，还没想好怎么应对这个病魔，就应了父母亲的安排娶了亲，有了女儿紫英。还没想好自己的将来、没想好怎么担起家的责任就娶了亲有了娃！

如真因聪明异常，从小就深得七爷的喜欢。七爷过去教过私塾，开过医堂，是乡亲们爱戴的"乡下先生"，学生时代的如真到七爷家取药时，总要在书房打量那些发黄古旧的老书。七爷是个好郎中，祖父的病发作时是七爷给瞧病，父亲发病时也是七爷给瞧病，如今唐家第三代又要靠七爷救命了。有一次如真痛得人事不省，七爷让人撬开牙关把药灌下去，如真当即醒了过来。家人都感谢七爷救命之恩时，七爷说："不要谢我，我医术浅薄，治不好他的病，以后犯病不要再找我，恐怕得到外面的世界去找大医了。"

后来，如真还是常到七爷家，虽然年迈的七爷不给他治病了，但七爷的藏书使如真深深着迷，常常去借书看。七爷还不厌其烦地讲解那些经书所表述的道理，解答如真的疑惑。离家的那年春天，如真把出家的打算给七爷一个人说了，家里亲人都不知道。七爷听了既不吃惊也不意外，点头说道："也许，只有那个世界才能医好你的病。"

如真说："我想先把家里的事情做好，把媳妇安顿好，到秋天女儿进学校了，地里庄稼都收回来了，给老人备些柴草，就悄悄地走。这段时间，我还想跟七爷学学经书，好多地方还看不懂。"

七爷连连点头："你的病我看不了，我的书愿意送给你，你将来读懂之后，也许能治好自己的病。"

那年夏秋之际，如真从地里一回来就往七爷家跑，七爷讲《黄帝内经》，把如真引领进了一个神奇的世界。后来，如真外出打了一阵子工，为了给父母和女儿挣点钱留下，他白天黑夜拼命打工，几个月没回家。直到后来，家乡人带话来说七爷不行了，如真一听，心里十分难过，七爷待自己如亲孙儿一样，他病了这许久自己却没去看望，只因打工让自己抽不开身。家乡人说七爷这次怕是起不来了，如真风急火燎地赶回家乡，可是七爷已经咽气了，享年九十七岁。离开时，七爷家人把一包书交给如真，说是七爷临死前交代的。

七爷留下的书有《华严经》《南华经》《黄帝内经》《脾胃论》《千金方》等七八本书。如真发现，只有在看书的时候，尤其是看《黄帝内经》《华严经》《南华经》的时候，他那颗浮躁不安的心才能安定下来。这以后再没有七爷给他讲经了，只有看七爷留下的书。他惊奇地发现，读书竟然能消解疼痛，这个发现点燃了如真的心灯。从此，这七八本书他就一遍一遍地啃，内心渐渐有了着落，渐渐看清了自己人生的方向。

在紫英七岁那年，如真把住了几代人的老房子修补一番，麦收后把几亩地种上速生苗木，这种苗木两三年后就能出售，又备了些粮食和柴火，一切都按计划推进，立冬时自己能做的都如期完成了。一个晚上，如真把父亲拉到院子里说："爹，我不能给你和娘养老了，我要去远方。给媳妇说好了离婚，咱家还有一点儿钱，尽量都给她。今后紫英可能要靠你二老养活了。"

父亲没有太多的惊诧，只是呆呆地望着如真。这半年里他已经看出些端倪，从如真沉迷那些天书开始，从如真这半年多拼命干活、收拾家院和地里，他已经看出来有事要发生。于是轻声问道："你要离开家？你要去哪里？"

如真摇头："不知道，只知道很远，可能不再回来了。"

爹是识文断字的人，知道挡不住如真，心痛地说："病治不好咱熬着，你为啥要看那些天书呢？心大了，神飞了。"

如真说："对不起，我对不起你和妈。"

爹说："我们两个都是病身子，能把娃带大吗？"

如真说："苍生自有造化。爹不要怕，我不管在哪里，心中永远有你们。我眼下不外出的话，只能拖累你们二老和紫英，我不愿由着命运摆布，像我爷爷一样三十多岁就被疾病折磨死，我走另一条路可能还有一线生机。也许，我就不该来到这个世界、来到这个家，也许我天生就是另一个世界的人吧。"

媳妇对于离婚几乎没有抵触，没有怨恨也没有吵闹，如真把手头的一点钱悉数给了她。她是外乡来的，便悄悄离开去了外地，从此再无音讯。

如真先到了五台山，住了两年山，病发作时唯有依靠念经支撑着，几次疼昏过去又醒过来。后来随一个在外云游的福建和尚一同到福建，在福建又住山一年多，终于剃度入寺。几年后，如真成为一座大寺庙的执事，直到九年前离开寺庙来到南山独修弘法。许多年里没有回过唐凌镇，只是每当手头攒下一点儿钱就寄回家。再后来，寄给家里的钱被退回来，才知家里亲人已不知所终⋯⋯

三公讲过，近年来追随如真法师修行的居士越来越多，有的跟他学法弘法，有的请他做法事过道场，有的听他讲经宣佛、指点迷津，这些人就是他的供养者。一个和尚的供养者多了之后就要建寺盖庙，为更多的人弘法，为更多的人解惑度劫，这是每一个和尚的宏大理想，他们发心立愿后就在这条路上往前走，这条路是修行之路、成佛之路。如真法师入佛门已经二十多年，前十多年在福建一个大寺庙里修行，这些年来到南山做一个独修者、弘法者，九年苦修，如真已经是一个修为很高的法师。

高亦健问："如真法师，您在南方的时候已经是一个大寺庙的执事，拿我们的话说已经是领导层的人物，吃用不愁，每月还有'工资'，您为什么要回到南山来一个人修行呢？"

如真被高亦健的俗话惹得笑了，但只是嘴角往上勾了勾，说道："出家人经过一个时期的修行——这个时期也许是十年八年，也许是二十年三十年，当修行开悟到达一定程度后，就面临一个终生目标的选择。有人选择弘法讲经，有人选择建庙供佛，我选择了一种更为艰难的方式——离开寺庙开山弘法,独自一人从零做起。"

高亦健明白这种选择要付出更大的代价,要承受更多的苦难。他还是对如真的选择表示不解,那是一个香火绵延千年、举世闻名的大寺庙啊!便问道:"那您离开时方丈没有留您吗?"

"我向方丈说了自己的想法后,方丈问你到哪里去,我说到来处去。方丈说我知道你有大愿,去吧。我就这么回到家乡的南山了。"

如真法师语调轻松淡然,高亦健心中却是风起云涌。抬头望,已经是满天星斗。落云溪淙淙流淌的水声如泣如诉。

如真法师问:"戌时已过,要不要在此借宿?"

高亦健知道法师还要做晚课,便说:"不用了,我刚开始山居,正要学习夜间行路。"

如真法师点头赞许:"好,近几年这一带山道上已经没有伤人的野物了,大可放心,明天想来就过来。"

高亦健说:"那太好了!我正想问法师明日有没有重要的事情,还想听法师讲南山呢。"

如真法师笑言:"没事,明天、后天的时间都留给你。后天,善云也会过来。"

"善云?就是那位尼师吗?"

如真道:"见到善云自会知晓。"

如真法师送高亦健到院子门口,二人合掌别过。高亦健跨过落云溪,快步走上山道。回望,法堂灯火已然点亮,法师开始诵经了。

走回大益洞大约需要两个钟头,也就刚刚子时,不耽误睡觉。夜行山路是住山者必须掌握的一项技能,而且他今天特别想在夜间的山道上慢慢行走,仔细回味如真法师所言和他的修行之路。虽是第一次在夜间走这么长的山道,高亦健心中却毫不惧怕,正如《心

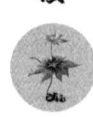

经》所言"无挂碍故,无有恐怖",心里只有喜悦和兴奋。翻过落云峰之后,山道呈下坡态势,在岭间谷口蜿蜒。再次回头张望,夜幕下的群山显得亲切和蔼,法师的茅棚渐高渐远,那两棵高大的菩提树好像一幅静默的剪影,法堂里的诵经声悠扬而轻盈地在山谷间回荡。

高亦健第一次发现,南山的夏夜竟是如此美丽——天地间都是亮堂的,没有黑暗,山冈、峡谷、溪流,都清晰可见,每一座山冈的背后似乎都有背景灯,把山冈映照得亮堂堂的。群山簇拥着一片星空,剪裁出一个华丽的穹顶,这个穹顶不大也不高,近在头顶,星斗交映,似乎伸手可及,周边是湛蓝的丝绸般的夜幕,山道从容地向前延伸……

◆家山月夜

第七章
菩提树下

1

　　如真法师的法堂门前，有两棵很高的菩提树，有近一抱粗，门口一边一棵，正好守住房门，树冠荫庇了半个院子。第一次远远地看见这两棵菩提树，高亦健就觉得很神奇，这个院子是什么时候有的这两棵菩提树呢？看起来年头不少了，像是当初就有人为如真法师栽下的，预示着这里会成为如真法师弘法的道场。

　　菩提树之所以被奉为佛树，确有它的神奇之处——树形优美，树冠如华盖，心形叶尖而光滑，叶脉清晰繁复，像人体的经络一样。繁密的树叶树枝永远洁净油亮，尘埃不积，百虫不侵。菩提果坚如金石，光润如玉，有星月菩提、金刚菩提、白玉菩提等多个品种，以其制成的手链、念珠，看起来是那么沉静美好。如真法师说这两棵菩提树已有五十多年树龄了，是房东女主人建房时亲自栽下的。六年前居士们为法师租下这处房子，法师初来时远远看见这两棵菩提树，暗暗称奇，心怀感激。后来房东女主人听说是一位法师住在这里后，专程让儿女搀扶着来到老屋。已经八十多岁的老人，看到这里已是法堂，欣慰不已，说当年她栽下这两棵菩提树就是心念菩萨，想为儿孙积福，没想到相隔五十多年终于迎来了真菩萨。眼下她儿孙满堂，尽享天伦，这都是托了菩萨的福啊！此后老人不肯收房租，还按时让儿女送来供养。对老人，对这些心中有佛的居士们，如真法师说他唯有感恩，唯有竭诚努力，让佛光照亮更多人的心灵。

柴门开着，高亦健径直走进院里，却见法师在灶房里忙活，心中纳闷：10点多钟，法师已用过早饭了，也不是做午饭的时候，怎么这会儿点起炊火？走进灶房向法师打个问讯，法师说："你先在院里坐一会儿，我这就好。"高亦健看到锅里熬着一大锅粥，法师把灶火弄好就随高亦健一同迈出灶房，在山墙边用竹筒内哗哗流淌出的山泉水净了手，示意高亦健在菩提树下的石几旁坐下来。

不等高亦健问，法师解释道："今天有几个居士要来，还有年纪大的老人。你知道汽车从城里开到大路口要一个多钟头，从大路口一路山路到这里又要走一个多钟头，再走下山回城又是这么远，所以老人上山来这里不吃点儿饭撑不住。我先熬点儿粥，他们来后再弄些干粮和蔬菜就方便了。"

高亦健想，居士来法堂主要是求开示听佛法，如真法师还想得如此周全。看那一大锅粥，估计来人不少，够法师忙的。担心自己在这里不方便，便说："居士们来，人多事多，一会儿我就先离开。"

如真法师一摆手："高老师多虑了，你不是想了解居士是怎样修行、怎样习法弘法的吗？今天是一个很好的机会。"

如真法师的话让高亦健心中一喜。以往听到过一些居士的信息，知道他们在家里吃斋念佛，行善事、立功德，但他还从来没有和居士们接触过，没想到机会这么快就来了。但心中又担心自己在场会影响居士们礼佛求法，便问道："居士们会不会介意有外人在场？到时候我需要回避一下吗？"

法师一笑："不用多想，居士们也都是普通人。今天来的这几个人，一是要送供奉，二是要来还愿，男女老少皆有，修行根底也不同，但都有向佛之心，你正好看看这个过程。"

"听说很多居士追随法师，他们有很多苦恼要对您诉说，很多难题要寻求您帮助，若要满足每一个居士的要求，您怎顾得过来？这也太辛苦了，何况法师您的修行生活本身就很艰苦。"

如真笑道："出家人说'一池荷叶衣无尽，数树松花食有余'。何况，居士们供养的粮食、日用物资应有尽有，衣食全然无忧，我唯有一门心思弘法传道，才能不负我佛、不负居士。"

正说话间，忽听有念佛号的声音传来，高亦健向院门外望去，只见二男五女一行人提着米面油和蔬菜等物，念着佛号缓缓走来。走在前面的是一个六十来岁的老妇，显然是这支队伍的领头人，看来跟如真法师和这个院子很熟。只见她一手提物，一手竖掌，口中熟练地念着"南无阿弥陀佛，南无阿弥陀佛……"径直走进院子，向笑微微迎接他们的如真法师行礼，然后指挥其他人把带来的物品放进灶房，有一袋面一袋米一桶油，还有蔬菜和一些清淡的素熟食。如真连连致谢后轻声对老妇说："粮油都还有，不应又让大家受累。"

老太浑身透着一种干脆利索劲，说话也快："这是大家的礼佛之心。"接着向高亦健合掌行礼。如真法师向老妇介绍道："这位居士姓高，也是一位礼佛之人。"又介绍了老妇："周雪梅居士。"

周雪梅指挥同来的人放好东西后，让这些人站在几步之外等候，自己开始向如真法师讲述他们的情况。

周雪梅指指两个中年妇女，直奔主题："如真法师，她们两个是来还愿的，这个刘运卉您知道，跟丈夫离婚后受婆家人欺负，去年那会儿都活不下去了，想过自杀，想过拼命。我带她来受您开示后,一直跟着我念佛修行,现在您看她身体和精神状态都好多了。那个叫李桂莉,前年老公和孩子突然出事,转瞬间好好一个家就只剩下她一个,人都傻了,死过几回没死成。这一年多念佛有很大改变。还有那个年轻女娃宋小萍,您看变化大吧?小萍从少年时就爱吃零食、喝饮料,又爱吃肉。大二时体重达到了二百一十斤,还因为血糖高发展成糖尿病,不但大学上不成了,连活下去的勇气都没有了。她父母把她托付给我,我带她来过您这儿两次,这一年多,天天跟我一起诵经礼佛。孩子挺有毅力,戒了荤腥,不再沾零食饮料了,开了一家代购网站,每天忙着做事情,能够自食其力,心情也好多了,现在体重下降到了一百七十斤。"

周雪梅说话快,声音还响亮得很,从她一进来,满院子都是她的声音。如真法师一直面带笑容地听着,高亦健也听着。介绍完这两个中年妇女和宋小萍的情况后,周雪梅打住话头,对她们说:"你们去上香还愿吧。"

三个女居士跨进法堂,恭谨地走到佛像前,往香盒里放了钱,然后点上香,各自默念着什么,应该是感谢佛祖慈悲给了她们新生这一类的话。如真法师亦合掌诵佛,直到她们还愿完毕。

周雪梅又介绍站立一旁的小萍父母,说道:"他们一定要上山来当面向法师道谢,感谢法师拯救了他们的女儿。他们夫妇四十岁时才有了小萍,视若掌上明珠。不承想孩子命运不济,正当青春之花开放之时,因肥胖和疾病而厌世,严重抑郁时几度轻生,让老两口操碎了心。现在他们心病解除,身体也好多了。"

两个老人在一旁抹泪,如真法师请他们在茶几旁坐下,说了几句家常话安慰他们。这时,周雪梅把来人中的最后一个拉到如真法师面前,这是一个二十出头的小伙子,低着头不吱声。

周雪梅说："这是我亲戚家的孩子,叫陈小奇。这孩子大学没毕业就偷跑上山了,这一年多断断续续住山修行,他父母费了好大劲才找着他。不让他出家是做不到了,只希望他能遇个明师指点,不要走了歪门邪道。可怜两口子哭了一场又一场,对我是生死相托啊!法师,求您救救这孩子,他在山上有住处,要是能得到您的开示点化,就能在修行路上走下去了。"

陈小奇僵立在一旁,始终不吭气。如真法师打量了一下,笑微微说:"可以,以后让小奇每周二来这儿,和另外两个师兄一起做功课。"

一直低着头的小奇一听这话陡然泪下,哭着向如真法师顶礼。如真法师轻抚小奇额头:"佛度一切人。"然后对周雪梅说,"你招呼大家歇息,我来张罗午饭。"

周雪梅挡住法师:"哪里要法师操劳,我们有这么多人,都是整天围着锅台转的人,让她们做,咱们说说话。"回身喊道,"桂莉、运卉、小萍,你们仨进厨房!"

如真说:"锅里已经熬了粥,再做点儿煎饼弄点儿菜就行了。"

周雪梅道:"那更简单了!桂莉、运卉,你们把带来的馒头热一下,再炒一个白菜豆腐,加一个莲花白就行了。"

两个中年妇女和小萍都去灶房忙活了,小萍父母亲坐在菩提树下的木椅上低声说话。陈小奇独自站在院子边沿看着坎下的溪流,山风一阵阵扬起他的头发。高亦健第一眼看到这个小伙子就感到似曾相识,心说不会是司马宁带他们去寻而未见的那个"小公鸡"吧?这会儿再仔细一打量,可不就是"小公鸡"嘛!大学没上完就进山,清瘦的身材,苍白的面颊,长头发倒向一边——活脱脱一个"小公鸡",虽然去山洞寻而未见,但司马宁描述的"小公鸡"显然就是他。没想到过了一年多了会在这儿相遇。他小小年纪为什么要出家?大学上了一半为什么撂下?为什么就认准了出家这条路呢?趁着如真法师和宋小萍父母说话的工夫,高亦健向周雪梅询问陈小奇正上着学为什么闹着出家,周雪梅快人快语地讲了陈小奇的经历。

陈小奇高考成绩不理想,上了一所三本院校,但只念到大三第一学期就不念了,退了学却没有回家,家人找到学校来,学校找到家里去,才知道陈小奇竟然独自跑到山里去了。小奇父母哭塌了天,来找周雪梅帮忙,但他们一点儿也不知道小奇休学出家的原因。小奇的心事从不给人讲,父母亲完全不知道小奇的心理变化。周雪梅通过寺庙僧人和住山修行的熟人四处打问,好不容易让小奇回家来了。但看过父母后还是要上山,家人苦苦相劝不管用,父亲发了狠,坚决不让小奇出门。但锁在屋里不行,绑起来也不管用,亲友好说好劝也听不进去,凶他骂他不吭气,你要关要绑他也不反抗,就给你来个绝食不说话。有一次都饿昏死过去了,但只要家人一放松就跑上山。后来他父母没办法了,来找周雪梅给山上带话,说小奇实在要出家也只好随他,但要他回家来和父母亲见一面,家里给他准备些生活用品,再帮他租个住的地方。小奇下山了,但没有回家,而是找到周雪梅家来了。周雪梅把小奇父母也叫到家里,把话说开了。父母亲当面表示支持小奇出家,请周雪梅帮着租个住处,找个师父正正当当做个出家人。小奇给父母亲跪下了,给周雪梅跪下了,哭过之后讲了他的心路历程……

"这孩子幸亏走了出家这条路,要不然真不知会发生啥事!是无处不在的佛祖救了他,指引他走上了光明之路。这孩子虽懦弱却很坚强，独自在山上流浪，竟然熬了一两年，找师父拜师想出家，没人收，晚上去寺庙挂单被撵出来，只好在山洞里藏身。我托人找到小奇后，把他家人带的粮食、被褥交给他，在九里湾租了个与人合住的小屋子。九里湾住了很多出家人和山居者，我还托了人照顾他，带他一起做功课、修行，今后有如真法师带他就更是放心啦！"

高亦健问："小奇他究竟遇到了什么事情，会发生这么大的变化，连学都不上了坚决要出家？对于一个二十来岁的年轻人来说，这太不可思议了。"

周雪梅说："小奇父母亲都是工人出身，没啥文化，只能说把小奇养大，不懂得关注小奇的心理成长，更不会有情感上的交流。可怜的孩子有事闷在心里，一天天一年年就成了这个样子。"

高亦健望着在院子门口徘徊的小奇，听周雪梅讲了小奇休学出家的过程。

小奇性格内向，人也瘦弱，在学校里总是受欺负，上中学是这样，上大学还是这样。他看起来沉默寡言从不与人争吵，也从不给老师反映，但仇恨的种子都积在心里了，总有一天要发芽要爆发。上大学以后这种感觉更强烈了，同学欺侮他时一声不吭，但心里总在想如何报复，小奇不知道自己会做出什么事来。小奇说每当看到微信上传播的校园报复杀人案，都不由得心惊胆战。2004年，马加爵用钝器打死四名同学的事轰动一时；2011年10月，广东某学院一名大三学生持菜刀砍死同宿舍同学；2015年，复旦大学林浩森投毒害死室友被判死刑……这些恶性事件像幽灵一样在小奇心里盘旋不去，那一幕幕可怕的场景时时在脑海重现，恐怖之余常有几分快意恩仇之感。宿舍有两个同学时常嘲笑他的贫困，冤枉他偷用了他们的东西，小奇觉得自己会像马加爵一样把他们杀死。当小奇发现自己曾数次幻想过这样的行为，曾数次在脑海里上演过这种暴力场景时，心里更加恐慌了，感觉自己随时都会变成马加爵、林浩森，随时可能成为和他们一样的罪犯。一想到这一幕若演绎成真，父母亲将会是怎样地伤心欲绝，被世人唾骂，小奇陷入了深深的恐惧之中，学校里一天也待不下去了！大三春季开学的时候，小奇带着家里给的生活费、学费和一些简单衣物直接走进了南山。出家的念头已萌生许久，对小奇来说南山并不陌生，之前去山里游玩的时候就喜欢山里的世界……

看到在灶房里忙活的三个女人端着饭菜出来了，周雪梅打住话头，对高亦健说："走，去吃饭。"然后麻利地安排如真法师、高亦健和小萍父母亲坐在石头茶几上就餐，自己则领着几个女居士和陈小奇在灶房里围着案子吃。

饭后，周雪梅带着几个女居士快速收拾净了灶房和院里，然后带着她们一行人在菩提树下集中站成一排，对如真法师说："请法师开示后我们就下山。"

如真法师让两个老人不要起身，几个女居士和小奇也凑到石几边来，加上高亦健共八人，围着如真法师。法师很随意地像聊家常一样讲了居士在家的修行要点，还有行菩萨道的日常修功。周雪梅领着众人谢过法师后就要离开，陈小奇忽然扑到如真法师面前，一面大哭一面顶礼。如真法师抚着小奇头顶，轻声说："去吧，记着按时来做功课，从今往后好好修行。"

一行人渐渐远去，周雪梅的说话声还清亮可闻。高亦健笑言："这位周居士能力很强，不会吵到佛祖吧？"

如真法师说："我到南山后，周居士是最早皈依的，头几年里我居无定所，无论是在寺庙挂单，还是暂住山野洞窟，周居士总能找到我，修行心坚。当时她的生活中也出了些问题，依靠修行度出苦厄。后来一直在家里修行，每日诵经礼佛助人帮人，做了很多善事。她有不少追随者，话是多，还有点爱逗能管事，但都是善事功德事，在城北一带颇有名气，成为一方居士的领头人。找她的人很多，俗世需要这样有烟火气的菩萨，她做的很多事情我做不到。"

高亦健说："有烟火气的菩萨，这个说法好，让高高在上的菩萨接上烟火气，让普通人与菩萨更亲近，对菩萨的认知更具象。只是，市井中的居士们修行过程中能守住佛门戒律吗？如果做出不利佛门清誉的事怎么办？"

如真法师道："佛门戒律有很多条，仅具足戒就有二百多条。但最大的讲究是生命至上、慈悲至上，即便是在戒律森严的名寺古刹里，为了拯救生命度人苦厄，一切戒律都可以让步。"

高亦健吃惊地问："都可以让步？一些大戒重律是寺庙的法度，怎么可以让？"

"对于红尘市井中的居士来说，佛家本没有多严格的要求，即使是戒律森严的大寺庙，也要看是在什么时候什么情况下，特别是在大灾大难关头，一切戒律都可以让步，拯救生命是最大的佛法。比如2008年汶川地震期间，有一个庙宇就经历了这样一场佛法大考。"

看到高亦健期待的样子，如真法师讲了这个故事。

"2008年汶川地震发生时，成都附近有一个县城的妇幼医院病房瞬间成为危房，待产孕妇面临生命危险，周边的建筑都受到破坏，附近唯有千年古刹罗汉寺无恙。可是，寺庙里怎么可能搭建产房呢？但人命关天，别无他法，情急之下，医院向寺庙求救。请求让产妇进寺。住持即刻大开寺门，接纳产妇和需要救助的灾民入寺。僧人和医生一同在院子东侧用彩条布搭起一个暂避风雨的大棚，僧人们把自己的禅凳、木床抬到大棚里，建成一个可供待产孕妇容身的待产房。接着又腾出禅房，把禅桌拼在一起搭成简易的手术台。在持续不断的余震中，在临时产房里，不断转来的待产孕妇相继顺利产下了婴儿。

"入夜，余震不断，大雨如注。寺院住持把全体僧人召集到大雄宝殿，宣告要打破佛门禁忌，继续搭建临时产房，接纳各医院转来的产妇。有僧人提出，本寺已经向灾民敞开了大门，接纳灾民入住，开仓赈济、搭灶施舍都可以，但要把寺庙变成产房，见血容污，违反戒律，实在太惊人了！本寺是一座罗汉寺，又是千年名刹，这样做是要犯佛家大忌的啊！千年盛名毁于一旦，请住持三思而行！

"住持当即说道：'见死不救才是佛门最大的忌讳！'

"一座著名的金刚罗汉寺成了产房，一座千年古刹成为震后灾民避难之处，这可不是口头上一句不怕犯忌讳就能做到的。宁静的古寺拥满了灾民，无处容身的产妇陆续被送到古寺，在这里先后产下百余名婴儿，哭啼声不绝，血污遍地。还有的灾民在寺庙里搭灶做饭煮肉，油烟四起，荤腥弥漫，僧人们或是绕行或是掩鼻而过。一些修行年久的僧人闻到荤腥就会恶心呕吐，身体不适如患重病。余震频发，抗震救灾持续了许多时日，僧人与灾民们患难与共，白天克服饮食的不便，夜间在禅房外打地铺或在屋檐下打坐至天明。

"罗汉寺以前所未有的勇毅打开寺门，收留产妇和灾民，全寺僧众做出了巨大牺牲，对佛教的宗旨做了一次最好的诠释，也揭示了佛家教义的最高宗旨。"

听完这个故事，高亦健感觉自己向佛祖又迈近了一步，于是问道：

"一个独修法师每天的修行和寺庙里僧人的修行有什么不同？"

"我的早课与寺庙僧人的早课基本一样，诵唱通常从念《楞严咒》开始，紧接着念《大悲咒》《十小咒》《心经》等，唱佛偈、念佛号绕佛，最后以唱《韦驮赞》结束，这个过程需要两个多小时。因常常需要接待随时来的居士，晚课就随机调整时间。"

高亦健问："对于在家修持的居士来说，每日念经除了是必修功课之外，自己能感受到念经诵佛的益处吗？比如像周居士他们，长年自己在家念经诵佛，自己能感受到修行的进步和乐趣吗？原谅我这么问，因为我还不了解居士的修行方式。"

如真法师笑笑说："当然会有明显的感受，修持过程的愉悦和每一点心得、获益都能感受到，不然居士们怎能十年、几十年地修持下去？比如说，诵《楞严咒》，可将心中欲念消除于萌发之时，让人保持清净之心；诵《大悲咒》，可以洗涤心中的污垢；诵《十小咒》，可悟同体大悲，消灾灭难，迎来吉祥；诵《心经》，可以'直指心体本空，无智境可得'。"

高亦健又问："一个僧人从入佛门起就要念经诵佛，这门功课将要持续一生。我看到法师您一个人独自念诵也从不懈怠，念诵很重要吗？对一个僧人来说，对佛教来说，究竟有什么作用？"

如真法师微微一笑："你是说和尚念经有什么用？一个和尚从出家那天开始念经，念了一辈子，直念到死，究竟有什么用呢？好比军人出操练正步走，只要你在部队一天就要不停地练，战场上从来没用上过正步走，但你说不出操的军人还叫军人吗？不念经的和尚能叫和尚吗？"

高亦健也为自己可笑的提问而发笑。如真法师接着说："念诵是一个僧人重要的修持，僧人唱诵时，神志专一，发菩提心，并配以独特的节奏，如钟磬、木鱼、鼓等乐器的和鸣，熏习佛陀智慧，开启内心光明，不但能消除业障，增加福慧，还能起到调养身心、强健体魄的作用。"

高亦健双手合十，表示有所感悟，也表示深深感谢。

翌日10点多钟，高亦健再次走进落云溪法堂。昨日分别时如真法师特意说了让高亦健午饭前早点儿到，那个叫善云的比丘尼亦将来到，而且听如真法师话里的意思，善云将接受高亦健的访谈。善云究竟是一个什么样的比丘尼呢？

2

院门开着，高亦健循着梵音走进院子，如真法师刚从香堂出来，双手合十笑微微地望着高亦健。那个比丘尼已经来了，在院子尽头的山泉下择洗青菜，看见高亦健走进院子，比丘尼收起已经清洗好的青菜，洗了手，然后步履轻盈地迎面走来。高亦健忙转过身向比丘尼合掌行礼。比丘尼如清风倏然飘到面前，清亮的眼中溢着淡淡的笑意，如真法师向善云介绍："这位是高老师，三公大夫的朋友，爱中医，会写书，还是个爱山近佛之人。"

比丘尼笑容越发亲切，双手合十："善哉善哉！阿弥陀佛，叫我善云好了。"

说罢，为高亦健和如真法师添满茶水。如真法师说："一会儿善云为我们做手工面条，刚摘的小青菜十分鲜嫩。"

在佛门里不讲客气话，高亦健向善云合掌示谢，善云便去忙了。

善云还很年轻，身材修长，眉宇之间和颧骨上方微微可见香黄之色，那是常年清苦生活留下的痕迹。行路时步履轻盈，瘦削的双肩平稳、轻微地摆动，举手投足优雅而庄重，面容亲和庄严，双目清澈，话语声如春风徐来。言谈举止间流露出深厚的佛门素养，只有在佛门受过正规严格的训练，才能修成这般至庄至美的仪态。高亦健不由得想起《红楼梦》里描写妙玉的句子："入世冷挑红雪去，离尘香割紫云来。槎枒谁惜诗肩瘦，衣上犹沾佛院苔。"善云是因何出家，为什么常来如真法师的修堂？

如真明白高亦健有一肚子问号，轻轻一笑："善云是我女儿。"

高亦健大惊："善云是您女儿？怎么也是佛门中人？您不是已经出家二十多年了吗？"

高亦健一连串的惊问脱口而出，他太惊讶了！善云竟是如真的女儿！在之前的交谈中已经知道如真在女儿七岁那年就出家了，曾在福建那一带的寺庙里修行，九年前才回到南山。他早已斩断尘缘，出家后再没有见过女儿。高亦健的心怦怦跳起来，如真竟然在这里和他的女儿重逢！而他的女儿为什么也是佛门中人？而且已经是一个比丘尼，说明她已入佛门多年，已经经历了长期刻苦的修行。高亦健知道，一般居士有五戒和八戒之别，像如真法师这样的比丘要遵守的戒律有二百五十多条，而比丘尼的具足戒有三百多条，更为严苛，可见善云的修行之路是何等艰辛。

高亦健满脸惊诧，心潮迭起，如真法师依然平淡如水。高亦健忽觉自己有些莽撞了："对不起！我失礼了。法师修行已久，这些凡俗琐事不该提起。"

如真轻轻一笑："你不必心有歉意。佛门中人虽说六根清净，但也并非全无人情意味，同样有对亲人的牵挂、有对儿女的疼爱之心，只不过心中有佛光照耀，悟透人生，不再是简单的伤悲。这一次，善云是在佛的指引下来到南山，找到我这个二十五年不曾见过面的父亲的。见面后我才知道她也已成为佛门中人，我为此颇感欣慰，这是佛祖对我们父女的眷顾，是佛祖的恩德。"

"给我讲讲善云的故事好吗？"高亦健不知道佛门中人能不能讲这些人生变故的往事，但他自觉和如真法师已亲近无隔，便脱口问道。

如真笑笑："一会儿还是让善云亲自给你讲吧。"

善云毕竟是个出家人，我问她这些合适吗？她愿意给我讲吗？要是冒犯了她可怎么好？高亦健心有疑虑，但只好听法师的。

如真看出高亦健心中的顾虑，说道："僧人心中无垢无忌，无受想行识，心无挂碍。善云在佛学院读书七年，修为、思想，皆已趋成熟。"

"哦，善云是佛学院的大学生？她毕业了吗？为什么上了七年？还能在南山待多久？她还要回佛学院或是南方的寺庙吗？"

"善云是在考上大学那年离开家乡入了佛门，后来从南方一个寺院考入普陀山佛学院，学佛四年，毕业半年后又考入中国佛学院研究生班，去年毕业后来到南山，眼下在大愿庵常住，随庵里尼众修行。"

原来善云是二度进佛学院，还修习了研究生课程，难怪修为高深。高亦健听了善云的经历，心中更为好奇。虽说僧人不像俗世之人，读个研究生出来都是为找个好工作奔个好前程，但善云苦读七年，想必也有自己的目标吧？

"原来善云来南山是为了寻找父亲，她如愿了。今后呢，她有什么打算？"

如真笑笑："善云的目标是想当一个医菩萨——在南山修一座

医菩萨庙或建一个百草堂。一面弘法，一面为身有疾患的人施医送药。今后善云将在不断的修行中一步步实现自己的宏愿。"

"医菩萨？治病救人？善云读研究生学的是医学？佛学院里还有中医专业吗？"

"善云之所以在普陀山佛学院毕业后又去中国佛学院求学，主要就是为了学中医。佛学院里应该没有中医专业，但她听说这个学院有一位上师，精通中医、藏医，学问渊博、医术上乘，一把草药治百病，救人无数，善云便考入中国佛学院研究生班，追随这位上师学习中医。"

"那么说善云已经精通中医啦？那可真不简单！一口气读了七年佛学院，是研究生学历的医尼呢！"高亦健越发觉得善云神秘莫测。

如真一笑："善云立志要做一个解人病痛的医菩萨，学中医十分用心。起初她只是想学一些治疗胃病的方法，医好自己的病，也想见到我时为我治疗胃病。当初我就是因为无法医治的胃病而出家的，而善云也是因为我遗传给她的胃病放弃大学而遁入佛门的。当善云自己的胃病不再犯了之后，就想着为我、为天下病人解除病痛。我佛慈悲，有善念便结善果，善云的胃病渐愈，还凭着心中的大愿找到了我。"

高亦健双手合十诵佛："阿弥陀佛！"

善云端来了面条，全素的手工面条居然也很香。高亦健注意到，自己碗里面条盖的是韭菜炒豆腐，善云父女碗里是清水煮菠菜。刚才看到地里长的韭菜、菠菜嫩绿葱茏，但出家人是不能吃韭菜的，如真法师因常常要为远道而来的居士备餐，种韭菜是为了招待居士所用。善云把面条端来后面带歉意地说："出家人饮食清淡，高老师委屈了。"

高亦健忙应道："哪里哪里，我闻着都很香！还专门为我炒了菜，谢谢！"

吃完面条，如真法师去做他的走山功课了，显然，他已经给善云说了高亦健要采访她的事。善云麻利地收拾了碗筷，走出灶房，净了手，然后端着茶水和茶具向高亦健走来。高亦健站起身微笑着向善云行注目礼。善云身子清瘦却挺拔如竹，前额饱满，太阳穴微鼓，脸颊瘦削，目光纯澈，言语平和，眉宇之间有一种智慧、圣洁的美丽。脸上总是带着恬静的笑容，佛仪端庄，经过多年佛门生活以及佛学院的修习经历，她已经成为一个标准的比丘尼。

善云一步步走近，高亦健感受到一种庄严和高洁，不由得肃然起敬，心中更充满好奇。

善云做了一个请坐的手势，高亦健点头致谢，也抬手请善云落座。高亦健知道与佛门中人谈话不好再讲你好你好的，便合掌行礼："阿弥陀佛。"这句佛号从高亦健嘴里念出来有点儿不自然，自己都觉得有点儿不伦不类。但善云没有计较，十分认真且自然地合掌还礼，面带笑意，眼皮微微下垂，一声清亮的佛号响起，让人如沐春风，接着给高亦健斟上茶水。

相比于和如真法师交谈，高亦健此时更显拘谨些。

"上师说了，你想问我的一些经历，想问什么只管说，不必有什么顾虑。"善云微微颔首，面带笑意。

高亦健正发愁怎么开场，没想到善解人意的善云轻松打消了他的顾虑，便说道："我是以写文章为生的，喜欢山水，喜欢都市之外自然状态的生活环境，近些年又喜欢上了中医。我对出家人一向心怀敬意，结识如真法师后对你们两代僧人的经历十分好奇和崇奉。我刚刚成为一个住山者，今后与僧人、道人和中医会越来越近。我想了解如真法师和你的经历，从你们身上获取力量、获取信心。"

高亦健觉得应该把自己的状态介绍一下，要不凭什么要让一个尼师讲她那些沉痛而辛酸的往事？善云对高亦健的自我介绍表示赞赏，说了两遍"善哉善哉"之后问道："那么，你想听我讲什么呢？是讲出家前的经历，还是这几年在佛学院的生活？"

"我想听听你出家的过程，我听说你考上大学时却离开家乡，孤身漂泊到南方，进入佛门，后来又上了佛学院，毕业后又再入佛学院学中医，去年又奇迹般地来到南山，在没有任何明晰线索的情况下找到父亲，在南山实现了一场相隔二十多年的父女团聚！这一切都是人间传奇，神奇得不可思议！我写小说也想象不出这么离奇的人生。总之，我想听你的一切经历。"

善云依然笑微微地望着高亦健。

"我是不是太过分了？不方便讲的不用说，有失礼之处你直接拒绝。"高亦健急忙说道。

善云顿了顿，说："没有什么不能说的，我们修佛之人的一切都是佛的，一切都是因果。好，就从我父亲消失那年说起吧。"

高亦健双手合十轻轻说道："阿弥陀佛！谢谢！"

对于紫英来说，父亲只是一个遥远而模糊的记忆。

在她刚刚走进学校的那年，先是母亲不见了，接着父亲也离开了。每一个孩子都有爹和妈，她不知道为什么自己的爹妈却都消失了，上小学时，紫英常被同学嘲笑没爹没妈，紫英无言以对，只

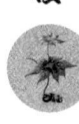

有偷偷地哭。紫英无法理解家中的变故,爷爷奶奶不告诉她真相,她便自己四处打听父母亲的消息,但总是一无所获。过了几年后,几乎每年秋冬时节都会有和尚到家里来。和尚到俗家屋里来通常都是为了化缘,但紫英家一贫如洗,哪有什么可化的呢?有一次,紫英回家看见爷爷与一个和尚坐在堂屋里,和尚把一沓钱正往爷爷手里放。紫英终于知道,和尚来家里不是化缘,而是带钱过来,一定是消失多年的父亲带来的。隐隐听说父亲在很远的地方当和尚,和尚是没有收入的,也不知父亲是怎样攒下一点钱,然后托往北去的和尚带回家里来的。也许父亲是在春天在夏天托付给和尚,和尚要一路修行一路挂单,常常要经过几个月甚至半年才能带到家里来。也许还要经过几次转手托给顺路的其他和尚,但时间再长一定会带到。和尚也不知道那是多少钱,钱往往是用黄纸包着。爷爷接过也从不数,只是向和尚作揖,和尚走后才把钱交给奶奶。奶奶打开来,里面有一些大票子,有十块的五块的,还有些小票子,两块的一块的,甚至还有毛票。和尚往往要歇一会儿,他和爷爷的谈话无非就是天气、庄稼、病灾,等奶奶把饭端来便拿起筷子吃饭。通常是面条,细粮断顿时就做搅团,和尚走时奶奶还会给装点干粮。

紫英知道,父亲托人带来的那点钱不够用。爷爷奶奶在庄稼地里滚爬,在日子里抠啊省啊,供她上了高中。高二那年,爷爷胃痛犯了,在炕上滚了一阵,紫英帮他按肚子按不住,奶奶在一旁哭天抢地。后来,爷爷痛劲过去了,拉着紫英的手说:"英子,要把书念完啊!有一天你会见到你爹的,你爹读书多。"转过脸又对奶奶说,"老东西,你要多撑一阵子,把英子供上大学!我是管不上了,我已经多赚了好些年了,不亏!"

紫英刚上完高二,爷爷就殁了,只剩下奶奶一个人陪着她。

上高三那年奶奶也撒手尘寰。也就是这一年，紫英知道了那一道刻在家人身上的魔咒，知道了为什么父亲早年就没了踪影。因为，她自己也开始了第一次疼痛——胃病，一种奇怪的无法治愈的遗传几代人的极其凶险的胃病，痛起来难以忍受。那莫名的胃痛，发作前没有任何征兆，一旦发作，突然胃里像是有一把钻头转起来了，飞速地旋转，搅痛整个胃、整个腹腔。有一次在教室痛得不省人事被同学们送回家。紫英曾见过爷爷疼痛发作的情形，幼时也见过父亲疼痛时的情形。是一个什么样的魔咒纠缠不休地附在亲人身上？爷爷、父亲，现在轮到自己了……

紫英咬着牙关念完高中，参加了高考。当家里最后一把粮食吃完的时候，通知书寄来了，紫英完成了爷爷奶奶的遗愿。村里乡亲们前来祝贺，还送来粮食，村委会也张罗着给紫英办救济、凑学费。然而，在那个炎热的长夏，紫英却动了离开的念头，要去远方寻找父亲。

父亲之前留下了几本书，《地藏菩萨本愿经》《金刚般若波罗蜜经》等，她开始一本也看不懂，但没别的书可看就反复看，慢慢地也能看个半懂了，渐渐地也喜欢上了这些书。离开家乡前夜，紫英一直在看这些书，一不留神就看到了天亮。当曙光照在书页上，字迹变得清晰而明朗时，她望着太阳升起的地方，心里突然明亮了，清楚了自己要去的远方。心安定下来了，不再恐惧、不再惶惑。她收拾了几件衣裳，把几本书包在包袱里，奶奶留下的钱装在贴身处。就这样，一个包袱，一把弦琴，她上路了。弦琴是父亲留下的，很简单的一块桐木板做的琴身，上面绷了五根弦，却能发出好听的声音。紫英记得上学前常常坐在父亲身边听他拨弄这把琴，父亲离家后，紫英常常和琴说话，问父亲去了哪儿，弦琴无语。后来她会拨弄了，似乎弦琴能听懂她的话，她就更离不开它了。这把琴她要一直带在身边。

紫英走出镇子时，天色还未大亮，整个镇子和田野都是静悄悄的。前面是哗哗流淌的漆河，过了漆河桥就是出镇子的大路。在桥头晨练的唐三爷看见紫英，含混地问了句："去学校啊？"紫英点点头，还笑了笑，便走上了通向远方的大路。

紫英到火车站直接买了到宁波的车票，到了宁波就能到普陀山。为什么要去普陀山她不清楚，只是在书上看到普陀山有很多寺庙，那里是出家人的天堂。到了普陀山，紫英才知道普陀山很大，有很多寺庙，观音菩萨在哪一座庙里呢？有的太宏伟，庙里人太多，她不敢进；有的也不让她进。紫英便跟着香客向城外的山里走去，每座山上都有寺庙，紫英走进很多家寺庙，哭着说她要出家，求人收下她，最终都被赶出庙门。三个多月后，在花完了手上最后一毛钱之后，两天没进食的紫英走进偏远处一座不大的寺庙，紧拉着一个老尼的手说自己要出家。老尼将她推开，紫英又跪在地上，抱住老尼的腿不放。老尼只好带她到住持面前，还没说几句话，跪在蒲团上的紫英侧着身子软软地倒了下去。老尼去厨房热了一碗粥端来，唤醒紫英。喝完粥，紫英看到了亲人般的面孔，刚给她喂粥的老尼和慈眉善目的住持都疼爱地看着她，那眼神和奶奶一模一样。但听紫英说完要出家的事以后，住持还是摇头不止："你还小，不要说这种话，快回去吧。"

出了庙门，紫英没有远离，一直等机会再次进入庙里。三天后，老尼再次带着她来到住持面前。这样的情景已经重复好几次了，老尼一次次把她送出庙门，还给她送了干粮和盘缠，可紫英死活不离庙。老尼没办法了，又一次带紫英到住持面前替她求情。

住持说:"孩子,回家去吧,你还小,应该去上学。"

老尼说:"这孩子给我看了她的大学录取通知书,已经过期了。"

住持问:"你为什么不愿去上学?"

紫英泪流满面地说:"我想上学,但命运不让我进入俗世的学校,我想将来去佛门里的大学念书。"

住持明白紫英所说命运的话由,紫英曾两次发病晕倒在寺庙门口。她不由得心生怜悯,再次劝道:"孩子啊,有些事情是放不下的。"

紫英膝行几步,双手攀住住持的膝盖,声泪俱下地央求道:"我已无事可放,所以根本没有什么放不下的。"

老尼也含着眼泪求情:"这孩子命苦,父亲早年进入佛门,她投身佛门,还盼着有与父亲相见的一天。"

住持往前探了探身子,慈祥的目光像一束阳光罩住了紫英,缓缓地伸出枯瘦的手,抚摸着紫英乱草一样的头发:"我佛有好生之德,不会让一个正值青春年华的美好生命沉沦于苦难之中。"

老尼对紫英说:"住持答应收下你了,快谢谢住持!"

紫英一边叩头一边号啕大哭。紫英是幸运的,离开家仅三个多月时间就进了寺庙,少受了漂泊之苦。一年后正式剃度成为比丘尼,法名善云。在寺庙修行几年后考入普陀山佛学院,四年本科学业中,善云的古汉语、佛学课程成绩优秀,被学院视作佛教礼仪专业的杰出学生代表,临毕业时还被选作留校生;但善云却选择回到自己的母寺,把自己四年所学传授给寺里的年轻尼众。老师和同学都不理解善云放弃留校的做法,这是多少佛学院学子求之不得的。但善云知道自己要做什么,毕业后又考取了中国佛学院的硕士研究生,前行的目标越来越清晰。

在佛学院的四年里,善云的胃病也曾数次发作,似乎总在提醒她有一个病魔还潜藏在体内,时不时会跳出来打破她平静的生活。尽管入佛门之后,严酷的清修生活改变了她的体质,但那个病魔还在,大四那一年发作特别凶猛,老师和同学看到胃病竟能使一个人昏厥,都大为吃惊。后来是教古汉语的教授告诉善云,中国佛学院有一位精通传统中医和藏医的教授,善治疑难怪病,带研究生传授医术。听到这个消息,善云暗下决心一定要考上这个研究生班,追随这位教授学习传统中医。倘若父亲还在世就一定能相见,见面时就可以医好父亲的胃病,医好自己的胃病,拯救其他被病魔纠缠的生命。

前年秋末,研究生毕业的善云谢绝了普陀山佛学院发来的任教邀请,再次回到普陀山深处那个小寺庙,那是她的再生之地。

叩开寺庙大门,那位亲如祖母的老尼——慧明师太,一直惊愕地看着善云,直到善云放下包袱顶礼时,才认出这是经七年读书已修炼成菩萨相的善云。慧明师太扶起善云抱着大哭,哭够了领着善云去见住持,住持笑呵呵地揽住善云:"好,好!学成归来,知道你一毕业就会先回家来的。"

善云在寺里住了整整一个冬季。在这个冬季里,善云给寺里众尼传授了各项佛门礼仪,为寺里做了很多事情。开春后的一天,善云收拾自己的行装,告诉慧明师太自己要去南山,师太惊讶不已,急忙阻拦:"你怎么会想到走呢?这里是你的家,住持还要让你接她的班,指望你振兴寺庙呢,你不能走啊!"

善云无言,唯有对慧明师太顶礼。慧明师太带善云到住持面前时,住持倒像是早在意料之中,笑微微地望着善云。

慧明师太着急地说："上师你开示开示善云，她不能走啊，这里就是她的家！"

住持抬眼止住慧明师太的话，笑眯眯地说："善云有大愿，我们留不下她。"

善云无言流泪，像当年初进寺庙时一样跪在住持面前。住持摩挲着善云光洁的头颅："你想去找父亲？你想医好父亲的病，还想医好天下人的病？"

善云含泪点头，依然不语。住持道："你要去雁来山的话，带一封信交给枫林寺妙霜法师，你想做的事或许她可以帮你。"

善云惊异："住持怎知我要去雁来山？我从来没有讲过呀！"

"你在佛学院学中医是为了什么？"

"我，我想在自己顽疾发作时能有效调理治疗，也希望能找到我父亲，如果他还活着，我一定要医好他的病。我还希望自己能成为一名医菩萨，为身患重疾的人驱除病魔，挽救生命。"

住持点头："你听我讲过多年前我患胃疾时用金钗石斛医治好的事，就想去雁来山采石斛是吧？不过，石斛不是你想采就能采到的，也不是这个季节可以采撷的。你把这封信给妙霜法师，她或许可以帮你。"

善云忙叩头："多谢师祖指点！"

住持说："真正的金钗石斛是强胃至药，久服厚肠胃，轻身延年。但并非所有胃病都能治，也不是唯一能治胃疾之药，你有这种念想却是一种有利治病的正念。从你昏倒在寺前入我寺门，继而上佛学院苦读，至今已十年光阴，以你的修为可以按自己的心念做事，一个佛门弟子何时何地都不要忘记自己弘扬佛法普度众生的初心。"

善云连连叩头表示不忘教诲，最后抬头凝望住持讲出疑惑：

"师祖，我已持具足戒多年，心里还是俗念不绝，时常想起父亲，是不是六根未净，有违教义？"

住持和颜悦色地说："斩断俗念并非全然忘掉亲情人伦，父亲生育之恩都要斩掉，岂不是连基本的人情人性都不要了？我们度天下众生，众生之中更有自家亲人。"

"我父亲为恶疾所困，在我七岁时出家再没有见过。但我知道，为家里度日，为我上学，他在很多年里悄然托人带钱、寄钱给家里，家人曾按汇款单地址找寻父亲，却不曾找到。我入佛门后更加理解了父亲的不易，越发想找到他。"

"你想医治好自己和父亲的疾病，医治好天下人的疾病，这个大愿好啊！"

善云点头："我想回到家乡那座山，我想做一个医菩萨，父亲如果还在的话一定在那座山上。"

住持点点头念了一偈："木鱼唱桃李，雁来衔金钗。大愿佛光照，终南百草香。"

善云心怀感激，默默铭记。

住持对慧明师太说："你去给善云准备点儿干粮吧，明早我们送善云下山。"师太离开后，住持拿出一个布袋，从里面取出一封信："这个，到了雁来山，见到妙霜法师后交给她。"

善云接信再次跪拜师祖。

住持叮嘱："入寺庙后你曾几次发病昏迷，给你服的丸药是妙霜法师用雁来山仙草制成，去年妙霜法师又给我带来几粒，你带上两粒，路途中备用。还有，这点钱你带着，路上用。"

翌日晨，慧明师太带领众尼在院里送别。善云步出庙门后行了叩拜礼，向住持、师太和众尼告别。

在踏上归程之前，要先去安徽雁来山，这个愿望在善云心底滋生很久了。初入寺庙的头年里几次犯病，住持给她服了一种神奇的药丸。住持曾说，这种药丸是用一种叫金钗石斛的仙草制成的，这种仙草就长在雁来山峡谷的绝壁上。善云一直想亲眼见见这种仙草，亲手采撷这种仙草。

几天后，善云在雁来山后峰找到枫林寺，见到妙霜法师后，奉上师祖的手书。妙霜法师看信后说："石斛不是说采就能采的，眼下季节也不对，要到8月开花后才可采撷。你若能在此长住便可等待石斛花开时采撷，若不能便回去吧。"言毕从橱柜中拿出一个小布囊："这是我去年采的金钗石斛，还有几粒石斛丸药，一并给你了结心愿。不过，石斛虽为九大仙草之首，也非万能，它主要的作用是养胃生津、滋阴清热，如何用它，你自己慢慢悟吧。"

善云再次向妙霜法师顶礼："我想亲眼见到仙草，请法师指点迷津。"

妙霜法师见善云跪地不起，便说："好吧，我且陪你走一趟山吧。"

妙霜法师带善云在雁来山攀行了一整天，连离寺庙几十里的试心崖、百丈涧等雁来山仙境都去了，仙草就生长在那些地方，善云终于见到仙草了。原来真正的金钗石斛生长在人迹罕至的悬崖峭壁上，在背阴的岩缝中，或寄生在百年老树的躯干上，根系裸露在外，常年经受云、雾、露的滋润，吸收天地精华，生长极其缓慢。此物喜欢阴凉、湿润，周边通常是瀑布，在一种通风多雾湿润的小环境小气候里，在苔藓、石苇等植物中探出一枝枝金钗一样的身子，头顶举着一簇簇浅黄的小花。作为九大仙草之首，单从形态上讲已是当之无愧，其功效更是无可替代。师祖讲过，金钗石斛味

重楼

甘平，补五脏虚劳，除痹，下气，羸弱，强阴。久服厚肠胃，轻身延年。

妙霜法师说春季不是采撷石斛的季节，但善云看到了金钗石斛生长的仙姿，也算了结了心愿。得知善云要去南山，妙霜法师笑了："南山是华夏最好的中草药宝库，各种珍稀草药都有，金钗石斛也有，你这是舍近求远。"

善云说："谢谢法师带我认识了仙草，只要认识了，今后就能遇见。"

◆雪月终南

3

说到人间仙草，善云站起身到香案旁拿来一个小木盒，打开后让高亦健看。里面有一个陶罐，装着一捧浅黄色的干花，一朵朵虽已完全脱水，色泽依然鲜艳，花朵依然美丽。

"这是仙草的花朵？"高亦健小心地拿起一朵细细打量。

善云道："这就是金钗石斛的花朵。"

"我在书上看到过，金钗石斛生长在人迹罕至的悬崖绝壁上，很罕见，它的花语是慈爱、勇敢、祝福、吉祥。"

善云点头道："是啊，它的花语真像是献给天下父亲的颂词。"

看着善云把盒子盖好，高亦健不由得想起如真法师和善云所患的胃病："你们这种遗传胃病究竟有什么特别之处？我还是第一次听说胃病还有这么凶险的，为什么这么难以医治？"

"是啊，在中国佛学院追随普林上师学中医，我就是想搞清楚这个问题，普林上师说他见过这种病症，也感到很奇怪、很难医治。通常的胃病病灶或肿瘤都是长在胃壁黏膜上，医院通过胃镜检查即可确定部位及治疗方法。可这种胃病极其罕见，它的病灶和肿瘤是长在胃小弯深处的黏膜下，是一种恶性胃间质瘤。它是一个随时引发疼痛的病灶，又是一种潜在的恶性肿瘤，其病灶易发生恶变和转移，药石不到，无法治疗，医生眼看着病人疼痛至死而束手无策。不幸的是，唐家人世代遗传了这种疾病。"

高亦健道："但是我看如真法师现在身体挺强壮，胃病也很少发作，是不是已经治好了这个病？"

善云摇摇头："长年的清修生活改变了父亲的体质，遏制了胃病的发展，但并没有根除，有时还是会发作。我自己也同样，发作的频率降低了，疼痛的程度也减缓了一些。我想按照普林上师对病理的分析和妙霜法师药丸的药理，尝试彻底治好我和我父亲的胃病。"

"拳拳之心苍天可鉴！你的大愿一定能实现！"

善云合掌表示感谢高亦健的祈福。高亦健接着问道："你来之前并不确定父亲就在南山，而且南山这么大，这么多寺庙，你在茫茫大山中能够找到父亲，这件事情本身就很神奇。"

善云道："佛祖无处不在，冥冥之中自有定数。父亲离开家时我虽然还很小，但他对我的影响无处不在。我在成年之后进入佛门，普陀山佛学院毕业后，又再入中国佛学院学中医，这都是受到父亲的影响和他留下的经书的指引。毕业后面对学院的诚邀、母寺的挽留，我没有改变自己设定的去向，从我确定来南山那一刻起，我就知道我一定能找到父亲……"

离开雁来山，踏上归途的善云心中平静如水。现在可以去南山了，去背靠故乡的这座大山。回到出发的地方，这一去一来用了十多年。善云心里一直有一个预感——父亲就在这座山上，在某一座寺庙里或是在某一处茅棚里独修。尽管父亲离家时自己才七岁，尽管此后再无音讯，尽管连父亲出家在哪里修行都不知道，但她心里一直有这种预感，只要父亲还活着，经半生的修行之后很可能会回到家乡的南山，回到这座被世人称为父亲山的大山！即使踏遍南山，也要找到父亲。

到秦西后，善云先到城南明善寺挂单。这座寺庙是南山下第一寺，也是当地佛教协会机构所在地。通过与法师交谈和阅览南山寺庙分布与现状的图书资料，对秦岭北麓一带寺庙和僧人茅棚分布情况有所了解之后，善云走进了南山。

善云放弃了那些有名的大寺庙，她想，父亲早年在南方出家，历经十多年，一定进过大寺庙，若是回到南山想必是按自己的愿望修行，或是在某个小寺庙里做住持，或是独自修行。善云由西向东一条峪沟一条峪沟地打问，白日行走不止，夜间遇上寺庙即挂单过夜，有时前无寺后无庙，便找一处岩洞栖身。对于食物，每天有一次进食即可，有时是在寺庙里喝到一碗粥，有时是居士或香客供奉的一两个馍馍，有时一天的路程中没有一处寺庙，便向遇到的山民索要一口吃食。

三十多天过去了，善云没有慌，依然兴致高昂信心不减。自己要在南山扎下佛根，正需要来一次走山，好好地把南山看一遍。再者，偌大个南山，自己才走了几座山头几条沟壑？功到自然成，一切皆有定数。

在南山寻父的跋涉持续了三十七天。

第三十七天早晨，善云走进北麓西头的沣水峪时，心中一喜——这是离家乡最近的一条峪，走到峪的尽头再翻过一座山岭就是唐凌镇，就是家乡那一方热土，父亲肯定也牵挂着那一方热土。进入峪谷行走十几里后看到半山上有一座小寺，善云攀山进寺礼佛之后，向坐在门口晒太阳的老和尚打个问讯："请问法师，这条峪沟里可有独自修行的出家人？"

老和尚一看来者法相庄严，非普通尼僧，忙正襟危坐合掌回礼："有，离此不远的落云溪有一个独修法师，有自己的法堂，在此修行时间也有快十年了，听说追随他的居士也不少。"

善云忙问:"请问法师可知他的法号?知道他是哪里人吗?"

老和尚笑吟吟说道:"我年纪大了,不太在意法号什么的,只知道天下和尚是一家。他每次出山时都要在我这里坐一会儿喝杯水,看他样子五十多岁吧,听他谈经说法学问很深,听口音这和尚像是我们这一带人。"

善云心里轰然一震——五十多岁,当地人口音,太像是父亲啦!谢过老和尚后,善云便向峪谷深处走去。老和尚说的落云溪在峪谷尽头,还有二十里路,午后就能走到。倘若这个独修法师真的就是父亲,那真是太感谢佛祖的眷顾了!

到落云溪已是傍晚时分了,下了山梁就看到一间大屋,坐落在两个小山包交会的平台上,岩石嵯峨,树木掩映,稍近,看到门前有淙淙流淌的山溪,善云忽然听到流水声中有一种熟悉而亲切的旋律——梵音!走近小院栅栏门的时候,善云听清楚了,小路边、院子四周的树上均有隐藏的喇叭播放着诵经的声音。毫无疑问,这是一个法师的住处,是一个独修者弘法的道场。

柴门开着,善云轻轻走进院里。法堂的厅堂门也敞开着,一位法师跪在佛前诵经。善云整理一下衣衫,跪在门外,双手合十,随着法师一同念起了《华严经》。

过了约一刻钟的工夫,法师念完经焚香后,转过身向来访的僧人问讯,抬眼看到是一个尼姑,不由得有些吃惊。刚听到身后有僧人随念《华严经》,听那流利的发音和节奏,心知来了一位高僧,却没想到是一个年轻的比丘尼,再看一眼更是惊疑不迭,忙出来相迎。

此时善云已经认出来了,面前这位法师就是父亲!是二十多年不曾见面的父亲!

"阿弥陀佛！"善云向如真顶礼，眼含泪水长跪在地。

如真大惊，忙回礼："阿弥陀佛！阿弥陀佛！"

瞬间，如真明白了。从第一眼看到这个比丘尼就有一种似曾相识的感觉，但心想这怎么可能呢？自己近日尘念萦绕，想念久违的女儿，但是她怎么会从天而降？还是佛门中人？看见比丘尼跪地不起泪水涔涔，如真心中怦然一震——是女儿！神奇的佛祖，万能的佛祖，让我们父女在此团圆了！如真纵是修行半生远离红尘，此时也是心如江潮，一边去搀扶比丘尼一边问道："快起来说话，你是紫英？"

善云起身再次端详法师，喜极而泣，点点头合掌回道："中国佛学院学子，法号善云。"

如真看到善云饥渴疲累交加的样子，知道这一路走来的艰辛，忙让善云坐下，端来一杯水说道："累坏了吧？先喝口水，等我做一点儿吃的。"

看着善云把一碗面条吃完，脸上气色渐复，如真心里几分痛楚几分惊异："当年我打听到消息说你考上大学了，怎么会出家？多少年了？"如真看善云的举止神态，心知这不是三五年的修为所能达到的。

善云双眼噙泪道："我于2006年夏离家，一年后在普陀山回香寺剃度，2010年入普陀山佛学院学佛，2014年又考入中国佛学院研究生班，去年毕业。"

如真快速回想了一下，问道："2006年是你参加高考的年头，为什么会去了南方入了佛门？"

善云道："命运早已注定。高三那一学期过了一半时，奶奶离世，我身边再没有亲人了，我坚持上完高中参加了高考，但我已经给自己选定了方向，收到录取通知书后我便悄悄离开了家乡。"

如真低头不语。那一年他还在南方一座寺庙里任知事，父亲、母亲去世是后来才知道的。那时他每月都能领到一点生活津贴，他一分也舍不得花，攒上半年一年的捎回家。后来可以邮寄了。在紫英高考那一年，他还找住持借了一笔钱寄回去。但是，汇款单被退了回来，才知家里地址已查无此人。第二年，他向住持辞别，一路向北往家乡的方向行脚，一路独自苦修。有时在沿途寺庙挂单，有时风餐露宿寻访高僧，用了一年多时间走回南山，走到家乡故居，向乡邻老人打听家人的情况，没有人认出他。乡亲告诉他这家老人都死了，紫英不知去哪里上大学了，再也没有音信。乡亲们还说，以前还有和尚来唐家，自从唐家人死的死走的走之后，再也没见和尚来过。如真去找唐家祖坟，却已无踪影，那一片土地上耸立着高大的铁路高架桥。如真在桥下默默站了一会儿，便从村后的沿山道走向南山，开始了一个比丘修法弘法的历程……

"感谢佛祖！是慈悲的佛祖指引你找到了父亲。"高亦健心潮翻滚。

善云合掌示谢。

"我听法师说你以后就在南山修行了，你有一个很大的愿望，要做一个为人治病的医菩萨？你打算什么时候建百草堂？"

"承蒙佛祖眷顾，我到南山后，大愿庵为我敞开了大门。从挂单到常住，住持和尼僧们都厚待于我，眼下还要留我常守大愿庵。因为住持已近百岁，在筹备圆寂之事，要把大愿庵托付于我，此时我才明白母寺师祖偈语'大愿佛光照'的意思。来到南山后还结识了张三公，他是个医术医道皆好的医菩萨，我想把百草堂建在三公那儿。三公那里房子虽不大，院子却很宽敞，在院子南头盖两间屋子，添几个药柜和晒药的架子，还有加工药材的器具，然后让小蝉她们这些年轻尼僧跟三公学学传统医术，今后南山上的修行人和山里人求医问药就方便了。"

"你认识张三公？"高亦健感到惊讶，"你刚来南山不久，怎么认识张三公的？他也为你瞧过病吗？"

"三公为庵里尼师看过病，我也与他交流过，我父亲也说起过他。他是个很好的中医，医术医德皆为上品，今后有三公坐堂，这个南山百草堂就成功了大半。"

高亦健真正感受到了佛缘的神奇，满怀欣悦之情："你知道吗？我就是因为几年前遇见张三公，追寻他几年，现在住山多半也是因为他。太好了！这样一来，你的大愿很快就能付诸实施，南山百草堂很快就能建起来。"

善云合掌致谢："阿弥陀佛，善哉善哉！"

高亦健问："建百草堂要一笔不小的经费，你刚出校门，可能没有什么积蓄吧？"

"费用一事父亲说要帮我，他这几年积攒了些香火钱。"

"如真法师还有积蓄？"

善云笑道："父亲已持金钱戒，几年来居士们供奉的香火钱都由周居士管着，有四万多。建百草堂的消息传出去后，张三公说他手头有一些，居士们也都说要参与，这样一来经费就不成问题了，也许一段时间后就可以动工了。"

"太好了！还有我的一份，我是张三公的徒弟，责无旁贷。回头我把两万块钱转给周居士，我还可以帮忙做一些设计和筹划方面的工作。"

善云再次双手合十:"阿弥陀佛,善哉善哉!"言罢起身作别。

高亦健恍然大悟:"师祖偈语中最后一句是'终南百草香',百草堂定能应运而生。"

善云拉开柴门时,门外正好传来如真法师的脚步声。

◆禅房林深

第八章

梦未央

1

司马宁提前通知周六这天要四人集体行动，还叮咛早点儿来。高亦健也想和司马宁说说话，便早早驱车到学校。

远远就看见司马宁站在叠山前观望，看来刚刚给奇石和绿植洒过水，校园里的空气湿润清爽。流连了一会儿奇石色彩的变化，二人在叠山旁的茶几边坐下来。两杯茶水过后，司马宁望石而叹："人都说天下没有不散的筵席啊，真不希望咱们几个这么快就散了。你这一住山少了半边天，逸群和吴唯最近都有些督乱事，连看石头都没心情啦，今后一起进山的机会怕是越来越少喽！"

高亦健也感觉到了这点，方、吴二人近期似乎都被家事所困，问道："听说方教授在闹离婚，这是意料之中的，他那么花心哪个女人受得了。可吴唯怎么了？他正是仕途顺达的时候，也遇上什么闹心事了？"

司马宁笑道："吴唯老弟没有闹心事，倒是有喜事，命犯桃花的喜事。"

"哦，不会是和那个弄琴丽人好上了吧？"

"哈哈哈哈，我就说嘛，高作家这双慧眼哪能看不清！那次赏石弹琴后没过多久，罗曼就约吴唯见面了，第二次见面就开房间了，二人干柴烈火地好了起来。你说现在的姑娘们，网络上是怎么说的来着？叫杀伤力强，这杀伤力谁能顶得住？"

"这个方教授啊，有点儿太放纵了，他把那么一个风流女子引到吴唯身边，不是害了吴唯吗？"

司马宁轻轻说："罗曼当时面临研究生毕业，正想找个跳板跃龙门，吴唯有这个能力，倒也没啥不好。高作家，你不能要求别人都像你一样当圣人，现在社会这么放纵，有机会时乐和乐和没啥。"

"去年夏天，吴唯的妻子和女儿来学校你还记得吧？吴妻是个温柔娴静的女人，他女儿简直就是个小天使。吴唯为了仕途，结婚晚，要孩子也晚，现在仕途看好，小家庭这么幸福，要珍惜啊！你说的乐和乐和就是出轨，出轨的代价只怕是很高的。"

司马宁道："这个罗曼在找工作的关头，投怀送抱是有目的的，吴唯也心知肚明，动用了关系把罗曼安排到开发区工作。这个过程只用了半年多时间，也够快的了。可人心不足蛇吞象啊，看着文雅秀气的罗曼却是得寸进尺，提出要吴唯离婚娶她，二人再幽会时常常闹得不欢而散，事情也渐渐传开，吴唯老婆自然也知道了，火烧到了后院。"

高亦健不由得为吴唯叹息："好好一个家让一场偷欢就给毁了，你说这叫什么事？吴唯不会喜新厌旧闹离婚吧？咱们看得来他对女儿有多爱，对老婆也是很好的啊！"

司马宁道："离婚是不会的。不过二人一好起来罗曼就收不住，非吴唯不嫁，闹得沸沸扬扬满城风雨。吴唯老婆是个贤惠温顺的小妇人，知道后也只会伤心地哭。吴唯收不了场了，只好求助方逸群，方逸群把罗曼臭骂一顿约法三章，后来把罗曼安排到北郊开发区一个好岗位才作罢。可这场后院火灾传到单位，对吴唯怕是也有不好的影响。"

高亦健叹道:"始乱终弃,自古没有例外。吴唯正是仕途好时光,却为一时之欢毁了自己,是吴唯给你交代了起火的经过?"

司马宁摇摇头笑道:"方教授讲了这场情伤的过程,他也担心影响吴唯的前程,让吴唯把前因后果说了一遍,然后叫来罗曼当面约法三章,才算把火熄了。方教授给我讲时也连连感叹,说谁想到他们会这么投入,把火烧这么大……"

琴赏之后没过几周,吴唯就接到了罗曼的微信:"这个周末有空吗?"

吴唯心怦怦地跳起来,急忙回复:"有。"

"司马校长的石头和你们几位老师都特别棒,真想再看看那些奇石。"

"好呀,我们陪你看石头,什么时候来都可以。是方教授带你来还是我去接你?"

"方教授忙,不想打扰他。"

"那周六下午我来接你,我给司马校长他们打个招呼。"

就像电话里声音表现得犹豫不决一样,微信里迟疑了一会儿才跳出回复:"先不告诉他们吧?"

吴唯愣了一下,瞬间反应过来——罗曼这意思是要和自己单独约会啊!他心跳骤然加速。罗曼,带着苏杭女子的传统温婉,又不乏现代时尚,给吴唯留下的印象太美好了!自从琴赏之后,罗曼的倩影连同优美的琴声一直在他心中萦绕。一米六五高的窈窕身影在奇石间流连,丝绸旗袍勾勒出的小蛮腰和巍巍乳峰让人眼睛躲闪不及。在石馆里,她有时向方逸群和司马宁问句关于石头的话题,有时忘我地惊呼几声,有时又回头看一眼吴唯莞尔一笑,让吴唯怎能不心跳？那吴侬软语的腔调，那带着几分嗲几分娇的惊呼声，在奇石的阵列中萦绕，在人心尖上跳跃，连从她长发里和质地精良的茛绸旗袍中散发出来的特别的幽香都记得很清晰。罗曼抚琴时的倩影和舞动的玉臂简直就是美的高蹈，是维纳斯女神再现。在幽美的月光下，雄奇峻拔的奇石和柔曼的女性美完美结合，这种美给人印象太深了！

现在，罗曼竟主动约自己！吴唯惊慌了。片刻过后才回复："好，你确定时间后告诉我，我来接你。"

那个周六的下午，吴唯和罗曼约会了。吴唯按提示把车停在美院南门，看到罗曼出来后迎上车。

"先去喝杯咖啡？"吴唯轻轻说道。

罗曼还穿着那件丝绸旗袍，娇羞地一笑表示赞同，往副驾上一坐，车里就开始弥漫起那熟悉的幽香。秦西城最好的咖啡店都云集在永德巷里，吴唯预订了一个大包间，可以K歌的那种。罗曼唱了几支古风歌曲，吴唯也唱了。后来，唱一支男女对唱歌曲时，在传递话筒的过程中不知是谁先扯了对方一把就抱在一起了。二人缠绵了一下午，说了很多话。第二个周末，罗曼又一次约吴唯，这一回就在酒店开房间了。

后来频频幽会，直到东窗事发……

方逸群和吴唯的车开进校园依次泊好，司马宁这才告诉高亦健："今天要去俭峪口有良村，老吴就住在那里，你不是一直说要看看他们老两口在乡村是怎么住了二十多年的吗？"

"是去看老吴啊？太好了！"高亦健充满期待。听司马宁讲过，老吴二十多年前心脏病严重，被医院判了死刑，不愿意躺在病床上被折腾得死去活来，不愿意一次次等医院下病危通知书，便同老伴跑进山村躲了起来，哪知这一躲却越活越旺。老吴不是玩什么住山，而是和老伴在那个村子落户，一住就是二十多年，这份定力也是了不得。高亦健一直说想去看看这位吴大哥，司马宁联系几次都说人在外旅游，这回看来是和老吴约好了。

方逸群和吴唯刚一下车，司马宁挥手让他们上自己这辆车，方、吴二人还没顾上问个究竟，司马宁就把车开出校门，看他咧着蛤蟆嘴笑的样子，准是又想制造个小惊喜。

一出城，司马宁把车开得飞快。平时进山他常常不确定目的地，沿环山道往前，大家想去哪个峪争论一番，最后才拐进山谷里。今天奇了，还没到山前就冲进一片狭长的村庄地带，两旁是平淡无奇的小白杨，杨树后面是一片片玉米、豆类作物，玉米秆高大挺拔，每一簇红缨下都隐藏着一个壮硕的玉米棒子。方逸群和吴唯不明就里，一个问："怎么过了进山的入口啦？"一个说："这是要进村啊？"

司马宁没有回答他们的问题，对着后视镜给了个笑脸，一副肯定有惊喜的样子，方、吴二人也不再问了，观望着窗外的田野。在一个十字路口，司马宁往左一拐，冲到一个农家院子门前。院子主人已经在门前迎接，抬手把车子让进院墙的树荫下。司马宁领着几人径直走进院子里的葡萄架下，笑着向主人介绍了高亦健和方逸群、吴唯，对三人说了声"这是吴大哥"后，几人便围着石几坐下来。主妇笑吟吟地从凉水池子里捞出一个西瓜切开，一股甜香弥漫开来。

看来司马宁是这里的老熟人，与主妇说笑了几句，便大口啃西瓜，连呼几声爽，问道："早上就搁凉水里了吧？这比冰箱出来的爽多了！"

高亦健在吴大哥热情的招呼声中暗暗打量，听到吴大哥介绍自己比司马宁还大几岁，有点吃惊，因为咋也看不出他已经是挨上七十边的人了。吴大哥身材中等偏矮，不胖不瘦，面色偏黑，眯缝眼顾盼灵活，一看就是那种生活能力超强的能工巧匠。吃了两牙西瓜，几人都迫不及待地站起身打量院子。司马宁认识南山的人比较多，多次带大家走进一些人家的小院子，每次看过后都深感难忘。

吴大哥家是那种都市远郊乡村里常见的朴素而舒适的家居式院子，前院有七八十平方米，分为几个区域。乘凉闲坐的这一片区域，青砖铺地，一架葡萄藤遮了半个院子，院墙已被爬墙虎完全占领，任日头暴晒，这一方却是阴凉习习。茶几左侧是花木盆景的领地，海棠、月季、美人蕉依次铺开，院子边缘栽了一排大叶女贞，即便是太阳西斜时这一片也晒不到。往前，是一畦小菜园，西红柿、辣椒正红，紫莹莹的茄子亮闪闪的。菜地尽头有一长溜用石棉瓦搭的鸡舍，鸡们不见身影，看来是去庄稼地里吃虫子去了。从院墙至茶座之间有一个大理石砌的水池，五尺来宽、一尺多深的清水池里有锦鲤游动，看得出，这既是观赏鱼池，也是浇灌花草、菜园的蓄水池。一进院门至居室那一片是磨砂水泥地面，茶座这一方则是青砖铺地，连接菜园花园的又是泥土小径，处处都显露着主人的巧妙设计和精心布局。

"这院子都是你们自己建的？"吴唯问道。

老吴说："建院子没费啥劲，就连这三间房子也是我们老两口自己盖的，除了上梁时村主任带村民来帮了两天忙，剩下就是我们自己一点一点盘起来的，就像燕子垒窝一样，一点儿一点儿垒，一点儿一点儿砌，也就多半年工夫就住上新房了。"

司马宁笑嘻嘻地说："老吴，你告诉他们，你们在这里住了多少年了？为啥住这儿的？"

司马宁拎着一瓶酒搁茶几上，老吴说："你上次拿的酒还没喝哩，还拿酒干啥？"

司马宁笑道："不是我，是高作家给你拿的，他拿酒巴结你，听你讲故事好写小说，还想摘你的菜，你不一定有光沾。"

吴大哥眯缝着眼睛笑了笑，给大家斟上茶水，朗声笑道："我这条烂命，二十多年前就该销户口的，让病逼急了，偷跑出医院，家里藏不住就跑到山根儿下的乡村来。一开始租了一间人家放杂物的空房子住下来，哪晓得这一住还躲开了死神。后来就把城里的房子卖了，在这儿落了户，买了块宅基地，我们老两口像燕子垒窝一样自己盖了这三间房，又多混了二十多年。我这二十多年是白捡的，医生当年红口白牙地说我绝对活不过半年，又是化验单又是心电图的，让我打一种什么进口针，戳一下一千八，打了十几针我死活不打了。针管用不管用我不知道，光这医药费还不把人愁死啦？我当时是贵贱不想活了，偷偷跑出医院一走了之，哪晓得赚了二十多年。"

高亦健问："二十多年前？你是90年代末就来这儿了？"

吴唯说："我那会儿才出校门呢。你当时是患了什么病？"

老吴说："心律不齐，心悸伴有头晕、黑蒙、意识丧失、胸痛、呼吸困难，持续地胸痛伴大汗，医生说随时都会出现心力衰竭、休克，就是说随时可能猝死。"

司马宁替吴大哥补充道："吴大哥当年是铁路局多经系统的一个科头，那时铁路上多种经营开发工作刚兴起几年，工作比较忙，压力大。在四十多岁时心脏出现房颤，后来越来越严重，治疗总不见效，转了几家医院，说要搭桥，临手术时检查又说不适宜搭桥，只能用一种进口药维持。"

老吴解释道："简单说就是有一阵子心不跳了，一阵子又猛跳，跳得喘不上气，像离开水的鱼干张嘴。有几回一口气上不来就那么过去了，醒过来听老婆哭才知又昏死过一回了。那时尽管说单位对我很关心，帮我转院转医保，还想着法子给我补贴，但常常是医院里一折腾个把月，打进口救命针把家败光了，把单位也拖累了。你想不治还不行，想出院回家，医生说不能离开医院，要不然随时随地都可能交待了。有一次我从昏迷中醒过来后，觉得脑子特别清醒，想想自己这是干啥？这么贪图这条烂命吗？工作已经干不成了，家里也掏空了，趁眼下还没欠下债，换个活法，换个死法。那时孩子已经在外地工作，也没啥牵挂。我和老伴商量，偷偷离开医院，到乡村去，找一个安静的地方，等到哪天心脏不跳了就地一埋不就结了？"

说到这儿，老吴指指在大门口择菜的老伴的背影："我这好老伴，我说啥她依啥，第二天我们就悄悄离开了医院。往哪儿去？当时还没个谱，这个村里有一个远房亲戚，我们随便带了些家常日用赶长途车奔这儿来了。当时租了一间房住下来，后来又在这落了户，买了一块宅基地，就开始垒窝建屋。屋子建好了，心脏病不犯了，就租了几亩地种点蔬菜瓜果。我们都有养老金，吃穿不愁，不种不收的闲时间就开车出去旅游，每年有几个月在外疯跑，这些年把大江南北差不多跑遍了。"

吴唯指指树荫下停放的车子："厉害了，我的哥！这辆马自达杠五是才换的吧？看着还新崭崭的哩！"

吴大哥笑道："是，去年底刚换的。我们每年有好几个月在外，自驾游遍了祖国大好河山。你们今天来得正好，再晚上几天我们就开车去青海、内蒙古大草原了。"

开心聊天的时间总是很快，眼见得日头当午，司马宁正要说该撤的时候，老伴从厨房过来问老吴："饭好了，进屋吃吧？"

大家都有点儿意外，司马宁道："只是来谝一阵儿，咋能让嫂子忙饭呢？"

老吴说："一碗面，能忙个啥？我看端到院子里吃吧，宽敞。"

吃完面张罗走时，老伴提来几袋青菜："自家地里的，各人都带点儿，炒菜下面吃都好。"

司马宁忙接过来对高、方、吴三人说："一人一袋子，这可是好东西，清水煮出来都香得很。"

谢过吴大哥两口子，上车回城。跑了半个多小时村路拐上环山大道后，司马宁回头看看，方逸群和吴唯睁开了惺忪睡眼，副驾驶座上的高亦健似在想什么，看起来毫无倦意。

"高作家，吃了吴大哥的面，该给大家讲点儿啥了吧？"司马宁说完咧着蛤蟆嘴笑。

方逸群马上接过话头："是啊是啊，一个早就被医院判了死刑的人跑出来二十多年，还活得旺旺的，真是个奇迹！这心脏病怎么就不治自愈了呢？"

吴唯道："高老师从中医角度给咱们讲讲，我觉得不仅仅是个治病的问题，他们这种人生状态本身都挺让人羡慕的，虽说谈不上富有，但这种田园人家的日子看着都自在。"

高亦健说："对，在吴大哥这里看到了一种极好的人生状态，当年被疾病逼到绝境的时候，吴大哥有自主意识，敢于与死神一搏，敢于离开医院，与其被无望的治疗耗尽体能耗尽家财，不如勇敢地面对死亡自己闯出一条路来。结果南山脚下纯净的环境、清新的空气给他带来了新生。接着,吴大哥夫妇又用勤劳的双手建造了自己的乐园,他们这些年的生活正应了《黄帝内经》里说到的一种人生理想的状态。"

司马宁回过头说道:"快给咱讲讲,黄帝是咋说的?"

高亦健道:"黄帝向天师岐伯问起养生之道,岐伯回答:'是以志闲而少欲,心安而不惧,形劳而不倦,气从以顺,各从其欲,皆得所愿。故美其食,任其服,乐其俗,高下不相慕,其民故曰朴。'岐伯在这里讲的就是一种理想的人生状态。"

方逸群道:"这个黄帝老师讲得真好,'美其食,任其服,乐其俗',就是想吃啥吃啥、想穿啥穿啥、想玩啥玩啥呗!"

司马宁笑道:"我的方教授呀,啥经都能叫你念歪了。"

高亦健也笑了:"倒也不算歪,就是有点儿断章取义。岐伯给黄帝讲那些修行好的人都能心态安闲少欲望,心境安定不忧惧,形体劳动而不疲倦,真气从容而顺调,每个人都感到自己的愿望得到了满足,所以都能以自己所食用的食物为甘美,所穿着的衣服为舒适,所处的环境为安乐,不因地位的尊卑而羡慕嫉妒,这样的人生才称得上充实、愉悦、完美。"

吴唯说:"难怪高作家对中医这么痴迷,好像不管什么治病方法、人生困惑,都能在《黄帝内经》里找到答案。这真是一本神奇的书。"

高亦健道:"是啊,这是一部一辈子都读不完的书,是一本造福华夏子孙的书。"

方逸群想起高亦健住山后大家见面越来越少,便接过话头:"高作家,你可不要陷得太深啊!你追随中医又往寺庙跑,你要是再入了佛门,我们少了一个朋友,读者也少了一个作家。"

高亦健轻轻一笑:"哪能呢!咱们这些俗人已经不可能想这等事了,我也只是想了解一些那个世界里的事,希望开阔一下写作的眼界而已。"

"高作家,你结识落云溪那位高僧这么久了,应该让佛光把咱们几个弟兄都照耀一下嘛。"

这话司马宁说过几次了,想让高亦健带大家一同去见一见如真法师,高亦健也给如真法师打过招呼。但周五到周日这几天法师接待居士,事情比较多,不宜打扰,高亦健便在初秋时节安排了个周四的上午,在"天益洞"等三位好友来,再一同去落云溪。

吴唯开车,方逸群坐副驾,高亦健和司马宁坐后排,听着高亦健讲住山的趣事,悠闲地沿峪谷大道向山谷深处挺进。车过南台山时,司马宁忽然打开窗户向山梁上探望,说道:"慢点儿,今天南台寺好像有法会。"

吴唯停下车,几人都向山梁上探望。南台山上的南台寺是一座规模比较大的名寺,平时香火旺盛,宗教协会举办大规模活动常常以此为中心。此时远远看见山坡上人影绰绰,隐约能听见法器的响声和诵经声。

高亦健一拍脑门,说:"差点儿忘了,善云给我讲过,近日有一场盛大的法会要在南台寺举办,大愿庵和其他几家寺庙都来参加,原来就是今天啊。"

方逸群一听来了兴致:"那说不定善云和杨小蝉都会来,这二位可都是佛家的人才。"

司马宁说:"咱们去看看。吴唯,到前面那个沟口,有上南台山的路,咱们去听听佛音,长长见识。"

汽车在沟口掉头，沿盘山道翻过一面坡，南台寺已在眼前。下车后，司马宁打手势让大家噤声，紧随高亦健，放慢脚步，轻轻走近寺院。寺门大开，法会正在进行中。因规模大、观者多，会场设在寺庙前院，现场搭设了三层平台，周边加了一圈围栏，围栏只有一米来高，只是提醒参会者和观者不要逾越，以免惊扰做法事的僧人。会场第一层平台只有南台寺住持和几位年长的上师，身着法衣闭目打坐，似已入定。第二层平台则长、阔一些，有二十余众，左边有十余名比丘，右边是十余名比丘尼。第三层平台有五六十名和尚，皆整齐席地打坐，手敲木鱼，同声诵经。

　　四人站在会场外围向里观望。高亦健看到，比丘尼队列里坐首座的就是善云，善云穿黄色法衣，合目端坐，吟诵经文，法相庄严。身体单薄的杨小蝉——善圆在善云身后，一手敲木鱼，一手捧大卷经文领诵，身旁几位尼僧和台下的僧众随之和诵，其声嘹亮。善圆的声音清澈洪亮，如钟如吕，在僧众的和声里十分明显，僧众的声音紧紧相随，木鱼声整齐有序，合为一股气流，在上午的阳光里扩散流动，传向寺庙四壁和穹顶。这种气流在空中流动，似乎带动着殿内殿外的神像、钟鼓、壁画全都动起来了，形成空旷、悠远、肃穆、震撼人心的音流，向寺庙四周流动，向山岭沟壑流动……

　　近几年，四人进山多、进寺庙多，见过几次法事活动，但这么隆重的场面还很少见。刚才看了大门口的会标才知道，这是由市佛教协会组织各家寺庙联合举办的公益性法事活动，主题是"保护大秦岭生灵"。

　　默默听了一会儿，高亦健念及如真法师在等着大家，便移步缓缓离开。司马宁三人随后也退出人群，默默走出几十步开外，高亦健说:"领诵的那个就是杨小蝉,现在叫善圆。"

方逸群和吴唯回望经台,诵唱声依然在耳畔回响。司马宁问高亦健:"坐首座的那个尼师就是善云吧?现在都是住持的角色了,真不简单。"

高亦健说:"大愿庵住持年迈,眼下以闭关修行为主,庵内外的事情主要靠善云了。善云虽然来南山不久,但她的佛学修养深厚,市佛协组织和几家大寺庙里的长老都已经注意到了她,有协会负责人和长老伸出橄榄枝,希望她担当更重要的佛祖家业。但善云说她已经答应住持,此生与大愿庵同在。"

吴唯问:"领诵的那个就是杨小蝉?她正式皈依佛门已经两年了,我看不像身患不治之症的样子。"

高亦健似乎还在回想杨小蝉参赛《中国好声音》时的场景:"是啊,我看小蝉精神状态很好,满面红光,目光清澈,说不定白血病已经控制住了!"

吴唯感慨地说道:"一个人有了自己的精神支柱,生命真的会变得强大。"

方逸群好似痛惜他学生的才华被淹没一样,顿足叹道:"唉,可惜了杨小蝉的音乐天赋,要不是这病祸害人,说不定已经是个大歌星哩!"

高亦健摇头道:"方教授此言差矣。谁说杨小蝉的音乐天赋就无处施展了?她的嗓音在佛家天地大放光彩,她参加过国家佛教协会举办的佛歌表演,还因其嗓音好被选到大寺庙领头诵经,有的寺院要请她担任维那职事。杨小蝉身体也渐渐恢复,精神状态特别好,看到她自信充实的人生,谁还会想到她那悲惨的身世呢?"

司马宁道:"是啊,这也许是杨小蝉最好的结局。"

2

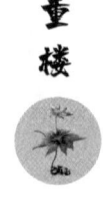

到落云溪后,高亦健让司马宁把汽车停在离落云溪小桥十几米远的灌木丛旁,指指溪对岸的茅棚,然后领着大家跨过溪桥向半山梁上的法堂走去。初秋的天就是多变,刚才还阳光灿烂,这会儿又下起小雨,细雨随着柔和的微风,在山谷间无声地飘落。石板路经雨浸过后,像一方方洇濡过的砚台相连,蜿蜒通向峡谷深处。

这是高亦健第一次带三位好友一同来到如真法师的法堂。司马宁一直说想拜见一下佛家高人,方逸群也嚷嚷着要请法师给看看相,最好是卜一卦。吴唯没明说,但看得出来也与方逸群有同样的想法,官场的人都好这个,总想听世外高人对仕途做个预测。高亦健一再解释如真法师从不算卦不看相,他弘的是大法,况且法师已多次听高亦健讲他们三个,再预测什么就显得少了玄机。

远远就看到如真法师站在院门外迎候,几人向法师行礼后走入院子。司马宁见多识广,看到厅堂门敞开着,香案上有菩萨塑像,情知这便是法堂,便郑重进入法堂向佛祖行礼,方逸群和吴唯紧紧跟上。一一向佛祖行礼之后,司马宁掏出几张百元钞放在香炉一旁,方逸群和吴唯也都依样做了。司马宁回身向法师一笑,法师合掌示谢。

小雨似有似无,高亦健擦净石几上的水,拿来几块小小的草垫,四人围着石几坐定后,法师给大家一一斟上茶水,说道:"大家随意,我常年开门弘法,与居士们在一起没有任何清规,说话也如常人聊天,这样才方便和居士们交心。"

司马宁几人本来都想着说话不要莽撞,要遵守出家人的礼节,吴唯还悄悄问高亦健见了法师要注意些什么，现在看到如真法师如此随和朴实，便都放松下来。司马宁率先说道："法师好，我是个粗人，天生爱山爱水，喜欢石头，说来与大师有相通之处，但缺少慧根，只能说是随心所欲地活着，在菩萨面前心安无虞。"

法师轻轻一笑："你们几位雅士虽是初次相见，但高作家多次说起你们，我与你们可以说是神交已久。司马先生可不是什么粗人，更不少慧根，你兴教办学育人，心系南山，爱石如命，与天地相通，做的是大修行，功德只怕比我这个开山和尚还要高。"

司马宁忙起身合掌："不敢不敢！我这号庸碌之辈沉湎于红尘之乐，哪里谈得上修行？爱石一生，直到老了才懂得几分。我和高作家讲过，以前爱石总想搬回石馆里据为己有，近些年进山只看石不动石，甚至把以前收藏的石头重新搬回山里，这样才觉得奇石的生命又复活了。"

如真法师站起身向司马宁合掌深表赞许。司马宁推推方逸群示意他说话。方逸群刚要站起身，如真法师阻止："不要拘礼，我一再说咱们要随意，像你们平时说话一样。你是个雕塑艺术家，也是个传授美学艺术的教育家，而且性格直爽豁达，像你们平时在一起那样随意说就好。"

方逸群用手指点点高亦健，好像是说高亦健把他卖了的意思。然后说道："我这个人生就喜欢随心而至、随性而往，尽心做好事情，尽情享受生活，所以我的生活态度是烟酒茶不拒，好吃好喝好音乐好艺术都不想耽误。"

司马宁插话："一切美的东西都不耽误！"

方逸群笑道："是的，世间一切美好的东西都不想耽误。如真法师，您看我这个人生状态有问题吗？"

如真法师微微一笑："没问题。风月无古今，情怀各相异。"

方逸群道："我虽然是个俗人，但对佛家一向心存敬畏，可以算是心中有佛。"

如真法师道："对于众生来讲，心中有佛便好。心中有佛，便能安定自在，做什么事情心中有了准绳，无论身处什么样的境地都能够悠闲自得。反之，心中无佛之人内心常常烦躁不安，即使身在名刹宝寺也觉得痛苦。佛语有云：境随心转则悦，心随境转则烦。一个人的境况会随着内心改变，周身的环境不过是内心的反映，要想人生顺遂，就要学会自观内心。"

方逸群和吴唯对视一眼，说："那就是说，人要时时反省自己呗？"

如真法师点点头说："修佛之人讲的是需要管住自己的'身''口''意'，'身''口'好管，'意'最难，'意'就是人的意识、思想，主导人的行为。这个管住'身''口''意'的说法同样适用于俗世，适用于你们这些知识分子。俗世里人们不修佛，但同样要修身。修身就是提高自身修养，这个修养不是为了别人说你修养有多高有多好，而是为了自己的人生幸福快乐。就像佛门讲究修'戒'、修'定'、修'慧'一样，'戒'和'定'都是过程，终极目标是'慧'，'慧'才是一个人最大的财富，才是人的立命之本。也就是说佛前的灯你不用刻意去点，心中的灯要常亮。"

吴唯深有感触地说："太对了！听法师开示，真好像心灯亮了起来。我们常常说要修身养性，但并未真正理解如何修身如何养性。当今人们生活条件比上一代人好了许多，却常常感到苦闷心烦，感到压力大，想想又不知道为了什么，法师你给我们讲讲。"

司马宁接过话头："是啊法师，这是个比较普遍的现象。他们几位学有所成事业精进的成功人士尚且如此，其他人可想而知。大家在我的学校里看看石头看看花木，一同进山游玩，就是想寻找那种全身心的轻松和愉快。"

如真法师微微一笑："当今是个科技飞速发展、物质极大丰富的时代，有人在追逐财富与物质享受的过程中迷失了自己，随之而来的就是精神的缺失和心灵的空虚。觉悟的人走出无明，开始探寻生命的意义，有的学佛悟道做一个修行者，有的离开城市住山，有的走进山野打开心扉。像你们几位就是这样的觉者，你们乐山好水，爱赏石文化、雕塑艺术，修习中医，这都是极好的修行。修佛、修身都是为除心结、去烦恼，除去心结烦恼之后就能看到智慧与光明，宁静和喜悦重回心中——是的，是重回，因为人的心本来是清净的，在尘世中不停地攀缘和索取而陷入无明和我执，才会以妄为真，在烦恼与纠缠中难以自拔。"

方逸群问："人们说佛门清修十万法门，自我修身也是千种方法，最重要的是要修什么、戒什么？"

"佛曰，勤修戒定慧，息来贪嗔痴。商业至上的社会，人们容易产生执念，不达目的不罢休，达到了目的又不满足，总在攀缘，在欲而不得，世间烦乱纠结于心。修佛修人，说到底就是个消除我执、持平常心的过程。你们都知道，比起物质的富有，内心的丰盈才更珍贵。个人修炼的过程是寻找智慧的过程，在寻找智慧之前得先找到自己，找到自己的快乐所在，这个过程就是人生修炼的过程。司马施主找到他喜欢的奇石，方施主找到他喜欢的雕塑艺术，高施主找到了他喜欢的中医，吴施主在他喜欢的平台上努力精进。你们按着认准的方向追寻，这个过程中能得到快乐、得到智慧，就是最大的成功。"

司马宁再提一问:"我们几人中高作家修行好一些,是不是非要住山、独处、打坐、静思,才能得到修行的善果?"

"住山,这毕竟是极少数人的选择。对于绝大多数人来说,人生处处都是修行场。比如说,适当的独处、打坐、静思,包括你们平时所说的发发呆,都是修行的方式。司马施主你一个人观石赏石、与奇石对话,方施主创作雕塑作品经长久构思后运斤如风的过程,还有你们在一起谈论艺术、谈论中医养生之道,等等,都是极好的修炼。做这些事情的时候,人会放下对外在世界的攀缘,回到对大自然的体悟和观察、对内在生命的觉察上,这就是《黄帝内经》讲的'独立守神'。人在'独立守神'的状态下,心气平和,持平常心平常态,不仅能滋养浩然正气,还有养精、养气、养血之功。神、魂、意、魄、志各守五脏,神在内守,人就在健康快乐的状态。古老中医早就讲清了这个道理,这一点,高施主深有体会,想必你们也有所悟。"

吴唯道:"听了法师开示,受益匪浅。"

方逸群插话:"吴唯老弟,你就直说了吧,有幸听法师教诲是难得的机会啊!"接着又对法师说:"吴唯老弟是我们当中最年轻的一个,也是唯一一个仕途上有作为有前程的人,最近面临提升副秘书长的大事,想听法师指点。"

吴唯道:"没有没有,那还是没影的事。"

法师说:"有固然好,吴施主还年轻,在一个更高的平台上能做更多的事,那当然是于己于社会都有益的好事。你们年轻人不是有句话吗?一时到不了的叫远方,不再重现的叫过去,实实在在要面对的只有当下。认识到这一点便心无挂碍,'无挂碍故,无有恐怖，远离颠倒梦想，究竟涅槃'。就是说要安心做好当下的事，不为身外之物纠结，既要有进一步的勇气，还要有退一步的从容。至于晋升之事结果如何，如何面对，想必吴施主心中已有答案了。"

高亦健惦记着不要耽误如真法师做功课，朝司马宁使了个眼色，说道："我们不多耽误法师的时间了，回去再好好思悟法师的开示。"

司马宁起身合掌谢道："谢法师启蒙。"

四人一同谢过法师离开落云溪。

"今晚方教授要在君临阁摆宴，3点钟咱俩先去参观雕塑基地。"

又是一个愉快的周末，高亦健刚刚处理完手头的事情就接到司马宁的电话。方逸群要请客已经嚷嚷一阵子了，但定在君临阁有点意外，这地儿刚开张不久，宰人特别有创意有魄力。但听司马宁口气已经确定，只好说："君临阁？这是要大放血的节奏啊？那我到学校来接你？"

"你两点到学校，逸群说了他开车来接咱们，免得到时个个找代驾。"

到学校后才知道，方逸群不仅仅是因为市政雕塑项目挣了钱，还有一件雕塑作品获得了日本一项赛事的奖项。高亦健问："是哪件作品？"

司马宁笑道："还记得石馆里那件'鲲鹏展翅'不？方教授和你一样，对这尊奇石特别看重，说这块石头给了他灵感。去年用风化千层岩雕了一个女性的躯干，起名'贵妃醉酒'，运到日本参加一个什么国际大赛，竟然获了奖！"

"你看过这件作品吗？"

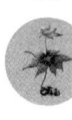

司马宁摇头："没有，作品还没有运回来，也可能就地给卖了，我只看到这张照片。"说着打开手机调出照片，高亦健一眼看去就感受到了作品的冲击力。那是一段没有头颅没有四肢的女性躯干，没有用玉石、玛瑙什么的，甚至连汉白玉都没用，用的是风化千层岩，局部精雕细琢，整体上大刀阔斧，利用风化千层岩的纹路裂窍，彰显出唐装下的细腰丰胸，石裂的曲线和微妙的弧度竟格外彰显了贵妃醉酒后摇曳生姿的美感。高亦健不由得叹道："方教授对于形体美确实有独特的眼光和感悟，这个无头贵妃怕是世上的唯一，不获奖才怪。"

方逸群带了弟子吕梁亲自来接司马宁和高亦健。不到3点，车就到了校门口。上车后方逸群说："吴唯这会儿还有事，晚上直接到酒店。咱们先去雕塑基地看看。"

车子开上二环路才发现撞进雾霾里了，大堵车随之形成。汽车像一溜屎壳郎在路上爬行，停几分钟爬几步。能见度极差，一切都被包围在雾霾中。吕梁纳闷："奇了怪了，刚才开过来时路况还好好的，怎么转眼就起霾了？"

雾霾突袭把人搞愣了。坐在副驾驶的方逸群打开窗户立刻被呛得咳嗽起来，连忙关严实了，愤然骂街："×的，这霾怎么说来就来，这还让不让人活了？"

高亦健安抚道："淡定。着急只会使人更加烦躁。近几天都是两三点到五六点这个时段起霾，只不过今天似乎特别重。"

往前瞅，看不见红绿灯，长长的车阵没有尽头，好不容易挪动个十几米后又趴下不动了。方逸群百无聊赖，举起手机说："听听我学生发来的段子：世界上最远的距离，不是生与死的距离，而是我在街头牵着你的手却看不见你。"接着又感叹道："对于雕塑人来说，更远的距离是我站在自己的作品前却看不见自己雕的是什么。昨日就发布了橙色预警：秦西市空气中的PM2.5严重超标，位居全国第二，今天怕是第一了。"

开车的吕梁是方逸群弟子中比较能干的，是雕塑基地的主力，这会儿他是最着急的了。往前看，看不见红灯，只能看见前方车一个模糊的屁股，队伍不知有多长。虽说离基地只有几公里，但没有个把小时怕是到不了。

司马宁知道这时越说话会越烦躁越糟糕，没参与议论、吐槽，只偶尔发一声国骂，但心里也是越来越着急了。

半个多小时过去了，等了几个红灯，车子挪动了几百米。吕梁烦躁地扭动身子，渐渐坐不住了，轻声对方逸群说："方教授，我憋不住了，得下车。"

方逸群说："你下去能怎么样，站在当街尿吗？"

吕梁："可是我实在憋不住啦！"

方逸群看着吕梁脸都憋紫了，侧着一条腿，咧着嘴哆嗦，便打开工具箱拿出一个塑料袋递给吕梁。吕梁把袋子扯了几下觉得挺结实，回头望了望司马校长和高亦健，红着脸说："不好意思，不好意思！"

方逸群捂着鼻子说："别啰唆了，趁现在车不动赶紧解决了。"

吕梁摸索了几秒钟，响起一阵儿轻微的尿流声，一股浓烈的新鲜尿液的臊味弥漫车厢。

方逸群打开窗户，吕梁弱弱地说："老师，对不起。"

真像方逸群说的那样——站在自己雕的作品前看不见雕的是什么——进雕塑基地后站在一排排作品前只能看到些模糊的轮廓，走马观花扫了一遍，方逸群说："算了算了，屋里喝茶。反正算不上什么艺术品，不过是养家糊口的活路。"

"看这阵势，方教授的作品要占领全市啊？"司马宁指指大棚里排成一排的唐代人物雕像。

方逸群笑笑："全指着李白、王维、白居易这些哥们儿扩建基地呢，你看看现在连个像样的厂房都没有，要盖一个可控温控湿的正规厂房，添置一些器械、仪器，还得一大把钞票。"

"会有的，厂房、仪器都会有的。"高亦健拍拍方逸群肩膀，"那就该悠着点儿，去那个君临阁干啥？才开业没多久，手艺咋样不知道，宰人可是一流。"

方逸群一甩长发："那不是一回事，今天这顿饭可是一点儿都不能降格！那个没胳膊没腿儿的杨贵妃能赚点儿日元回来，司马校长的功劳有多大？你和吴唯都是社会名流，请你们喝顿酒可不是小事。"说着从柜里取出几瓶茅台酒、几盒中华烟塞进提包里，交给吕梁："酒店离这儿不远，咱们溜达过去吧。"

君临阁是年初才建好的一家号称五星级的酒店，以奢侈华贵天价菜闯入市场，在南郊半城拔了头筹。看来方逸群这一回是要使出洪荒之力，在这地方请客就不是通常意义上的放血了。

方逸群一手揽着司马宁，一手揽着高亦健："今天一是答谢司马校长，二是给高作家打个牙祭。高作家在山上吃饭不是一个馍就是一碗面，嘴里都淡出鸟来了吧？今天好好咥一顿！"

高亦健连连点头："好好咥好好咥！"

看着方逸群瞪圆虎眼，连连咂着嘴巴，好像正面对一桌美酒佳肴贪婪疯馋的表情，高亦健不由得笑了。方逸群不光见到美食如此，一见到造型奇特的奇石，眼睛立刻鼓得圆圆的，呼吸急促，脸色发红泛潮，大家也就见怪不怪了。可是后来发现，他见到美女也是这副表情。

进入包间，吴唯早已经到了，还有两个漂亮的女学生。经一番推让，本来两个美女坐方逸群两边，一个是那个见过面的杨小西，另一个却不认识，看来罗曼和吴唯私会后就不与大家见面了。然后司马宁、高亦健、吴唯依次就座，吕梁跑前跑后担当起服务员的角色，偌大个包厢就七个人，宽宽松松。方逸群非要让司马宁坐首席，一个美女坐司马宁旁边，再是高亦健旁坐一美女，然后是吴唯，这样似乎就美色均沾了，显出方逸群仗义大方、有福同享的样子。

坐定后，方逸群把制作夸张精美、套有金属外壳的菜谱递给司马宁，司马宁不动声色地推给高亦健："来来来，点菜事大，非美食家不可。"

高亦健是大家公认的美食家，且善烹饪，司马宁、吴唯、方逸群无不知晓。吴唯轻叩桌面："你们知道高作家的美食家雅号是谁封的吗？"

方逸群和他的几名学生一听这位美食家还是有封号的，都来了兴致，杨小西急忙问："谁封的？美食家协会封的吗？高老师也是美食鉴评师吗？坐在台上品尝美食给厨师打分的那种？"

吴唯摇摇头："真干那个倒没多大意思了，高老师是业余是跨界。几年前在一次作家聚会时，文学前辈楚风先生在观摩高亦健烹饪的过程后郑重宣布：'高亦健是作家里最好的厨子。'前不久高老师新书出版搞了一个小规模的发布会，楚风先生手持高亦健的中医小说《橐龠》又一次郑重宣布：'高亦健是厨子中最好的作家。'大家哄然一笑，对这两句名言心领神会，美食家的雅号也在一片笑声中传播开去。"

两个美女和吕梁都钦慕不已地望着高亦健，杨小西说："高老

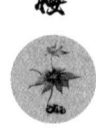

师好高雅，文学、中医、美食，都是滋养人生的大学问。"

高亦健笑道："吴秘这是夸大其词，楚风先生一向幽默，那是一句笑谈，没人当真。"

高亦健——美食家，这个雅号的确在文学圈里流传，不仅有见过高亦健亲手烹饪菜肴的朋友为证，还有一起聚餐过的许多朋友，有年长的作家学者，有出版社的总编，有文学研究所年轻的博士们等。大家都形成了一个共识，凡有高亦健在场的宴会，无论谁做东，必定由高亦健来布菜。这一方面是因为高亦健对各种菜系都熟悉，除了在菜品选搭、荤素配比、色调组合等方面安排得完美无瑕之外，还善于在菜单的最后，发现、选配几样不起眼的酒店自制特色风味小菜，比如现磨嫩豆腐、时令野菜、本土姥姥家乡腌菜等，往往在酒席的中后场又掀起一个小高潮。还有重要的一点，凡高亦健点配的一桌菜，最后常常是兴尽盘空，空盘的境界也给人一种惊喜。而东道主心里还有一种暗喜：高亦健点配的菜肴会让场面撑得住，结账时的数额往往会低于原本预设的额度。这些，除了三个年轻学子，其他几位自然都很清楚。但今天方逸群执意要大出血，这次雕塑作品获奖，完全倚仗秦岭石激发的灵感，他本来就对司马宁心怀感激，吴唯为他开拓市场牵线搭桥，更是功不可没，几位弟子也是相依相随出力不少，因而一再说要高规格上档次。这不，方逸群一边把茅台酒取出来，一边还在叮咛高亦健："今天不要省啊！选几道大菜！"

君临阁的点菜模式可谓标新立异，在全市都是领先的。近几年，有点儿规模的酒店都是让客人到海鲜馆自选，海鲜馆陈列着各种鲜活海鲜，有来自东海、渤海、南海的鱼、贝、蟹等，还有阔大的海鲜池里游动着的俄罗斯蟹、日本鲍鱼、阿根廷帝王蟹、夏威夷扇贝,以及我国台湾石斑鱼,等等。冷链和空运的发达,可使地球上任何一地的美味快速抵达酒店餐桌。这种点菜方式的特点是让人看到鲜活的生物,海鲜池、灯光又放大了这种效果,使人产生一种再贵也要吃一回的心理。但不便之处也有:有时人多为患,加上海鲜池鱼虾跳跃,免不了满地水湿,让人行走不便。君临阁看来注意到了这些细节,引用了全新的点菜系统——在包厢设置了一个小套间,套间里安装了一套三维显示屏。客人如临真实的海鲜馆,手持遥控可任意挑选,甚至可以捞取你看中的海鲜。高亦健略微观赏了一下,留意了价格,方逸群一再喊叫要大放血,就按人均六七百元配菜,选了四五样海鲜,配了四道特色菜,很快便返回了包厢。

方逸群见高亦健这么快就点完了,立即嚷道:"这么快能选几个菜?我看看!"高亦健递过菜单,缓缓介绍道:"君临阁今天最好的海鲜是俄罗斯板蟹,这个不是天天有的,今天正好赶上空运来几只,能吃上这款打飞的过来的板蟹是咱们的口福。这道菜没有什么烹饪技巧,只是用纯净水烹煮,但运输和加工过程细节考究,保证蟹肉质感紧实,馥郁饱满,足以调动我们的味蕾。这道台湾石斑鱼也是非常难得的……"

高亦健的美食介绍被方逸群粗暴打断:"不行不行!菜太少了!再加几个!"方逸群看到菜单上只有短短几行,不加细看便嚷嚷起来,大声喊服务员,高亦健只好拉着方逸群又去小套间选了十炸响铃、杭菊鸡丝两道杭帮菜才作罢。

菜肴陆续上桌,大家一边敬酒一边在高亦健的引导下品尝美馔。方逸群对一大盘虾菇皇不以为然:"这不就是皮皮虾吗?这也算好菜?"

高亦健笑道:"对,也是皮皮虾的一种。不过这种泰国虾菇皇是特选的极品，鲜肥味美，入口鲜滑。这道柠檬虾菇皇做法也很独特，厨师用柠檬溶解掉了多余的油脂，使其肉质更加紧实，口感筋道爽嫩，白肉黄籽各有其鲜，香味在唇齿之间流连婉转，口感还特别清爽。"

干炸响铃、杭菊鸡丝以其高分颜值引起两位女生的青睐，听高亦健介绍这两道菜都有温中补气、美容养颜、健脑益智的功效，并且含有脂肪酸，能够降低血糖时，大家更是争相举箸。

每人一例汤盅上桌，方逸群扫一眼说："高作家，这碗汤还不点个鱼翅海参什么的，一碗鲫鱼汤有点小气了吧？"

高亦健一笑："方教授OUT了吧？那种所谓小米炖海参、鱼翅捞饭什么的，甜乎乎、黏糊糊的，没什么好吃的，酒店老板都知道那种菜再唬不了人啦，你还惦着它。"说完揭开盅盖，观察一番奶白色的汤汁，一边嗅着袅袅飘升的香气，一边介绍道："这道百合鲫鱼汤是杭帮菜里一道金牌菜，考究，文火高汤煨出沁人心脾的香气，喝一小口就能感觉到不同的口感分层次递进，味道十分丰富，还有滋补降热的功效，让人格外迷恋……"

几杯茅台下肚，司马宁脸红红的，满脸堆笑，蛤蟆嘴咧得大大的，像要蛙鼓样地说道："方教授呀，你是位艺术家，又是一位时尚的生活达人，但是在修行养生上你可比不上高作家。不能总是耽于酒色，这方面要向高作家好好学学，高作家可是深谙养生之道啊！"

方逸群向高亦健敬酒："高作家救救小生则个？"

吴唯和几位学生都笑将起来。不等高亦健落杯，方逸群又道："高作家念的经是《黄帝内经》，是几千年前的书，黄帝怕是顾不上管养生这种小事情。"

高亦健笑道："养生可不是小事情，正是《黄帝内经》的要旨所在，所以一开篇就说养生。黄帝问养生这个问题时，岐伯说：'上古之人，其知道者，法于阴阳，和于术数，食饮有节，起居有常，不妄作劳，故能形与神俱，而尽终其天年，度百岁乃去。'"

"百岁乃去？太长了，活那么长把人急死啦！"

吴唯示意方逸群不要打断高亦健讲经，插问道："那今人呢？今人生活条件更好，岂不是应该更长了？"

高亦健说："'今时之人不然也，以酒为浆，以妄为常，醉以入房，以欲竭其精，以耗散其真，不知持满，不时御神，务快其心，逆于生乐，起居无节，故半百而衰也。'"

司马宁指着方逸群笑道："听见了吧，不能'以妄为常，醉以入房，欲竭其精，以耗散其真。'"

方逸群道："听不太懂，白话怎么说？"

高亦健道："就是说一些人把酒当水，滥饮无度，把反常的生活视为习惯，醉酒行房，恣情纵欲，而使阴精竭绝，因满足嗜好而使真气耗散，不知谨慎地保持精气的充满，不善于统驭精神，而专求心志的一时之快，违逆人生乐趣，起居作息毫无规律，所以到半百之年就衰老了。"

方逸群："半百而衰？这不分明就是在说我吗？"

吴唯道："黄帝和岐伯是四千多年前的人，《黄帝内经》这部书也已经两千年了，他们所说的话在今天竟然句句戳中要害，中医确实是一门神奇的学问。"

方逸群金鱼眼一鼓："是的是的，我越来越体会到高作家研究中医、宣扬中医的伟大作用了。现在年轻人太需要普及中医文化了！我们系里一个大二学生悄悄问我：方教授，我最近老是身上痒，看了医生吃了药也不管用，这是不是小说里讲的那种'七年之痒'啊？嗯？我瞠目而望，忍住没笑出声来，问道你结婚了吗？他说我才大二，哪能呢？我说那你不用担心，你得不上这个病。"

司马宁噗的一声把一口茶水喷了出去，捂着肚子笑。两个女生笑得花枝乱颤，吴唯笑过后指着方逸群说："你编的吧？大学生还有闹这笑话的？"

方逸群笑道："绝对没有一句假话，这学生还是个学习用功的好娃。我带过几次写生课，人家才会跟我讲这么私密的话题。"

开心地大吃畅饮，眼见得两瓶茅台见底了，方逸群让吕梁再取酒时被高亦健阻止："适可而止，刚说了不能滥饮无度。"

"酒要喝好，不醉不归啊！"

"我看都好了。把谁喝趴下那不叫好，恰到好处才叫好。"

司马宁也拦住吕梁不让再取酒，方逸群这才作罢，对吕梁说："那就再来几瓶啤酒漱漱口。"

散场时，方逸群已有几分醉意，高亦健让吕梁找代驾先把方逸群送回基地，再送两位女同学回校，然后才叫代驾开吴唯的车，送他们三人回家。

天气渐凉，三公这个院子人气是越来越旺，除了一些城里的病人慕名找来，山里的修行者、山居者遇有病患也找到臭椿坪来求医。善云、素灵、善圆等山人也常来，修建百草堂的计划开始推进，院子西南角上已经堆起了一些砖瓦、木材和竹子等建筑材料。素灵和善圆不仅是三公的病人，也是为百草堂炮制中草药的帮手，采药、晾晒、切碾、蒸煮、抟药丸等都能熟练地操作。

上了臭椿坪，老远就看见院门大开着，走进院里看见屋门也开着，屋里有人说话。高亦健心知热心于百草堂的善云可能在。向堂屋望去，只见善云端坐在高方凳上，她显然不是来看病的，面带笑意正和三公说着什么。此时不宜打扰，高亦健便坐在门口长凳上，拿起《黄帝内经》心不在焉地翻着，留神听着屋里三公和善云关于诊治的讨论，只隔着六七步远，对话声听得清清楚楚。

善云说："前天，一位女居士来庵里还愿，下午斋饭后突然发烧几近昏迷，住持允许一位女居士相陪暂住尼房，传我前去诊病。我查看发现有抽搐、惊厥、呼吸困难等症状，开了一个小方，因为若是下山进城抓药当天回不来，手边现有葛根、麻黄、桂枝等，便配了一剂葛根汤，至夜烧有所退，但昨晚出现复烧且头晕无力，看来一时还下不了山。请教三公，我辨病和用方有问题吗？接下来如何更方？"

三公问："症状如何？"

善云说："发热恶寒，头痛无汗，颈部脊背强疼，脉浮紧而数。我觉得是太阳病风寒在表，应该用葛根汤。但她又有头晕、口苦、厌食症状，似兼有少阳病，故而今早葛根汤里加了柴胡与黄芩，不知是否妥当？"

三公点头道："思虑周全。你说的这位居士多大年纪？"

"近六十岁。"

三公说："你的判断和用药都没有问题。今晚注意观察，若是还反复发烧，你要仔细观察病人小腿和脚踝部位有没有发红发烫，若有那就是丹毒病，可用荆防败毒散驱之。"

"多谢三公指教，我赶紧回去查看病人情况。"善云起身向三公行礼告别，走到门口看到高亦健，合掌致意后便匆匆离去。

三公唤道："高记者，你进来坐嘛！"

此时高亦健看见素灵刚步入小院，和正要出门的善云迎面相

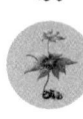

遇，二人相视一笑，一个合掌一个抱拳打过招呼。素灵挎着一个竹篮，里面装的大概是她新采的药材，便对三公说道："素灵来了，定是找您求医。我就在二堂聆听即好。"

见素灵已经进来，三公笑着指指高亦健不再说话。素灵向高亦健抱拳致礼后向三公行礼，然后把装药材的竹篮放在门口。素灵、善云和善圆但凡采到好药材都会送到三公这儿来，就连如真法师采到的珍贵的兰茸参、野山参也都交给三公，由三公炮制后用于救治急重病人。

素灵今天来是约好的，最近三公在为她治疗脸上的疮疤。素灵对三公道声"福生无量天尊"后，在善云刚坐过的方凳上坐下来，不等三公问就说道："这几天脸上疮疤有痒痛的感觉，夜间敷药后感觉最为明显。"

三公仔细看了看素灵脸上的疮疤："嗯，是有变化，疮体颜色淡了些许，边缘清晰，中间这一根触须是毒体的生命树，现在塌下来没有了活力，说明整个毒体根基已被摧毁。再过不久，可能这块害了你多年的毒蛛疤就要脱落，然后去腐生肌，皮肤焕新，你的面孔就能恢复如常了。"

素灵再次向三公道福，泪水溢出眼眶，流到疮疤上，说道："谢谢三公！对素灵而言，这是再生之德、再造之恩。"

三公摆手道："别，这可不能谢我，这是你师父的功德，她用重楼的手法实在高明。我都不敢想，对一个跨时多年的旧疮疤，用重楼一药如何能撼动？如何拔除狼蛛的剧毒？看过你师父留下的丸药我才知道，她巧用威灵仙为臣药，并佐以祛毒硬药黄鼠狼力拔毒根，你师父在制丸方面造诣深厚啊！"

三公把一包丸药交给素灵："这是按你师父的配方制作的，你师父再来南山时要让她详细看看疮疤变化，请她指点一下用药上要怎样化裁。"

素灵点头向三公致谢，然后把竹篮提到院子里整理她新采的药草，高亦健帮着拾掇。有五六块重楼根茎、一把柴胡，还有一束没见过的植物，一尺多高的茎秆，开着淡黄色的花，下面连着一团团手掌样的根茎，伸着五六根手指，像婴儿的小手，细嫩粉白，看来也是一种根茎类药材。

"这是什么药材？长得这么奇怪，像手掌一样。"

素灵说："不奇怪啊，它本来就叫手掌参嘛。"

"手掌参？也是一种人参吗？"

"它倒不像人参那么贵重，但也是滋补强身、补脾润肺的良药。"

"这是你昨天采的吗？"

"对，昨天我去采重楼，碰上一窝手掌参，长得特别旺，药性肯定足，我就采下了。"

素灵为给父亲治病常年采药，对中草药的习性功效已然熟知，正所谓久病成医。高亦健问道："你父亲身体怎么样？现在一直是三公在治疗吗？"

说到父亲，素灵脸上现出欣慰之色："是啊，多亏了三公大夫，没想到我父亲本想上山了结的，反而又活过来了，现在不喊疼了，还整天在地里干这干那的。"

不知三公啥时候出来了，站在身后朗声一笑："我可不能贪功，给素灵父亲治病主要是靠素灵的师父，我只是最近才帮着按方配个药什么的。"看到高亦健一边说话一边在本子上记笔记，三公赞道："高记者啊，中医能让你如此着迷，那说明中医已经走进你的生命，并改变了你的生活，你肯定会得到中医的福报。"

高亦健说:"这些中医连带起来的人和事在书本上哪里见得到?在三公这里能见识到这么多精彩的人生故事,对我来说,这本身就是最大的福报。"

看高亦健兴奋而喜悦的样子,三公也是满面春色,口气神秘地说:"后天还有一件更精彩的事情,你想去的话要下点儿苦,天一亮就要赶路,去药王谷。七儿谷,过去叫药王谷。"

"药王谷?那太好了!"高亦健兴奋不已,"能到南山药库里走一遭,能去追寻药王孙思邈的仙风,那是人生一大快事啊!太好了!"

三公说道:"一天来回要走七八十里山路,你这个城里人吃得消吗?"

"没问题!我明晚就住您这儿,天亮一同出发。"高亦健心想:三公比自己大一轮呢,怎能连年近古稀的老人都比不过?

三公道:"如真法师约我一起去采药。如真法师说他在药王谷的一条峡谷里发现了一些奇药,这条峡谷人迹罕至,头几年他就去过,一直留意保护那些珍稀本草,这次是应了善云的恳求去采撷几味珍贵药材。"

高亦健连连点头。三公对素灵说:"你这几天就安心照顾老人,以后有机会去。"

3

出门时天刚微微亮,走了个把钟头就到了三叠岩,山道在这里拐了个急弯,似乎走到了一群山脉的尽头。脚下的岩层裸露在外,整齐地向着一个方向倾斜，层层叠叠在此收拢。再往前的山脉就是另一番地貌不同的山系了，高海拔的山峰渐多，壑更深、谷更长，雾岚重重，植被丰茂，林深似海。

远远看见一个挺拔的身影在岩口上向他们挥手，高亦健挥手回应。

"如真法师从落云谷走到这儿有多远？"

"跟咱们差不多吧，所以在这儿碰头。从这儿开始还有二十多里才到药王谷，你要少说话、省着力气。"

高亦健点点头，紧跟三公的步子。接近山口时抬头望去，只见如真法师一身便装，扎着绑腿背着背篓，矫健而敏捷，转眼间已经攀缘在前方的山梁上了。高亦健知道法师在行路过程中还要做功课，自己和三公只要跟紧这个身影就好。

起伏的山岭间，云朵缓慢地飘浮着，从从容容地向深谷飘去。当它飘过一座陡峭的山峰时，突然被峰刃撕裂，分成几缕，飘移中又被别的山峰撕开，渐渐变成稀薄的雾岚。

一入峡谷，眼前山高水长，但觉心情舒畅。高亦健问道："三公，药王谷不是在太白山的一条峡谷里吗？怎么这里也叫药王谷？"

"你说的那个药王谷已经成为旅游景点，一年四季游人不绝，你还指望那里能有好药材吗？这条谷以前叫药王谷，称七儿谷是为了隐秘一点，免得太多的人进谷。"

高亦健点头表示有所悟。三公又说："再说，药王孙思邈在南山修道多年，游走灵山秀谷，何限于一沟一壑？他采药施医行走过的地方就更多了，不光是咱们秦地内的南山，还有四川、河南、山西等地都留下了他的足迹，都有被称为药王谷的名胜景点。何处是真何处为假，不必深究。采药人知道要采到好药材，就要到那些人迹罕至的山谷里。"

高亦健点点头表示明白，怕三公受累，遂不再言语。

山道盘旋，时隐时现，松柏交错，遮崖蔽日。

正午时分到达七儿谷。一条水流颇大的溪流冲刷出一道颇为宽敞的河床，溪流两旁巨石错落，植被极其茂盛。三人在一块半间房大的平整如床的巨石上坐下歇息，喝水吃干粮。而后如真法师整理衣着，系紧绑腿，取出吊索，背上背篓，就要去九重崖采药了。他们在沟里的时间只有三四个钟头，下午之前必须返回。

"张大夫，您带着高老师好好观赏啊，让高老师好好看一下南山的药材库，识得百草才能笔下生辉，我就在上面。"如真法师说罢，指了指百步外一道险峻的山峰，跳下巨石，从河边一条几乎看不见的小径往上攀去。

高亦健抬头仰望，百步外一座危峰突兀，陡峭的山壁拔地而起，刀削般直立，峰顶似在云端。石壁上依稀可见一些峭立的孤石、凹陷的山洞，岩缝中有一丛丛苍劲的灌木和劲草，有一些不知名的鸟儿在洞口飞进飞出，鸣声苍凉，依稀可辨。

"师父，如真法师去峭壁上采什么药？"

"很多珍稀药材都长在悬崖峭壁上，今天法师要采的是金钗石斛、太白山参、灵芝和五灵脂。"

高亦健望着那座绝壁神往不已，三公说："走，我们也去采药喽！"

跟随三公沿溪流往前，一路观赏一路寻药，奇花异草尽收眼底。忽见三公在前挥手，高亦健疾步来到三公面前，只见三公笑眯眯地指着巨石上方崖缝里的几株植物。高亦健从一旁攀到近前细细打量——是几株生长在浓密的草丛中的极好看的植物，挺拔光滑，株高近二尺，掌形叶相围而生，绿油油的叶子纹路整齐秀美，每一片叶子都有一节长长的叶柄，正中伸出长长的花梗，举着一团鲜红色的浆果。周边有几丛茂密的灌木相围，不注意的话还真看不出来。

"人参！"高亦健惊呼一声，正待伸手去抚摸那艳丽的浆果，却被三公一把拉住："等等。"三公用手中的白蜡木杆在那几株人参周边探了探，细听了一下，觉得没有啥动静才放开高亦健："你知道人参花下常有什么东西藏着吗？"

高亦健立刻反应过来了："是蛇吗？我以为那只是传说，真的有这回事啊？蛇为什么要守着人参？"

"人参的浆果好看又好吃，常有野鸡、斑鸠等鸟类来吃浆果，蛇藏在人参下面就可以捕食猎物。"三公拨开草丛，把人参苗的根部细细看了看，"这是秦岭北麓特有的小野山参，这几株山参应该有十来年了。如真法师说他来南山隐居头一年就发现了它们，他每年都来看看，有意让野草掩住不让人发现。"

高亦健在药材书上看到过，野生人参的生长对环境要求十分苛刻，植被、气候条件，以及空气、土壤、温度、光照等都要恰到好处，缺一不可。《神农本草经》记载：人参主补五脏，安精神，定魂魄，止惊悸，除邪气，明目，开心益智。自古以来人参就是药中之王，药工攀山越岭求之不得，秦岭小野山参更是参中极品，珍贵如金。

高亦健看三公并没有打算挖人参，便问："那为什么不挖了它带回去制药？"

三公说："野山参要十五年以上药性最好，再说只有在最需要时才能发挥它的作用，只要不被人偷采，让它生长在这里是最好的。"

亲见人参的喜悦还没有消散，三公又有新的发现："看看这是什么？"攀上边坡的一个小平台，三公指着一丛两尺来高的秆茎壮硕的植物呼唤高亦健。

高亦健一眼就看到七片叶子上举着一枝红色花朵，兴奋地喊道："七叶一枝花！"虽然已见过善圆采撷的本草和晒干的根茎，但还是第一次看到鲜活地生长在岩坡上的七叶一枝花。

三公笑道："对，这就是七叶一枝花，也叫重楼、七叶莲。"

"我知道，这种本草太神奇了！"高亦健抚摸着紫红壮硕生机勃勃的秆茎和叶子，被这神奇的本草深深震撼着。张平阳媳妇患血癌，三公带着平阳上山采撷救了她的命。素灵父亲垂危之际，静修道人就是用这个制药丸救了罗父的命。还有医院已经不收治的癌晚期患者，三公以七叶一枝花为君药治疗缓解其凶险病象。近日又用此药为素灵治疗脸上的疮疤。这种本草的作用有多大？今天可以亲自采一株，可真是难得啊！

三公看高亦健兴奋的样子，说道："这一丛先留着，才三年的新草，还没啥药力。"

"三年的还不行？要长几年才好？"

"能遇上七八年上十年的最好，通常能找到五年的就不错了。"

"它能治各种癌症吗？"

"其实，重楼的功效主要是祛毒消肿、治疗蛇虫咬伤，其次才是化瘤抗癌，对痈肿、淋喉痹等都有很好的疗效。民间说'七叶一枝花，深山是我家，男的治疮疖，女的治奶花'，还有'是疮不是疮，重楼解毒汤''七叶一枝花，百病一把抓'等说法，都是形容七叶一枝花用途广泛。"

高亦健望着面前的山崖，问道："今天能见到善云说的那种仙草吗？"

三公笑道："你倒是挺贪的哈，一会儿法师会带下来。不过想看生长中的仙草也有，跟我来。"说罢沿着溪流向前走了百多步，眼前出现一座陡峭的石崖，溪水从石崖顶上轰然跌下，形成一个小瀑布，高亦健马上感到水雾扑面而来。

三公从离溪流十来步远的地方攀上崖壁，高亦健紧随其后。这个位置坡度缓一些，有几块岩石次第向上，形成一个个石阶，两人手抓灌木枝，脚踩石阶，攀到两丈多高的一个石台上，再往上愈加陡峭。不过三公不再往上攀了，拉着高亦健站稳后，往靠近溪流的岩石缝端详，顷刻，满面带笑地说："往那儿看。"

顺着三公所指望去，斜上方，靠近溪流的一块石板下有一片三尺大小的土台子，周边岩石生满青苔，台上泥土沃腴，长了几丛细长柔韧的兰草。兰草之中还有一种植物，一尺来高，一节一节的秆茎圆润如玉，是一种稍扁的圆柱形，粗如小指。细长的叶片对称，各依层向上，叶面上有丝丝缕缕的铁锈红色。上部微微回折弯曲，基部明显收窄。顶部开着一簇簇金黄色的小花，形似古代女性打理头发的簪子、钗一类的配饰，簪子是单支，钗为双股，这种石斛呈人字形生长，恰似一个完整的金钗，金钗石斛这个名字自然而然就属于它了。加之这个品种是石斛家族中最珍贵的一种，金钗石斛这个名字就越发显得神秘而尊贵了。

金钗石斛！这就是金钗石斛！终于看到它的神奇面容了！

离得很近，几乎伸手可及，高亦健闻到了幽幽花香。记得善云讲过，石斛喜欢生长在这种有瀑布的峭壁崖上，必须是个恰好有水雾、光照足、季风流动的小环境，还要恰好有一片肥沃的适合石斛生长的腐根腐叶形成的岩土基质，才会有石斛落户。石斛生长得很慢，三年五载高不盈尺，风霜雨雪、云雾雷电、天地间的精华滋养着它，给它生命力。石斛种类很多，有着很多美丽的名字——金钗石斛、小美石斛、鼓槌石斛、铁皮石斛等等。作为治病养生的珍贵药材，石斛的历史非常悠久，《神农本草经》《本草纲目》等药典里都有记载。唐代流传的九大仙草之说，第一仙草就是石斛，然后依次是天山雪莲、百年人参、两甲首乌、一甲茯苓、深山灵芝、肉苁蓉、冬虫夏草、深海珍珠。

看高亦健入神地打量，三公拉住他："站稳了，你可别被金钗石斛迷了神，摔下去可不得了。"

高亦健伸出手，想采一枝，却发现根本够不着，那一道光滑的岩石上没有任何可攀附的东西，只能隔崖观望了。三公说："一会儿法师会采的，他知道哪些该采哪些该留。"

二人下到河道里，高亦健问："我看药材典籍介绍，金钗石斛是南方热地生长的药材，为什么秦岭北麓这些高海拔的峭壁上会生长呢？"

三公也被高亦健的兴致感染，瞅准一块平整的大石头坐下来侃侃而谈："南山之所以被称为中药材宝库，是因为这一带山脉地质复杂多变，植物丰富多样，有很多奇珍稀有物种。南山大多属海拔高的高寒地带，有的山峰顶上冰雪不化，但不出百步的山坳里却是地热活跃地带，温泉长流，形成近似亚热带气候的小环境。特定环境造就了南山上中草药品种多样，且有特别的性能，比如传承千年的蝎子七、盘龙七、骆驼七、金牛七、长虫七等，分布于海拔三千三百多米的高寒地带，其散寒疏风、活血补气、理气化痰、软坚散结、透骨止痛等功效是别的药材不能替代的。还有九死还魂草、节节草、龙胆草、回春草、锁阳、羊奶子，绝壁之上还有白灵芝、曼陀罗等，都是南山独有的奇药。"

三公一边说一边采一些名叫"七儿"的草药，远远可望见如真法师挂在绝壁上的身影,高亦健沿着溪流继续往前探进。

置身于峡谷中才明白这条峡谷为什么叫七儿谷了,河道里、两岸岩坡上,都被各种叫"七儿"的草药占领了,更高处的岩石丛、峭壁上生长着著名的秦岭八宝——药王茶、黑枸杞、太白米、金丝带、菊三七、羊角参、黑洋参、手掌参。高亦健在本草的海洋里慢慢穿行,打量着、抚摸着各种奇异的药草。

总是牵绊人腿脚的这种植物叫飞天蜈蚣,这是一种藤本植物,茎秆借气根攀缘于石上或树上,枝条直立,节上生根。叶片呈长披针形,二列互生,前端长尖,叶子顶部有结节,全肉穗花序,顶生或腋生一串串红色浆果,细长的叶子像一只只跃跃欲动的蜈蚣。这是一种消肿止痛的草药,是治跌打损伤、痈肿疮毒、眼生翳膜,以及接骨、治瘘伤的良药。

这种本草颜值高,身子修长,叶子肥硕,开着秀丽的小白花,根茎却是鲜亮的朱红,有点儿大家闺秀的样子。它叫朱砂七,别名黄药子、朱砂莲,是藜科植物金线草的块根,因其根茎呈朱砂色,故得此名。春秋采挖,除去须根,洗净,切片晒干备用,或用蜂蜜炙或醋炒用。味苦,性凉,有小毒。朱砂七具有活血止血、理气止痛、清热解毒的功效。

这种就叫葫芦七,是植物中的高个子,半人多高,根茎短粗,根须细长,茎直立,有纵纹。基生叶肾形,排列成总状,总梗下有卵形带齿的一片苞叶,开黄色舌状花。葫芦七是菊科家族的一员,具有理气活血、止痛、止咳祛痰的功效,治跌打损伤、劳伤、腰腿痛、咳嗽气喘、百日咳、肺痈咯血。

这是金毛七,是一种多年生草本,半人多高,全体有短腺毛,随着一年年生长,腺毛渐渐褪去。根茎粗壮,为不规则条形,须根繁密。基生叶为出羽状复叶，小叶卵形或宽卵形，长两厘米左右，前端渐尖，基部心形，边缘有重锯齿，下面只沿脉有短毛，是治疗伤风感冒偏头疼的良药。

艳丽不过桃儿七，长叶婀娜多姿，粉红花朵，花瓣薄如蝉翼。其根茎、须根、果实均可入药。根茎能除风湿、利气血、通筋、止咳，果能生津益胃、健脾理气、止咳化痰，还具有活血止痛、祛风除湿的功效，用于治疗脘腹疼痛、日常跌打损伤，亦可用于治疗风湿痹痛、关节酸痛等。

这种叫透骨草，叶披针形，先端渐尖，边缘有钝齿，雌雄同株，雄花在上，雌花在下，小小的白色花瓣清丽可爱。这是一种活血妙药，味辛，微苦，性微寒，入肝、肾、膀胱经，治疗红伤效果极好，还能利湿通淋、清热解毒、散瘀消肿，适用于热淋、石淋、跌打损伤。

这种难看的家伙叫老龙皮，为牛皮叶科植物肺衣，全年可采。衣体凹凸不平，呈网状，边缘分裂，裂片鹿角状，性平，气微，味淡，以叶状体入药。别看它其貌不扬，它具有利水消肿、治烫伤等功效；不要嫌它丑，它可是消食健脾的良药。

这种长在小路边植物缝里的不起眼的小植物叫紫花地丁，是一种多年生草本，具有清热解毒、凉血消肿的功效，用于治疗黄疸内热、咽喉肿痛、疮毒。它的顽强的生命力本身就证明了药性，哪怕在只有指甲缝大的一点石缝里也能扎下根来，生长成蓬勃的一团。紫色的小花总在开，如此娇弱的身子竟然不怕严冬和干旱，一经春风又蓬勃地再活一世。

仙鹤草，全株长满白色长毛，根茎短，常生一个或数个根芽，茎直立，羽状复叶互生，总状花序顶生。花萼呈倒圆锥形，花瓣黄色，萼筒于果熟时增厚，下垂，顶端有一轮直立钩刺，极似仙鹤头部。不名贵，不难找，崖畔路边大片大片生长，却是治癌良药。性平，味苦、涩，归心经、肝经。

千里光，别名千里及、九里明、一扫光，为菊科千里光属植物千里光的干燥地上部分，杏形叶片，黄色花朵，全草入药。味苦、辛，性寒，有小毒，归肺经、肝经，具有清热解毒、凉血消肿、清肝明目等功效。

这种开着艳丽花朵的本草就是家喻户晓的板蓝根，成双成对地开卷筒花，一枝枝临风而立，热烈而艳丽，它的根茎就是板蓝根，味苦，性寒，归心经、胃经，具有清热解毒、凉血利咽的功效，是治疗外感发热的良药。

那是什么？"头顶一颗珠"！

终于看到它的倩影了！高亦健几步奔到溪水边，对岸半人多高的石台上有一丛颜值极高的植物，叶片大而圆，每一株都顶着一颗圆球形浆果。这些晶润可爱的浆果，有的艳红，有的呈黑紫色，散发着神秘的光泽，将整个植株衬托得好似一位披着头纱顶着宝石的新娘，这就是"头顶一颗珠"的来历吧。"头顶一颗珠"也是闻名遐迩的"太白七药"之一，对治疗脑震荡后遗症、失眠等有独特的疗效，还具有活血止血、消肿止痛、祛风除湿的功效，并适用于高血压、神经衰弱、眩晕头痛、跌打摔伤等病症。

以前在来南山各峪口游玩时就注意到了，几乎每一条山谷里都有很多被称为"七药"的草药。李时珍《本草纲目》里有对"七药"的记述，民间把功效强的草药叫奇药。奇药、七药就这么流传下来了。有的是依据药草的特性起名，如"三七""人头七""朱砂七"等，这些七药被赋予了许多形象生动的名字。诸如具有清热解毒作用的"重楼"叫"螺丝七";南山特生的"流苏虾脊兰"叫"马牙七";治疗肺结核、用于毒蛇咬伤急救的"大铧头草"叫"寸节七";具有补益脾胃、利水活血功效的"秦岭岩白菜"叫"盘龙七";开出硕大美丽花朵,具有清热解毒、祛风利湿、治疗跌打损伤肝肿大的良药鸢尾,叫"青蛙七"。还有"头发七""豌豆七""凤凰七"等等。其中很多都是活血化瘀、止血镇痛的良药,收敛止血、截疟、止痢、解毒功效极好。

这些被称作七药的中药材有一百多种,有地衣、苔藓、蕨类及种子植物各个门类,分布于阔叶林带、针叶林带和亚高山灌丛草甸,生长于各种生态环境下。

这条七儿谷水源丰沛,多巨石,乔木、灌木、草本植物极其茂盛。溪流两岸,树木占据了绝大部分空间,属于草本植物的阳光和地盘十分有限。因而,它们在利用空间追逐阳光方面进化出特别的技能,从谷底到峰巅,每一点儿空间都被占领。遇到一块水源丰沛、阳光充足的地方,各种植物竞相立足,竟然学会了分层、分段立体生长的本领。有的从茂密的植物中探出头,拼命地往上长;有的不能与别的植物比高,进化出枝条长长往下垂的本领;有的进化出攀着岩缝往一旁延伸的本领;还有的竟然进化出在灌木和高大的乔木枝干上寄生的绝技……

南山无闲草,遍地是灵药。

仅在这一谷之内,不仅有难得一见的七叶一枝花、金钗石斛、头顶一颗珠、文王一支笔、兰茸参等珍贵药材,还有常用的柴胡、党参、黄芩、紫苏、地槐、白芥子、水蔓菁等。这条七儿谷简直就是药材的海洋,仅唤作"七儿"的本草就有五六十种。这些奇奇怪怪的本草或许以前在药书上看到过,或在药方上、药铺里见过,但当你在石缝里、山坡上、岩壁上看见它们，从青苔里、从荆棘丛中探出婀娜的或者壮硕的身子，举着形态各异、色彩缤纷的花朵，尤其是当你懂得一点中草药性能功效之后，它们在你眼前就是一个个鲜活的生命，是一个个自然的精灵。

漫步于中草药的海洋，高亦健感慨万千，遐思绵绵。

当年孙思邈就是在这条山谷采药的吗？相传上古时代"神农尝百草，一日遇七十毒"的故事也发生在秦岭北麓这一带。这些千奇百怪的本草吸引神农炎帝攀上南山，尝遍百草，留下《神农本草经》福荫炎黄子孙，吸引了孙思邈隐居峡谷，写下了《千金要方》和《千金翼方》，他赞叹南山"俯首满山金灵丹"。这些解毒的、治病的、养生的一株一叶本草，伴随着他度过了漫长的岁月。他就在这些峡谷里种药、采药，著书立说，治病救人，悠闲地活了一百多岁。他把草药种植方法、炮制方法、治病方法传给了山民，山里人一代代传了一千多年。直到今天，南山里很多草药只有当地草医会使用，医院的处方里从来没有这些药材的影子，有的药材连名字都没有，就像张三公遇山羊自医发现的接骨草药。当地百姓和民间草医世世代代用来防病治病，有的仅用一种本草、一个偏方，治疗疑难杂症往往发挥奇效。这些药典中找不到的奇药，只有依靠草医们师传口授，如今，好多已经失传了。

听三公讲过，"南山八宝"中的"金丝带"这一味药材，是太乙山上的一种名贵珍稀菌类药，寄生在枯死的沙松上，在海拔三千多米的高寒地带才能找到，要一两百年才能长成，活血化瘀、补肾壮阳的效果比天山雪莲还要好，但近年来"金丝带"已濒临灭绝了。还有药王茶，据说是药王孙思邈亲手栽种的一种茶，有清热解暑、健胃化湿、益脑清心等功效，还能治疗高血脂和糖尿病，如今也很难见到这种茶的身影了……

　　法师的身影渐渐变大，已移到峭壁的中部，这么说快要下山了。三公抬头望了望日头，在一块大石头上坐下来。高亦健随后和三公促膝而坐，在三公的背篓里翻检着各种药草，忽然被一束陌生的本草吸引住了。这种本草叶子圆溜溜油亮亮的，中心有一串像铃铛一样的紫红色花朵，根茎细长，根节上似有鳞片。这种本草从未见过，高亦健便问道："这是什么药材，有什么功效？"

　　"这叫鹿衔草。"

　　"鹿衔草？这一定有个好听的传说。"

　　"这种草药是孙思邈发现并命名的。孙思邈在这一带的山谷里采药，常有奇遇。有一次正在峭壁上采药时，看见一个猎人射中了一只梅花鹿，梅花鹿腿上中箭，鲜血直流，猎人隔着一道沟壑，须绕道过来捕捉梅花鹿。这个时候，孙思邈看到梅花鹿用口咬箭拔出，从岩缝的草丛里衔来一些草，嚼碎抹于伤口止血，片刻之后便跑掉了。在几丈外崖壁上的孙思邈看得清楚，便找到这种草，是一种叶片呈圆形、开着紫色花朵的小草。他将这种草采了一株带回去，试用于治病，果然有止血特效，便将此草命名为'鹿衔草'。"

　　"这跟你遇见那只山羊的经历何其相似啊！原来随动物辨识草药古已有之。"

　　"后来草医们把这种鹿衔草用于治疗劳伤吐血，还发现其有补肺益肾、祛风除湿、活血调经的功效，成为一种常用中草药。"

　　高亦健望着峭壁上荡悠的法师，只见他上下左右移动着寻药采药，便问三公："您说的五灵脂是什么药材？为什么要在陡峭的崖壁上寻找？"

三公并没有抬头，一边专注地在石缝里刨一种根茎类本草，一边说道："五灵脂非草木，亦非矿石类药物，而是一种飞鼠类的干燥粪便。这种飞鼠以岩洞为巢，喜群居，排泄的粪便散落在悬崖上的峭石之上或洞穴里，年久形成暗红色的结块。其性味甘温，有活血止痛、化瘀止血、治蛇蝎蜇伤等功效。但要采这种药很不容易，要用绳索把人吊到悬崖上才能采到。采的过程很危险，绳索有时会被山石磨断，还会被一种石缝里飞出来的'飙虫'咬断，时有采药人坠崖丧生。法师用的这种带竹节的吊索就是孙思邈发明的，他是采药人，深知采药之苦，对这种采药吊索反复思量，后来给绳索套上一节节竹筒，避免了绳索被岩石磨断或被虫子咬断造成伤亡的悲剧。"

"难怪人们称孙思邈为药王，他给后人留下的东西太多了！"

三公道："是啊，今天我们走的山路、攀缘的崖壁处处都有孙思邈的足迹，我们用的药材、处方都是孙思邈留下的。"忽然，似乎想起什么有趣的事，他又笑着说："亦健啊，你的山居起名'天益洞'，说明你熟知李东垣收徒罗天益和他与元好问的友情佳话，但孙思邈和卢照邻的生死之交你知道吗？"

高亦健惊讶地问："卢照邻？初唐四杰的卢照邻？他二人还有交集？"

"对，没有第二个卢照邻。这不是普通的医患之交，而是一场流传千古的生死之交。"

三公兴致勃勃地讲起了孙思邈和卢照邻的故事："卢照邻年少即文采出众，弱冠之年名传四方，可惜因《长安古意》一诗引来牢狱之灾，身染风疾，后久治不愈，服丹药又中毒，手足险些残废。在万念俱灰、生无可恋之际，卢照邻来长安找孙思邈求治。孙思邈对卢照邻细心开导，精心医治，卢照邻病情渐渐好转。于是二人成为无话不谈的忘年交。卢照邻拜师孙思邈，从此不离左右，追随其九年，协助编撰《千金翼方》，并写下《病梨树赋》等文。孙思邈仙逝后，卢照邻也投水自尽。"

高亦健第一次听说这段奇缘，深为震撼。

张三公继续侃侃而谈："说起中医与文人墨客的逸事，那可是太多了，自古以来中医与文人常常是心心相印。徐灵胎是清代名医，与大才子袁枚也有一段生死之交。有一年，袁枚染疾，慕名找徐灵胎求治。徐灵胎爱才若渴，亲自出门迎接，治疗期间以美酒佳肴款待，治愈其病还赠送养生丹丸。此后，二人一直书信往来，谈文论医，意趣相投。徐灵胎去世后，袁枚千里迢迢赶来凭吊，写下《徐灵胎先生传》一文，让我们今天依然可见徐灵胎的医学成就和君子高风。

"还有傅青主与顾炎武也是意趣相投，常常以书信切磋学问，一个在江苏，一个流寓山西，顾炎武三次跋山涉水千里访傅，顾炎武有云——萧然物外，自得天机，吾不如傅青主。

"杜甫曾以数年之工种植中草药，且行吟途中为人治病；苏东坡对医理、药理浸染颇深，其著述涉及医学甚多；陆游许多年种药、采药、开药局；还有王安石、白居易、刘禹锡等也都精通医道；范仲淹更是留下'不为良相，便为良医'的千古名言。中医与文学互融共通，药香与书香相濡相济。"

高亦健听得入迷，静静地听三公讲。

太阳已经西斜，如真法师在绝壁的身影渐荡至山底，这就意味着七儿谷之行快要结束了，三公和高亦健一同前去相迎。高亦健仰望如真法师渐渐下落的身影时，忽然看到一丈多高处的岩缝间长了一丛像蘑菇的植物,一枝枝硕壮挺拔,色彩极其艳丽,便向三公问道:"那是什么?石头上怎么会长蘑菇?"

三公抬眼望着那一丛"蘑菇"呵呵笑了:"亦健你还真是有福,这种本草在秦岭北麓不多见,神农架里的高山绝壁才是它的老家,南山深处偶有散落生长,它叫'文王一支笔'。"

"文王一支笔?这么好听的名字,一定有一个动人的传说吧?"高亦健打量四周,寻找可攀之处,"我去把它采下来。"

三公摆手:"这个你可不行。如真法师马上就下来了,还是等他采吧。"

片刻工夫,如真法师已经在头顶不远处向他们招手,三公挥挥手指了指如真法师身子下方那丛文王一支笔。如真法师示意看到了,然后攀着岩缝几步就落到植物下方,一手抓住岩石,一手把那丛十来枝尽数采下放入背篓里,然后麻利地下来。

高亦健接过背篓,把水递给法师,急忙取出一枝文王一支笔细细打量——粗如拇指,长约半尺,全身通红,到顶端愈发色彩艳丽。顶部呈椭圆形,底部长有苞片,拿在手里真像是握了一支壮硕的毛笔。另几枝身子小一些的有点异样,略细而弯曲,酷似扭动的小蛇。这种植物神奇的形状让高亦健惊叹不已。

三公道:"文王一支笔这个名字是个民间传说。说有人发现这种植物后觉得形状奇异,当是神草,便去献给周文王。周文王对此物甚是喜欢,搁在案头当毛笔用,便有了文工一支笔的美称。李时珍在《本草纲目》中收录了此药草。文王一支笔分雌雄异株,体大壮直者为雄,体纤细弯曲者为雌,两者药性各有偏重。雄株有清热、解毒、止血等功效,主治咳嗽、吐血、痔疮,雌株多为妇科用,雄株还是治疗胃病的良药。"

"治胃病？"说到胃病，高亦健不由得想到了如真法师和善云的胃病，望着如真法师说，"这个药给法师用啊！"

如真法师笑而不语。三公说："法师用此药已很多年啦。"高亦健再翻看法师背篓里的药草——有秀美的金钗石斛、硕大的灵芝、一粒粒琥珀般的五灵脂，还有一团像线团一样的草根类药材，不由得问道："这就是传说中的金丝带？"

三公点点头："这是一种寄生于高山枯树枝上的奇草，这些年很难见到，法师今天采到它可是难得。"

"这种本草比金钗石斛、七叶一枝花还要贵重吗？"

三公道："性能功效不同，金丝带在除风湿、止血止痛、补肾壮阳方面堪为要药。更重要的是，它的生长条件极为苛刻，所以越来越稀有。"

法师捧起水壶喝了一气，对高亦健说："路上听三公给你慢慢讲，咱们再不抓紧赶路就出不了七儿谷啦！"

◆百草弥香

第九章

我在南山等你

1

"高作家，你最近一直在山上吗？明天回来咱们去看看方逸群吧。最好是陪他上山转转，劝劝他。"

司马宁声音严肃。高亦健想起在君临阁聚餐后至今几个月没见方逸群了，急忙问道："发生什么事了？方教授怎么了？是不是潜规女学生被告了？"

司马宁没有开玩笑的心思，压低声音说道："知道你这一段时间经常在山上，不想打扰你，方教授也不让给你说，可这两天他想见你了，打你电话也打不通——这件事必须要对你说了——三个月前，就是逸群请客后不久，突然查出了肺癌，现在已经是中晚期。"

"什么，肺癌？怎么突然就患上癌症了？"

"方逸群查出癌症后，给咱们都没说，住院后我才得到消息去看他，后来说是要转院，不让我去看望，再后来突然不见了。医院到处找人，找到我这儿，他的弟子问我才知道他转院后治疗了个把月，突然私自离开，医院说他病情挺严重，不及时治疗会有生命危险，却不知人去了哪里。这是二十多天前的事，昨天突然用一个陌生号码打我电话，说回到秦西了，要和咱们见面。"

"在哪家医院治疗，诊断可靠吗？你见到他了吗？"

"肺上有那个东西是跑不掉了，两家医院都做出了同样的结论。确诊后入院治疗了一个多月,前不久跟老婆已经离婚了,这你知道的,只有他的弟子陪着,后来他把弟子也赶走,然后从医院悄悄溜了。我打他电话打不通,给他留言说不管什么事立刻给我回音,但直到昨天以前也都没有回音。"

"你是说方逸群失踪了?在医院治疗期间怎么会失踪?"

"失踪了一段时间,昨天才和我联系了,现在人在雕塑基地,不让别人知道,只说想见见你我。你这两天回城不回?"

"要回的,明天就回去。"

"逸群给我打电话时刚从外地回来,去哪儿不得而知。但回来后悄悄住在他的雕塑基地里,看来是想隐蔽行踪,不打算去医院治疗了。这样吧,等你回来咱们即刻去看他,起码给他解个闷儿吧。"

"好,我明天中午回城直接到学校。吴唯怎么样,有消息没有?他没啥事吧?"

"但愿吧。官场的事咱们都看不清。"

次日午间,高亦健下山回城直接开车进学校。远远看见司马宁站在叠山前等候,身影显得很孤单。

许多次,高亦健走进校园时,方、吴二人已到,站在叠山旁看司马宁给石头浇水。那一堆奇石泅水后色彩愈发斑斓,几人每到学校聚集时都要在叠山前流连,那一座小小石山似有千变万化,总也看不够。司马宁把那一堆石头视若珍宝,日日相守,朝夕观看。方逸群能成为秦西市著名雕塑家,得益于他独特的艺术天赋和对形体、对色彩的敏感。他看到美的东西会立即亢奋起来,观赏叠山玉石色彩变化时,常常会上蹿下跳大呼小叫,双眼放光大喊发现了新的美。有时,他要亲自拿着水龙头,把叠山的每一块石头浇一遍,一边看着色彩的变化，一边说着他下一件雕塑作品的构想，嚷嚷："高作家你应该好好写一篇《叠山赋》！"

高亦健连连点头，等方逸群得意扬扬地讲完灵感后才打趣道："《叠山赋》我是写不出来，倒是可以写一篇《新登徒子赋》，我发现方教授对色彩、对美色有独特感受力，你们知道方教授成为著名雕塑家的奥秘是什么吗？因为他是一个'好色'之徒！"

司马宁朗声大笑："高！妙！好色之徒，一针见血！"

吴唯竖起大拇指叹道："精辟！精辟！"

方逸群一边得意地仰头叹道："知我者高作家也！"一边装作失手的样子把水滋向高亦健……

一晃三个多月没见，方教授竟然成了癌症患者！今后几位友人再难凑到一起赏石了。司马宁看着高亦健把汽车停在树荫下后，挥挥手进茶室，高亦健顾不上喝茶，急急地问道："方教授怎么会突然查出癌症呢？咱们现在就去吧！"

"唉，人有旦夕祸福啊！别急别急，3点钟吕梁在雕塑基地门口等咱们，没有吕梁开门咱们还进不去。"

司马宁讲了方逸群发现肺癌的经过。

大概是8月下旬，美院组织教职员工体检，这不是啥新鲜事，以往每两三年都要搞一次。意外的是这次检查过了一周后通知方逸群去复查，一复查查出个肺癌中晚期，很快做了活检确定，紧接着就是住院治疗。住院后方逸群才给司马宁打电话说了，他知道高亦健住山了不想打扰，吴唯最近这一段时间心情不太好，让司马宁都不要告诉。司马宁去过一次医院，听说已经是中晚期，医生说癌瘤分布广，不适宜做手术，先做几期放化疗。方逸群从骨子里抵触放化疗，他清楚放化疗之后是个什么样的人生，最后把人弄得人不像人鬼不像鬼，死的时候身上还插满各种管子，这样的玩法他可不干。司马宁也只能劝劝，既然遇上了就安心治疗，医生总是喜欢危言耸听，咱说不定能治好呢。后来司马宁听说方逸群转院了，集中做一个时期的放化疗，但方逸群不让去看，后来再打电话就不接了。直到后来他的学生找到我的学校来，才知道方逸群从医院偷偷跑了，不知去向……

一向开口必笑的司马宁脸紧绷着："你说方逸群那么棒的体格，怎么可能和癌沾上？"

高亦健问："方教授怎么能在治疗过程中跑了？他去了哪里？"

"一会儿见面就知道了。前一段时间电话打不通，他的弟子也联系不上，失联了一个多月，直到昨天突然接到他的电话。"

"这段时间他能去哪儿呢？回老家？或是藏家里？"

司马宁摇头："不可能。他夫人和他已经办过离婚了。"

"这个时候办离婚？"

"他们夫妻关系恶化已经很久了。"

方逸群妻子和大家一同进过几次山，应该说是个通情理讲体面的女人，衣着时尚，说话得体。儿子已在海外定居。按说这一对中年夫妻过的是神仙般的好日子呀，但方逸群在外招蜂惹蝶次数多了，夫人也顾不上体面了，到学校里闹过几次，近两年越闹越凶，已经是水火不容，嚷嚷离婚已经好些年了。司马宁劝说过几回，方逸群总是敷衍了事不愿多说，问急了只说自己老婆更上了，没办法。司马宁说他：你把人家晾茄子地里，自己在外寻欢，放谁能不闹？街上闲人都知道外面彩旗飘飘，家里还红旗还不倒哩，你个大教授怎么只顾一头？

方逸群眉头一皱耍起浑来：离就离吧，离了去尿！

医生说方逸群患的是鳞状细胞癌，直接原因就是吸烟所致。鳞状细胞癌是中央型肺癌中最常见的一种，并有向管腔生长的趋势。早期鳞状细胞癌可导致支气管狭窄、肺不张和阻塞性肺炎。癌组织易变性坏死，常在肺外周部形成像核桃那么大的肿块，可侵犯血管及淋巴管，常在原发灶引发症状前发生转移。

肺癌中晚期经手术、放化疗治疗后往往会出现转移、复发，生存期短者三个月，长者也只有半年至一年。恶性肿瘤之所以可怕，在于它的侵袭性和转移性。西医没有特效药，用一般手术、放疗及化疗等手段往往达不到康复效果，反而会加快病情发展，加重病人痛苦，加速患者死亡，但目前治疗肺癌唯一可行的手段只有放疗。放疗可分为姑息性放疗、根治性放疗和预防性放疗，放疗所用射线，会对正常的机体组织造成损伤，会引起一定的并发症。如放射性肺炎，患者会出现气短、胸痛、咳嗽、发热等症状，因放射性导致肺部纤维化，会出现气短、干咳、胸闷等症状。长期放疗还会对骨髓产生抑制，患者会出现全身乏力、恶心呕吐等症状……

司马宁是在方逸群住院半个月后才知道的，去看望时碰巧遇上方妻，还夸赞了方妻一番。方妻走后，司马宁说："方教授，还是夫妻情深吧？你病了人家来医院守着你、陪着你。"

方逸群苦笑着说："夫妻本是同林鸟，大难来时各自飞。人家是来跟我离婚、办理财产分割的。"

"不会吧？现在来办离婚？"

"是我叫她来的。癌症是个无底洞，我不愿让她担心我把家里那点钱都扔给医院。"

司马宁转开话题："叫你儿子回来吧？"

方逸群说:"叫他回来干啥呢?没用处,没意义。"

司马宁离开时,方逸群说:"老兄不要再来了,还有,千万不要告诉高亦健和吴唯。"

"干吗呀你!遇点事家人不要了,朋友也不要了,至于吗?"

方逸群说:"不是,我要转院或重新找个地方治疗,安顿好再告诉你们。"

这之后再没找到方逸群,听说他转到了一家肿瘤专科医院,打电话一直联系不上,后来就听到方逸群从医院跑掉的消息。他可能把手机号码也换了,电话从没打通过,直到昨天来电话说是秘密回到了秦西……

司马宁和高亦健开车到雕塑基地门前,吕梁已经在门口等候,打开大铁门把车迎进园内停好,轻轻说:"方教授在等你们。"然后把二人领进方逸群的工作室。方逸群敞着门在等候他们,见了二人惨然一笑:"想我了吧?"

方逸群的变化让高亦健心里暗暗吃惊,才三个多月没见就完全像变了个人。以往什么时候见方逸群都是一副风流倜傥潇洒俊逸的样子,如今面色无华,脸颊浮肿,眉宇之间松散呆滞,头发掉了多半。一个人被击垮是多么容易啊!

司马宁盯着方逸群扫了一遍,眼圈发红:"想你干啥?遇上病灾宁愿玩躲猫猫都不肯见朋友一面,这是哪门子朋友?"

高亦健握住方逸群的手半晌无言。

司马宁忙打岔:"你说你这个方教授,怎么啥时髦都要赶?那个东西可不是好玩的,你怎么沾上它了呢!你和高作家好好说说话,他一直钻研中医,又认识老中医,说不定中医能治好你的病。

把病历啥的都给高作家看看,说不定会柳暗花明又一村呢。"

面无血色、形销骨立的方逸群嘴里叼着烟,听着司马宁的抢白,一边点头致歉,一边给高亦健点烟。高亦健接过烟攥在手心里,指指满烟灰缸的烟屁股:"都这时候了还这么抽啊!"

方逸群满不在乎地摇头道:"抽与不抽、抽多抽少,已经无关大局了。"

司马宁斥道:"你这玩的是'我是流氓我怕谁'啊?"

方逸群辩道:"不,这叫债多不愁。"

司马宁把桌子上放的一个病历袋子拿给高亦健,对方逸群说:"还有什么病历、化验单、片子什么的,都拿来让高作家看看,他是半个医生,至少能琢磨一下往后怎么治疗合适。"

方逸群说:"就这些了,后来的化验单和片子无非就是多几个加号,多几句吓人的话,我没留。"

司马宁看高亦健翻阅病历,便问道:"你转院后治疗得好好的,怎么跑了?弄得美院满世界找人,医院到处抓'逃犯'。"

方逸群苦笑着讲了转院后的经历,脸上的笑容有点儿僵硬……

住院半个多月后,方逸群清楚自己确诊肺癌是跑不掉了,这下只能任人宰割,再不情愿也得安下心治疗。但他实在不能忍受大病房的拥挤嘈杂,在放疗开始前转到肿瘤专科医院,住进了特护病房。

特护病房是个双套间,大一些的住了一个叫罗处长的官人,方逸群住小间。这条件应该说是很好的,有自己相对独立的空间,再也不用和陌生人脸对脸,不用忍受无尽的嘈杂声和病人家属送饭来时各种各样刺鼻的怪味儿。罗处长比方逸群大几岁,肺癌的名称不一样，是一种叫"小细胞癌"的癌症，发作时呼吸困难，伸着手要抓什么的样子。治疗方法似乎都一样，无非就是服药、放疗，打一种昂贵的进口针剂。

同病房一周后，两个病友迅速熟络起来，罗处长讲了他一年多的抗癌史，可谓同病相怜。罗处长经历过手术，最近又是几个月的放疗化疗，对治疗显得很有耐心且不那么悲观，看起来状态挺好，说话时有一种久病成医的练达，还有一种指挥若定的将风。有了这样一位病友，方逸群甚至增加了几分信心。罗处长心态良好，对治疗的每一个步骤了如指掌，日常注重增强营养，配合各种治疗。家人时常送来滋补食品，看得出来单位上提供了强有力的经济后盾，凡医生推荐的昂贵的进口药、进口针剂一律采用。

然而，有一天罗处长进放疗室后没有再回来，说是送到ICU病房了。什么情况才进ICU病房，方逸群是知道的。第二天还没见罗处长回病房，方逸群便走到ICU病房门口打听情况，看见罗处长家属正在质问医生："昨天早上还好好的，怎么突然就昏迷不醒了？"医生支吾其词："转移，复发，大面积复发，发展太快，我们也没办法。"

罗处长夫人继续质问："不是该用的药都用了吗？进口针不是一直在打吗？不是说在好转吗？为什么突然恶化得这么严重？"

医生摊开双手说："我们尽力了，该用的方法、该用的药都用了。"看家属还要质问不休，医生仓皇离开了。

家属站在门外往里瞅。方逸群知道，ICU病房是不允许其他人进入的，只有罗处长的至亲，也就是他的妻子和儿子可以进去看望。ICU病房只剩下罗处长一个人在病床上残喘不休，身上插满各种管子，痛苦地熬着最后的时光。

"尽力了"这话听来熟悉，潜台词谁都知道。晚间，罗处长的家人来病房收拾物品。方逸群明白，罗处长再也不会回来了，这个对治疗充满信心的人就这么殁了。

这是方逸群入院第五十天，转院第二十七天。做了两个疗程的放疗，颈项上、胸膛上布满了灼伤的烙印，灼伤处一直隐隐地疼。夜晚，望着对面套间空荡荡的病床，方逸群感觉猛然间清醒了。从查出癌症以来，他整个人都是蒙的。这几年虽说常常听到某某患癌症的消息，但从没有认真想过这个病对于一个人意味着什么，因为癌症的患病概率毕竟还是少之又少，相当于买彩票中奖。可这个概率怎么就能落在自己身上呢？但是，天上掉下个癌症，真的就砸中了他。自己不是一向自恃身体好吗？这回就非让自己亲身体验癌症是如何迅猛发展、如何摧毁一个人的。不查不知道，一查、一治疗，很快就成了中晚期，然后就像罗处长这样受尽折磨、倾尽钱财，在ICU病房悄悄死去。

这个夜晚，方逸群彻底失眠了。不是因为病痛，而像是被人当头打了一棒，脑子格外清醒。从发现肺癌到入院治疗这一段时间，一直处在一种"失重"的状态，没有时间好好地想一想。转院之后，除了最信任的弟子吕梁以外，方逸群没有告诉其他任何人。在这里住了将近一个月，一直想等自己想清楚再说下一步。这会儿清醒了，如梦初醒啊！自己还要把罗处长的经历再重演一遍吗？何况，自己也没有罗处长那样优越的条件，没有那么多公费往里填。

次日上午，方逸群找值班医生，说先把费用清了，医生说还要预交下周放化疗费用，下周将开始同步进行放疗、化疗，方逸群说知道了，随后再交，然后把病床收拾整齐就离开了。路过值班台时，一个护士问他去哪儿，他笑着回答到院子里转转，走出医院便再没有回来。方逸群没有回家,而是到雕塑基地待了几个小时,简单收拾了下行李,订好了机票,给吕梁打电话交代了一些事情后,就拉着旅行箱走出了雕塑基地,网约车已经开到了雕塑基地门口。

吕梁赶到雕塑基地时,方逸群已经走了,再打电话时方逸群已经换了电话卡……

"那你玩失踪是去哪儿求医了?有没有打听到好法子好药?"司马宁问。

方逸群摇摇头:"我没有去求医问药,这病神仙也救不了啦!趁我还能动去了一趟福建惠安。知道惠安吗?惠安有很多民间雕塑高手,把古老的雕塑艺术一代代传下来,散落在民间的雕件有很多上品。这些雕塑作品可以让人感受到黄河文化、中原文化、闽越文化的魂魄,有晋唐遗风、宋元神韵、明清风范,正好和秦汉风格的秦岭石接上历史的轨迹,那种精雕细刻、纤巧灵动的南派艺术风格,与雄浑厚朴的秦岭石就像一对情郎痴女。我一直想到惠安住一阵,好好看看纤巧优美的南雕女子,这一回在英年早逝之前还了这个愿,这个把多月里走访了一些当地民间雕塑高手,看了不少好东西……"

"还南雕女子,还英年早逝呢!你这是作死,不作不死啊!"司马宁打断滔滔不绝说雕塑的方逸群,"在医院治疗半截子你跑了,就算你说的放化疗不好,那总得想法子治啊!人家死马还当活马医,你这是自己就把自己判了、放弃啦?"

方逸群道:"你别说,我放弃治疗这个把月倒还能吃能喝能动弹,在医院放疗那一个多月才叫要命,整天头晕恶心,水米难进,要不是逃亡南下,怕已经死在病床上了。"

高亦健止住死去活来的话头:"事已至此,还是要想办法治疗。对付癌症，各地医院眼下都没有更好的方法，只有使用放化疗这种伤害性极大的手段。即使是一时消除了癌瘤，转移复发也往往在所难免，而且转移复发之时就彻底无救了。因为人体的免疫力已经被放化疗彻底破坏，所以再度检查出来时往往都是晚期。不过，方教授，这样躲藏不是办法，病不会一觉醒来就自己消失了，咱们还是要琢磨一下更好的治疗方法。"

"我不想由着医院折腾，开刀、放疗，把人折腾得人不人鬼不鬼的再死掉。"方逸群一再摇头，"我不干！我不愿那个样子死。"

说罢，方逸群掏出烟盒又要取烟，被司马宁一把夺下："逸群呀，好好听高作家讲话，咱离死还远着呢！总不能没病死先抽死哟！"

高亦健把司马宁和方逸群按在椅子上坐下来："其实方教授这种对治病的反思和抵触也是有好处的，自己的病自己做主，我看没毛病。很多人遇到重大疾病时把自己交给医院，从不想想治疗结果会怎么样。尤其是肿瘤疾病，眼下国际上最先进的医疗技术都没有医治癌症的有效方法，医院里采用的治疗方法其实是一种不得已的应对——实施切除手术，以为能够去掉癌细胞，可是绝大多数手术都会引起扩散，放化疗会严重损伤人体免疫力，对人体的危害已由千千万万的患者验证。但是，为什么这种治疗还会大行其道呢？医院里还是排满了患者等着这样的治疗，常常是过道里都支满了临时病床，大家争先恐后地等着去做手术、放化疗。因为，这是一种没有办法的办法，无论是医院还是病人，总不能眼看着癌症发展却什么也不做啊，至少医生和病人家属都可以说一声——我们尽力了。"

方逸群说："对，正是这句话、这个腔调！"

司马宁着急了："那中医有没有好的治疗方法？咱们找中医治

疗，找三公看看。"

高亦健说："中医也只能做一些辅助性治疗，关键还是取决于患者的心态。方教授从医院逃离，其实是一种积极的选择。我看过一些报道和资料，无论是国外还是咱们身边的医生，他们也有得癌症的，他们发现患癌后会怎么办？我看过一些这方面的信息，也采访过几个医生朋友，他们在确定自己患上癌症之后，几乎没有人去做这种常规治疗。有的是结束职业生涯后去远方，去自己想去却一直没顾上去的那个心仪的地方；有的回到家里与亲人度过最后的时光；有的走进大山或是寻找传统方式调理治疗，或是悄然住进山里。我们不是看到过很多这样的例子吗？有的癌症晚期患者进入大山深处，意欲度过最后的时光，却没想到意外地获得了新生，不可治愈的顽疾竟然消失了！咱们去看的吴大哥不就是这样的吗？"

司马宁接过话头："对呀，还有善圆、素灵，以及如真法师不都是不治之症吗？在没有医疗条件的深山里反倒缓解了。再说张三公就是以治疗肿瘤疾病见长的，咱们找他看看，说不定还有奇迹发生呢。"

高亦健道："我会把你的病情详细说给三公，看三公有没有好的办法。"

司马宁问："方教授你之前就没有一点儿感觉吗？"

"其实三年前我就有感觉，只是没往这儿想。我发现每次喝了酒之后都会有种反胃的感觉，只是以为喝酒伤了胃，没当回事。有时做那事之后也有不对的感觉，像是身子空了，还有恶心的感觉。有段时间全身没劲，整天都昏沉沉的，我想可能身体是有问题了。但这种感觉一阵子就过去了。谁会想到，真的就整出个肺癌呢！"

高亦健道："这样好吧，方教授，明天我和司马兄陪你上山找三公大夫先看看，怎么治疗下来再说。"

方逸群说了自己的想法："是要去山里，但晚些天去，去了就不回来了。我是想安排好手头的事情，去山里住一阵儿。不过，我整天要煮药要养病的，还是要住在山居酒店里，我联系了田华山庄，他们可以帮助照顾我的生活。等上山安顿好以后再找三公大夫看病。"

高亦健点头道："这样妥善，你现在的状况是要有一个舒适方便的环境才能待得住，山里的环境对你一定大有好处。"

司马宁问道："方教授你确定这就去住山啦？"

方逸群道："反正我不会去医院了，住山上总还图个空气好。就像素灵她爸说的，哪天蹬腿了就地一埋，那才像个人样。"

司马宁没想到这一问把方逸群问出一副壮士一去兮不复还的凛然样子，一时不知说啥好，便把目光转向高亦健。

高亦健道："上山住一阵子也不失为一个好办法。不过，方教授，你既然放弃了医院的常规治疗，那就要靠自己。即使是张三公为你治疗，主要的也还是要靠自己，要有战胜癌症的信心，要改变自己的生活习性，从现在做起，从小事做起——"说着，把手中的一支中华烟一折两段。

方逸群凝望高亦健良久，微微一笑："好，从上山之日起与它断交！"

与方逸群会面后的第二周是小雪，小雪这个节气"一候虹藏不见；二候天气上升，地气下降；三候闭塞而成冬"，就是说由于空中阳气上升，地中阴气下降，导致天地不通，阴阳不交，所以万物失去生机，天地闭塞而转入寒冬。严冬来临，高亦健的住山生活也将按下暂停键,"小雪"节气过后回城过冬。

周四这天下山回城,周五上午剃须换衣,把自己打理利索,与出版社、杂志社两名编辑约在咖啡馆谈出版计划、谈稿约都顺利进行完毕,正想着联系司马宁,巧巧地,司马宁电话就打进来了:"一起进个山吧?"

说一起其实只是他们两人,方逸群和吴唯已经很难聚在一起了。自方逸群患癌后,吴唯也联系不上了。后来司马宁从朋友那里打听到,吴唯负责的那个"大秦岭文化研究中心"工程因涉嫌违规,在提升副秘书长前夕突然被派到党校学习。吴唯去党校学习,持续这么久显然不是普通的学习,是一种不好的预示。而方逸群呢?方逸群近日要上山,去田华山庄住一阵子,一个肺癌病人放弃医院治疗而去住山会是怎样的结局?高亦健一想起方逸群瞪着金鱼眼谈笑风生的样子,心里就隐隐作痛。

"好啊!想去哪个峪?我开车,8点在校门口接你。"

司马宁道:"哪个都好,不过你不要开车了,你那车得加油充电。做好周一回山里的准备,我来接你。你家楼下那家地软包子好吃,你去排个队,再要两杯热豆浆,我这就出发。"

"遵命!"

出城后一路畅通,开到环山路上才9点,到了峪口附近更是车辆稀少。在通向沣水峪的路口,司马宁一打方向盘拐了进去。沣水峪里山势雄伟,河流湍急,河谷里奇石林立,往年司马宁在这里收获的奇石颇多。近几年带高亦健来这儿常常是把车子开到峪沟深处,然后随意看看季节变化的山色,站在小桥上听听淙淙的流水声。

高亦健明白司马宁的想法,点点头笑道:"去看看也好。"

进峪后才感到气温降幅挺大，天阴下来，似有似无地下着蒙蒙细雨，又像是雪糁子，车子拐弯时可看到远处的山顶上已经裹上了一层白纱。司马宁打开窗户深深地吸了一口气："爽啊！眼看就要落雪了，又是一年喽！"

山道旁的银杏、乌桕、青冈树黄叶纷飞，抢占地盘般染黄一片，而槭树、红枫、三角枫、柿树、元宝枫等则努力地把红色铺开，整个山谷两岸一团一团橘黄、鹅黄、金黄和猩红、杏红、浅珍珠红，连绵蔓延，连洇洇溪水上都漂满了红、黄色树叶。

深秋渐去，已是入冬时节了，峡谷里的景色依然这么美，云雾里的山冈像涂满浓墨重彩的画卷。

出了沣水峪，车驶进沣良峪，一直往山谷深处盘行，靠河谷这一旁不时会有很多金黄色的棣棠花。它们常常在溪水边悄然开放，在绿色的灌木丛中伸出一抹金黄色的棣棠花枝条，柔柔的身子微弯着，枝上缀满金花，惊艳中带着几分野性和高贵。近几年，高亦健深深向往南山隐修世界，司马宁多次载着他进这条峪打听寻找出家人和山居者落脚的地方。这些隐者的茅棚和山洞就隐藏在山道两旁的岩坡或谷坪上，有的只是一个石洞，有的是一间茅屋，还有几间连在一起像个大院子一样的群居茅棚。近年施行退耕还林，一些住在山上的散落农户都被安置在山下城镇里，他们的老屋渐渐成了住山人落脚的地方。进入山谷深处可以看到，山谷两岸树林中时不时有清幽的寺庙和茅棚出现。山峰耸入云端，溪流淙淙，茅棚若隐若现。空气中弥散着淡淡的水雾，如诗如梦。高亦健喜欢这种时空悠远的感觉，喜欢这种亘古未变的从容与宁静。随着心灵离南山世界越来越近，高亦健感觉自己在山里能真切地感受到自古以来隐士的惬意与雅兴，原来让心灵安顿于月明风清之间的感觉是如此美好……

司马宁这是开往蝴蝶湾，听说那一片已经拆了，但还是想看一眼。司马宁虽然还是习惯性地咧着蛤蟆嘴，但有些僵硬，看得出来不是那么开心。高亦健住山以来，大家一同赏石、进山的机会越来越少，几次去学校赏石、进山都只有他和司马宁二人了。

前方有路障阻止汽车行进，这就是蝴蝶湾入口了。司马宁把车子停在路边，两人沿溪流攀行了一段，才发现前方整个山谷被隔离带围起来，行人也不可再往前。最近南山违建大拆迁已经成为全民关注的反腐大事件，说是拆违法建筑，实际主要是拆除一些在南山里私盖的别墅和游玩场所。吴唯虽不是工程负责人，但参与了某项目，虽没有大问题，但原定提升副秘书长的计划显然是搁浅了。司马宁打电话问时，吴唯闪烁其词，没心情多说。两人感觉也累了，便靠在树上歇息，远远地打望山谷深处的景象，半年前才建成的那一片楼台馆所已不复存在，整个"大秦岭文化研究中心"已成为一片瓦砾，那个一面之缘的聚贤庄也可想而知。

抽完一支烟后，司马宁咧嘴笑笑说："走啦，下山。"

深秋里只有两个人的山谷显得萧条，也冷清了点。

"小雪"过后几天，方逸群上山了。吕梁把方教授送上山后不放心，在电话里给高亦健讲了方逸群离开时的情景。

那天，吕梁按约好的时间赶来送老师上山。打开雕塑基地的大铁门时，方逸群已经收拾好了东西在成品库里转，吕梁远远地看着老师向那些雕像告别，忍不住捂着嘴哭了。方逸群转过身说："来了？咱们走。"过去揽住吕梁说，"哭啥！以后这里就交给你了。"说罢进屋，两个大旅行箱已经装好，一个装衣服和日用品，一个装满了文件夹、设计册、画笔，雕塑用的木棒、木槌、泥塑刀等，还有几个精巧的奖杯、小型玉雕等。方逸群指指桌上一条中华烟："我和它们也告别了。"吕梁心情沉重，说不出话。

"走吧。"方逸群去拉箱子。

吕梁瞅着门外说："再等一会儿，就一会儿。"

方逸群瞪圆眼睛："怎么回事，还有人要来？我不是说过不要告诉任何人吗？你怎么也不听我的话！"

吕梁说："是小西，她们都知道你生病了，都找我问，小西三番五次哭着要来，我拦不住。"

二人正说着，杨小西一路小跑冲进屋，一眼看见方逸群，惊讶地愣在门口：这是方教授吗？几个月没见，方教授的头发脱了多半，那潇洒俊逸的发式没了，头顶、额前光秃秃的，脸颊浮肿，双目赤浊，嘴唇上脱了一半的残皮凌乱地翻卷着。杨小西愣了一会儿哇的一声哭了，冲过来抱着方逸群。方逸群一边向后躲闪，一边往外推杨小西："别抱，小西，快松开！你一抱这个癌症壳子，心里就再也没有方教授了。"

杨小西哭得更厉害了："有，有，永远都有！"杨小西眼泪鼻涕抹了方逸群一身，方逸群极力往外推，吕梁也过来帮着拉才分开。方逸群说："小西听话，没啥，老师去外地治病，治好了就回来。给罗曼她们都说一声，老师去治好病会回来的。"

方逸群就这样住山了，美院里只有吕梁一个人知道内情。吕梁把方逸群秘密送到田华山庄，方逸群给他定了两条铁规：一是不许吕梁向任何一个老师或同学透露他上南山的消息；二是未经方逸群同意不许吕梁上山探视，需要什么物品时自会告诉他。吕梁下山后担心方逸群的治疗和生活，就给高亦健通报了情况。

高亦健问："现在已是冬季，山上酒店、农庄大都已歇业，方教授在那儿能住下吗？吃饭怎么办？取暖怎么办？"

吕梁说："之前是我去联系的田华山庄，他们是歇业了，但老板一家都在山庄里生活，他们给腾了一间有土暖气的屋子，方教授和他们家人一起吃饭。生活上没啥问题，就是要想办法治疗啊，方教授没带任何药品。"说着话，吕梁又哽咽起来。

高亦健说："那就好，只要生活上有保障就好，我后天就去看方教授，一起去找三公大夫瞧病。"

2

在三公院子门口又一次遇见杨小蝉——善圆。高亦健刚刚进门，善圆正要出门，看见高亦健便立在臭椿树下合掌致意，脸上绽开灿烂的笑容。这熟悉的笑容使高亦健心里一下子亮堂起来。

"看你状态不错，最近的治疗效果挺好吧？"

善圆点头道："三公大夫一直为我配药，很久没有发烧了，感觉在好转。"

高亦健双手合十："阿弥陀佛，善哉！"

善圆转身离去时说："高老师，你也会成为一个医菩萨。"

高亦健笑微微回道："至少要为医菩萨做点儿事。"

从厅堂里把几个大笸箩搬到院里，把半干的黄精和茯苓铺开晒上，给三公的茶杯续满水，然后搬个小凳子坐在三公身边。三公配好药粉，准备抟药丸，已经把蜂蜜倒入药粉中，正使劲搅拌，拌匀后开始分丸时，高亦健就可以搭手一起做了。

用力、匀速地搅拌一阵后，又轻缓地搅了一会儿，三公端起瓦盆掂了几下，觉得好了，抟了几个圆滚滚亮晶晶的拇指蛋大小的丸药，高亦健接过手开始抟。三公看了两颗满意地笑了，点上烟，端起茶杯，香香地喝了一大口。

"三公，刚才在门口碰上善圆，她出家前我就认识她，还采访过她妈妈，采访过后不久她妈妈就死了，当时我就知道小蝉也遗传了白血病，心里一直为这孩子痛惜。没想到她走了出家这条路。善圆两三年前就到南山寻求中医，她是怎么找到您这儿的？"

"头一次是大愿庵清岚师太把她送来的。来时高烧不退，面浮气短，双下肢水肿，心悸呕吐，腹泻，虚弱至极。说实在的，对于白血病我并没有多少临证经验，但凡在城里，哪怕小镇上，病到这种程度都是急送医院，谁敢交给中医？在山上这是没法子。师太说这孩子刚来庵里就犯过两次病，住持给她配的方子服了两剂就退烧了，可这次不管用了，是不是大限已到，我们留不住她了？才十八九岁的孩子呀！我摸摸孩子烫手的额头，让师太留下一同施救，万一孩子留不住了也有个见证，然后煮了一碗青黛汤，加重楼、元参、白花蛇舌草。一个时辰后，小蝉睁开眼睛，骨碌碌望着我和师太，烧退了。"

高亦健感叹道："中医真是神奇，也是师父您医术高妙，救了善圆一条命。"

三公摆手道："古人早已给我们总结出各种疾病的临证方法和取之不尽用之不竭的经方、验方，只要辨证思路对路子，都能药到病除。中医对白血病的辨证是：元气大虚，气阴两伤，中焦衰微，运化无权。用药当以益气养阴、补中升提为要。善圆虽退烧，但手足心热，皮肤出现散在出血点，这是热伤血络。我用固摄元气、益气养阴的药剂补中升提,以参芪固元气、补中焦,甘温去热。因气为血帅,血为气母,气脱血亦脱,气不摄血,则血外溢,有形之血难以速生,所以无形之气所当急固,补气之中求止血,甘温之剂来除热方为上策。后来我给善圆改用兰茸参、黄芪、重楼配以五味子、白茯苓、炙甘草等,发烧频率大为减少,精神也一日日向好。"

高亦健道:"是啊,刚才见善圆气色挺好,说不定你能彻底治好她的病。一把草药治愈白血病,可以说是创造了医疗史上的奇迹!"

三公说:"能不能治好现在不好说。这一年多用的也就是固本止血补气补血的普通草药,见效明显是因善圆年轻。另外她没有做过化疗,没有服用过多的西药,免疫力没受太多损害。更重要的是,佛门清修生活激活了她的身体机能,兴许挺过几年,善圆的病真能出现奇迹。中医认为,白血病往往以气阴两虚为主,气滞、痰凝、血瘀等有形实邪为标。在治则上,益气养阴是治疗白血病治本的手段,而理气、化痰、活血等则是治疗有形实邪的方法。眼下我按善圆体质变化化裁用方,这一时期给善圆喝的是当归川芎汤,活血化瘀,中医认为血的瘀滞在白血病的发生中占有很大的比重,此汤能减轻化疗药物的副作用,活血化瘀,促进骨髓造血干细胞的增殖、分化、成熟和释放,有助于造血机能的恢复。"

"如真法师和善云的胃疾靠金钗石斛,素灵父亲的肝癌靠重楼,那么治疗白血病有什么灵验的药材吗?"

三公说:"要说治白血病的要药,那就是青黛这味药了。其他常用药物也就是生黄芪、肉苁蓉、肉桂、太子参、连翘、枸杞、当归、菟丝子这些普通药材,药材很容易找,经方也容易找,关键是加减化裁。比如善圆平时服用的是黄芪肉苁汤，有发烧症状时，用几剂青黛元参汤或桂枝汤即缓。"

高亦健心中一直有个疑惑，无论是经方里还是三公平时开的药方，常会有功效相同的药材，比如刚刚说到的黄芪肉苁汤中的熟地、连翘等皆为清热解毒药，功效大致相同，何必要用那么多味药呢？便问道："一个经方里为什么常常出现功效近似的药材？"

三公笑微微点头，不厌其烦地讲解："中医认为，白血病是因热毒进入血液，进入骨髓，造成骨髓造血功能丧失，白细胞异常增多，导致严重血虚。这个过程是在不断地变化中，不同时期要依其变化用不同的药材。比如去年一段时间给善圆用过青黛元参汤，当时热毒严重，有内出血苗头，用君药青黛来凉血止血。青黛性苦寒，可深入血脉骨髓，清剿血脉骨髓内的热毒，让血凉下来、静下来。但平时一般的血热就不能用青黛了，用茜草、白茅根即可。就是说功效相同的药材因其性味和升降沉浮属性的不同，用的时机和配伍就不同，这就是中草药的奥秘。"

药丸已经抟好，近百粒药丸如同珍珠聚集在瓦盆里，幽幽散发着蜂蜜的甜香，晾一会儿用蜡纸包好放在阴凉处，治疗癌症的道家秘方药"重楼丸"就大功告成了。重楼丸是素灵的师父——静修道人的道家秘方，高亦健曾给素灵说过，静修师父再来南山时请到臭椿坪坐一坐，素灵说师父已经往南去了。重楼丸是专治癌症的秘药，三公医治过很多癌症患者，能不能医好方逸群的肺癌呢？

高亦健给三公茶杯里续上热水后说道："师父啊，我那位朋友方教授您还记得吧？"

"方教授？就是那个眼睛圆鼓鼓、说话风趣的大学教授？"

"对，就是他。8月份突然查出癌症，治疗了一段时间从医院跑了，去外地待了一阵子，前不久回到秦西我才知道，这才过了几个月，医院说已经是中晚期了。"

"哦，方教授有五十岁吗？是肺癌吧？"

高亦健惊奇地问道："师父，你咋知道是肺癌？"

三公说："我猜的。他抽烟太凶，在这个院子里转的时候手里一直夹着烟。"

"方教授身体一向很好，怎么也想不到突然就查出了癌症，到医院刚一治疗就成了中晚期。"

"癌症这个东西，人们往往觉得是飞来横祸，其实还是有迹可循的，常常与一个人的生活环境和习惯有关，比如说雾霾、有害辐射等会直接诱发癌瘤。还与人的生活习惯、不良情绪等也有关系，比如脾气暴躁的人易患肝癌，忧伤、抑郁者易得乳腺癌、子宫癌，常年食用重盐味、酱味者易有肾病，吸烟量大的人会有得肺癌的危险，其形成过程都有一个较长的时间。"

"那个可怕的癌症到底是怎么形成的？为什么好好一个人突然就患上了癌症？"

"癌症成因甚多，但追溯其源，大多是因气血瘀滞所致。中医认为，'气'和'血'是人体生理功能的重要基础，气有气之海，血有血之源，气为血帅，血为气母，血得气而周流循环，气得血以荣阳化生，相助于循环，相辅而化生，灌之五脏六腑，助之经络百骸，以供养人体各部，维持机体活动的正常功能，气血充盛，则机体强健。

"癌瘤形成初期只是一些不引人注意的小聚合物，小如米粒，独生或群生，不痛不痒，易被忽视。但这些小聚合物会阻止血液流动，逐渐影响人体健康，使脏腑机能衰弱，使脾胃功能失调，痰积滞胸中，气下行受阻，胃气上逆，呃逆饱满，从而出现各种疾患。那些小聚合物渐渐变成坏死细胞、腐烂物、浊气等垃圾毒素向外扩散，侵蚀或流传到血液里，导致体质细胞发生生理性恶性循环。气血不通畅，积聚于肌肉之间，硬化成瘤。浊气转而盛，血败而腐，便成为癌瘤，癌瘤可凝于全身任何部位，一旦有了癌瘤，人体的气血就充盈不起来了，机体也不再强健了。

"发现癌瘤之后，恐惧心理会加速癌症的发展，许多人一查出癌症就已到中晚期就是这个原因。经医院确诊后，患者内心的恐惧与日俱增，恐惧、惊悸、烦躁等不良情绪能导致身体中脉堵塞，癌症病人常常觉得胸口处沉重，就是因为中脉堵塞不得疏通，导致经络运行失常，进而影响五脏六腑的正常运行，形成或加剧肿瘤恶化。"

高亦健说："正是这样！方教授在体检之前并没有什么明显症状，但一经检查就发现是中晚期。方教授受不了放化疗，从医院出逃，回来后藏在雕塑基地里不肯见人。我真担心他病情加速恶化，想医治也没机会了。"

三公说："放化疗这种方式是西医治疗癌症唯一的方法，患者的适应程度不同。方教授如果对放化疗反应强烈，从内心抵触，再治疗下去恐怕也难有好的结果。不过方教授既然放弃常规治疗，就要有自己的打算，改变生活环境、生活态度和生活方式，辅以调理治疗，兴许还有一线希望。我这些年在治疗一些癌症晚期患者时发现一种现象，患者个人的意志和信念也是调治肿瘤癌症的一剂重要'引方'。当患者排除恐惧，树立积极乐观的心态，保持健康的饮食和作息规律，从精神到机体，形成一种正念，加强身体能量振动频率，这个频率对抗癌治癌有很大作用。"

高亦健道:"方教授是有这样的想法,他现在家也没了,也不愿在学院露脸,准备在山上住一阵子。我想明天带他来请您瞧瞧,以后就靠您医治了,需要什么药材我去采。"

三公点头笑道:"好,药材就靠你了。你那朋友一个大教授能有决心住山,也是不简单哩。我这些年治过一些癌症晚期患者,大都是经过手术、放化疗之后旧疾复发,病情一天天加重,钱也花光了,到最后医院不接收这样的病人,走投无路了只好来找民间中医。在这种情况下,要是民间中医也不收治,这些病人就真的无医可求了!癌症乃不治之症,这谁都知道,但都还抱着一线希望。中医也不敢说能治好,但是用传统方法为病人缓解痛苦还是有把握的。"

是啊,高亦健对此深信不疑。除了张三公,自己以前还走访过一些民间中医小诊所,结识一些散落在郊区或小巷里的民间中医,曾亲眼见证他们为重病患者祛病解难的过程,看他们是怎样用家传技法拯救病危患者的。那些患者经多年病痛折磨,九死一生,家贫如洗,抱着最后一线希望来找民间中医,不奢望治好癌症,但求能减缓病痛的折磨,得到一些精神安慰。

夜深了。三公眼睛亮闪闪的,好像随着夜色愈深,精神愈足,兴致愈高。高亦健不时把三公的一些言论记在采访本上,眼前浮现出《黄帝内经》里黄帝和岐伯谈论辨证施治的场景,不由得暗自笑了。

"师父,您看黄帝和岐伯两人,一个问一个答,把世上百病都想到了、说到了,什么时间什么人会得什么病,应该怎么治疗,男女老少各不相同。黄帝一条一条问,岐伯一条一条答,把疾病是怎么生成的,怎么预防、怎么医治全都说得清清楚楚。这是一部奠定中医学理论基础的医书，又是系统的养生宝典，从世间万物到四季更迭，从天地运行到人类生命规律，尽在其中。后人怎能不惊叹——这部经典里凝聚了多少古人的智慧啊！我常想，为什么几千年前的医疗思想和治病方法在今天还是这么完善、这么精准？"

三公欣喜地望着高亦健："好！这说明你已经认识到中医的一个重要命题——传统中医理论的经典性。这是中医独有的一个特征。一般来说，各种学问都是随着时代的进步和科学的发展，越来越完善、越来越精准，但传统中医却是越古老就越是经典的理论，越是经得起时间的检验。传统中医理论体系经千年而不落伍，这就是经典性。比如《黄帝内经》，问世已有两千多年了，但至今也是不可逾越的高山。一部《黄帝内经》，从古至今，注家有四百多位。张仲景的《伤寒论》，也有一千八百多年历史了，注释的人更多，无数学富五车的大儒大医投身这个'注经'的队列之中。'注经'就是解读、学习、传承。今天，我们的大国医、医学博士们还在注解、研究，中医药大学无数的学子还在孜孜不倦地学习。迄今为止，《黄帝内经》《伤寒论》仍然被奉为医学理论至高无上的经典。这是一个罕见的现象。一种学科理论在长达两千年都少有突破和更新，且它的正确性在当代不断得到验证，科学技术每前进一步，对传统中医的认识和验证就加深一步，当代最先进的科学技术手段与古老的传统中医理念常常和谐共鸣、殊途同归。"

高亦健点头道："是的是的，去年有报道说国际医学界用最新科技手段证明经络是真实存在的，还有一些古老中医的命题都不断地被现代科技验证。"

三公说："本来就不需要验证。中医和西医是两种不同的医疗理念，中医以阴阳平衡、五行生克的原理为思辨依据，着眼系统和整体把握人体，采用各种特色诊疗法及中草药内外兼治。西医是随着近代科学技术的发展成长起来的，以先进的技术手段和药物对病机的化学反应进行阻断、改变，达到治疗疾病的目的。中西医各自的长处容易辨别，但两者理念上的不同就难以理解了。我给你讲一个医案故事，这个故事是一个研究《伤寒论》的专家讲给学员听的，我当时去省城参加那一期学习班，听专家讲了这个医案，一直难以忘怀。"

听到要讲故事，高亦健忙给三公茶杯添上热水，点上烟。

"专家讲的是他与他的师父——一位大国医一同经历的一件事。当时，某医院收治了一个肝病患者，这个患者在一个研究所工作，刚刚被选聘为工程院院士。这是一个杰出的科技人才，待人和善，在家孝顺父母，在单位团结同事，工作上兢兢业业，有很多科研成果。这样一个优秀人才刚刚进入花甲之年就患上了肝癌，令人非常痛心和遗憾。患者所在单位和市里领导都非常关注其病情，组织最强的医疗力量进行救治。当时由一位名望很高的西医主任医师负责治疗。本着中西医结合的方针，也请来了那位大国医一同协助治疗，希望用传统中医的力量稳定病情。会诊时，国医对病人望闻问切一番，摇头离开。主持会诊的领导问大国医有什么好的治疗方法，国医说：'病人肝已坏死，功能衰竭，已是无药可医，所剩时间不足百日，不如让其回家和亲人在一起度过最后的时光。'领导一听满脸不高兴，转过头问主任医师，主任医师说：'医他的肝是不行了，只有采取移植手术，换一副健康的肝脏。'这个意见得到一致肯定，并在各级领导的关心下很快找到了肝源，成功地完成了移植。

"当时这个病案很轰动，有的人议论大国医这回栽面儿了，还是西医厉害，有科技含量，能起死回生。手术后不久，病人就能下床了，省市领导、单位同事、家人，都来看望。可是，渐渐地，人们发现一个奇怪的现象：一生温文儒雅、脾性和善的病人突然变得脾气暴躁，说话尖刻，动辄向医生、护士发脾气，对家人不满意，对单位也不满意，提条件要待遇。医生慌了，搞不明白这是为什么，便去请教大国医。大国医似乎早有预料，问道：'你们换给病人的肝源是哪里来的？'回答：'是市里协调公安系统提供的一个当日枪毙的贩毒犯的肝脏，已征得其家属同意。'大国医说：'所以呢，病人不变成个样子才怪。'

"讲这个故事的专家当时悄悄问他师父：'通常来说，脏器移植会出现排异性的问题，怎么还会影响到一个人的脾性、情操？'国医说：'很简单，肝脏是藏魂之处，移植的肝脏里有贩毒犯的秉性和脾气，你说他能不变吗？'后来，病人越来越痛苦，不同的人性在他内心挣扎，移植两个月后还是死了。

"这个病案生动地体现了西医与中医的不同之处。西医的眼光盯着患者生病的部位，啥坏修啥，修不好就换。中医认为，人除了身体和器官之外，还有一个精、气、神的形而上的存在，医治一个人要从整体上着手。还有一点就是生死观的不同，中医认为，一个人病情发展到不可逆转的时候应当坦然面对死亡，不要做违背生命规律的事情。比如说这个病案，请国外专家执刀，仅移植肝脏手术就花了一百万，是许多年前的一百万！结果呢，病人还是没有挺过百日之关，而且发生了人性的变异，变得连病人的至亲都不认识他了。一个近乎完美的好人晚节不保，变得对所有人和事都不满意，处处计较，指责他人。他在临死前一定是痛苦万分的，因为那种正邪相争的过程，会让人犹如万箭穿心。"

高亦健似有所悟道:"我学中医一直还不太懂中医理论强调人的精、气、神,强调人有三魂七魄的道理。听了这个医案才明白,原来肝藏魂、心藏神、脾藏意、肺藏魄、肾藏志,一个都不能少,魂魄不守,生命情志就会发生变化,人的精神就崩溃了。"

三公点头称是,继续说道:"这个故事还讲到一个问题,中医是有自己的生命观、生死观的,它告诉人们对于健康、对于生死都要顺其自然、顺乎天意。古人对死亡有顺应天意的意识,不像现在有些人对死亡那么排斥、那么恐惧。过去在我们村子和小镇上,过了六七十岁的老人都给自己置办好寿衣、棺木什么的,过年时还拿出来试一试。那是干啥?那就是死亡练习。有了这个练习,对死亡就不再恐惧,就不会贪生怕死。现在人不是这样,有的病人都八九十岁了,体能衰竭,阳寿已尽,临死前还要送去医院抢救,为了多活几天,插上呼吸机,接上导尿管。有的还要搞心脏电击、开膛破肚或是放疗化疗,身上插上各种管子,各种仪器闪闪灭灭,受尽各种痛苦后才不甘心地死去,你说这是干啥?"

高亦健一边记录一边感叹:"生命观,生死观,死亡练习,这都是当今人们需要认真思考的命题啊!"

三公起身推开门,望望星空,把门闩好,说:"好啦,这方面的话题是说不完的,明天你还要去接朋友,赶紧睡觉吧!"

三公在里屋睡下了,药房里支的这一张床基本上就是高亦健偶尔在此过个夜。此刻,高亦健和衣靠在床头,望着窗外的星空。

追随中医几年来,高亦健感觉自己渐渐看到了中医王国的经度和纬度。这个王国是雄伟的、高贵的、深邃的,对生命、对人的精神归宿有一种暗喻,一种导引。在这个王国里,除了医术这条强有力的如动脉一样的河流千年不息地流淌,还有一些高贵的东西在生长，在传承——善良、淡泊、勇毅、静好。这不仅仅是一个医学体系，也是一个哲学的王国，还是问道修道的圣地。每一个走近它的人，都可以获得生命的力量，获得生命的快乐，获得生命的尊严。

这是一个举世罕见的巨大宝藏，拥有它是中华民族的福祉。屠呦呦在葛洪的《肘后备急方》里获得灵感，提取出青蒿素，她在获奖致辞中说道："我要感谢一位中国科学家，东晋时期的葛洪先生，他是世界预防医学的先导者。葛洪对提取青蒿素有具体的描述：青蒿一握，以水二升渍，绞取汁，尽服之。"一千七百多年前的葛中医，为今天的诺贝尔奖埋下了伏笔。

一个好中医究竟能做多少事情？扁鹊、张仲景、孙思邈、华佗、李时珍等，直到今天的张三公，还有那些在小镇村野奔波的民间中医，可以救人于危难，可以改变一个人的命运，可以给一个家庭带来希望，可以创造医学的奇迹，切实让人感受到中国传统医学的神奇力量，难怪民间自古就有"不为良相，愿为良医"之说。

明天，接方逸群来，希望奇迹再一次发生。

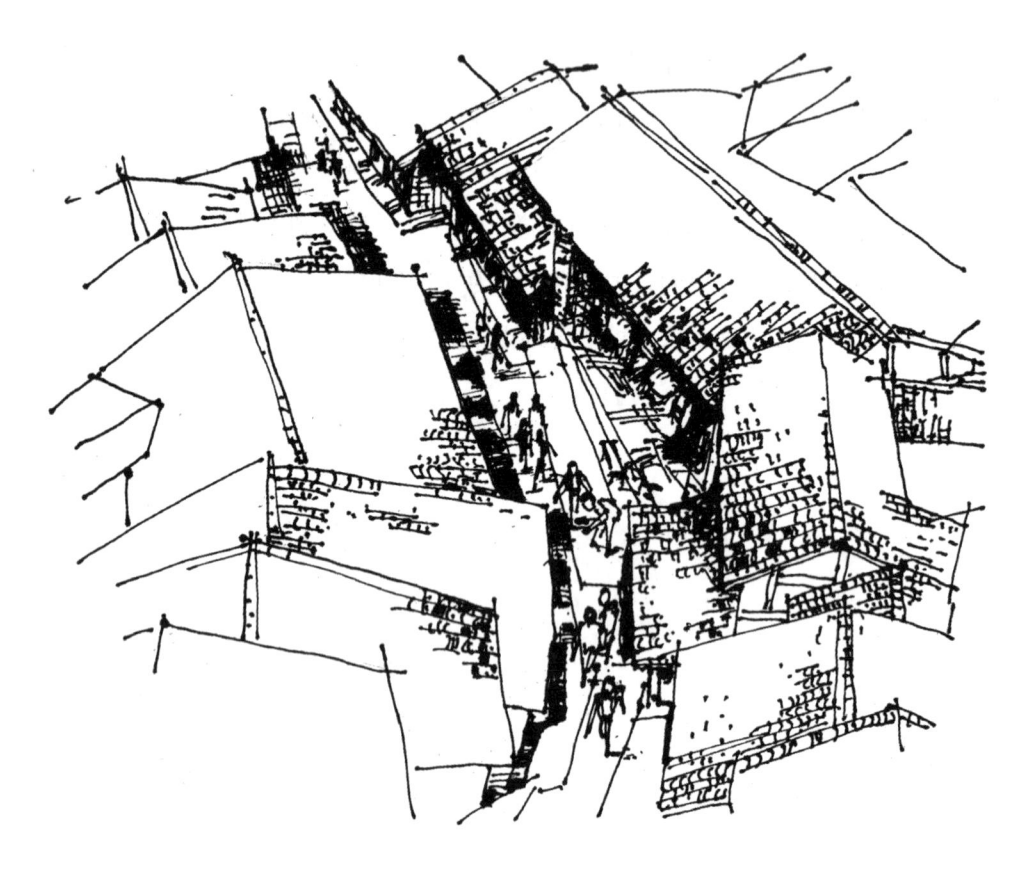

◆山南古镇

3

"大雪"这天，上午9点多，突然接到唐老师打来的电话，高亦健像被电击了一样，心脏骤然狂跳起来。虽然在学校里多次见过唐老师，和方逸群、吴唯在学校相聚时，常常是唐老师给端来茶水、端来洗好的水果，也曾一起谈论石头，却从没有通过电话。这猛一打电话来不由得让人心惊，直觉告诉高亦健，一定与司马宁有关。

高亦健周末回城还是常常联系司马宁。方教授上山，吴唯仕途遭遇滑铁卢，大家在学校聚会赏石说笑的热闹景象不再，就像老歌《昨日再现》唱的那样："正如老友失散又重聚，回头看岁月如何消失……"高亦健担心司马宁难以接受突来的冷清，每次回到城里总要抽出时间到学校看看司马宁，或是邀他一同进山。但司马宁却常常独自进山，他的心更多地沉湎在石头世界里了。

上个周末去学校看望司马宁时，还问他："司马兄，你怎么进山越来越频繁了？发现好石头又有啥用？现在石头又不能出山，再好的石头你也运不回来了！"

司马宁微微一笑："有几块石头要看看，再过一阵就进不了山了。我再不会把石头往学校里搬了，它们在山中的山崖上、峡谷里才更好。我从不到二十岁亲近大山、亲近石头，快半个世纪了才觉得读懂石头了。再大的石馆也放不下多少，人的心却是无限大，有多少都能放得下。"

"什么时候成哲学家了？"高亦健看司马宁的眼神怪怪的。

"你住的那个窑洞不错,明年我也想找个地方住山,咱俩说不定还能做邻居呢。"

"我那算不上住山,不过是隔三岔五住一住,为的是听三公讲中医。你老兄可别当真,再说你肩上还有担子呢。"

司马宁说:"你和方教授这一住山,学校冷清了。我这个六十多岁的老头子也干不动了,打算把学校委托给管理机构,我也要上山去住一阵子。对了,逸群他怎么样?三公大夫咋说的?"

"三公大夫为逸群看过了,开了方,用着药,三公说方教授能在山上住下来就是一个良好的开端。"

司马宁点点头,流露出几分欣慰之情。高亦健知道,司马宁把他们三个朋友看得很重,方逸群患癌,司马宁明显瘦了一圈、老了一截。司马宁有不少石友,市里、省里乃至全国各地有不少名人朋友,多为名士大款。但高亦健知道,这个圈子里司马宁并没有什么深交挚友,因为他的赏石观和别人不一样,对赏石的追求也完全不同于其他人。司马宁在赏石艺术研究上独树一帜,从不参加市场交易,一块石头也没卖过,有人慕名找来重金求石,他说这是大秦岭的宝贝,哪里敢卖?所以虽然背了个国家级赏石大师的名头,却不像其他收藏家那样个个腰缠万贯。司马宁喜欢这种在校园、在山上、一箪食、一瓢饮的既简单又富有的生活,常说钱这个东西够花就行。近来司马宁常常独自进南山觅石赏石,高亦健感觉他的心与南山、与奇石越来越近,与这个纷杂的社会是渐行渐远了。本打算寒冬这两个月不在山里住的时候好好陪陪司马宁,好好地看石头聊石头,再写几篇赏石文章的。

可这会儿唐老师突然打来电话会是什么事呢?唐老师急切地说:"高老师,司马校长失踪四天了,警察组织了搜寻小组正往山里赶！"

"什么？失踪？！"高亦健脑子轰地一响，为了保持信号畅通，疾步走到窑洞门外的土坪上，把手机贴近耳朵："失踪？确定是失踪吗？司马校长的电话一直打不通吗？为什么现在才去搜寻？"

唐老师抽泣着说："司马校长是四天前进山的，他在外住一两个晚上是常有的事，第二天半夜还一直打不通他的电话我才急了。我打你电话也打不通，昨天一早报的警。"

"你们这会儿在哪里？我马上开车过来找你们。"

"不用，搜寻小组不许其他人或车辆跟随，学校里只来了我一个。"

"那你知道司马校长可能去了哪里吗？"

"司马校长这次外出后就没再和我通过话，我也只是猜测可能去了崖柏谷，最近几次看石头都是去的崖柏谷，还给我看了他拍的新发现的奇石照片。我估计这次还是去了那儿，我们现在正往崖柏谷赶，一会儿有消息我会立即告诉你。"

高亦健说："不行，我要一同去！你对警察说我知道司马校长在哪里，我可以带路，一会儿在环山路入口处等你们。"

警务车辆行驶很快，从出城到崖柏谷入口也就一个来小时，而高亦健从榆树梁开车到入口需要四十来分钟，抓紧时间还来得及。高亦健反身关了窑洞门，一边和唐老师对话一边到山梁下开车。

几分钟后唐老师打来电话："警察说了可以让你去，但不能带其他人，要保密。"

车下了山道驶上大路后，高亦健听唐老师讲了事情的经过。

唐老师是一位优秀的女教师，在司马宁的学校任教很多年了，不但是一个能干的教导主任，在很大程度上还是石馆的管理者，档案管理、石馆的外联工作等都依靠唐老师。唐老师本身也是个奇石爱好者，曾多次与司马校长一同进山觅石。司马校长这次进山唐老师知道，当天晚间没有回来，唐老师也没有在意，司马校长进山在山里住一两晚是常有的事。第二天中午电话打不通，唐老师想是深山里信号不好吧。到深夜人还没回来，电话依然打不通，唐老师慌了，打高亦健的电话也没打通。高亦健在窑洞里睡觉的时候手机是没有信号的。唐老师不敢再犹豫，天明时报了警。警方很快安排各条峪沟治安点对交通事故、人员伤亡情况进行调查，没有收到任何信息。今天组织了搜寻小组去重点地段搜寻，按唐老师提供的线索先去崖柏谷搜寻……

　　再有二十分钟就可以到达崖柏谷，高亦健看看表，时间还充裕，一边减缓车速，一边平复狂跳的心脏——镇定，镇定，也许不是自己想象的那样，也许只是所在之地手机没有信号而已……

　　高亦健只去过一次崖柏谷，是司马宁特意领他去的。崖柏谷是太乙山北峰入口的一条山谷，在入山大道旁，是一条比较隐秘的小山谷。人们往往顺着入山大道往里直奔风景名胜太乙谷，而忽略了这条小山谷。加之不通汽车，少有人涉足，近几年才被一些摄影发烧友发现。谷里山势陡峭，水源丰沛，奇石林立，植被丰饶，在山谷深处的绝壁上，可见苍劲盘绕的崖柏，故称崖柏谷。司马宁特别喜欢这条山谷，多次进谷寻觅奇石、观赏崖柏，越走越深。司马宁与大山有一种特别的情感，每当走进大秦岭的峻岭沟壑之中，总是能感受到一种强烈的召唤，秦岭的石头使他感到默契，感到心心相印。近年来，他涉足的距离越来越远，攀登的崖壁越来越高，眼前的世界也越来越大。在南山北麓，在太乙山的各条峪沟里，无数的秦岭奇石令他陶醉。如果说，以前他收藏石头是把焦点放在了石头本身的美感上，那么现在，他心里装的是南山，是山石溪流林木花草融合在一起的美境。崖柏谷就是这样一处美境，在这里常常会发现禅石。

学校的石馆里有很多被称为禅石的秦岭石，司马宁把这些禅石看得很重。追随司马宁赏石的几年里，高亦健懂得了，禅石是观赏石中的极品。很多次，孩子们放学了，学校里安静下来之后，司马宁带着高亦健细细观赏博物架上的禅石，讲这些禅石隐喻的禅机。这些禅石大的如斗方、小的可拳握，多为奇石罕玉，天然形成各种形态，总也看不厌，而且每次看都有新的发现、新的感悟。站在这些禅石面前，心灵总是在南山的悬崖沟壑和云里雾里荡悠，遐想无垠。看看这些奇石的名字就足以感觉到它们的魅力——九天、汉台、达摩、释道、二叠纪等，有的奇石从形体、图案上似乎没有明确的指向，然而其"质、色、纹、韵"却包含着深广的向度。蕴含丰富，禅意深刻，使人在遐想中进入平静、安宁、和谐的精神境界。

高亦健在写一组禅石文章时与司马宁有过深入的交谈："禅文化可以说是一种智慧，一种个人修为，一种独具宁静致远的意境，与中医的'以养心致养生'理念相通。那么，禅石的奥秘除了返璞归真的天然性之外，还有哪些特征呢？"

司马宁说："禅石之所以成为石界的尊者，是因其寓意深远、情趣高雅而备受石友青睐。简单说，只有那些质、色、形皆美，蕴含丰富，意态空灵，能引导赏石者进入清幽宁静的状态，并悟到禅意的奇石，才能被称作禅石。这些来自秦岭的禅石是能够激发人的自性美和智慧的观赏石，能够帮助赏石者进入淡泊、平静、豁达的良好心境。比如有菩萨、高道等的形象石和画面石，形神酷肖，令人观之难忘，赞叹大自然之神奇。同时，有些奇石无象无物，但质、色、形、纹精美绝伦，意蕴深厚，禅意散发于无形，能引起人无限遐思。"

看着司马宁陶醉的样子，高亦健故意逗他："照你这王婆卖瓜的说法，天下只有秦岭才有好禅石啦？"

司马宁说："至少可以说，只有秦岭才有意境深远的禅石。秦岭是道教的祖庭，同时又是外来宗教佛教中国化的主要诞生地，这便使秦岭文化具有了哲学意义。佛教文化是盛唐文明的一朵奇葩，佛教的中国化主要就在这个时期，而其核心基地就在南山里。名僧鸠摩罗什的一生，大部分时间在南山译经传法。而老子在秦岭山中写下了《道德经》，可以说秦岭也是道家思想的发源地和传播地。"

高亦健唯有点头称是了。司马宁还在滔滔不绝地讲："你想想看，王维一生曾四次出家隐居，其中有三次选择了秦岭。李白来秦岭，留下《登太白峰》《蜀道难》等名篇。杜甫来秦岭，欣喜叹曰："犹瞻太白雪，喜遇武功天！"苏辙与其兄同游楼观，亲临南山仙都福地，留下名句"老聃厌世入流沙，飘荡如云不可遮"。所以呀，秦岭是禅文化的诞生地，也是中国文化艺术的宝库。"

司马宁说得对，最初的秦岭石鉴赏者大都是道家的仙人、佛家高人和云集在古长安的文化人，为南山文化涂染了深厚的哲学底色。当然，并不是说因为南山自古以来就是儒、道、佛集成之地，就容易出产禅石，而是因为源远流长的南山文化代代相传，影响了各门类艺术家的思想和艺术追求。司马校长对观赏石的艺术追求不就影响到了雕塑艺术家方逸群，影响到了高亦健、吴唯，影响到了很多人吗？

一块好的禅石，具备了大璞不琢的自然性，气韵非凡，形神兼备，既能给人美感，又能让人如沐佛光，能够激发起人们的禅思。高亦健追随司马宁一同在秦岭山里与奇石相对时，似乎能听到天籁般的风声、泉水声、鸟语声，能听到远古的呼唤，一种会心的相知、一种共鸣的愉悦感油然而生，这种感觉令人神往不已。有时，赏石兴味正浓时，司马宁时常信口讲一道禅机，让高亦健去想去悟……

这一回，司马宁出了一道什么样的禅机呢？高亦健心口猛地一紧，深深的痛再度蔓延开来……

司马宁与南山与秦岭石的过命之交，已经有过好几次了。

有一回，司马宁在南山里觅石时，沿着溪流一路向上，好石头不停地出现，他也就停不下脚步，一直往深处走啊走。当他意识到走出太远而天色已经昏暗时，急忙掉头下山，但走出几里远天就黑下来了，而峪口还远远看不到。坏了，自己让石头迷住了，从沣河进入了另一条支流，凭感觉进入这条支流至少有二十多里路了，而停车的地方离两溪交汇处还有十几里，无论如何也回不去了。司马宁掏出手机试试，没有一点信号，硬往山下走遇上野物就麻烦了。不说别的，野猪是常有的，在小路上顶伤、咬伤人的事时有发生。

清楚了自己眼下的状况，司马宁反倒镇定下来了。和南山亲近了大半辈子，对山中的一切都没有隔阂，即便想到要独自在山中野宿也没有过多的恐惧感，只想到要考虑一下安全的问题。周边没有人家，找不到借宿的地方，也没有看到有山洞老庙什么的。司马宁把这一路的情景在脑海里过了一遍，记得刚才上来时看到沟坎上有一棵大核桃树,树上搭了个简易窝棚,那应该是以往山民为偷猎蹲窝子搭的。当时因在河沟翻出几块好看的石头,司马宁搬到岸上仔细打量时看到了这棵核桃树,看到了架在粗大树枝上的窝棚,要是能待在这个窝棚里就安全了,就能对付睡过后半夜。

司马宁急忙来到那棵核桃树下,攀上树钻进窝棚里试了一下,还好,结实着呢!粗大的树干间捆绑了几块厚木板,四周还用柴草扎成围栏,像座小木屋一样。有了过夜的地方,司马宁心里踏实了,不急不慌地回到溪水边,掬起一捧水喝了,抽了会儿烟,然后坐在一块大石头上,看水里的石头。月色下,水里的石头影影绰绰晃动着,表层裹着薄薄的青苔,石纹时隐时现,有的呈现一种淡淡的油黄,有的则是晶莹的琥珀色。与在学校里看石头不一样,山里的石头、水里的石头没有离开它的生命场,还带着它特有的气场和生命力,越看越有味道……

后来给高亦健讲起这个夜晚时,司马宁还陶醉地给讲述他后半夜时躺在树窝里如何观赏淙淙溪流中的奇石,感觉是何等美妙。是啊,司马宁与奇石结缘已经大半辈子了,在奇石的形状、纹路和多彩的颜色里,他能发现它们的奇、特、怪、妙之处,能发现每一块奇石的神韵。那若有若无之间、似与不似之间,似有无限的变化。每当和这些奇石静心面对时,他的内心都会有一种愉快的冲动,都会感受到一种心灵的慰藉。

这以后司马宁学会了一招,每次进山都买一些日用百货副食等物品备着,需要时送给老乡,求人家给口热水喝或是做顿饭吃,留个宿,有时老乡还帮他搬石头、推车。渐渐地,南山北麓各个峪口、山谷里的老乡都见过这个把石头当宝贝的人,也流传着议论司马宁的话:"秦西有个姓司马的爱石如命,经常来山沟里找石头,见着中意的石头再重都要背着抱着弄回去，弄得手上、腿上满是伤，听说还是个校长哩……"

一次次有惊无险，一次次化险为夷，这一回却是凶多吉少啊！

高亦健在入口处等了十来分钟警车就开来了，一个警察打开车窗挥手，示意他前面带路——你高亦健不是说自己知道去处吗？那就前面请。

进入太乙峡入口之后，拐进一条只能单行一辆小车的山道，开了半个多小时，在一座山峰面前，山道戛然而止。再往前就是山溪旁边嶙峋岩石中的小径，时断时续地向山谷深处延伸。高亦健远远地看到一辆汽车停在山道尽头的草丛里，心跳骤然加快，停下车快步跑到车前——是的，是那辆墨绿色汉兰达越野车。高亦健节拍了拍车窗往里瞅，警察过来问了唐老师，确定是司马宁的车之后，用工具钥匙打开车门，打开了后备厢，但什么也没有发现。唐老师围着车子看了一遍之后，蹲在车旁边哭了起来。

高亦健说："司马校长就是从这里进入山谷的，一定能找到他！"然后对唐老师说，"你就在这儿等着好吧？山路不好走。"

"不行！我一定要去，我和司马校长两次来这儿，我熟悉路。"说完，唐老师冲在前面带路，往坎下的溪谷走去。

沿溪流向前搜寻了一个多小时，没有任何发现，警察怀疑这样找下去没有结果，宣布搜寻就到这里。唐老师恳求道："司马校长一定在前面，一定在前面，一定要找到他啊！"三个警察面面相觑，年纪较大的一个对另两个警察摆摆手，又继续前行。

山谷深处越来越难行，小路越来越陡峭，溪流也越来越湍急，有时从头顶轰然跌下，淋人一身水，疲劳和寒冷渐渐袭来。又攀行了一个多钟头,警察坚决不肯再往前走了,他们已经在荒山野谷搜寻了近三个小时。唐老师再次恳求时,被那个年轻的领头警察打断:"搜寻工作结束,立即返回!叫你们那位停下一同返回,你们若再往里走,安全责任自负!"说罢,三个警察说了几句什么,有一个拍了几张环境照,掉转头往回返。

就在这时,前方传来高亦健的喊声:"找到了!找到司马校长了!"三个警察抬头望着前方的石坎,林木茂密,看不见高亦健,但听声音就在前方不远处,便掉转头循声找去,年长的那个警察搀起唐老师一同前行。

攀上一个石台之后,眼前出现一道崖坎,溪水从坎上跌落形成一个水潭,水潭四周怪石林立,花草茂盛。踏进这个优美的小环境之后,高亦健突然紧张起来,浑身战栗地扑向水潭边,他知道司马宁寻觅石头的习惯。司马宁曾说过,环境优美的山水处一定有上好的观赏石,他喜欢在这些地方赏石觅石。高亦健向两边的灌木和草丛里打量,突然惊叫一声向一棵樱桃树奔去。

随后赶来的唐老师和警察也看见了那棵樱桃树,树下有一个人,那个人就是司马校长。司马校长倚靠在樱桃树下,好像在歇息抽烟,脸上似乎还有笑容呢。没事,大家都松口气向樱桃树围过来。

唐老师看见高亦健倚靠着司马校长对面的一棵树缓缓滑了下去,跪在司马校长面前,像是两个老朋友面对面促膝而谈,便一边喊着一边扑过来:"司马校长!司马校长!"喊了几遍却没有回应,便过去轻轻推了一下,司马校长还是不动。唐老师这才明白过来,跪在司马校长面前大哭起来。警察也明白了,年纪大的那个按了一下人迎脉后摇头,另二人一个照相一个做记录。

司马宁面前放着一块石头，大概是从水潭里捞上来的。石头有两尺来长、一尺多宽，有二百多斤，表面有绿色的水苔和发黄的虫锈，另一面光滑潮润，石纹多变，有沟纹裂窍，是一块漂亮的画面石。把石头从水里搬到岸边的草地上有五米多的距离，司马宁是怎样独自把石头移过来的？

司马宁有十多年的高血压史，平常断断续续吃着药，高亦健给他教会了中医按摩曲池穴、太阳穴降血压的方法，还给他讲了念象数也可降血压，可他没按过几次也没念过几次就丢一边了，在这方面他完全没有耐心。给他讲过高血压这个病不能着急，不能猛然发力，他搬起石头就忘了这些。前几年在学校里连着几天摆弄叠山时他还曾病倒住院。这一次发现美石搬起来一寸一寸移到岸边，然后靠在树上欣赏，是猛然用力挣裂了脑血管还是脑供血不足，不得而知……

这一片溪湾里奇异的观赏石很多，水潭里、沟两岸，美石迭出，有变质岩形成的画面石，也有火山岩天成的形象石，司马宁就在这些美石的簇拥里安然倚坐，神态安详，面带微笑，正在细细鉴赏从水潭里捞上来的这一块画面石。他生前尤其喜欢在山谷的溪水中形成的观赏石，他说这种石头极容易形成丰富的画面。他的石馆里很多藏品都是在河谷里发现的。不过，他这几年的习惯是发现、欣赏完后就放回原处，心里记下这个地方，放入他心中的石馆。

樱桃树周边，一丛丛山菊开得正艳。奇怪吧？已临近冬季，这溪湾里却盛开着夏秋季的菊花。他身旁还有一丛丛打碗碗花，几株血皮槭、鸡爪槭树下还有一簇簇蕙兰、火烧兰竟相盛开。山谷的精灵们没有悲伤，没有叹息，阳光和溪水折射出自然的光辉和生命的蓬勃。

"放心吧,司马兄,我会为这块石头写一篇好文章的。"高亦健跪在司马宁面前喃喃自语。

高亦健知道,司马宁近来的研石赏石画风大变,他把近年新发现的奇石都画在一本大画册上,标明奇石所在的位置,给每一块石头都起了一个好听的名字,他说他心中的石馆很大很大。高亦健与他初次相识就知道他不是个普通人,他身上有一种与自然与山水相通的灵性,他的魂魄在南山的山冈和山谷里,在石头里。他是南山的儿子,是要回到南山去的。高亦健一直隐隐预感会有这么一天,一直很珍惜和司马宁在一起的时光,心里时常说要善待这位仁兄。却没想到这一天来得这么快,没想到是以这种方式……

又是一度春风来。

惊蛰这天,高亦健走进离别一冬的天益洞,竟是一点儿寒气都不觉,还真是冬暖夏凉哩。把带来的粮食和日用品放好,急忙出来打量自己的院子。院子里已是生机盎然,靠崖根的岩凹里有两棵水桃树,竟已冒开星星点点的花蕾,香椿树上也有浅浅的紫芽。椿芽?真是"春之芽"春来早哦!阴坡上的雪还没化尽,风还有点凉呢。

冬季这两个多月里只上了两次山,去看望三公和方逸群。春节回北京和家人团聚待了半个多月,回到秦西后就一直在学校忙。司马宁生前一直想建一个公益性的对市民开放的秦岭石博物馆,他一撒手,这个事情就落在高亦健身上了。博物馆虽说没建成,但经一番协调,由市文化局和教育局协助在校园里创建了对全市中小学生开放的"秦岭生态文化教育基地"。一个多月里,高亦健和唐老师紧赶着忙基地布置和文案编写方面的工作,直到开学后看着学生们一队队到基地参观，有的抱着画夹写生，有的听唐老师讲秦岭石的来历，讲司马校长的故事，学生们惊奇不已，开心的笑声洒满了校园。开馆这天，高亦健站在叠山前暗自对司马宁说："司马兄，今后秦岭石的主人就是他们了，秦岭石会遇到更多知音的。"

高亦健顾不上细赏窑洞外的早春景色，锁上窑门去田华山庄。方逸群住山几个月了，高亦健来看过几次，三公一直在为方逸群治疗，他服着三公开的药，精神头好多了。他来不久就在山庄后院里搞起了雕塑，南山里各种奇石和树根为他提供了丰富的创作素材。山庄老板意识到这个艺术家的价值之后，以礼相待，费用减半，还专门安排人为他做饭、煎药，方逸群也时不时以绘画、雕作相赠。

田华山庄后院有个一百多平方米的大院子，堆放着各种各样的树根，有大如桌椅的乔木老根，有小可拳握、形状奇异的灌木根茎，还有一些随意捡来的奇石，有石皮沁出一道道石英的火山岩，有满身石裂沟窍的变质岩。后院靠墙的一面，摆着几个已初经斧凿的树根，砍削过后已经有了生动的模样，有的酷似某种小动物，有的神似某种物件，打眼一望就想笑想乐。

方逸群在专注地打量手中的一个树根。他穿了一件户外绒衣，原来脱掉多半的头发似乎回生了一部分，半年多没理发，已有半尺多长，散披着。一双金鱼眼生气还在，他戒烟后习惯嘴上叼个空烟斗，脸蛋被山风吹出一片"红二团"，有红萝卜丝一样的裂痕，但人的精神回来了。平时讲吃讲喝纵性随意的方逸群，这一回竟然在山上粗茶淡饭地过了一个冬天，还真是不简单呢。

站在门口的高亦健就那么静静打量着方逸群，直到方逸群举起树根迎光打量时才看到高亦健，他扔下树根迎过去："高作家！想着你这几天要来，司马校长的事都安顿好了？"

高亦健点点头。

"高作家看看我这病残之躯还有多少时日？"

高亦健笑道："且死不了呢！看这精神头倒恢复了不少。"

"对了，记得你讲过《黄帝内经》里说春天来了，人应当怎么来着？"

高亦健做出一副圣旨到的表情，方逸群站直了身子"接旨"。

"《素问·四气调神大论》云：'春三月，此谓发陈，天地俱生，万物以荣，夜卧早起，广步于庭，被发缓形，以使志生；生而勿杀，予而勿夺，赏而勿罚，此春气之应，养生之道也。逆之则伤肝，夏为寒变，奉长者少。'你眼下正是这种状态啊，你看看，'被发缓形，夜卧早起，广步于庭'，精神状态多好！而且'以使志生'，又开始了你的雕塑艺术创作。方教授，你一定能战胜疾病。"

"但愿有'柳暗花明又一村的'的命吧！三公大夫一直操心着给我治病，几次让善圆给我送药来，但一直不肯收我的医药费，回头你帮我转交吧。"

高亦健笑道："三公看你一个人在山上，家也没了，怕是不会收你的钱。"

"给三公说一声，咱不差钱。今后无论病好坏都是在山上了结此生，你说留着钱有啥用？别到时人死了钱没花完，你说悲惨不悲惨？"

高亦健摆手打住方逸群的话头："好，我替你花一笔。善云打算把百草堂建在三公的院子里，如真法师把居士为他积攒的香火钱都捐出来了，我也添了两万，你愿意的话也添两万？"

方逸群一听建设百草堂，精神大振："建设百草堂？太好啦！两万太少，给我算两份！"

高亦健道:"不用那么多,善云说很多居士都要添柴加薪,建设费用已经没有问题了。这一开春就要动工啦!"

方逸群问:"听你说善云也学过中医,她以后就在南山不走了吗?"

"是的,不走了。善云今后要做大愿庵的住持,还要做一个医菩萨,建好百草堂让三公坐堂问诊。她一面打理好大愿庵,一面跟三公学习传统中医,还要在庵后面开垦一片药材种植场,让庵里年轻的尼姑们种植药材,学习中医传统技法,把中医传承下去。所以说今后你治病的条件会越来越好,你就把山庄这个后院作为雕塑基地的分部吧,你的学生们想来看你也不要再阻拦,朋友之间、师生之间的情谊也是一剂良药。"

二人正说话,手机响了,高亦健一看,笑了:"巧了,惊蛰这个日子还真是灵验,所有的昆虫都要醒来,所有的动物都会结束冬眠,人也同样——吴唯来电话了。"

高亦健接通电话打开免提,往方逸群跟前凑了凑,一同听吴唯讲话。

"高兄,我才听说司马校长怎么突然殁了,这是真的吗?"

高亦健尽量声音平淡地说:"是,司马校长他回南山了,不跟咱们玩了。"

吴唯停顿了一会儿,压抑着哭声:"司马校长身体好好的,怎么会突然殁了?"

"所以说呢,司马校长不是殁了,是去了他想去的地方。"

"你说这是怎么了?方教授好好的突然闹出个肺癌,司马校长竟然不声不响地撒手尘寰,高兄你又住山不回城,你说咱们几个朋友怎么走着走着就走散了呢?"

听到吴唯说话时压抑的哽咽声,高亦健轻松说道:"怎么会呢?在心里的朋友不会散的,你思念时就能见到。你怎么样?工作有变化吗?"

"我调到别的部门工作了,没事了。就是想朋友们,想方教授,好久没有在一起了。"

吴唯伤感重重,高亦健岔开话题:"我刚说了,只要你心中念想朋友,朋友就会立刻出现在你面前。吴唯你听着,有人找你。"高亦健把电话给方逸群,示意他说几句。

方逸群接过电话:"兄弟好着么?"

吴唯大概用了几秒钟才反应过来,语声激动:"方教授!是方教授!可听见你的声音啦!你们都在山上是吧?你咋样?打你电话老也打不通,你的病没事了吧?"

"我把手机撇了,在这儿用不着。"

"身体咋样,病好些没?"

"一时半会儿还死不了,在这儿起码图个不受罪。你咋样?没事了吧?官场就那回事,不要太当回事。我把电话给高作家了,他还有事跟你说。"

电话那端沉默了一会儿,才传来吴唯低沉的说话声:"高兄,方教授的病有好转是吗?是三公大夫给他治疗吗?有三公大夫和你,方教授的身体一定能好转。我过几天就上山来,你们在山上需要什么?我带来。"

高亦健说:"方教授一直服着三公开的药,现在身体状况有所好转,我看精气神也强多了。我们这会儿是在田华山庄,方教授一直住这里,治疗期间需要生活上的便利。这儿离'天益洞'十来里路,天气再暖和点可以去我的窑洞坐一坐。"

吴唯似乎迟疑了片刻后说道:"高作家,明天我就上山去,我想去朝山,我想去臭椿坪,去'天益洞',去田华山庄,去看张三公,去看你和方教授。"

"好呀!我在南山等你。"高亦健响亮地回答,不想让吴唯声音里的伤感蔓延开来。

"我在南山等你。"这句话平平淡淡,以前司马宁说过,张三公说过,如真说过,善云也说过,罗素灵和善圆也都说过。从都市中心到南山深处不过百里之遥,只要心有南山,心有念想,就一定能来的。

你若有愿,山自入怀。你若盛开,清风自来。

三稿于2023年早春

◆抱炉煮雪

后 记

《重楼》讲述的依然是民间中医故事，与之前的《青囊》《当归》一起构成"秦岭医踪"三部曲。这三部小说描绘了当今民间中医生存现状，展现了民间中医代代相传相守的华夏医术，以及悬壶济世救死扶伤的医德医风。同时，这三部小说也可以说是我八年来追随中医的心路历程。小说中的人物原型，有的是我交往多年的友人，如民间中医张三公、"秦岭石"收藏家司马宁、美院教授方逸群等，有的是我追随中医旅途中的一次次"遇见"，如如真法师、善云尼师、杨小蝉、罗素灵等。小说里的很多事件乃至情节都是我的亲身经历。随着对中医认识和理解的加深，这些经历和人物命运引起了我对生命、对健康的思考——在生存环境恶化、慢性病横行、信息爆炸、物欲膨胀的当代社会环境里，我们如何抵御疾病的侵袭？何处安放一颗焦虑躁动的心？

自进入21世纪以来，"慢病"随着雾霾笼罩了都市，老中青各年龄段无不深受其害，很多人罹患抑郁症、三高症、心律失常、恶性肿瘤、肺部炎症等，病症繁多，病机不详，人们称此为"快时代的慢病"。我本人就是因为患高血压、颈椎病多年无法治愈而走上自学中医之路的。

随着医学的发展，过去很多严重威胁人类生命的疾病逐渐被克服了，但，慢性病这个怪物却悄然生长、蔓延。人们内在生活失速、免疫衰退、功能失调、生命失意、焦虑不安，主要的致病原因已不是生物学因素，而是情志和心态，是生活方式和行为方式。在这个怪物面前，发达的西方医学找不着北了，先进的药物不管用了，像挥着长枪与风车作战的堂吉诃德，显得盲目而无奈。

传统中医认为，人之百病，莫非两种途径所致，一是外感，二是内邪。我们生活在大自然环境里，要面对"风寒湿暑燥火"的自然气候，受了风寒湿热就会生病，所谓"六淫"致病是也。而慢病时代主要的病机病因是"内邪"。那么，"内邪"是如何致病的？所谓"内邪"就是人的七种情绪——喜、怒、忧、思、悲、恐、惊，简言之就是情志致病。《黄帝内经》云："百病生于气也。怒则气上，喜则气缓，悲则气消，恐则气下，惊则气乱，思则气结。"就是说，人的心态和情绪与脏腑、体质密切相关，喜伤心，怒伤肝，忧伤肺，思伤脾，恐伤肾，过度的情绪伤害脏腑后出现病理产物，如痰饮、瘀血、结石、肿瘤等，这些产物带来的慢性病便如影随形，与人相伴。

想想看，在我们的生活环境不断恶化，在我们的生活节奏不断加速，在我们追求和索取越来越多，在我们承受的压力越来越大的时候，是不是常有抑郁、狂躁、烦闷、怨恨等不良情绪袭扰心头？精神倦怠、四肢无力、饮食无味、夜不成眠，种种莫名其妙的症状随之而来，挥之不去。

想想看，当天空中常常阴霾重重，当街道上永远塞满黑压压的车阵，当越来越密集的水泥森林密不透风，当心中盘算还清房贷遥遥无期，当生活的种种难题不断叠加的时候，心，怎能不累呢？情绪又怎能不波动、烦躁呢？节奏加速，欲望膨胀，内心躁动，压力巨大，这便是慢病时代的特征。

怎样才能抵御"慢病"的侵袭？怎样才能拥有健康的体魄？如何让焦虑躁动的心安宁下来？同很多人一样，我也经过长时间痛苦的思考和寻找，并试图以小说《重楼》记录这段心路历程。

主人公高亦健是一个热爱中医的新闻记者，为采访民间中医撞入神秘的南山隐修世界，打开了一扇了解这个神秘世界的窗口。高亦健发现那些传说中"食松子，饮清泉"道骨仙风的隐修者也有其难言的身世和经历，尤其是一些曾罹患重大疾病者，有的因疑难杂症无处医治，有的因癌症晚期治疗无望，悄然进山独居，意欲度过最后的时光，却没想到在南山的怀抱里意外获得了新生。传统中医养生理念，纯净的生存环境，清苦的修行生活，以及漫山遍野的中药本草，帮他们疗愈沉疴顽疾，解除了生命的魔咒。当他们获得健康之后，对生命的认识和思想境界也得以升华，继而用自己掌握的中医药治疗方法拯救其他患者。他们的奇特经历和人生观使高亦健对人生、对中医有了更深层的认识。

《重楼》讲述的不仅仅是一个有关中医治病救人和有关生态环境的故事，还展现了当今都市知识分子精神自救的历程，发出了对传统中医文化倡导的健康生活理念的礼赞和呼唤。比如高亦健等人对中医药文化、赏石文化和雕塑艺术等传统文化艺术的追求，以及对南山自然环境和朴素山居生活的向往，就是当下蔚然兴起的崇尚自然、崇尚中医养生、崇尚俭朴生活的一种新思潮。

中医倡导"上医治未"，认为医术的最高境界是把疾病消解于暴发之前，倡导人们以良好的心态立足于世，以正确的生活方式强健体魄，"法于阴阳，和于术数"，防病于未然，这是一个简朴而深奥的哲学方程式，适用于所有人。

2016年，第九届全球健康促进大会在上海召开，来自全球126个国家和地区的领导人和医学专家达成共识：全球进入慢病时代靠什么应对？中国的中医！中医药成为疾病康复的首选和重要手段，中医药在促进人类健康方面的巨大作用，得到广泛认同。

我在一家民间诊所打工时，常看到有不明病症的患者上门求医，大多是四五十岁这个年纪，有的是公司老板，有的是央企干部，说起来都还是成功人士，但对自己身体的管理却不成功，成了"慢病"的俘虏。中医问诊时说不清症状，道不明病因，只说是全身无力、心神不宁，看过好几家医院，液体输了几十瓶，药物开了一大堆，病情不见好转，实在没办法了，只好来找中医试试看。这间诊所是以祖传外治法辨证施治，不吃药不打针，通常以按摩、推拿、香灸、贴膏等手段为病人解除病痛。我看到老中医一边香灸，一边与病人平静聊天，了解病人的生活轨迹和病机。调理完后交代一些注意事项，无非是先把手头的事情放一放，每天坚持锻炼，减少一些应酬，饮食清淡些，等等，简单而质朴。我看到有的病人连续来调理两三周，离开时都说感觉好多了，还问老中医：你也只是按摩、香灸了几天，连药都没开，怎么就起作用了呢？这简单的土办法有什么奥秘吗？老中医微笑着说，没有什么奥秘，人的健康靠自己，以后多注意调整自己的心态和生活方式，一些病症就能够缓解或消失。

岐伯曰："五脏之道，皆出于经隧，以行血气，血气不和，百病乃变化而生，是故守经隧焉。志意和则精神专直，魂魄不散，悔怒不起，五脏不受邪矣！"又曰："正气存内，邪不可干。"这里所讲的正气不仅仅是指生理上的水谷之气，更重要的是情志上的正气，一种浩然正气，这种浩然正气是靠个人修为而来。做到饮食有节、起居有常、劳逸适度、精神安定，少私而不贪欲，喜怒而不妄发，修德养性，保持良好的心理状态，就是守护一腔正气，守护自己的身体康健。

这种良好的生命状态在隐修者和山居者身上得以完美体现，加之山林环境优美宜人，因而成为令人向往的当代桃花源。多年来，我常常与朋友一同进入南山，在某个峪口爬一座小山，或是在某山谷农家院里度个周末，有时还会遇上深山修行的隐士，开怀畅聊，心扉大开。渐渐地，我们也有了山居的向往，期望租一个可以安心住一阵的茅棚，可以自己种菜的菜园子，多次在山谷里打问，在山林里寻找。2019年，我和朋友一起凑了一笔钱在常去的一个农家后院建造了一座悬架在溪水上的木板平台和亭子，在两侧种了一条蔷薇花长廊，与路边的格桑花连起来，只为周末去亭子坐那么几个钟头，喝茶钓鱼读书；只为与花草亲密接触，短暂地体验一下山居之乐。这种亲近山岭田园的经历，想必很多读者都曾有过。

我的山居梦持续了很多年，秦岭北麓很多山峦、峪沟里都留有我和朋友们的足迹。一次次与大自然的亲密接触，一次次激情飞扬的高谈阔论，一次次田园生活体验，成为不可磨灭的生命轨迹。大概，这就是人们常说的"诗和远方"吧。我发现，几乎所有爱山的朋友都有过山居的想法，这是因为，都市的人们面临的不仅仅是环境恶化，不仅仅是空气不洁，还因过度商业化的喧嚣使人内心失速，使人焦虑不安。因而，拥有一个小院子，拥有一段宁静的时光，成为许多人的梦想。

爱山之人大都怀有礼佛之心、敬道之心。我对南山隐修世界里空谷幽兰般的道人、僧人心怀敬慕，便有心一步步接近那个世界，力图在文学世界里展现他们的风骨。因此，如真法师、善云尼师等僧人便进入了《重楼》人物长廊。

2021年冬"大雪"那天黄昏时分，飞雪如期而至，沉浸在《重楼》写作中的我看到一位熟识的道长在抖音里发了一条小视频，他正在大峪深处的山道上顶着风雪前行，看来是一个山居者帮助拍摄的，不到一分钟的画面，配音除了风啸之声外，还有一句话："还有十五公里，我会按时到的。"风急雪大，只能看见那个熟悉的背影，微微弓着腰沿坡上行。十五公里！天已将黑，风疾雪猛，山路陡峭，他要走多久才能到达呢？我知道，他的目的地是远山一处鲜有人知的岩洞，那是他的辟谷密地。

翌日晨，我在捧读《黄帝内经》时心中挂念这位道兄，在微信里发出问候："昨夜风雪急，道兄无恙乎？"我晓得，道长深入远山后再无信号，不知何时才能看到我的问候，我只是把心中的挂牵和敬仰发出去。我常想，修行者超人的毅力从何而来？健康、养生的奥秘究竟在哪里？他们的精神世界如此纯粹而坚忍，超越了凡人对物质的需求和依赖，因而凝聚起强大的生命力，有了如此丰盈的人生。

在追随传统中医叩问健康之道的旅途中，我常常自问：我们的生命里需要那么多东西吗？我们的人生之路需要走得这么快吗？我们还能够像古人那样"法于阴阳，和于术数，春秋皆度百岁，而动作不衰"吗？养生的奥秘在哪里？很多疑惑在《黄帝内经》这部伟大经卷里得到解答，那殷殷的嘱托，那深深的情感，历经两千多年，依然是那么浓烈，那么真诚，那么热切。

2022年秋，写完《重楼》之后，我实现了山居的梦想——在北京远郊燕山峰岭中的塔洼村长租了一间山舍，门前有菜地花圃，院门正对南山，坡势平缓，多松林果园，后窗是陡峭峻拔的北峰，时有小精灵隔窗窥望。每日走山，头顶苍穹，目及千山，总也看不厌。我拥有了自己的山冈和田园，有了自己的太阳和月亮，有了洁净的空气和清澈的泉水。山居的日子悠闲而充实，精神内守，安然恬静，惬意绵绵。倚窗读书，访先贤，慕高风，常遇知己，写岐黄感悟，记山居趣闻，兴会无前。一日三餐，用山村土产，习传统烹调，渐懂"食不厌精"之妙。每当徘徊于长长的山道时，思绪像雾岚一样在山谷轻柔地弥漫——华夏中医是先祖留给我们宝贵的财富，是先祖智慧的结晶。作为一个中医药文化传播者，我要把中医介绍给我的亲人、朋友，告诉他们进入宝库的密码，一同领悟养生健体的奥秘，这是古老而时尚的呼唤，也是当今时代生命的觉醒。

对华夏中医，对山林田园，我深怀感恩之心。在村中山舍里写下这篇后记，可谓由衷之言，不由得想起《重楼》结尾时高亦健对吴唯说的一句话——我在南山等你。

2023年早春